刑侦机动队

张建芳　著

群众出版社·北京

图书在版编目（CIP）数据

刑侦机动队 / 张建芳著 . —北京：群众出版社，2023. 4

ISBN 978-7-5014-6281-0

Ⅰ. ①刑…　Ⅱ. ①张…　Ⅲ. ①长篇小说—中国—当代　Ⅳ. ①I247. 5

中国国家版本馆 CIP 数据核字（2023）第 048458 号

刑侦机动队

张建芳　著

出版发行：群众出版社
地　　址：北京市丰台区方庄芳星园三区 15 号楼
邮政编码：100078
经　　销：新华书店
印　　刷：北京市泰锐印刷有限责任公司

版　　次：2023 年 4 月第 1 版
印　　次：2023 年 4 月第 1 次
印　　张：13. 375
开　　本：880 毫米×1230 毫米　1/32
字　　数：359 千字

书　　号：ISBN 978-7-5014-6281-0
定　　价：45. 00 元

网　　址：www. qzcbs. com
电子邮箱：qzcbs@ sohu. com

营销中心电话：010-83903991
读者服务部电话（门市）：010-83903257
警官读者俱乐部电话（网购、邮购）：010-83901775
文艺分社电话：010-83901350

目　录

第一章　迷案追踪

一

老银匠被勒死了！阎文华急切地报警说。

地点在哪儿？伊洛市刑侦支队机动队队长郝运来问道。

伊龙村银匠铺子，你们快来吧！阎文华催促道。

明白，请保持通讯畅通，我们立即出发，随时与你取得联系。郝运来挂断电话，对正在整理档案的副队长石望春和陈华敏道，伊龙村突发命案，立即召集民警出发。

郝运来一行人赶到伊龙村，银匠铺子门口围满了看热闹的人，见到民警过来，急忙让开通道。

夏末秋初的丘陵地带，接连不断的阵雨来得快去得也快，昨夜还是阴雨绵绵，今天却是阳光明媚天空蔚蓝。泥泞的土路上到处都是被人踩过的黄胶泥，地上的雨水在阳光的照射下雾气升腾，形成团团白雾，久久不能散去，笼罩在郁郁葱葱的村庄周围，远处望去，云雾缭绕，如同仙境一般。这儿的人们为老银匠的死悲痛不已，也给案件蒙上了一层神秘的面纱。

阎文华黝黑的脸蛋儿上悄然淌着泪珠，迎上来伤心地叹道，唉！阎老叔做了一辈子银匠，无儿无女，经常帮助邻里，为人和善，也没发现他得罪过谁，没承想临老了会被人害死。警官呀！他是我叔，你们要为我叔做主呀！说着泣不成声地哭了起来。

石望春指着英俊潇洒的郝运来介绍道，这是市局刑侦支队机动队的郝队长。边说边拿出警官证在阎文华眼前亮明身份。郝运来问道，你咋知道老银匠是被勒死的呢?

阎文华拍着心口，平静了慌乱的心情，镇定地说，老叔 80 多岁了，腿脚不灵便，我想给他送点儿吃的，看到他家大门上了锁，我敲门叫了几声，没人答应。想着昨天下大雨道路泥泞，老叔可能被雨隔在外面不方便回来，我就回家休息了。

今天早上，我不放心，又去看望老叔，看到院门依然锁着，叫了好多次也没人开门。老叔虽然年龄大，但耳朵还好使，平时听到有人叫他，就会慢悠悠地来开门。

这个大门从外面锁着，表明他整夜没回家，我感到有些蹊跷，就从后院翻墙进到院里，看到上屋门虚掩着，就把门推开，看见老叔坐在椅子上好像睡着了，走近细看才发现他头上有血，脖子上有道蚯蚓似的印子，我壮着胆子探了探他的鼻子，感觉他已经没气了，我赶快报警通知你们。

郝运来点了点头道，明白了。回过头来说道，按照原来的分工开始干活儿吧！

石望春嘟囔道，说得轻巧，这儿到处都是泥巴，咋弄呀？陈华敏妩媚地一笑接过话茬道，就你意见多，找些木板来，用凳子架个木桥，不就能保护地上的痕迹了吗？也不会弄脏你高贵的鞋。

刘倩楠那双娇嫩的小手一刻也没有闲着，她打开勘查箱取出工具，小心翼翼地提取大门和锁上的痕迹，把大门外边可疑的脚印固定下来，说道，可惜这些痕迹没多大价值了。郝运来鼓励道，这场大雨破坏了门口的痕迹，仔细找找犯罪嫌疑人留下的其他证据。

张副局长带着李民强、常青云、王艳红也赶到了现场。张副局长关切地问道，运来，怎么样？有线索了吗？郝运来急忙答道，才到这儿，还没进入中心现场。

陈华敏和阎文华用架子车艰难地推着木板和板凳过来。石望春见此情形说道，在哪弄的厚木板，挺沉的吧！体力活儿嘛，女人就不用动手了，让我来。说着话赶紧过来帮忙。

刘倩楠不满地斜了一眼石望春，走过去打开大门，映入眼帘的是一个长方形的农家小院，上屋大门朝南沐浴在阳光下，西侧厨房外的空地上，挂满圆鼓鼓果实的石榴树在风中摇曳，东侧的银匠铺子年久失修已经破落不堪，上屋东侧设有通往后院的过道。院内泥泞的地面上散落着几串杂乱的脚印。石望春说着话从车上取下两条板凳，放在整洁的泥地上。陈华敏见他小瞧自己，哼了一声，搬起木板放在两条板凳之间，嗤笑道，看你那小样儿，专挑轻活儿干，注意脚下，保护好痕迹。

李民强身轻如燕，拿着板凳跳上木桥，又向前放置了一条板凳。郝运来看到木桥已架到院里，觉得伸手就可以摸到脚印。急忙回到车上，取出石膏粉倒入桶中，打开矿泉水浇进去，用勺子搅拌均匀，上了木桥趴在木板上，一手提桶，一手托底把石膏水倒入脚印里，并提醒道，小心避开地面的脚印，别把痕迹破坏了。常青云找来几根竹竿，和王艳红一起把竹竿绑在板凳上，两人合力把板凳伸向院中，再把木板放在板凳上，一会儿工夫通往上屋的木桥架好了。

张副局长和郝运来带着民警通过木桥来到中心现场。上屋的门敞开着，老银匠坐在椅子上歪着低垂的头，两眼微睁，面目十分难看，头顶上有块凝固的血痂，脖子上有几道细细的勒痕，像蚯蚓趴在脖子上，地上散落着一些干涸的血迹。

问起这间上屋，据说已有几百年的历史了，老祖宗在明末清初时从洪洞县搬来这里。经过几代人的努力才盖起这些房子，为了坚固耐用，光墙体就有半米多厚，房门和门框都是用坚固的老栎木做成的。现如今门轴已经被磨得低了许多，屋内的大青地砖已经损坏得坑洼不平，就连屋棚的檩条和板材都被岁月染成了黑色，肉眼已经不能辨别它们的木质和年代了。

民警们在屋内有序地检查着床铺、八仙桌和涉案物品。

刘倩楠走进屋内道，郝队长！我发现院子里和室内有四个大人的脚印，从脚印的痕迹判断，一人是从后院进出的，三人是从大门进出的。又指着水泥大缸强调道，这缸上有几个血手印。

陈华敏来到缸前仔细观察了一番，说道，这缸里装满了小麦，要挪动它也不是件容易的事。从种种迹象分析，我认为嫌疑人应该是成年男性。

张副局长综合了现有证据，说道，从现场的状态看，可以肯定是他杀，说说你的看法。

陈华敏很有信心地说，这个说法有六个理由支撑：一是现场发现四个成年人的脚印。二是能够将银匠打伤致死，需要很大的力气。三是移动200多斤重的水泥缸，能干这样体力活儿的人，壮年男子可能性最大。四是院外大门被反锁，这是成年人才能够到的高度。五是杀人需要胆量，嫌疑人具备成年人的心理素质。六是具备一定的反侦查能力。以上几点足以说明嫌疑人是成年男性。

大家边现场勘验，边交流案情。刘倩楠脖子上挎着数码相机走过来，把白色塑料袋放在桌子上，附和道，我也赞同陈队长的看法，所有证据都指向成年男性，你们看这些现场照片和石膏鞋印模型。

石望春看了看证据，嘲笑道，你是个跟屁虫呀！我就不敢苟同了，你们想过没有，嫌疑人作案动机是个啥？

郝运来查看了整个房间，在水泥缸前停了下来，说道，我检查发现，室内物品有被翻动的痕迹，水泥缸下面藏着的铁箱子被打开过，应该有物品被盗的可能。

刘倩楠闻声，戴上塑料手套迎了过来，搬起铁箱放在桌子上，请大家对残留物目测分析。郝运来拿着镊子夹起一块残渣，在大家面前晃了晃，说道，这些脱落的灰黑色斑块，是金属饰品生锈形成的氧化物，我认为里边存放银制品的可能性较大。说明这是以侵财为动机的杀人案件。

张副局长待大家说完，漫不经心地放下钢笔，抬起那张严肃的国字脸，问道，望春！你在小声咕哝啥呢？对这种分析有异议吗？大声说出来让同志们听听。

石望春大方地站起来，满怀疑虑地说道，我总觉得有些地方不对劲，水泥缸上的血指印有重叠的部分。

陈华敏先发出不屑的鼻音声，哼！然后倔强地说道，你呀！总是片面地看问题，老想别出心裁，发表不同看法，博人眼球。

张副局长扭过头来，征求意见似的问道，华敏！你有啥想法？

陈华敏打开笔记本，翻看着查证记录，固执地说道，通过银匠首饰被盗的分析，可以推测是熟人作案，要不嫌疑人怎么知道银匠的首饰藏在水泥缸下面？又怎能轻易地走进银匠的上屋？从这点看可缩小侦查范围，但是，我还是认为排查壮年男性是破案的关键。

张副局长听了大家的汇报分析，当即决定成立“8・13”专案组，派人把银匠的尸体送到太平间进行尸检。调集民警对伊龙村逐户排查，排查重点是：年龄在 18 至 60 岁之间的健康男性；身上有伤的人；家中存放银首饰的住户；有类似现场痕迹的雨鞋；近期离家出走的男性。

二

专案组设在伊龙小学操场，要求参案全体人员吃住都在临时搭建的帐篷内，白天排查，晚上汇报。张副局长在操场空地上召开案前动员会，安排道，发现线索及时沟通，大家分头行动抓捕嫌犯。民警们齐声道，是！便四散开来。

郝运来疑虑重重地卸完车，组织人员搭建帐篷，五年级的学生王书磊领着殷小红来看热闹。王书磊笑着问道，警察叔叔，来这么多人干啥呢？我帮你们搭棚子吧。说着话，王书磊拿起棚杆忙活起来。

郝运来看到活泼可爱的小学生，紧张的心情有了些许舒缓。到了中午，石望春和大家正在指挥部吃饭。王书磊在不远处闻到方便面的香味，他在美食的诱惑下顾不上回家，觉得肚子咕咕叫着饿得难受，于是舔着干白的嘴唇，带着殷小红走过来，说道，叔叔，我也想吃方便面。郝运来见是刚才帮忙的小学生，就顺手拿起方便面递过去说，来！每人一盒，这是你的，这盒是小姑娘的。

顺便问道，小同学几岁了？

王书磊答道，我今年 12 岁了，小红今年才 8 岁。

老师布置作业了吗？

今天没作业，我们可以开心地耍喽。说着话拿着方便面蹦蹦跳跳地走了。

李民强走进帐篷看到郝运来正在吃面，说道，郝队！我们查到了可疑线索。郝运来有点儿喜出望外地说道，排查了两天，竟然没一点儿有用的线索，走！看看去。

他俩来到村民姜猪娃家里，姜猪娃一瘸一拐地搬过凳子请两位坐下，慢慢说着受伤的经过。大前天晚上，我去南沟里套兔子，在沟边发现了野兔出没的路线，就把铁丝套环钉在草丛中。

在下第十个套环时，不小心把沟边的黄土踩塌了，我就掉进了黑龙潭里，幸好潭里有水，只是腿和身上受了点儿轻伤，骨头还好没有骨折。你看！我身上、脸上还有伤口呢！说着撩起衣服让民警检查。

郝运来拿起套环瞅了瞅，又详细检查了伤口，关心地说道，以后小心点儿，安全第一。姜猪娃愁眉苦脸地叹道，唉！不怕你笑话，我还指望用兔子皮做皮袄呢。为了抓几只兔子把腿摔伤，得不偿失呀！郝运来排除了姜猪娃的嫌疑，放心地走出这个家。李民强失望地说，这条线索又查否了。

此刻，郝运来心里疑虑重重没有接话，听到手机的振动声，他接通电话，里面传来常青云兴奋的声音，郝队！村头王河家中发现银首饰，请你过来辨认是否和案件有关。

郝运来叫来了阎文华和邻居大伯进行辨认，大伯道，这些银首饰确实是老银匠的手艺，不过正像王河说的那样，是去年才从老银匠那儿买来的。老银匠近年来体弱多病，看病需要很多钱，自己又不能干活儿挣钱，就把祖传的银首饰低价卖给了王河。

郝运来听到阎文华和大伯的证言，似乎又一次从高高的云端摔落下来，心想再没进展真的就要打持久战了，关键是咋向死者家属交代，咋向张副局长汇报。

郝运来想到这，对李民强和常青云幽默地鼓励道，只要有一条线索查实了，我们就能抓到凶手，衙役们继续吧！争取早日班师回朝。李民强和常青云听了，脸上挤出了尴尬的笑容。

郝运来回到指挥部，王艳红满脸沮丧地坐在电脑旁，搜索伊龙村制作金银首饰的历史，屏幕上显示了几条信息。原来这个村庄自唐朝以来，就制作金银首饰供应市场，后来因工艺精湛、质量上乘被皇家指定御用而闻名天下。

据村民反映，老银匠祖辈制作银制品，不仅手艺精湛，而且受到了皇家的青睐。不过到了老银匠这辈，手工业早被现代工业取代，他没学习其他的技能，只有靠种庄稼过日子，家道逐渐败落，妻子早亡，又无儿无女，成了孤寡老人，制作银首饰的手艺慢慢地失传了。

郝运来看完信息，不以为然地说，现代工业化生产的金银制品成本低、质量高，手工业早就落伍了，不与时俱进就会被淘汰。

正说话间，一个圆溜溜的小脑袋从帐篷门口缝隙挤了进来，天真地说，叔叔好！姨姨好！我是三年级的学生王书贵，你们给哥哥的方便面好吃着哩！我也想吃，给我一盒中不？

郝运来看看这个虎头虎脑的小学生道，谁是你哥哥？是不是那个叫王什么磊的胖小子？已经给他一盒了，这可是我们的口粮呀。

王书贵两手拽着上衣下角，顶着肩膀收起小腹，尽量使衣服伸展，做了个立正姿势，将胸脯挺得老高，厚着脸皮笑着说，叔叔，那也不是给我的方便面，给我弄一盒吧！王艳红走到方便面箱子旁边，取出一盒方便面递给王书贵道，给！小同学吃吧，我给你泡点儿开水带汤吃咋样？王书贵笑嘻嘻地说，干吃更带劲，说着接过方便面，离开帐篷炫耀去了。

王书贵来到殷小红面前，给她尝了尝方便面，殷小红眨巴着大眼睛问道，贵哥，从哪儿弄的方便面，怪好吃的，你再去弄点儿来。王书贵说，我刚去过不好意思再要了，还是你去吧。也许还能再给点儿好吃的呢。去吧！我在这儿等你，别忘了分我点儿啊！

殷小红想着第一次和王书磊来的时候，郝运来给她方便面时没好意思要，这次同样难以开口。她在帐篷外面转了好儿圈没敢进去，可口水直往外流，她还是壮着胆子走进帐篷。

石望春正在发牢骚，一个星期不能回队里，也不能回家，在这个破村子白天辛苦不说，晚上还要受蚊子的气，咬得我整夜睡不着觉。伙食又这么差，天天吃方便面、火腿肠，这怎么让人受得了，可惜我一手好厨艺喽。

殷小红咽下口水道，叔叔，还有方便面吗？石望春望了一眼殷小红，诧异地说道，小朋友有事吗？

殷小红长长的睫毛眨了几下，羞红了脸说道，叔叔，我想吃方便面。石望春正为案件侦破进展缓慢着急呢，但眼前小姑娘的举动挺可爱，主动上门要吃的，他急躁的心情平缓了几分，蹲下来慢声细语地说，我不仅要给你一盒方便面，还要另加一根火腿肠呢。

殷小红有点儿喜出望外，高兴得手舞足蹈，向石望春行了个少先队举手礼说，谢谢叔叔！接过吃食转身跑了。

三

郝运来走到帐篷门口，碰到风风火火的陈华敏。郝运来忧虑道，经过几天的排查也没找到突破口，反过来想想，我觉得石望春说的有道理。

陈华敏反对说，他有什么道理？唱反调、发牢骚、提意见老三章，简直就是个意见布袋。说着话郝运来和陈华敏从外面走进帐篷，陈华敏看见石望春一脸的窘态，自己也觉得不好意思起来。

石望春毫不客气地站起来，教训道，华敏！别在背后恶心人啊！你制订的方案已排查了八天，也没个眉目，这说明侦查方向有问题。

陈华敏不等他说完就插话道，你有能耐就说个高见呗！郝运来见两人争论起来，就谦虚地说道，我就是来征求你们意见的，想调整侦查方向。

石望春不客气地说道，现在连 14 到 60 岁的男性都查遍了，也没查出可疑人员。就应该另想他法，扩大排查地域和人员，把所有可能作案的人都列入排查范围，防止出现百密一疏的不良后果，对排查过的可疑人员和物品重新梳理。

陈华敏嗤之以鼻，哼！又笑道，连婴儿也要查吗？你真可笑！石望春反讥道，你的方案搁浅了，就要听我的安排。也就是说，此案不能排除小孩子作案的可能，现在的孩子吃得好、穿得好、长得高，有杀人抢劫的能力，不要认为是小孩子，就掉以轻心，纵容放过。我怀疑缸上的指纹有问题，看上去是大人的指纹，有可能是小孩子指纹重叠形成类似大人指纹的效果。咋能轻易放过呢？希望郝队三思呀！

郝运来连日来也在思考这样的问题，排除！排除！再排除！啥时候能破案？上级追问得紧，家中妻子和娘又在闹矛盾，自己也帮不上忙，真是烦恼透顶。想到这说道，这样吧，排查年龄再向下扩展到 13 岁，向上到无限好吧！明天接着查。我不相信狡猾的嫌疑人会深藏不露。只要我们找对路子，总有一天会将其绳之以法。

次日中午，石望春看到来要方便面的王书磊时，真想问问他是否知道银匠被杀案的线索。想从他那儿获得点儿破案信息，甚至怀疑王书磊有作案嫌疑，虽然年龄小，凭他的身高和力气有足够杀死银匠的能力。但是院里的大人脚印又如何解释？大院的门锁他也够不着呀！咋锁上的，也是个谜。

再说了，这么小的孩子，就具有反侦查能力，确实让人难以理解，怪不得陈华敏钻进牛角尖里拔不出来呢！再想想自己，是不是也为破案冥思苦想，想疯了呢！竟然怀疑主动向警察要吃要喝的孩子，这种想法简直不可理喻。他拿起材料，看到王书磊才刚满 12 周岁，但是一米五多的圆胖身体，确实具有一定的攻击能力。又转念一想，如果他杀了人，早就逃之夭夭了，还敢来警察面前装作若无其事的样子，讨要方便面吃？还是算了吧，他又不在排查范围内。想到这儿，就放弃了心中的疑问，没有问他。

李民强在排查中发现，阎文华案发后离开村子不知去向。陈华敏和郝运来赶来调查，向村民姜八斤了解阎文华不辞而别的原因。

姜八斤见到花容月貌的陈华敏，眉开眼笑地说道，今天，派出所民警去家里找他，怀疑他参加了火车物品被盗案，认定他家正在使用的电视机是火车上被盗的物品，他听说后害怕坐牢，就逃跑了。

陈华敏反应迅速，机警地建议道，我们去把他追回来。郝运来点了点头，强调道，多带几个人，注意安全！陈华敏兴奋地说，我带上常青云和李民强就可以了，郝队放心吧！

石望春大笑道，华敏！一说去抓人，你就像叫花子看到烧鸡屁股似的，兴奋地流口水。快去吧，祝你马到成功！等你好消息。

陈华敏笑道，怎么了！今天还说了句人话，借你吉言。

一旁的姜八斤暧昧地奉承道，看你面如牡丹惊艳四方，长得带劲呗！陈华敏不耐烦地说道，去去去！尖嘴猴腮的，连个正规军都不是，干你啥事？还不赶紧去打探消息。姜八斤觉得无趣，急忙笑着起身离去。郝运来为了缓解尴尬场面，笑道，见面就斗嘴，也没个正经话，看谁能把案子破了，谁就是英雄好汉。

陈华敏瞟了郝运来一眼拉下脸来，摆摆手表示不接受。郝运来意识到说话不妥，急忙纠正道，不！是英雄模范！陈华敏放松了紧绷着的脸，露出了灿烂的笑容道，这还差不多。

陈华敏一行人驾车追踪到伊洛市市区，姜八斤打电话道，在商场附近发现阎文华，你们赶快过来，他进到地下停车场了，我不能跟得太近，否则会被他发现，我到出口守着，等他出来。

过了一会儿，姜八斤又打电话道，他没有出来，可能是去阎大鹏那儿了，我到他门口等着，先把地址发给你们。

一会儿工夫，陈华敏手机上出现一条信息，福寿街三十号二楼阎氏健身房。在姜八斤的指引下，陈华敏一行人赶到健身房门口，两个臂上刺着青龙的光头青年挡住了去路，问道，找谁？

陈华敏一本正经地说道，我们是警察，找你们老板。光头男子伸手挡在前面，大声说道，没有和老板预约，谁也不能进去。

陈华敏急了，亮出警官证，说道，还想成立国中国吗？让开，否则就是妨碍公务。

三人硬往里闯，光头拦不住他们，恼羞成怒举手便打，陈华敏也不示弱，三拳两脚把两个光头打倒在地，带着民警闯进健身房，看到气喘吁吁的阎文华，就紧追其后来到了大厅。阎文华边跑边喊，阎哥！救我！

阎大鹏光着脊梁正在挥汗如雨强身健体，见此情景，放下手里的拉力杠，站起身来瓮声瓮气地喊道，谁呀？这么大胆！光天化日之下在这儿撒野，没看到这是私人健身房吗？

常青云威严地说道，警察办案，配合执法是天经地义的事情。

警察呀！真的假的，不会是来闹事的吧！这情况我见得多了。阎大鹏怀疑地说着并握起了拳头，胳膊和胸脯上立即隆起坚硬的肌肉。常青云心头一紧，心想今天遇到练家子了，绕过阎大鹏去抓阎文华，阎大鹏一巴掌过来把常青云推了个趔趄。李民强见状冲过来和阎大鹏打在一起，你一拳我一脚几个来回，不相上下。两人跃起向对方踢去，两脚相向而来，把两人撞击得向后倒退了几步。阎大鹏站稳脚跟来了个大鹏展翅准备再战，李民强摔倒在地，爬起来捂着腰向前冲去。

陈华敏刚进入大厅，两个光头又追了过来，陈华敏情急之中左右开弓，毫不留情地抓住两个光头打过来的拳头向后一背，转身向前一推，重重地将他们摔在大厅里，两个光头在地上呻吟不止。

陈华敏一个箭步走到李民强的前边，说道，让我来对付他。阎大鹏见状有了敬畏之心，告诫自己小心为上，停止对常青云和李民强的攻击，对着陈华敏面部就是一拳。陈华敏稳如泰山，伸手抓住阎大鹏的拳头，飞脚侧踹将阎大鹏踢倒在地，大声吼道，警察抓人，谁敢阻拦？说着拿出警官证在众人面前亮了亮，又利索地装进衣兜里，向躲在里边的阎文华走去。

阎大鹏好久没遇到过对手了，揉着疼痛难忍的大腿，打量着眼前的警官，不仅长得俊俏而且武功高强，心想好汉不吃眼前亏，打赢了吃官司，打输了憋气窝火，左右都是亏本买卖，还不如做个顺水人情。想到这说道，真是警察呀！穿着便衣，挺难辨认的，不早说呢！误会！误会！我还以为是砸场子的呢。你找谁？尽管带走吧！

阎文华带着哭腔道，鹏哥！救我呀！见阎大鹏没反应，就大声央求道，光头哥！阎标！救我。光头心想，我俩还自顾不暇呢，哪有工夫救你，好自为之吧。

陈华敏大声道，带走！常青云和李民强冲过去押着阎文华上了警车，风驰电掣般返回学校。

四

郝运来看到陈华敏胜利归来，愁云密布的脸上终于绽开了笑容。趁李民强去审问阎文华时，郝运来问道，盗窃电视机的信息可靠吧？他可是报警人，别冤枉了好人呀！

陈华敏凑到郝运来的耳根，小声说道，姜八斤提供的信息没错，他们两家有世仇，前些年，阎姜两家因耕地纠纷，阎家兄弟将姜八斤打成了轻伤，所以姜八斤老盯着阎家的问题不放。他看不得阎家兴旺发达，况且偷东西这事儿人见人恨，举报他理所当然。

郝运来担心道，是吗？还有这事。他不会是有别的想法吧！

陈华敏妩媚地笑道，他能有啥想法，放心吧！说着走到门口又道，我去审问阎文华，看他跟银匠被杀是否有关系。

石望春走过来说道，当然有关系了，现场有他的脚印，从干湿程度分析，他进入受害人家中的时间有误差。他说是第二天早上进入银匠家中，但是从脚印水分蒸发的时间来看，应该比他说的时间早了五六个小时。也就是说，他是在凌晨一两点进入银匠家中。半夜来访，现场又留下了他的胶鞋印和指纹，肯定有隐情。

郝运来道，那他有涉嫌杀害银匠的可能，走！你们问他，我也听听咋回事儿，先刑事拘留了再说。三人来到临时审讯室门口，石望春走进审讯室，坐在李民强身边开始审问。

阎文华，你跑啥呢？李民强冷冰冰地问道。

没跑呀！我想去市里买点儿东西。阎文华狡辩道。

买东西跑到健身房干啥呢？

找阎哥借点儿钱。

好像还有点儿道理，你家的电视机哪儿来的？

买的呀！

多少钱？

这……东西吗？3000多元吧。

有发票吗？

二手市场买的便宜货，哪来的发票。

净瞎说！二手商品就没有发票了吗？

这个真的没有。

你家年收入多少钱？

收入……大约……六七千元吧！

买电视的3000元可不是小数目呀！

我家省吃俭用呗！

据我们了解，你家除了生活开支剩不了几个钱，你还经常参与赌博，哪有买电视的钱！实话告诉你，这台电视机就是火车被盗案中的一台，还不如实招来！

石望春用力拍着桌子，沉稳有力地说道，你家的存款已查清楚了，根本就没买电视的开支，更谈不上发票的事了，我已经听了你们好长时间的对话。

阎文华心里打着鼓，低下头沉思起来，寻思着即便编出千百个理由，他们细查的话也会露馅，想到既然纸里包不住火，还不如老实交代，于是说，电视机是我在火车上偷的。石望春讽刺地夸奖道，你好身手呀！简直就是“铁道游击队”呀！讲讲经过吧。

阎文华交代道，前些天我赌博输了钱，手头有点儿紧，看到由北向南的火车经过村里，因为车重还是上坡速度特别慢。我就想扒火车偷点儿东西，观察了几天，觉得白天扒车容易被发现。到了晚上 10 点多，我看火车道边行人稀少，就跟着向南行驶的火车跑，我和火车的速度差不多时，就抓住扶手爬上火车。用撬杠把货箱的门锁撬开，打开铁门，看到里边有好多木箱子，我顺手扔下了两个箱子，感到火车跑得越来越快，就不顾一切地跳下火车。我找到箱子，把箱子藏在草丛中，等夜深人静时，再分两次把箱子扛回家中。打开箱子发现是电视机，看了看还好没有摔坏，心里直夸这包装真到位。就留下来自己用了一台，把另一台电视机卖了 1000 多元。

石望春问道，钱呢？阎文华答道，我去赌场想捞回本钱，没承想又输了个精光。

石望春笑道，于是你就夜闯银匠铺子想弄点儿钱花，对吧？

阎文华低下头又不言语了。

咋的，哑巴了？石望春威严地说道。

陈华敏走进审讯室，见阎文华不回答问题，就冷不丁地问道，去银匠家干什么了？

阎文华抬起头看了一眼陈华敏，又低下头没有回答。

李民强站起来道，陈队，你坐。

陈华敏摆摆手示意李民强坐下继续写笔录，又问道，你没有如实交代，你以为你说的话我们都相信吗？从现场留下的脚印分析，你进入银匠家中的时间，比你说的时间提前了好几个小时，怎么解释？

阎文华慢慢地抬起头来泄气道，我……我……我……唉……唉！这个你们也知道。

其实我是晚上去的，我赌博输了钱，欠了一屁股债，想着银匠叔祖辈做生意，肯定有存款。去他家弄点儿钱花，就是被发现了也没大碍。他老了，也没多大反抗能力，再说了他也不会去告发我，他还要靠我这个远房侄子养老送终呢。

陈华敏提高了嗓门儿，愤怒地说道，那你也不能杀人呀？

阎文华喊冤道，警官！我哪敢呢！再说了他是我叔，我咋能下得去手。

陈华敏插嘴道，银匠死了，你不就可以得到他的遗产了吗？杀人动机多么充分。

阎文华喊道，警官！冤枉啊！不是我杀的人！我承认是晚上去的，不过我去的时候，他已经死了。

陈华敏举起拳头，对着阎文华的脸打过去，拳头紧贴着鼻尖停了下来，吓得阎文华闭上眼睛等着挨打。李民强腾地站起来拉住陈华敏笑道，陈队！不要打人！

陈华敏怒道，警察不打好人，这种杀人不眨眼的孬种，打死了也不亏。

石望春笑了，陈队！打呀！咋不打了呢？

陈华敏笑道，人是我带回来的好不好！你以为我跟你一样傻帽！说着举起拳头晃了晃接着说，武力威慑坏人还是可以的，再不说，可要来真的了。说着右拳打得左手掌砰砰直响。

阎文华心里早就撑不下去了，痛苦地紧皱着眉头，脸部扭曲得像癞皮狗似的，每个褶皱里都透着恐惧和无奈，近乎呻吟般地说道，我说！我老实交代！

石望春笑道，那你还等啥？等着挨揍呢？

阎文华平静了一下，说道，平常银匠叔家白天都是开着院门，他为了安全，晚上就会从院内把门闩插上。那天，他家的院门从外面上着锁，我觉得奇怪，银匠叔腿脚不便，下雨天还走亲戚，不过这正是去偷东西的好机会，反正朝他要钱，他也不会痛快地给我。

后半夜，我翻墙进入院内，他家上屋的门虚掩着，我轻轻推开房门，发现椅子上坐着一个人，好像睡着了似的。我就大着胆子用手电照着走过去，才看清楚银匠叔在椅子上坐着，头上的血迹已经结痂了。我伸手探了探他的鼻子，已经没了气息，身体都凉了。我赶紧从原路返回家中，心里很不是滋味，为银匠叔的死亡而难过。

想报警，但担心牵扯到自己。又害怕天亮了，如果银匠叔的尸体被人发现，自己去过他家，就是跳到黄河也说不清楚，还不如早点儿报警，争取你们的理解。

陈华敏逼问道，恐怕还没供述真实的经过。

阎文华哭丧着脸道，我全说了，信不信由你。

陈华敏拿起杯子喝了口水沉思不语。

石望春笑道，呵呵，说得不赖，我信你的，行凶者另有其人，不然的话，另外的三个大人脚印咋解释？

陈华敏放下杯子不服地说，你！一个意见布袋，有什么高见说说吧！

石望春不紧不慢地说，室内另外三个人的脚印含水量较小，充分说明在阎文华进去之前已经离开了，具有作案的重大嫌疑，并且作案后从容地离开现场，把院门从外面上锁，可以看出凶手具有一定的反侦查能力。

陈华敏点头道，嘿！有一定道理，这种分析还差不多。

石望春看着李民强和常青云道，送拘留所的事就交给你们了。说完向指挥部的帐篷走去。

王书磊懒散地在帐篷外面转来转去，看到石望春过来两眼冒着渴望的光笑道，叔叔，你们的人都去哪儿了？

石望春笑道，小同学有事吗？王书磊嬉皮笑脸地说，方便面真好吃，能不能再给我弄一盒。石望春温和地笑着说，放学不回家，来要吃的是个啥情况？

王书磊献媚地哈腰奉承道，叔叔不仅长得帅，还是个好人。嘿嘿地傻笑着。

石望春真想问问银匠被杀案件的情况，想从他那儿得到些线索，再次怀疑眼前的小学生就是杀人凶手。可转念一想，觉得自己真是为破案绞尽脑汁，简直想得发疯了。于是又拿起桌上的档案，翻到王书磊的页面仔细看着。他觉得虽然他还是个孩子，但他具备杀死暮年老人的能力。

再转念想想，唉，都是命案闹得自己胡思乱想，他要是杀人犯早就跑了，哪还敢在警察面前晃来晃去，为了吃的，天天来讨要方便面，况且他不在排查年龄范围之内。话到嘴边又咽了回去，强忍住自己询问的欲望，没有问王书磊，反而递过一盒方便面，王书磊接过方便面千恩万谢地走了。

五

机动队排查工作在紧锣密鼓地进行着，市局领导也为案件侦破昼夜难眠，凌晨时分张副局长打电话问道，运来呀，案件进展得怎么样了？

郝运来正在汇总案件材料，急忙说道，扩大侦查范围，仍然没有线索，案发后离开的可疑人员排查也没结果，只是抓到了盗窃火车物品的小毛贼。

张副局长斩钉截铁地说道，排查所有可能作案的男性村民。另外，今天接到一封举报信，内容是“要想找到阎文修村南矿洞内自杀”，民警在伊龙村村南矿洞中发现一具尸体。

郝运来问道，是自杀案件吗？

张副局长沉稳地答道，据说是自杀。前几天，阎文修家人报过失踪，我们正在查找举报信上的字体，初步断定是三个小学生的笔迹。排查了一天也没个眉目，正好你在伊龙小学，局里就不另派人员去排查了，你一并安排同志们完成排查任务吧。

郝运来脑子里轰地一下，顿时空白了，停顿了一会儿道，是！请领导放心！保证完成任务。心想，嘿嘿，一波未平一波又起，反正放一只羊和放一群羊都是放羊，一块儿弄吧，兴许对银匠案有所帮助呢。

第二天，郝运来安排民警采集学生笔迹。石望春心里的疑虑越来越强烈，审视着前来讨要方便面的王书贵，看得王书贵直发毛。石望春把目光停留在他的右手上，突然发现他的无名指粗得出奇，凭经验判断是受伤引起的肿胀，便产生了强烈的怀疑。温和地问道，小同学，你知道我们在这儿干啥吗？王书贵笑道，警察不就是抓坏人的吗？具体干啥我哪知道呀！

石望春试探地问道，有个老爷爷被打伤了，你知道吗？王书贵看着整箱的方便面舔了舔嘴唇道，哥哥不让说。石望春轻轻地拍了拍方便面箱子，诱惑地鼓励道，想吃方便面吗？你要是说得有用，我把这整箱的方便面都给你，只要你能搬走就中。

王书贵搓搓手笑眯眯的，欲言又止。石望春看他犹豫不决的样子，觉得火候未到，就指着旁边的火腿肠箱子，憨厚地说道，看到没？再加一箱这个好吗？这可是没开箱的火腿肠呀！你试试能搬走吗？

王书贵撸起袖子跑过去，把火腿肠箱子放在方便面箱子上，用力抱起来笑着说，不能诓人呀！这对我来说可是好吃的东西。

石望春看到王书贵右手手腕上溃脓的伤口，更加肯定了自己的判断。于是就诚恳地笑道，叔叔咋能诓人呢？真的都给你。王书贵一脸认真地说，银匠老爷爷是哥哥带着我和小红打伤的，这下可以把东西抱走了吧。

石望春笑嘻嘻地说，哎呀，小同学，想吃方便面也不能乱说话呀。真的叔叔！我不诓你。王书贵一本正经地补充说。

石望春感到孩子的样子挺可笑，为了一点儿吃的竟然胡说八道，就认真地问道，那你以前为啥不说？王书贵天真地笑道，哈哈，你也没问我呀！

石望春关切地问道，手指怎么肿了？伤口溃脓了也不抹点儿酒精？王书贵收起笑脸说道，老爷爷劲太大，把我弄伤了。回家也不敢说，害怕我娘打我。

郝运来听得真切，说道，望春！不能当儿戏放过这条线索，问得再细致一些，就可以辨明真假了。

王书贵说完搬着东西向外走去。

石望春摆了摆手急忙阻止，说道，小同学慢点儿！你们是怎样把老爷爷打伤的？

王书贵有些紧张地说，是哥哥打的，其他的我就不知道了。

啥时候打伤的？

我不知道。

王书贵突然想起哥哥对他说过的话，谁问了也不能说，他心里害怕哥哥揍他。

石望春面带微笑，敏锐地看着王书贵的脸，说道，你走吧。心想，可能这孩子想得到吃的东西，就胡乱编些谎话，不必太在意。但他还是很赞成郝队的意见，认为这是条非常重要的线索，如果是真的，那么这个知情的小孩儿就很危险了，应该保护起来，我跟着他或许能够查明事实真相。

石望春悄悄尾随着王书贵，走过一条街。王书贵气喘吁吁地把箱子搬到网吧门前，王书磊接过东西搬到吧台处暂存，夸奖道，这下咱们打游戏就有好吃的了。他问道，从哪儿弄来这么多好吃的东西？

王书贵得意扬扬地炫耀道，警察给的呗！

不会吧！我去要了几回，好话说了几箩筐，就给了我一盒方便面，并且说以后不要再来了。王书磊故意大声地强调道，你咋要得这么多？是不是向警察说了不该说的话了？

王书贵害怕道，没啥！警察叔叔问了一个问题，我回答他们了，就给了我这么多好吃的东西。

王书磊担心地问道，真的吗？问了些啥问题？他们这么大方。王书贵小声道，他们问银匠爷爷是谁打伤的，我回答是咱们和小红打伤的。

王书磊急了，骂道，你小子都说了？王书贵狡辩道，没都说，我回答完了，才想起你不让说出去，后来问我的话，我都说不知道。

王书磊气得直跺脚，真想揍他一顿解解气，可是打了自己的叔伯弟弟，不好向叔叔交代。心想，只要自己不承认，警察也没办法查清楚，要不这么长的时间也没有找到我们。

于是王书磊说道，我们吃饭吧，一会儿去火车道边要“当马虎”咋样？王书贵高兴地答应道，太好了！我最喜欢“当马虎”了。

六

王书磊提议用“锤包剪”的游戏方法决定胜负，胜出者先当马躲藏起来，让当老虎的人闭上眼睛，给当马的人几分钟藏身时间，当躲藏的人藏好了，当老虎的人开始四处查找，抓到躲藏的人为止。

三次“锤包剪”过后，王书贵赢了王书磊，就先当马躲了起来。过了一会儿，王书磊大喊，藏好了吗？我可要抓你了。边说边向火车道走去。他把带来的一根火腿肠放在碎石上，向前走两步又在枕木上放了一根，再到两个轨道中间放上一根，向前又走了几步，放上一根火腿肠，依次向前放完第六根火腿肠，回首望了一眼自己的杰作，心满意足地去抓王书贵了。

王书贵在杂草中东躲西藏，还是被王书磊抓个正着。王书磊大声喊道，抓住你了。说着把趴在地上的王书贵拉起来，又说道，这次轮到你当老虎，该我藏起来了，我藏得远一点儿，看你咋抓到我。

王书磊故意翻过铁路线，边走边说，我藏起来，看你有本事找到我。过了一会儿，听不见王书磊的声音了，王书贵睁开眼四处踅摸，铁路这边的草丛中没有发现王书磊，王书贵认为他可能翻过铁路藏在对面的草丛中。

此时，听到由远而近隆隆的火车轰鸣声，王书贵走到火车道旁边。突然看到火车道碎石上有一根火腿肠，他兴奋地跑过去捡了起来，抬头一看，嘿，前边还有一根，就跑过去捡起来。向前望去，火车道里的几根火腿肠映入眼帘，王书贵高兴坏了，对身后火车的隆隆声置若罔闻。当他捡起第五根火腿肠的时候，听到火车急促的汽笛声，就连脚下的碎石都在颤动着发出咯嘣的碰撞声，王书贵犹豫了，但在美食的诱惑下，他还是向第六根火腿肠的方向跑了过去。这时石望春从铁路边冲了过来，抱起王书贵翻身滚下铁路，火车轰鸣而至呼啸而过，哐当的声音吓得王书贵魂飞胆战。

石望春带着惊魂未定的王书贵回来，陈华敏已经拉着王书磊来到指挥部，大家分头对两个重大嫌疑人进行审问。

郝运来看到两个副队长兴高采烈的样子，听了汇报乐得眼角打起了褶子。他立即通知家长过来，但是没有找到家长，只好通知学校老师过来参加讯问，并向张副局长做了详细汇报。

石望春关心地问道，王书贵！你知道火车道上为啥会长出火腿肠吗？王书贵摇着头天真地回答道，不知道，挺奇怪的，会不会是火车上掉下来的呢？

石望春提醒道，你看这火腿肠和我送给你的是否相同？王书贵拿起火腿肠摆弄着试探地说道，是的，牌子相同，难道是你放上去的？

石望春笑道，傻孩子！我咋会干这么小儿科的蠢事，多危险！刚才如果不是我及时赶到，把你从火车道上救下来，你还能活生生地站在这儿说话吗？

王书贵傻笑道，我也想不明白，这火腿肠简直神了，咋会自己跑到火车道上呢？石望春提醒道，谁有这样的火腿肠，你还不明白吗？

王书贵想了想，说道，这个牌子的火腿肠你们有，我拿回去那些吃的，磊哥保管着呢，难道是他放在火车道上的？

石望春满脸肯定地笑道，你总算明白了，我担心你的安全，就跟着你藏在草丛中，发现王书磊把火腿肠放在火车道上。只有你俩在那儿捉迷藏，他的用意太明显了，是想故意拖延时间。等火车快要过来时，他躲在铁路对面，让你翻越铁路发现火腿肠。当你捡拾火腿肠时，火车刚好通过这里，你面临被撞死的危险，还不明白他的用意吗？

老师插嘴道，我听明白了，这也太歹毒了吧！他想让火车撞死王书贵。

王书贵听完害怕地哭了起来，说，哥哥不是这样的人呀！他会让我死吗？

石望春安慰道，是的！他想弄死你，如果你死了，就永远不会说出他打伤银匠爷爷的事了。别害怕！把那天打伤银匠爷爷的事说一遍。

王书贵伤透了心，说道，既然磊哥这样对我，我就没啥好隐瞒的了。他一五一十地讲述了那天杀人的经过。

七

刘倩楠和王艳红请来了小红娘，殷小红怯生生地跟在她娘身后。

刘倩楠细声地问道，小红娘，小红参与了杀人案件，你相信吗？小红娘“啊”的一声，惊讶得合不拢嘴，半晌才回过味来道，七八岁的孩子能杀人？瞎说的吧！谁信呀！

王艳红没好气地强调道，没有做不到的事，只有想不到的心，问问小红就明白了。

小红娘拍着大腿，急赤白脸地说道，你们这些吃公家饭的人，没本事揪出真凶，总不能拿个小孩儿定罪吧？

隔壁的审讯同时进行着，陈华敏来到王书磊面前横眉冷对，威吓道，好你个半大小子！竟敢和警察捉迷藏。

王书磊虽然心里有些害怕，但还是不紧不慢地说道，我只是和书贵“当马虎”来着，哪敢跟你们捉迷藏。

知道为啥这么长时间没问你吗?

不知道。

我们在询问王书贵和殷小红，他俩把那天你们仨的所作所为都讲清楚了，你老实交代吧！

我没杀人，别冤枉我好吗?

陈华敏从桌子底下拎出透明塑料袋，问道，这是你穿过的黑色胶鞋吧?

是的！这是我爹的胶鞋，那天下雨时我穿过。

别说你没去过银匠家，这个鞋印照片和石膏模型仔细看看，和你的胶鞋大小纹路高度吻合。

王书磊看了看，说道，是我的胶鞋留下的印子，你们从哪儿弄来的?

当然是在银匠家里弄到的了。陈华敏说着又拿起塑料袋道，这砖块你用过吗?

我用这块砖砸老爷爷的头了。

把那天的经过老老实实讲一遍吧！

王书磊看到这么多的证据摆在眼前，觉得实在瞒不下去了，无奈地请求道，给我泡碗方便面，另加两根火腿肠，吃完了我就说。

陈华敏怒目圆睁道，你一个小屁孩儿，敢跟我们讲条件，看我咋收拾你。

王艳红陪着笑容，说道，陈队息怒！我给他泡面去。

过了一会儿，王艳红端着热气腾腾的方便面进来，王书磊戴着手铐接过方便面，一边吹着热气吃着面，一边说着杀人的经过。

星期六的上午，我和王书贵、殷小红去村里新开的网吧玩游戏，正打得起劲呢，时间到了，需要往卡里充钱，才能重新上线。可是我没钱用了，老板说啥也不肯给我们赊账，我只好向同学去借，也没弄到钱。

我们经过老银匠家门口时，看到他走路慢悠悠的，没精神，就想起大人们常说他年轻时家里多么富裕，他家以前开过银首饰铺子，解放前还得了一些意外之财，现在肯定有钱。我就带着书贵和小红去银匠家里，经过早已停业的银匠铺子来到上屋，想向爷爷借点儿钱。可是，银匠爷爷坐在凳子上摆着手，不肯借钱给我。于是我就想把他打伤，抢他家的钱，可是我的个子太小，害怕打不过他。我就让书贵和小红拿着细绳子，在银匠面前嘻嘻哈哈地和他说笑。我偷偷拿了砖块绕到银匠身后，趁其不注意，将砖块砸到银匠的后脑勺上，银匠的头就出血了，书贵和小红趁机用绳子勒住银匠的脖子。

银匠忍着痛说，杀人是犯法的，还不赶快松手。说着他双手拉住绳子用力向前一扯，小红就被拉了过来摔倒在地。书贵急忙去抓银匠的手，却被银匠趁机揪住右手，另一只手用力卡住脖子，卡得书贵直翻白眼。

我拿砖块对老银匠头上又重重地砸了几下，王书贵掰开银匠的手，干咳了几下，和小红又把绳子勒在银匠的脖子上，我问银匠家中值钱的东西放哪儿了。

老银匠指了指水泥大缸，头歪在一边就睡着了。我过去用力想把缸推开，缸里装满了麦子实在太重了，我没推动，就让书贵和小红一起推缸，我们仨用力把缸推开。地面上出现了一块木板，把木板打开，里边有个小铁箱子，撬开箱子的铁锁打开盖子，里边有银首饰、银镯子、银戒指。我们把这些东西装进口袋，在屋里翻了翻也没找到钱，就赶紧跑出来。我害怕银匠的事被人发现，就把上屋的门关上。我们走出银匠家的大院，想把门锁上，可是，我踮着脚也没够到门锁，只好抱起小红，让小红把门锁上，我们就回家了。

当时你们穿的啥鞋子?

我穿的是我爹的胶鞋,他俩也是穿着大人的胶鞋。

你们为啥要穿大人的胶鞋呢?

我们这儿小孩子没有胶鞋,只有大人干活儿时才穿胶鞋防水呢。那天,我们仨都穿着大人胶鞋出来玩。

郝运来笑道,我们想得太复杂了,真相就这么简单。

陈华敏追问道,首饰放在哪儿了?

王书磊答道,卖给收破烂儿的老头儿了。

卖了多少钱?

一共卖了110元。

钱在哪里?

我们上网玩游戏用完了。

你认识那个收破烂儿的老人吗?

我不知道他叫啥,也不知是哪儿人。他经常来这儿收破烂儿,但是我见到他能认出来。

八

门校长来到指挥部,递给郝运来一摞材料道,郝队长,这是学生的笔迹样本。听说你们要走了,几位学生家长自家种的桃子熟了,看你们工作实在辛苦,拿来慰问民警。

郝运来道,不能这样,我们的到来,已经给学校和群众带来很多麻烦,咋能收群众的水果呢?

门校长诚恳地说道,你们夜以继日地工作,是用生命的长度换取人生的厚度,值得我们尊重。郝运来道,这都是我们分内的事。我们不惜牺牲自己的生命也要和犯罪分子斗争到底,只要他们敢干违法犯罪、倒行逆施的事,我们就让他们生命的宽度变窄,他们生命的长度就会缩短。这是我们的职责。门校长拉住郝运来的手,深情地说道,这是村民的心意,礼轻情意重,请收下吧！郝运来不再推托，喊道，华敏，问完了吗？把咱的方便面拿过来让学生家长带走。陈华敏搬了一箱方便面递给门校长感谢道，谢谢校长多日来的照顾。郝运来和门校长握手道别。

陈华敏见校长一行人走远了，说道，郝队！张副局长让你带队去处理矿洞杀人案，说是已经通知你了。

郝运来道，是的，我已经接到通知，我们一起去吧。石望春拿着材料走进来笑道，案件拿下了，这回有戏看了。

郝运来道，你留下来继续处理银匠案，告一段落后，及时支援我们。

石望春不满意地说，咋又让我断后，你们破大案也不带上我。

陈华敏扮了个鬼脸道，别着急！先在这儿看戏，你干的活儿在后边等着呢！你先把善后工作完成，我们去打前站，你是我们强大的后盾。

石望春嗤之以鼻地说，我才不想做你的后盾，你做我的后盾还差不多。

王艳红嗤笑道，你咋不让她做你的贤内助呢？

石望春嬉皮笑脸道，看她那倔驴的脾气，谁敢娶她呀！不得天天受气。

王艳红看到陈华敏噘起了嘴，觉得怪有趣，又说道，反正往炉膛里扔柴火，内部燃烧温度更高，生活会过得更加红火。

陈华敏哪肯让他俩占了便宜，举起拳头愠怒道，嘴贱！小心挨揍！石望春和王艳红急忙笑着躲开了。

郝运来一行人来到山峦之中，张副局长也刚刚到来，侦查矿洞杀人案正式拉开帷幕。

张副局长介绍道，派出所同志们已经把现场保护起来了，等待我们勘查。这里情况比较复杂，我们是先看材料还是先去现场勘验？

郝运来笑道，听领导安排。张副局长道，走吧，一起到现场看看，掌握第一手资料才有发言权。

张副局长带着郝运来、陈华敏一行人，拿着手电戴着头灯，进入银矿二级洞内。秋天的矿洞黑乎乎的，潮湿路滑，洞里不时传来叮咚作响的滴水声音。矿洞里安静得有点儿吓人，突然有鸟儿受到惊扰，从洞中飞出，顺着民警的头顶掠过，刘倩楠害怕得惊出了一身冷汗。

张副局长介绍道，这是个废弃了多年的矿洞，前些年盛产银矿石，振兴了地方经济，也增加了当地群众的经济收入。经过几年的开采，从山上到山下开采了三级洞穴，银矿石枯竭了，这儿就成了无人看管的废弃矿洞。不过这里距村子不是很远，经常有村民和采药人造访。

大家听着张副局长的介绍，在摸索中已经前行了将近三公里。前方发现亮光，张副局长兴奋道，到了，前边就是中心现场。

申所长迎了过来，敬礼道，张局好！郝队好！双方握手问候。

张副局长道，现场外围发现情况了吗？申所长道，目前还没有，正在走访群众，我们也是刚刚赶到，已经把现场保护了起来，等着领导勘验定案。

大家说着穿上工作服，戴上头套、脚套、手套，拿着勘验工具，跨过警戒带进入案发现场。

陈华敏仔细观察着地面的每个角落，还不时用手电筒在洞壁和洞顶照来照去。一不小心被脚下的石头绊了个趔趄，差点儿摔倒，埋怨道，申所长！我们还是老同学呢！就这样招待客人吗？连个照明工具也没有。

申所长笑着自责道，请见谅，已经安排了，电灯很快就会照亮这里。过了一会儿，地面上响起柴油发电机隆隆的声音，几个带着金属护罩的强光电灯泡从洞口递下来，悬在一级洞和二级洞的空中，把现场照得如同白昼一般，就连洞壁上的苔藓也清晰可见。突出的岩石下有黑乎乎的东西在蠕动，定睛望去原来是一群受到惊扰的蝙蝠，它们正倒挂着身体向黑暗处挪动，使这个死人现场显得更加阴森恐怖。

陈华敏环视了四周，又看了一眼申所长道，这还差不多。申所长学着陈华敏的语气说，“这还差不多”成你的口头禅了，老同学。

陈华敏手里干着活儿，说道，不会吧，随便说说而已。申所长笑道，从学校延续到现在，你说了多少次？数也数不过来，不是口头禅又是啥？

陈华敏没有回答，她被眼前的景象吸引了，慢慢地蹲下来道，先别过来，这儿有迸裂的脑浆和头盖骨，还有蚂蚁在聚集蚕食，刘倩楠，过来把它拍下来。

刘倩楠在陈华敏身后不远处，听到陈华敏叫她，心里咯噔一下，答应着来到陈华敏身边。眼前的惨状使她脑海里闪现出脑浆迸裂时的景象，胃里的食物上下翻滚起来。刘倩楠捂着嘴，强压向上翻滚的酸水，不让食物呕吐出来，以免毁坏现场。失去控制的相机在其胸前来回地晃动着。

陈华敏见状道，难怪有人说你是胆小鬼呢！死人有啥可怕，老师是怎么教你的？就这点儿胆量还搞刑事侦查。说着伸手从刘倩楠脖子上取过相机，继续说道，艳红，把白炽灯举高点儿，让我把这里全拍下来。

申所长借着灯光向前望去，说道，我在这儿插上小红旗标个记号，大家注意点儿，防止损坏现场物证。

郝运来道，快看死者的脸部都摔变形了，脑袋摔碎了，脑浆和头盖骨摔出几米远，看起来有一定的高度才能摔成这样。

陈华敏道，不过这里没有多少血迹，没有想象中那么血腥。

张副局长道，受害人脑袋先着地，短时间内死亡的现场，身体就很少有动脉血外流，现场血迹就会相对较少，不过看样子，头部、四肢、肋骨均有骨折，有二次撞击的迹象。他抬起头向上望着，说道，申所长，上面保护起来了吗？

申所长回话道，已安排民警在上边值守。

郝运来建议道，我们到一级洞和地面看看，事情就会一目了然。

张副局长还没来得及接郝运来的话，兜里的手机响了，他接通电话，市局技术队员道，经比对，没有举报信中的笔迹。张副局长道，通知全局查找遗漏的学生笔迹，务必找到举报人。

郝运来等张副局长把手机装进兜里，请示道，二级洞已经勘验完毕，我们去一级洞吧？

张副局长道，进来时看前边有个洞口通往上面，需要借助绳索才能攀爬上去，这样不至于破坏了现场痕迹。

郝运来关心道，你年纪大了，你和民警一起走到一级洞，这样安全些。

张副局长笑道，还不到50岁，算什么老！再说了，我当年也经过特殊训练呢！走出去再进到一级洞，来回至少五公里，山洞里岔道众多，我们又不熟悉这里的环境，走错了道儿岂不是耽误时间。就这么定了，我们攀爬去一级洞。

陈华敏道，张局！我来保护你！申所长已安排人员去洞口了。

来到洞口，张副局长活动活动胳膊伸伸腿，说道，我们比比看谁上得既快又安全。

申所长对着上边喊道，小李子，把绳子固定好扔下来，需要安全绳明白吗？小李子把两根绳子固定在石头上，把另一头扔了下来喊道，结实着呢，上吧！我来拉安全绳。

郝运来讲道，洞口往下滴水，洞壁岩石上有青苔比较湿滑，大家要小心攀爬。

张副局长笑道，让我先来，说着把安全绳系在腰间，用手拉紧绳子，用力向下拉了两次，检验绳子是否结实，就开始轻松地向上攀爬。小李子慢慢地收紧绳子，保护着张副局长安全攀爬到一级洞地面。

申所长道，让女同志先上。陈华敏道，倩楠，你先上。刘倩楠系上安全绳，抓住绳子用力向上攀爬，到了岩石突出的地方，感到力不从心，想停顿下来缓解疲劳。

一条黑蛇受到惊扰，突然从石缝里钻了出来，嘴里吐着蛇信子，虎视眈眈地看着空中悬着的庞然大物。刘倩楠吓得大声尖叫，有蛇！悬在半空不敢动弹。

郝运来喊道，不要怕！把绳子绕在脚上蹬紧，减少手的拉力。陈华敏喊，倩楠！抓紧绳子。她跃起伸手抓着绳子，攀爬到刘倩楠身边，双脚绕在绳子上，身体向岩石倾斜，一手扒着岩石的缝隙，一手从背后掏出匕首向黑蛇晃了晃，估摸还攻击不到黑蛇。

此时，黑蛇好像受到了威胁，迅速向前伸出头来攻击匕首。陈华敏见时机已到，手臂闪电般地一挥斩断蛇头，黑蛇失去攀爬的能力滚落洞下。陈华敏将匕首送入鞘中，双脚来回晃动，把绳子在脚上又缠绕了几圈，用力一蹬感觉到结实牢靠，就推着刘倩楠向上攀爬。小李子用力拉着安全绳，在两人的帮助下，刘倩楠终于艰难地爬上了山洞。

申所长捡起黑蛇道，好大的蛇呀！快有手腕粗了，这要是咬上一口那还了得。他们依次爬上山洞，向出事的洞口走去。

第二章　疑案蒙冤

一

石望春突然想起来，伊龙小学还有学生笔迹没有采集，当时王书磊、王书贵、殷小红正在接受调查。嘿！真有漏网之鱼。

于是他喊道，李民强，辛苦你把王书磊他们三人的笔录最后一页复印下来，送到市局检验科核对笔迹。我和常青云去看守所把阎文华取保出来，银匠的丧事催着我们尽快办理呢！正好银匠的案件告一段落，需要这个远房侄子送终。这里的风俗习惯都是土葬，阎文华不回来，就没人给银匠办理丧事。

李民强随声附和道，好吧！我去！心里却像刀割一样难受，女儿早产，妻子得了产后综合征，性格也发生了变化，时不时就发顿脾气，母亲年老体衰，还要伺候妻子和女儿，腰疼病又犯了。自己一个多月没回家，眼看这个案件有了结果，却又突发矿洞杀人案，这不是累死人的节奏吗？

石望春见他慢悠悠的，心不在焉，就说，民强咋了？有心事？我知道你家里的情况，事情办完了顺便回家看看吧。

李民强笑道，我家的事太多，不好意思请假，咱的工作这么重，要不等忙完这段时间，我去了就回来。

常青云大喘气地笑道，民强真是不容易，家里仨女人需要照顾。石望春不怀好意地笑着说，民强老兄可是超标了，生活咋不困难呢？常青云坏笑道，你真孬！别误解了，人家是母亲、妻子和女儿哪个都不省心，工作又不甘落后，真是难为他了。石望春笑得前仰后合道，青云呀！你才孬呢！差点儿让我掉到坑里了。

石望春边开玩笑，边办完阎文华取保候审的手续，和常青云开车去看守所放人。

路上，林晓燕打电话说，望春，这么多天也不来看我，害得我天天下馆子、吃泡面，你的厨艺都生锈了吧？

石望春一手开车一手接听电话，顽皮地回话道，等我办完案子，回去好好给你做顿大餐，弥补这段时间对美食的亏欠，唤醒你沉睡已久的味蕾！咋样？

林晓燕鼻音浓重地撒娇道，嗯……嗯！听话音又回不来了，就会耍嘴皮子，今晚还得吃泡面。你这家伙！已经欠我好几顿美食了，小心我炒你的鱿鱼，期待你早点儿兑现承诺！

石望春悻悻地挂了电话，加大油门向前冲去。

常青云担忧道，阎文华从看守所出来，加上三个小混球，我们需要看管四个人，警力紧张呀！

石望春道，三个小孩儿有父母家人照看，我们又不能采取强制措施，他们翻不了大浪。至于阎文华，我们不可掉以轻心，取保候审期间，可不能让他再做出违法犯罪的事来。

常青云道，听说这里的人死后，葬礼很隆重，亲戚朋友邻居都来吊唁，看上去热闹排场。

石望春道，银匠的葬礼难呀！阎文华家境并不富裕，那三个孩子家长不愿意出太多的赔偿金，认为孩子还小，警察拿他们没办法，又不想送孩子去集中学习，连丧葬费也不想承担，你说可气不？

石望春道，我们要想办法呀！防止出现不可控的事儿。说话间，汽车拐进看守所，两人办理登记手续，把手机和物品放在柜子里锁好，通过安检门进入看守所院内。民警看了看手续，把阎文华带到石望春眼前道，人交给你们带走吧。

石望春和常青云看了看阎文华，又默契地相视笑了笑。石望春道，你家人需要你回去处理叔叔的后事，我俩给你办理了取保候审手续，你要严格遵守法律，如果违反规定就会立即收监，影响你办理丧事，明白吗？

阎文华点头哈腰道，感谢警官帮助，我再也不会做违法犯罪的事了。在这里住了这么长时间，关在小屋里，就像笼子里的鸟儿有翅难飞。说着话，三人经过民警和武警的审核，走出看守所。

石望春从柜子里取出手机，上面有林晓燕打来的三个未接电话。石望春边向外走边拨通林晓燕电话，里边传来嘟嘟的等候音。

三个人坐上汽车向伊龙村开去，石望春的手机又响了起来，他赶紧降低车速，接通电话。林晓燕道，刚才开会没有接听电话，没意见吧？

石望春道，哪敢提你的意见！我在开车，一会儿给你打过去。林晓燕道，就一句话，你回不来，方便了我去看你。说完便挂了电话。此时岔道的货车并入主道，险些相撞，惊得石望春一身冷汗。

常青云皮笑肉不笑地说道，开车接电话最不安全，你经常给别人提意见，今天我给你提个意见，以后开车使用耳机接电话，既方便快捷又安全可靠。

石望春放慢车速，刚想说些什么，突然两辆摩托车嗡嗡作响，追上警车呼啸而过向前冲去，黑色车身和白色头盔在阳光照射下格外显眼。

石望春手机又响了，他对常青云道，帮我接个电话，我加速追赶前面的摩托车。常青云接通电话，向后面看了看阎文华，答道，是，明白！

石望春道，啥事？这么正规。常青云道，回去单独向你汇报。汽车在阎文华家门口停下来，石望春看到那两辆摩托车停在树下，司机已经去了阎文华家中。就说道，你可以回家了。阎文华千恩万谢地下车回家，他家里有许多人在忙碌着，准备办理丧事的物品。

石望春目送阎文华走远了，说道，三天后就是银匠的葬礼，各方面都要准备妥当。常青云附耳过来小声道，矿洞杀人案举报信笔迹鉴定有结果了，与王书磊、王书贵、殷小红三人笔迹相吻合。

二

阎光头见到阎文华说道，我们来送银匠叔一程。说着拿出鼓囊囊的信封递过去，说道，文华哥！这是大鹏哥的一点儿心意，收下吧。

阎文华正在为钱发愁呢，阎标和阎光头来得正是时候，带来阎大鹏的心意，解了阎文华办丧事的燃眉之急。阎文华赶紧接过钱道，那我就不客气了，谢谢大鹏哥的好意！两位兄弟辛苦了。

阎文华有了钱，就算计着把葬礼办得热热闹闹，不管对银匠生前是否孝敬，死后还是要按照当地风俗习惯操办，不能落人话柄。

阎文华找来阴阳先生和主事人，买来寿衣、寿鞋、寿帽、盖脸手巾、纸人、纸马、纸轿……

还请人把银匠的尸体运回家中，等待尸体软化就和阴阳先生一起脱掉银匠的衣服净身，可是银匠四肢僵硬难以脱掉衣服，阎文华就用剪刀把他的衣服剪开，阴阳先生想用河水给他净身，说是活水净身，一路好走。

阎文华面无表情地哭道，现在河水污染严重，还不如井水干净呢。

阴阳先生道，也可以，那就用井水净身吧。

阴阳先生和阎文华用毛巾把银匠身体擦洗干净，两人抬起银匠前身，家人把寿衣放在银匠身下。

阎文华一边哭喊着，叔叔！抬抬胳膊我给您穿衣服了。一边把衣袖套在硬邦邦的胳膊上，大家配合着把寿衣穿上，又给老银匠穿上寿鞋，戴上寿帽。

阴阳先生问道，棉花呢？阎文华递过棉花道，要这干吗？阴阳先生道，看看就知道了。说着话把棉花拽掉两小块，在手里团成圆形塞在银匠两个鼻孔中，把剩下的大团棉花放在银匠的裤裆里，把银匠的两腿用麻绳绑紧。

阎文华不解地问道，难道他会跑了吗？还用绑腿？

阴阳先生解释道，因为要防止身体内食物腐败使人变形，脏东西从体内流出来污染了寿衣，所以才放了棉花还要绑上腿，这样可以防止棉花掉出来，让老人干净地上路吧！让他手里拿上五谷杂粮和钱，到了阴间好有个好日子过。

阴阳先生见阎文华没吱声，拿过手巾把银匠的脸盖上，继续说道，可以了，现在天热，遗体放在草床上容易腐烂，租赁个冰柜保存吧。

王河、小红娘、书磊爹前来吊唁，五万元的丧葬费都不愿意赔偿。最后商量每家拿出 500 元现金，殡葬当天无论是否有亲戚，三人都要当孝子给银匠送终，以这样的方式向老人赎罪。三人的父母心里不愿意，但又不想出那么多的现金，就同意了。

石望春和常青云把王书磊带到警车上，问道，王书磊！本来不想在这个时候问你，可是有案件牵扯到你。

王书磊有些害怕地问道，又有啥事儿了？石望春和气地说道，近些时间有人让你写过字吗？王书磊沉思片刻道，我想起来了，在你们找我之前，有人让我写过几个字，后来又让小红和书贵也写了一些字。

写的什么内容？

我想想！我写的大概是，要想找到阎。

其他情况你知道吗？

我不清楚。当时书贵和小红也来了，他们写的内容我不太清楚。

是谁让你写的？

我想不起来了。

好吧，你先回去。

说着话，石望春给常青云使了个眼色。王书磊走下警车，天色已经暗了下来。本来砸死银匠的事发生后，村里人对他就像躲瘟神似的，避而远之。他心中很害怕被警察抓走，又听阴阳先生说银匠死得委屈冤魂不散，心中更害怕了，白天怕人，晚上怕鬼，心里有所敬畏。下了车径直向家中走去，农村的夜路没有路灯，到了晚上很少有人走动，经过银匠家门口时，有灯光亮得照眼，家中有人忙着给客人准备吃食，并时不时传来几声阎文华妻子的哭声。

王书磊越走越黑，心里越发害怕，他听到身后索索的声响，下意识回头望去，惊得他“娘呀”一声，差点儿摔倒在地。

隐隐约约看到一团白色的东西下方带着火球，不远不近地跟着他。王书磊心想，难道是银匠的鬼魂来报仇了吗？吓得屁滚尿流，急忙拼命往前跑，脚绊在石头上摔了个嘴啃泥，脸上也摔了个大口子，鲜血直流。他捂着脸顾不得疼痛，一骨碌爬起来跑回了家。

常青云悄悄地跟在火球后边，走到亮光的地方，才发现是阎光头穿着孝衣，手里拿着火钳，下面夹着火红的蜂窝煤，正把火球放进小煤火炉子中。暗道自己也虚惊一场，心想，只要王书磊安全到家就好了。

李民强返回村里，小红娘在阎文华家里帮忙，都是乡里乡亲的，小红做了对不起银匠的事，自己拿不出足够的赔偿金，帮点儿忙也会使她心里得到些许安慰。她洗碗、择菜特别卖力，顾不得照看旁边玩耍的小红，小红从小就野惯了，在村子里乱跑也不足为奇。

李民强走出家门寻找小红，看到小红和阎光头正在说话。小红问道，叔叔又挑水呀？阎光头满脸的横肉强挤出点儿笑容，说道，把大水缸挑满，才能供上做饭用水，明天好多人在这儿吃饭呢。

李民强知道石望春让他保护小红的目的，是想从中挖出幕后的指使者，为破获矿洞杀人案打开突破口，查出究竟是谁让她写的举报信。

心想，这几个小孩儿刚涉及一起命案，怎么又被牵扯到另一起案件之中！

李民强忙活了一天，也没有发现可疑人员出现。突然内急去厕所，回来时发现小红不见了，前院人来人往没有小红的踪影，向小红娘问道，见到小红没有？小红娘说，刚才还见她去后院玩耍，现在不知在哪儿玩呢。

李民强快速来到后院查找，后院没人走动，喊了几声没人应答，正想离去，听到微弱的呼救声，救我呀！我是小红，在红薯窖里。

李民强放下提灯，把红薯窖剩余的盖子推开，两手扶着红薯窖壁，脚踩在壁上的土窝窝，一步步下到红薯窖底。看到小红惊恐地蜷缩在洞底，便问道，小红！受伤了没？小红哭着说，我屁股疼。

李民强把小红举过头顶，让她骑在脖子上，小红爬过李民强的肩膀，两手紧紧抱着李民强的头。李民强小心翼翼地把小红驮到地面，慢慢放下来，关心地问道，伤得咋样？

小红破涕为笑道，手腕和屁股有点儿疼。李民强道，走两步试试，看看骨头是否有问题。小红走了几步说道，我是屁股先撞地，骨头没事儿。谢谢叔叔！李民强庆幸道，摔下十几米深的红薯窖，骨头竟然没有受伤，真是万幸呀！

小红苦笑道，幸好屁股上肉多，掉下来时身体擦着墙壁下滑，衣服也磨烂了。

李民强道，你好端端地不在前院耍，到后院干啥呢？

小红顽皮地说，大人都在前院忙着干活儿，看我碍手碍脚耽误事，对我吆五喝六没好脸色，吵得我难受。我就来后院人少的地方玩，发现红薯窖上面的盖板像跳跳板一样好玩，不知道咋回事，上午跳着还好端端的，这会儿跳了几下板子就折了，我就掉到红薯窖里摔成这样。

李民强再次下到红薯窖里，把木板扛上地面，拿到灯光下仔细观察，发现木板断裂处有新鲜的锯痕，看样子是有人事先在盖板上做了手脚。

李民强领着小红来到前院，对小红娘说，孩子掉红薯窖里摔伤了，看好孩子，别让她乱跑。小红娘笑道，谢谢你的救命之恩，我长记性了，一定看好孩子。回头恼怒地训斥道，小红！你这个小屁妞，老是给我添乱，看我不揍你。小红嬉笑着跑开了。

三

阎标和阎光头两次都没得逞，担心书磊他们泄露机密，就想方设法让他们彻底闭嘴。光头购买了三挂一万响的鞭炮，送给阎文华道，出殡那天燃放，把葬礼办得热闹些。阎文华磕头作揖道，还是你想得周到。

阎光头想，只有铤而走险了，明大把鞭炮放在纸马、纸轿、纸人里，设法让三个小孩儿点燃纸扎，鞭炮就会在高温下剧烈爆炸，就让他们给银匠叔当陪葬吧！

阎文华给银匠守灵的最后一天，见有人进了灵棚，就扯起沙哑的喉咙干号几声，表示哀悼。

太阳西下，晚霞在层层叠叠的瓦片云中坠入深山，唢呐的哀乐声也慢慢停了下来。秋虫的鸣叫声此起彼伏，喧嚣的村庄笼罩在黑暗之中，人们逐渐散去，夜开始恢复了往日的平静。抬头望去，一轮弯月在飘浮不定的云中忽隐忽现，阎家灵棚的灯火像燃烧黑夜的火炬，耀眼醒目。

阎妻撩起阎文华的衣服埋怨道，你的孝衣为啥没缝边，毛里毛糙得多难看。说着穿针引线，拉起阎文华的孝衣就开始缝边。

阎文华赶紧骂道，你这个死婆娘，不能缝呀！这是老辈的规矩，毛边和光边有很大的区别。阎妻委屈道，有啥区别？我好心好意专门把针线拿来，给你的孝衣缝成光边，不想领情就算了，还拿规矩吓唬人。

阎文华耐住性子解释道，我也是才知道这些道道儿，穿毛边孝衣的人表示父母健在，穿缝成光边孝衣的人夫妻双方父母都已去世，懂吧！差窍娘儿们！

阎妻恍然大悟，连忙吐着唾沫说，呸、呸、呸！说法不少哩！随即慌里慌张脱下自己的孝衣，把已经缝好的布边拆开，递给阎文华，用卑躬的语气说道，看看这样行吧？原来还有这么多道道儿呢！幸好现在知道了，要不明天在乡邻面前丢人现眼不说，还不吉利，让爸妈知道了，还以为诅咒他们呢！那该多难受。

阎文华道，还有很多学问，如果不懂，听主事人的就行了。

阎妻不服地答道，嗯！我知道不懂不能装懂，还要你交代，就你懂得多。

阎文华听出了媳妇的怨气，就想好好教教她，也让她长个记性，于是故意问道，你孝衣后边疙里疙瘩的是啥东西？

阎妻不假思索地说道，我缝制的，还能不知道吗？一个是白面馍，一个是五谷杂粮，一个是纸钱元宝。

阎文华故弄玄虚地问道，你知道是啥意思吗？

阎妻有点儿蒙圈，自嘲道，我哪知道这些，只是照着人家的样子缝上去的。

阎文华提高了嗓门儿，教训道，我告诉你！经历一件事，就要多长些见识。你腰上的麻绳和刚才讲的都是埋完人才用的东西。人土葬后，孝子贤孙要把腰上的麻绳解掉，系在一起把新坟围起来，象征子孙在阴间给故人修建阴宅的围墙，把纸钱元宝烧掉，这叫给已故的人送钱。那个馍馍，每个人都要取出来，砸向坟上的白帆，看谁能把白帆树上的纸钱元宝砸掉，谁就运气好，也象征着给老人送吃的，听懂了吗？

阎妻听了自愧不如，反倒谦虚起来，满脸疑惑地问道，咱们请银匠叔的家产就行了，干吗还要每家分一块破被子？多脏呀！

阎文华乘胜追击地责骂道，你呀！除了好看的脸蛋儿和结实的身板，还有啥地儿值得让人称赞的呢？真是个吃才，这你也不懂吗？这叫后辈有人，盖的被子和人的一辈子中的"被、辈"谐音懂吗？谁分到老人的被子谁家就吉利！不懂就别乱说话。

阎妻听后心里更不痛快了，又点燃一些纸钱元宝扔进盆子里，交代道，明天摔瓦盆的事，你可要跑快点儿，别让叔伯家的兄弟抢去了。咱们这儿的规矩是谁摔瓦盆，给老人送去阴间的钱财，谁就可以请他的家产，继承他的家业。

阎文华很欣慰地说道，你总算有明白的时候呀！银匠叔生前体弱多病，我们像儿女一样照顾他的起居，至于财产的事别人想争也争不走，再说了摔盆只是个形式而已，放心吧！

常青云和石望春在暗地里观察着灵棚周围的动静。

常青云笑道，石队！明天是你展示厨艺的好机会，很久没吃你做的美味佳肴了，想必你也憋坏了吧！

石望春很遗憾地说道，这些天，帮忙的人吃的都是大锅菜，猪肉、粉条、炸豆腐、海带、丸子满锅煮，这才是纯正的家常便饭，做饭没啥技术可言。明天正式接待亲戚朋友，他家的人会非常多，按照风俗习惯，要开四方桌摆十碗菜，招待宾朋乡邻呢。我已做好大干一场的准备了。

常青云瞪起求知若渴的眼睛，学生似的说道，我还是第一次参与操办白事呢，据说山南和山北风俗还有所不同呢。

石望春道，山北吃的是流水席，菜品讲究的是色形味俱佳，每道热菜里都有汤汤水水，并且吃完一道菜撤下盘子，才上下一道菜，如同流水一样；咱们山南呀，摆的是十碗宴，菜品除了注重色味以外，讲究的是实惠易制作，上菜时用条盘一股脑儿地全部上齐，宾客开席用餐。

常青云吧嗒着嘴咽了咽口水，问道，说说，明天都有啥好吃的菜？

石望春听到喜欢的话题，顿时来了精神，好为人师的劲头儿立刻冲上脑际，眉飞色舞地侃侃而谈，十菜一汤加主食，菜有红烧肉、油焖松肉、红烧鲤鱼、凉拌菠菜红萝卜、酥肉炖豆腐、排骨炖土豆、羊肉炖萝卜、红烧牛肉、烧土鸡、凉拌银条。主食是白面馍馍。

常青云摸着头，问道，嗯，好像缺点儿啥？

石望春兴奋地说得吐沫星子乱飞，摆着手笑道，别急，隆重推出最后一道美食——丸子鸡蛋汤。

常青云顺杆爬似的说道，吃饭也有讲究，饱不饱汤来找，硬货吃好了，喝点儿汤溜溜缝挺舒服的，这样安排也正对我的胃口。

石望春收起了笑脸，变成郑重其事的样子，神秘地说道，这个你就只知其一，不知其二了。

常青云不知所以然，直白地问道，啥意思？我没听明白。

石望春微笑道，吃饱了喝足了，也该回家了，所以说呀，最后的鸡蛋汤里加上圆圆的丸子，就是滚蛋的意思啦！

常青云闷声笑道，管他啥意思呢！全是好吃的，你大干一场，展示你的厨艺。我就大吃一回，把随的礼钱全都吃回来，哈哈！不赚不赔就行。

石望春大笑道，哈哈！一提到吃，你那馋猫样子就暴露无遗了！要不他们说咱俩是黄金搭档，一个下了厨房就兴奋不已，总想做个精致的菜露上一手，一个闻到美食就魂不守舍，不填饱肚子决不离席。

常青云反对道，算了吧，你和陈华敏才是黄金搭档呢！我怎么敢抢“穆桂英”的位置呢？

石望春兴奋的脸，一下子僵在了那儿，小声道，还穆桂英呢！她犯倔的时候，简直就是头“驴”，你啥时候听说驴会善解人意。你呀！哪都好，就是哪块漏雨你揭哪块的瓦，缺德的家伙。

常青云还想再接着调侃石望春，他俩几乎同时听到窗外女人惊呼的声音，有鬼呀！快来人啊！

石望春和常青云迅速从屋里冲出来，看到阎妻吓得坐在地上不敢动弹，在灯光的照射下脸色煞白，惊恐地向前指了指说，有鬼！我看到银匠叔在黑影里转悠，吓死我了！

石望春急切地问道，咋回事？

阎妻惊魂未定地说，我来茅子解手，隐隐约约看到后边空地上，有个穿寿衣的人影在晃动，好像银匠叔诈尸了一样，我吓得坐在地上了，也不敢再看，你们来了，就啥也看不见了，你们说奇怪不？

阎文华蔑视道，看你那点儿出息，吓尿裤子了吧！说着话走过去把媳妇扶起来。

常青云警惕地说道，一定要查明真相，否则这里就不会安宁。

石望春打开强光手电，说道，顺着她手指的方向搜索前进，兴许会有所发现。

石望春和常青云来到不远处有亮光的院子，两个唱哭戏的人还没换掉戏装，不时地挥舞着双臂，哼上几句戏词练练嗓子，那哀号的唱腔在昏暗村野回荡，阴森恐怖的气氛四散开来，让人感到胆寒。见有人进来，唱戏的人问道，你们找谁？

石望春绷着那张严肃的脸，质问道，这么晚了还不睡觉？穿着戏服乱跑啥呢！怪吓人的。

唱戏的人笑道，可不是吗？这戏装是清朝的服饰。

常青云没好气地说道，别怪我说话难听！这戏装和寿衣没多大区别，你们别乱跑。

唱戏的人委屈道，刚才出去的不是我们，那两个人不知是哪来的小青年，没想到还吓着人了。

石望春问道，谁请你们来唱戏的？

唱戏的人笑道，你这不是明知故问吗？当然是阎哥了。

哪个阎哥？阎文华吗？

不是他！是阎大鹏请我们来的，阎文华哪有钱请人唱戏呢！真是的。

常青云客气道，打扰了！虚惊一场。说着两人走出小院。

石望春道，孩子家长和阎文华在经济赔偿上没商量好，阎文华让孩子和家长也参加葬礼，就不用偿还剩下的赔偿金了。

常青云忧虑道，凶手给受害者当孝子送终，天下奇闻呀！不打起来才怪呢！早就有人对他们恨之入骨了，这仨孩子命在旦夕呀！

石望春分析道，有我们在，不会有太大风险，双方已经协商好了，死者家人保持克制，应该不会有意外发生。不过也不能掉以轻心，要做好各方面的安全检查，防止出现意外。

石望春起了个大早，准备好大家的早餐，在礼桌前拿出 200 元道，记上吧！这是对阎老银匠的敬意。

礼桌的人夸奖道，别人都是随上十元二十元的礼钱，恨不得一家人都来吃饭。你们是啥关系呀，给这么多礼钱？一看就是城里人。

石望春不好意思地讲道，记上石望春和常青云每人 100 元的礼钱。

礼桌的人看着说话大喘气的石望春，觉得好笑，摇了摇头，在礼簿上记下他俩的礼金。

此时，灵棚外摆着两排花圈，上面写着亲人的挽联，纸人、纸马、纸电视机、纸童男童女在秋风中摇摆，这些纸扎虽然做得不是十分精细，但还说得过去，尤其是那对童男童女的脸部惟妙惟肖。与靠墙的丝瓜瓤子上挂着的几个大丝瓜相互辉映，还有许多黄色的喇叭花开得正旺，酷似响器般的唢呐声在风中鸣吟，好像为死去的银匠哀鸣送行。客人们穿梭其间，熙熙攘攘好不热闹。

灵棚内，阎妻正在给棺材前的瓦盆里添加纸钱，阎文华看着瓦盆里还在燃烧的火焰，说道，里面有多半盆的纸钱灰烬，非常吉利！

主事把灵棚两边的花圈向外挪了挪，向周围的人群喊道，时辰已到！阎银匠葬礼现在开始，孝子贤孙就位。阎文华、阎大鹏、阎光头等人披麻戴孝站成几排。刚才还是小声抽泣的人群开始哭声四起，粗犷悲切的哭声在灵棚内外响起。

一叩首……

孝子贤孙跪地磕头。

起……

孝子贤孙抬头哭泣。

再叩首……

孝子贤孙再次跪地磕头痛哭。

起……

孝子贤孙们抬起头来，哭声更加悲切绵延。

三叩首……

孝子贤孙跪地磕头痛哭不起。

起……

孝子贤孙站起身痛哭流涕，阎文华仍然跪地不起，他咧着大嘴放声大哭，泪流满面，使扭曲的脸颊显得有些苍白。阴阳先生劝道，文华呀！人死不能复生，节哀顺变吧！不要耽误了银匠上路的好时辰，阎文华在亲人的搀扶下站了起来。

阎大鹏揉了揉红肿的眼睛，恼怒道，文华！咋没见那几个兔崽子呢？

阎文华止住了哭声望向后边的人群，说道，他们是外姓人！在外孙的人群里，你看，他们在那边呢！

阎大鹏看过去，问道，他们孝帽上还染了块红色，咋回事？

阎文华半懂不懂地说道，这都是老规矩了，红色是外孙和子孙的区别，具体啥说法，我也不清楚。

阎大鹏四处踅摸着，问道，阎标和光头呢？

阎文华答道，在你身后忙着呢。

阎大鹏回头看见阎标和光头，心里的想法好像有了着落似的，焦急的神态恢复了平静。

此时，在人群中的王书磊、王书贵、殷小红并不好过，不时有人向他们身上吐口水、扔杂物，发泄着心中的怒火。

有人在喊，一会儿让这仨崽子去烧纸马，以示对老人的哀悼，以此赎罪。

吊唁的人依次从棺材旁边经过，亲人们伸出手在棺材内摸出杂粮、钱等物，装进自己的口袋，象征着以后的生活有粮吃、有钱花。

阴阳先生拖着长音喊道，女儿女婿外孙跪拜，王书磊、王书贵、殷小红跟在后面，三叩首哭声响起。三个人相互看了看，觉得穿孝服的人像唱大戏一样，又哭得那么奇怪，心里觉得好笑。然而，此情此景需要所有人伤心痛哭，事前父母再三嘱咐他们一定要哭好了，这样就会省去很多赔偿钱。王书磊心里想笑，可脸上却僵硬地伴着哭相，把本来有点儿黝黑的皮肤憋得通红，像将要成熟的苹果。他把笑意硬憋了回去，下意识强迫自己哭出声来，却怎么也做不到。

身边的王书贵害怕挨打，又没有半点儿伤痛的心思，看到阎家的亲戚们痛哭流涕，害怕被人看穿自己的虚情假意，只好悄悄地吐了点儿口水抹在脸蛋儿上，以掩人耳目。

殷小红偷眼看到他俩的滑稽形象，在悲痛的唢呐和众人的哭声中，竟然憋不住想笑的冲动，捂着肚子笑出了声。王书磊和王书贵见状捂着嘴低头闷笑。幸好这尴尬的笑声淹没在了众人的悲哀之中。

书磊爹见状说道，你这熊孩子哭呀！这是给自己赎罪呢！说着话巴掌落在王书磊脸上。王书磊疼得哇哇大哭起来，开始伤心难过地想了很多事情。他从小就没挨过爹的打，面对突然打来的巴掌，他连躲避的机会都没有，越想越伤心，便撕心裂肺地痛哭起来。

王书贵偷着乐呢，看到这么多人哭天喊地，怪好玩的，心里真想笑，死了一个不沾亲不带故的人，哭啥哭？大人让我们来赎罪，就是想少掏点儿钱。

王河见状恼羞成怒，一脚把王书贵踢翻在地，喊道，你他娘的小崽子不知好歹，别在这儿给老子丢人现眼。

王书贵挨了一脚倒在地上，心里的笑意顿时飞到九霄云外，屁股疼得难以忍受，便伤心地哭了起来。

殷小红只顾玩手里的橡皮筋，看到别人在哭，连一点儿哭的意思也没有。小红娘小声说道，小红！赶快哭！要不没法儿向人家交代。

小红停住了笑声，满脸不愿意地说道，娘！我哭不出来！小红娘生气了，把手伸进小红的衣服里，掐住块嫩肉用力一拧，小红龇牙咧嘴地哭喊起来，娘呀娘呀地哭开了。

小红娘边抖搂小红衣服边狠狠地骂着，你这个鳖妞，娘还活着，哭爷爷呀！

阎家人看到三个祸害精哭得真切，气愤的心情也就平和了许多。

阎标趁人不注意，把三挂一万响的鞭炮分别隐蔽固定在纸人、纸马、纸轿的竹梁上，再把这些纸扎重新封好。过了一会儿拜祭完毕，一群人拿着纸扎堆放在远处空地上，有人拿出打火机正要点火。

阎光头急忙阻止道，别急！让小杂种们跪到前边去，叫王书磊去烧纸。

人群中有人喊道，老少爷儿们向后撤吧！让这仨鳖娃子去赎罪。看热闹的人们向后退了十几米，远远看着王书磊点燃纸扎，退回原处跪下磕头行礼。

火越烧越旺，三人感到难耐的炽热。不一会儿，火堆里传来噼里啪啦的响声，火焰四溅，响声越来越密集。这时场地外也有人燃起了鞭炮，两边的鞭炮声互相响应着，把远处玉米地觅食的麻雀震得腾空而起，成群结队地飞向了黄土沟里。

石望春和常青云感到火堆里有人做了手脚，担心会发生爆炸，便冲过去把殷小红和王书贵抱起顺势向外翻滚。此时纸扎将要燃尽，突然“轰隆”一声，震耳欲聋的爆炸声伴随着热浪，使猛然炸起的火花四处飞溅，把人们的眉毛、头发烧得卷了起来。周围看客惊得四处躲避，幸好王书磊机灵，见势不妙赶紧趴在地上，被冲击波推出几米开外，身体多处烧伤，看上去生命没有大碍。

众人赶紧灭火，打扫场地。石望春感觉近期发生的事情蹊跷古怪，说道，不能再让三个小孩儿这样下去，我预感有人要加害他们，赶快把他们送往医院治疗，加以保护，我们再继续侦查也不迟。

那边，阴阳先生喊道，起灵！阎光头抓起棺材前的大公鸡挥刀将头斩断，公鸡血喷射而出洒落在地面上。

阴阳先生阴阳怪气地喊道，银匠！公鸡引路，一路走好！

阎文华举起瓦盆摔得粉碎，弄得纸灰飞向四周又洒落在地面。他顺手扛起白帆，哭泣着沿乡村道路向黄土沟的墓地缓慢移动。众人抬起棺材拿起花圈随行，唢呐乐队吹吹打打在前面开道，送葬的队伍向挖好的新坟走去。

四

葬礼结束，众人回到阎文华家中吃饭，享受丰盛的十碗宴。

姜松海、阎富有、阎大鹏、姜公子、阎光头等人作为贵客被安排在上屋就餐，围着四方桌子分宾主落座。

两家人都在外面打拼多年，虽然面子上过得去，但是世仇延续下来的怒火，依然在后世子孙血液中燃烧。

阎大鹏满怀怨气地说道，王书磊、王书贵也算得上是你们姜家的人了。

姜公子揣着明白装糊涂地说道，你不就是说我姑爷是入赘咱村的吗？这又有啥不妥？

阎大鹏听了，刚才还鲜活的脸一下子僵在那儿，眼里露出仇恨的光直刺过来，说道，这孩子真不懂法律，竟然把银匠叔给打死了。现在可好，因年龄小，法律不能制裁他们，就连家长赔钱也不到位，连日来的灾祸都是老天爷的报应。

姜公子和颜悦色地说道，说起来王书贵还是你的远方外甥呢！他娘是你的堂姐吧！这个你难道不知道吗？

阎大鹏有点儿不高兴地说，你这是啥意思？王书贵是和我有点儿亲戚关系，但这不是逃避赔钱的理由吧！这次葬礼花销可都是我拿的钱呀！

姜公子见他扯起了钱，就旧账重提揭老底，说道，银匠叔生前对你也不薄呀！你生意出现困难时，还是银匠叔出资救你于水火之中，报恩的事不能总挂在嘴上吧！

阎大鹏最烦别人揭他的伤疤，脸色一阵红一阵青，吼道，这么说我的义举成了理所当然，该出钱的人没兑现不说，反而坐享其成，岂有此理！

姜公子站在无理的位置上，还硬往前冲，一点儿也不示弱地回怼道，本来就是这样吗！收完礼钱再还给你，这是多好的事呀！

阎大鹏的怒气从脚跟到头顶来回乱窜，恼怒得暴跳如雷，指责道，你不讲理是吧？杀人不负刑事责任，我理解孩子们年龄小，大人不履行民事赔偿责任，因为他们穷得拿不出钱来，这都算了。可你说话这么不中听！说着话，脖子上的青筋几乎都要蹦了出来，他激动地站起身，把桌子掀翻在地。

姜公子没来得及躲闪，身上那套板正的西装也尝尽了桌子上的美味，气得他把手中的杯子摔了过去，骂道，这和我有鸡毛关系？我是来吊唁的，不是来打架的，别看你一身的腱子肉，谁怕你呀！想打架不成！

阎富有在邻桌瞪了儿子一眼，吆喝道，大鹏不要胡来，坐下。

姜松海走上前，看姜公子没有受伤，就拍拍儿子肩膀，小声说道，公子！别闹得大家不高兴！

众人饭也没有吃带劲，就不欢而散了。由于父辈在场劝说，双方没有打起来。

姜八斤在暗地里观察着阎家的举动。王书磊、王书贵、殷小红经历的险境，可谓历历在目，心里明镜似的，是阎大鹏指使阎标他们干的缺德事。不过姜八斤想不明白，三个孩子杀了银匠，名正言顺地惩罚他们也不为过，何必用阴招对付不懂事的孩子呢？

姜八斤来到超市门口，悄悄地和石望春接上了头，关心地问道，现在三个孩子躲在啥地方？安全吗？

石望春回答道，已送到乡医院烧伤科，正在康复治疗，我来给他们买点儿生活用品。放心吧！

姜八斤综合多方面情况，推测道，我觉得阎家两个光头有加害孩子的重大嫌疑，不过我想不明白，他们为啥要置孩子们于死地。

石望春关心地说道，其中另有隐情，其他的不知道最好。又吩咐道，需要你继续观察，暗中保护孩子们的安全。

姜八斤答应道，明白！又提供信息道，今天姜阎两家差点儿打起来，你听说了吗？

石望春请教道，我送孩子们去医院看伤，村里发生的事我还真不知道，你说说是咋回事。

姜八斤说道，听说是因为赔偿金问题，两人发生了争吵，后来两家老人及时制止没有打起来。

石望春饶有兴趣地问道，他们两家有仇吗？

常青云不紧不慢地接过话说道，我听说了，他们两家是世仇，从旧社会就开始结仇，一直延续了好几代人呢。

姜八斤附和道，是的，我也听老人说过，仇恨还挺深呢！

石望春好奇地问道，说说咋回事，让我也长长见识，这都啥年月了，还记着陈芝麻烂谷子的臭事儿。

姜八斤脑海里储备的那点儿事儿一下子被激发了，兴奋得脸蛋儿像朵刚开放的月季花那样层层叠叠，就连上嘴唇的黑痣也在不停地跳动着，说道，说来话长，这还得从民国时期说起。姜阎两家都是伊龙村的大户人家，阎家兄弟六人还有三个姐妹，姜家兄弟六个姐妹两人。双方父辈兄弟姐妹也有七八个，村里村外亲戚也多，两家势均力敌，在村里说话硬气，没人敢惹这两家人。

石望春兴奋地说道，看来这两家的实力旗鼓相当呀！

姜八斤继续说道，两家的实力差不多，但是，自从阎家大儿子在队伍上当了营长，阎家就变样了，开始骄横跋扈起来。除了老三以外，其他几个兄弟在村里欺男霸女，作恶多端。看上谁家的地肥，就想法儿买过来，如果不同意就生抢硬别，宁肯伤了和气也要搞到手；遇到谁家的姑娘好看，就软磨硬泡，不惜金钱横刀夺爱。如遇反抗就开枪杀人，这样阎家在三邻五村臭名远扬，树敌众多。

石望春打开车门，把东西放在后座上，问道，这样的恶霸就没人敢管他们吗？说着几个人上了汽车耐心地交流着。

姜八斤道，当时到处都在打仗，没人理会这种闲事。不过姜家不吃那一套，双方因争夺李家姑娘大打出手，后来发生枪战，虽然没人受伤，但是从此两家结下了仇恨。

随着阎家老大战死的消息传来，仇人们看到阎家没落了，开始反抗阎家的压迫。不久，老六外出时被冷枪打死，阎家无奈送老四去当兵，后来老四还当了连长，回村时骑着高头大马，耀武扬威。进村经过张家门口时，张老实正在门口吃饭。阎老四问对门书磊的爷爷王大仙道，今年大烟土收成咋样？给我弄点儿带走，不会亏待你。

王大仙指了指张老实道，他家种大烟，向他要吧！

阎老四回过头来，看着蹲在门口吃饭的张老实，用命令的口气说，弄点儿烟土给我。

张老实看到阎老四满脸横肉，凶神恶煞地骑在高头大马之上，腰间挎着盒子枪，心里害怕没敢回话，端着碗站起身来向家里走去。

阎老四哪受过这种蔑视，觉得面子上过不去，就对王大仙道，你看这人一点儿面儿也不给。

王大仙顺口讥讽地说道，看你挎个盒子枪怪威风，也不敢打他，有啥用呀？

阎老四本来就想弄点儿大烟土，没想干出格的事。此时，却被王大仙这话挑拨得挂不住面儿，脸上横肉直抽抽，瞬间被激怒了。他掏出手枪对张老实后背打了一枪，张老实应声倒下，手里的碗筷摔落在地，回头看着行凶的阎老四，忍着疼痛向家里爬去。阎老四骑着马耀武扬威地走了，张老实爬到大门内，看到大哥过来，有气无力地说，是阎老四打的我！张着嘴还想说些什么，话没说完就死了。

石望春抱打不平地说道，阎家够恶毒的，树了那么多敌人，还这么嚣张。

姜八斤继续说道，张大哥处理完后事，诚惶诚恐，想偃旗息鼓，平安度过余生，对阎老四避之不及，但同居一村，低头不见抬头见，曾多次受到阎家侮辱。

农忙季节，阎老四在路上碰见张大哥挑着茅粪经过，骂道，真臭！你是个胆小鬼老实蛋。

王大仙附和道，挑茅粪没良心，不臭自己臭别人。

张大哥势单力孤，心里明白不能与阎家硬碰硬，觉得自己就像只蚂蚁似的，渺小得简直不值一提，不能着了倒退虫的道，掉进它精心设计的陷阱，走了弟弟的老路，那岂不是白白成了阎家的食儿。因此总是示弱，低头不语，佯装很害怕的样子，搪塞过去。

王大仙像条哈巴狗似的跟在阎老四身后，巴结道，你不怕他报仇雪恨吗？阎老四满不在乎地笑道，他个土坷垃有啥能耐？他胆敢对我说句难听话，我就带兵杀他全家，别说报复我了，借他个胆子，他也不敢要。

农村的黄昏，狭窄的街道有个奇特的现象，忙碌了一天的乡亲们，习惯性地端着碗来到大门外。王大仙见张大哥蹲在青石板上吃着红薯，就走过来劝道，大哥！阎家人丁兴旺，兵强马壮，咱一个老实疙瘩，咋能对抗得了，不要去报仇了，别偷鸡不成蚀把米呀！丢了自己的小命。

张大哥畏畏缩缩地用袖子擦去流出来的鼻涕，胆怯地说，王弟！我哪敢呀！说着话端起碗回到家中，多日闭门不出。

王大仙得到张大哥的真实想法，急忙去找阎老四告密，说道，张大哥胆小得很，不敢报仇。

阎老四在外混了这么多年，能够当上连长，靠的就是小恩小惠，他如法炮制，赏给王大仙一小袋黄豆，王大仙高兴地领赏离去。

张大哥心生郁闷，弟弟无缘无故被人打死，自己无力报仇雪恨。这样下去纵容恶人胡作非为，还可能引来全家人的杀身之祸，如果这样软弱地苟且偷生，还要赔上全家老小的性命，还不如殊死相搏，也许还有一线生机。想到这，心里豁然开朗，于是找表哥借来一支猎枪，但是自己不会打枪，就央求表哥同去报仇。经过一段时间的观察，发现阎老四经常在村南庙会的小店里打牌赌博，时间长了，就习以为常，放松了警惕，出门不带卫兵，独自一人来往家和赌场之间。这个空档期无人保护阎老四，是个下手的好机会。

张大哥反复练习装填弹药和瞄准射击的技巧，练好后就和表哥埋伏在赌场隔壁的窗户下面，两人商定由熟练射击的表哥开枪。

阎老四如期而至，赌场上手气极佳，连连赢钱，笑得前仰后合。表哥把枪伸进窗户瞄准阎老四的脑袋，由于阎老四身体不停地晃动，表哥担心误伤对面的乡亲，没及时开枪，被对面出牌的赌徒发现。赌徒面对枪口，吓得额头直冒冷汗，又不敢声张，继续出牌，但是面部表情极度紧张难堪。

阎老四大笑道，不过就输了点儿钱吗？至于这么紧张。时间在一分一秒地流逝着，另外两个赌徒也发现了伸进窗户的枪口，他俩见势不妙站起身来，颤颤巍巍地说道，我家里还有点儿事，今天就不耍牌了。

阎老四见大家情绪反常，用眼睛的余光向四处张望，这才发现身后距自己不到两米远的窗口处，一个黑洞洞的枪口正对着自己的脑袋，顿时慌乱地站起身来向外逃跑。

张大哥见状急忙夺过表哥的猎枪追了过去，喊道，站住！

阎老四听到喊声加速逃跑，慌乱中被石头绊倒在地，张大哥不顾一切冲了上去，把枪对准阎老四的脑袋扣动了扳机，清脆的枪响过后，罪恶多端的阎老四脑袋开花，死于非命。

张大哥心想，阎老四家中还有几个半大的孩子，我尚且知道给弟弟报仇，他家孩子长大了，岂有不报仇之理，那将是我们全家的灭顶之灾。这时心慈手软将会后患无穷，干脆一不做二不休，把他家人全部杀光。张大哥想了想横竖都是死，操起砍刀冲进阎老四家中，将其老婆孩子砍死。

然后张大哥坚定地对表哥说，这事跟你无关，我一人做事一人当，大不了一死，你走吧！我去找阎家老太爷请罪。张大哥学着古人的样子把几根柴火棍子用绳子绑在背上，一手提刀一手提枪来到阎家老太爷面前，放下刀枪跪地三拜，哭道，老太爷！老四和他的家人都是我杀的，刀枪在这儿放着，你杀了我吧！我也好解脱。阎家老太爷强忍心中的怒火，柿树皮似的脸不停地抽搐着，由涨红到发青，老泪纵横，沉默片刻伤心地吼道，我已知道了，为弟报仇理所当然，只是可惜我那几个孙儿。说着话，脖子上的青筋鼓起了几个大包，几乎快要爆裂了，把刀拎起来举得老高，又重重地砍在木桌上，咬牙跺脚痛不欲生。

此时，老二和老五拿着步枪带人冲了过来，喊道，杀了他！杀了他！为老四报仇雪恨。老三央求道，兄弟！不能杀他！冤冤相报何时了呀！我们家的仇人太多了。老太爷长叹一声，无奈地对张大哥摆摆手道，你走吧！从此我们两家互不相欠，恩仇两清。

常青云插话道，听说这个报仇的人就是张局的爷爷，已经过世了，阎家老太爷还算明理。

姜八斤阻止道，嘿！别打岔，让我接着讲。从此村里村外的人见阎家大势已去，群起而攻之，把以前被抢夺的良田讨要回来。阎老五不愿看到阎家没落下去，就重金请阎老四的营长带兵围剿伊龙村，士兵把全村人抓起来，集中关在大庙院内，让大家交出地契和抢占阎家的财物，并声称，有一个不交还财物的人，全村人共同枪毙。

在这决定全村人命运的时刻，姜爷冷静处事，心生一计问道，大家要钱还是要命？乡亲们异口同声地说，要命！姜爷道，那就好办！据我知道的内幕，营长和阎老五是雇佣关系，也就是阎老五花钱请来的帮凶，那么营长就是为了钱而兴师动众。如果我们给他更多的钱，我们就成了营长的雇主，营长为得到更多的利益，反戈一击把阎老五干掉，不仅得到了我们的好处，也得了阎老五的钱财，一举两得。

张大哥眉心的两道印痕皱得更深了，担心地说道，营长可是正规军！咋会忘恩负义见钱眼开，杀了原来的雇主，为毫不相干的人做主呢？

姜爷自信地说道，据我了解，营长和他带的兵原来是南山的土匪，后来被收编，部下都是以利相交见钱忘义之徒，这种事屡见不鲜，就看咱们给的钱能否打动他贪财忘义的心了。

王大仙听得胆战心惊，担心阎家人被弄死，自己就失去了靠山。趁看守士兵不注意，逃出庙门要去给阎老五报信，张大哥喊道，有人逃跑了，王大仙被士兵发现当场击毙。

看到王大仙血淋淋的尸体，乡亲们吓得缩成了一团，没几个敢大声说话的。张大哥站出来义气地说道，反正我已经死过一回，再死一次也无所谓。为全村和家人能够活命，我去见见营长。

姜爷长长地出了口气，说道，好吧！就让张兄冒险把消息传给营长，争取营长回心转意，为财而杀掉阎老五。成败就看张兄了！说着拍了拍张大哥的肩膀。

张大哥大声对看门的士兵喊道，我要见你们营长。

士兵道，营长有令，没有把阎家财物退还完毕，谁也不见。

张大哥自报家门，冷冷地说道，我就是杀死阎老四的人，营长不想听听我为啥杀死你们的阎连长吗？

士兵听了觉得此人非同一般，有情不报害怕营长怪罪，飞快地报告营长。营长道，我倒要看看这个不要命的泥腿子，杀了阎连长，竟敢当面和我讲理，有勇气。

张大哥被士兵押着来到营长面前，营长看了看手中的怀表，又放进胸前的口袋里狰狞地笑道，你就是杀害阎连长的凶手！张大哥挺起胸脯理直气壮地说道，他杀害了我弟，我是报仇。营长恼羞成怒地吼道，还敢狡辩，拉出去枪毙。卫兵立即冲过来架起张大哥的胳膊向路边拖去。

张大哥不慌不忙地喊道，慢着！我可以给你一车的金银财宝。

营长睁大了眼睛急忙喊道，你个土疙瘩，一脸穷酸相，说梦话诓谁呢？

张大哥向旁边仰了仰头说道，看到那个独轮车了吗？我保证让你发财。

副营长赔笑道，营长！别看这小地方不咋的，以前可是给朝廷打造金银首饰进贡金银财宝的地方，富得流油，让他试试呗！

营长脸上露出了一丝得意的笑容，将信将疑地说道，你们退还阎家的地契财物还没有还完，再过 40 分钟就把你们统统枪毙，到时候再让你死也不迟。

张大哥绷紧的身体放松了下来，说道，我有办法弄到真金白银，要比整个阎家的财产还要多。

营长更得意了，问道，你去哪儿弄这么多财宝？

于是张大哥说出全村人把所有金银财宝送给营长的愿望。只有一个条件，就是杀了阎老五，保证全村人能够活命。营长考虑再三没有表态，张大哥急中生智地补充道，阎家的财产也归营长所有。

营长把烟头扔在地上，用军靴使劲把残火踩灭，狠狠地骂道，娘的！量小非君子，无毒不丈夫，中！弟兄们干了！

刚才还替张大哥说话的副营长，此时转念一想又担忧起来，问道，我们是来给阎连长报仇的呀！这样合适吗？有损我们的信誉。

营长瞅了一眼举棋不定的副营长，骂道，信誉奶奶个头！谁给钱给谁干活儿，干吗和钱过不去呢？你觉得自己很清高吗？

张大哥听了，急忙作揖道谢，退到一边。

营长命令道，把姓张的带回庙里去，通信兵传令下去，让每家回去一名妇女上交金银财宝。

不到半天工夫，村民上交了一大箱子金银财宝。张大哥带着姜爷面见营长。

姜爷信誓旦旦地说道，这儿可是九朝的都城，你看这玉佩还是唐朝的宝贝呢！我们可是兑现了诺言，如果让阎家知道了，肯定不会罢休，还不如趁早了断。

营长看着真金白银，心花怒放地说道，他奶奶的！老子从小到大还没见过这么多财宝。把阎老五给我咔嚓喽，说着用手在脖子上比画了一下，做了个杀头的动作。

副营长喊道，把阎老五带过来。过了一会儿，阎老五被五花大绑地带了过来，嘴里塞着棉布，呜哩呜啦地说着什么，话还没说完，就稀里糊涂地脑袋搬了家。

营长取了钱财，命令士兵们放了村人。村人恼羞成怒地包围了阎家，冲进阎家大院见人就杀，姜爷冲在最前头。阎家老二抡起了杀猪刀，阎老太爷为保护儿子，被姜爷一刀砍死，阎老二也被众人打死。阎老三躲在房顶夹墙里看得真切，他想开枪打死姜爷，但他最终没有痛下杀手。因为他知道这一天早晚会来，兄弟们作恶多端死有余辜。

但是老太爷宅心仁厚，不该死呀！他痛心疾首，把这种仇恨深深地埋在心里。他不怪别人，把这个罪责算在凶手姜爷的头上，就此阎家和姜家势不两立。

营长带着士兵离去，勤务兵推着满载金银财宝的独轮车，招来了众人的羡慕和嫉妒。刚出村不远，到了小丘陵处，副营长勾结营部的心腹，突然举枪将营长打死，对营部的士兵说，钱财我们人人有份，加快步伐前进，距离其他连队越远越好。就在此时，一连长听到枪声带部队赶了过来，发现营长被副营长打死，钱财落入副营长之手，双方依托土丘相互射击，一连长指挥士兵将副营长包围，举枪射击，副营长倒在血泊之中。

一连长急忙喊道，排长！我们既不向南也不向北，向他们最想不到的西方行进，把财宝化整为零让战士们带上，加快步伐涉水渡过河去，就安全了。

后来在河东岸发生了激烈的枪战，一连长战死，士兵们四处逃散。当时我们村的阎银匠给部队引路，据他说，小河正在汛期，洪水猛涨，他凭着好水性游到河西岸，才保住了性命。但是每次说到最关键的财宝时，他都闭口不谈。不过听村人说，阎银匠从此喜欢到河边逮鱼，经常去河里捉鱼摸虾。

石望春听得津津有味，叹气道，姜阎两家这点儿仇恨不至于延续到现在呀！

姜八斤补充道，还有一点儿遗漏，阎家认为是姜家带着村人把阎家砸得稀巴烂，见人就杀，见东西就抢。其实当时营长为得到更多钱财杀了阎老五，村人都害怕将来阎老三报仇，要求斩草除根，但是阎老三与其他几个兄弟的性格大相径庭，兄弟横行的时候，他却在村里做了不少善事。张大哥和姜爷也受过他的恩惠，在两人的再三请求下，营长和乡亲们才放了阎老三，张大哥也因此还了阎老三的救命之恩。

石望春不理解地说道，按理说阎家应该感谢姜家才对，这不是恩将仇报吗？

姜八斤解释道，谁会这么想，姜家带人把阎家灭了，并且姜爷亲手杀了阎老太爷。这是世仇，还能感谢吗？

石望春关切地问道，那些财宝有下落吗？

姜八斤笑道，这个我不清楚，银匠生前帮助阎大鹏做生意，可是下了血本呀！我想跟这笔财宝有关系，否则就凭他的银匠手艺咋能赚那么多钱。

常青云道，这么个小村子还挺复杂呀！矿洞的死人和这些钱是否有关系呢？

石望春使了个眼色道，回去再说吧！

送走了姜八斤，石望春和常青云火速赶往医院，看望三个受伤的孩子。好在抢救及时，否则王书磊的性命难保。

石望春来到殷小红的病房，问道，小红！见过这些字迹吗？说着从档案袋里取出一张复印纸递过去，上面写着“要想找到阎文修村南矿洞内自杀”。

小红看了看复印纸，说道，后边两个字是我写的，不过我是用圆珠笔写的，这咋是黑色字迹呢？

石望春笑道，这是复印件，就是黑色的，不是原版原色，谁让你们写的字呀？

小红道，书磊哥领着一个光头让我写的。

石望春来到王书磊的病房，问道，王书磊！他们想害死你呢！你还给他们保守秘密，值得吗？这封举报信的字迹咋回事？

王书磊烧伤较为严重，头上脸上包着纱布，他艰难地说，我说！是阎标哥让我写的，左边是我写的“要想找到阎”，中间是书贵写的“文修村南矿洞内”，后边是小红写的“自杀”。

石望春问道，写这有啥好处？

王书磊说，阎哥给我们钱，我们好去网吧玩游戏。

石望春来到王书贵的病房，问道，你的伤严重吗？能看清这些字哪些是你写的吗？

王书贵动了动嘴唇没说出话来，抬手指着纸上中间的几个字，点了点头，表示是他的笔迹。

石望春这下明白了他们为啥要置孩子们于死地。因为孩子们不仅弄死银匠偷走了财宝，还知道他们害人性命的勾当。只有封住仨孩子的嘴，他们才能守住矿洞的秘密，但都没得逞，估计还会来捣乱。

阎标多次陷害仨小孩儿都没成功，就去健身房向阎大鹏汇报。阎大鹏正在疯狂地对着沙袋拳打脚踢，听阎标又没得手，就停止击打沙袋，怒气冲冲地扔掉拳击手套，说道，你俩笨到家了，连几个小孩儿也搞不定，这几个小家伙在哪里？

阎光头递过毛巾，肯定地说道，我去踩过点了，他们在乡医院治疗烧伤呢！阎大鹏接过毛巾擦着脸上的汗水，冷冷地说道，走！今天让他们彻底闭嘴！

五

郝运来勘查现场发现，一级洞口和二级洞口相差 30 多米，在二级洞口处有拖拉的痕迹。放眼望去，一级洞壁上不停地有水滴落在地面上，形成小溪向低洼处流去。洞内比较潮湿，有光亮射入的地方长满了青苔，石头上还有模糊的鞋印。

张副局长提醒道，倩楠把这儿的痕迹拍下来，看样子嫌疑人是从这儿把人拖到洞口，又扔下二级洞。

刘倩楠拍着照片道，看样子，嫌疑人担心受害人没摔死，才将受害人扔下二级洞，受害人经过两次摔落必死无疑，手段何等残忍。

张副局长回过头来喊道，申所长！死者身份落实了没有？申所长道，刚接到电话，民警让群众辨认死者照片，落实了死者的身份信息，是失踪人员，姓名阎文修，男，38 岁，户籍地是伊洛市伊龙区解放路八号院，迁来地址是伊龙村，经落实阎文修和阎文华是叔伯兄弟。

郝运来听了好像更糊涂了，说道，银匠死亡和阎文修被害有着必然联系吗？

王艳红道，我觉得有联系，让群众说说嫌疑人的形象，我可是学过画像的呀。

王艳红根据群众提供的嫌疑人信息，现场办公，经过多次轻微修改，不一会儿，一个光头男子的黑白画像出现在眼前，得到了目击群众的认可，那对肥大的尖耳朵尤其显眼。

王艳红把照片拍下来，用微信传给石望春和专案组成员。

石望春感叹道，微信投入使用不久，就显示出强大的功能，以往传个照片要跑很多路，这效果棒极了，方便快捷，分辨率高。说着拿出手机分别让仨孩子辨认，结果孩子们都说，这个画像就是阎标。

石望春立即返回伊龙村找到阎文华，落实画像上阎标的真实身份。阎文华道，他就是我村的阎标。

石望春把这个喜讯发给王艳红，王艳红在电脑上查到了阎标的真实身份信息：阎标，男，20岁，伊龙村人，现在是阎氏健身房的保安。

郝运来要求查证阎文修的所有信息，王艳红受领了任务，在电脑上忙碌起来。不一会儿，王艳红兴奋地说道，我查到了阎文修的一张农业银行卡信息，我们先去银行吧，或许会有重大的收获。王艳红开出调取证据通知书交给刘倩楠，说道，一起跑一趟。刘倩楠欣然接受。

两人来到农业银行递交了手续，员工经过查询说道，前天才有人把卡中的30万元取走。

刘倩楠惊讶道，卡主人已经死了，谁取走的钱？

银行员工查了查登记凭证说，一个叫阎标的人。

刘倩楠出示手机上的照片，问道，是他吗？

银行员工凝视了一会儿照片，说道，印象中是个光头，应该是他。

两人谢过银行员工，提取了取钱的相关书证和监控资料。王艳红向郝运来汇报道，郝队！经过核实，取走阎文修30万元现金的人是阎标，人证和物证可以认定阎标是矿洞杀人案的嫌疑人。

郝运来道，刚刚接到石望春的情报，今天晚上，阎大鹏一伙人计划去乡医院加害三个小孩儿，他们正在医院保护孩子们的安全呢！我们立即组织人员出发，去医院增援，一举把阎大鹏他们全部抓获归案。

陈华敏机警地说道，是！不过，我没带枪，只能仓促应战了。郝运来道，石望春他们有枪，我也带枪了，火力足够压制这帮小混混。

乡医院的晚上，没有多少患者走动，走廊里显得清静了许多，值班医生还在忙碌着。阎光头穿上白大褂，戴着口罩和医用帽子，把头和脸裹成了球形，露着一双冒着凶光的眼睛，注视着周围的环境。他学着医生的样子走向王书贵的病房，此时，房门突然开了，吓了阎光头一跳，医生扶着王书贵从病房出来，经过阎光头向厕所走去。

阎光头见状尾随入厕，趁医生不注意，拔刀向王书贵刺去，医生吓得急忙喊道，干什么？杀人了！杀人了！

石望春听到呼叫，从外面奔了进来，抡起拳头向阎光头打去。阎光头见势不妙，挥刀向石望春砍来。石望春转身躲过砍刀，侧踹一脚把砍刀踢落在地，锁喉别臂将阎光头按倒，单腿跪其背上，顺手从腰间取出手铐将其控制。

与此同时，阎大鹏扮成护士，把脸包裹得严严实实，拿着药瓶和针管走进王书磊的病房。看到病人整个身体和脸部盖在被子里，输液管正在一点点地向病床输入液体，他一个箭步冲了过去，迅速掀开被子拔刀就砍，定睛一看，原来被子下边是个模特假人，顿时觉得中了警察的圈套，立即转身向外逃跑。

但是为时已晚，郝运来已经持枪挡住了退路，喊道，站住！放下武器，举起手来，否则就开枪了。此时，医生从侧门过来查房，问道，怎么回事？这是医院，别吓着病人。

郝运来左手摸向腰间的手铐，准备上前控制嫌疑人，突然头上却被重重一击，手指无意间滑进护圈扣动了扳机，枪“砰”的一声响了，对面的医生应声倒在阎大鹏身上。郝运来慢慢地瘫软倒地。

郝运来醒来时，发现自己躺在病床上，想爬起来，感觉头疼得厉害，没能如愿，才想起发生的一切。

张副局长得知郝运来受伤，赶到医院看望，拿起毛巾给郝运来擦洗手脸，看到他醒了过来，就坐在床边关心道，躺着别动，你受伤后人晕了，枪没丢还算不错，不过那个医生抢救无效殉职了。

郝运来差点儿哭了，说道，不会吧！我又没开枪射击，是我的配枪造成的吗?

张副局长很无奈地说道，经过认定是你的手枪射出了三颗子弹，造成医生心脏中弹死亡。

郝运来听了，如同五雷轰顶一般，委屈的声音也变得颤抖起来，努力地回忆着说道，我当时举枪对准前面的嫌疑人，那个医生出现在射击范围内时，不知啥东西砸在我的头上，至于枪咋响的……我晕倒了，不知道后来发生了啥事，醒来就在这儿了。

张副局长投去了慈祥的目光，用平和的语气安慰道，我相信这枪不是你打的，自己晕倒了，怎么可能连开三枪？再说了，杀死医生的动机是什么？其中肯定有隐情。

郝运来听张副局长这么说，心里总算有了点儿安慰，自嘲道，我知道，这个医院没有安装监控，恐怕小河的水再清澈，我也洗不清呀!

张副局长幽默道，那你就到黄河里去洗嘛。郝运来苦笑道，那就更洗不清了！张副局长很惋惜地说道，相信组织会调查清楚，不过在查清之前，你不能履行警察职责了，正好趁机养伤吧!

郝运来皱了皱眉头，汇报道，我接受组织调查处理，相信组织会弄清事实。不过我已经查到阎标和阎光头的犯罪线索，放弃了太可惜。

张副局长眼里放出了一道希望的光，说道，你对这件事有什么想法?

郝运来愁容满面地说，有些事就像黄河水那样越蹚越浑，好像有人想故意把水搅浑，趁机浑水摸鱼。

张副局长正要说些什么，门口传来乱哄哄的嘈杂声。王艳红慌张地跑进来，汇报道，张局！门口有好多记者要求采访医生死亡的真相，陈华敏队长正在做解释工作，他们非要和您面谈。

张副局长沉稳地站起来，慢条斯理地说道，负面舆情来得如此迅速猛烈，说明我们的对手早有预谋。运来！不用担心，清者自清，白者自白，时间会证明一切。

张副局长说完走出病房，陈华敏小声道，张局！我已经做了好长时间工作，显然有人在捣乱，干脆把他们全部撵走算了。

张副局长诡异地眨了眨眼睛，耳语道，现在不能证明清白，要示弱隐藏目标，当正义不足以战胜邪恶时，不要暴露自己的锋芒。

陈华敏只好无奈地点头，转过身来对大家介绍道，这位是伊洛市公安局张副局长。张副局长挥挥手平静地说道，大家请安静，有什么问题可以举手发言，我会依次回答大家的疑问。

印象网记者抢先举手，问道，我是印象网的记者，请问张副局长，有人向我们提供新闻线索称：警察枪杀白衣战士。这究竟是怎么回事？

维权报记者紧随其后，发难道，警察可以随便开枪吗？开错了枪会受到什么惩罚？医生殉职有什么补偿吗？

……

张副局长面对众人的提问，把问题逐一记在笔记本上，沉稳机智地说道，我局民警在抓捕犯罪嫌疑人时，一名医生不幸中弹，医治无效因公殉职，但子弹是如何射出的，有待调查结果出来，再向大家公布。

后边有人起哄地喊道，公安局想推卸责任，我们坚决不答应。前边有人响应道，这是滥杀无辜，把这个“恶警察”揪出来，绳之以法，就是还给死亡医生的公道。

张副局长举起双臂挥了挥，示意大家安静，并说道，现在事实还没查清，更谈不上处理公平与否。请相信上级部门的调查结果，我们会公正、公平、公开处理这件事情。至于警察开枪的时机条件，公安部有明确规定，想必大家都是文化人，回去可以学习这方面的知识，看看《人民警察使用警械和武器条例》就会一目了然。

记者们采访到了一手材料，满意而归，看热闹的群众也各自散去，剩下十多个人还不依不饶地举着条幅喊着口号，要求尽快给出合理答复，堵着医院大门不让人员进出，严重影响了医院的正常工作。

张副局长果断命令派出所民警出警，将这些扰乱办公秩序的违法人员带回询问，依法处理带头闹事者。

张副局长接待完记者，平息了事态回到病房，安慰郝运来道，别听他们瞎起哄，乱捣鼓。用事实来说话，议论要挟不了任何事情，更动摇不了我们查明真相的决心。

六

过了些时日，郝运来伤情有所好转，两个检察官来到病房，向郝运来宣布隔离审查，要求配合调查取证。

陈华敏放下手中削了一半的苹果，说道，净胡扯！郝队已经向张副局长汇报了当时开枪的情形，难道郝队面对正在持刀行凶的歹徒，就没有开枪的权利了吗？如果是这样，怎么保护群众，维护法律的尊严？

检察官拿出手机打开微信道，我们也是奉命行事，也相信郝队是秉公执法，不过人命关天的大事，上级能不重视吗？你看微信群里的谣言多么厉害。

陈华敏扫了一眼手机微信，说道，这又有什么用呢？事实就是事实，谁也别想用任何形式绑架法律。

石望春火急火燎地走进病房，说道，郝队！《伊龙报》刊登了一则不利的消息。

郝运来多日来听惯了负面舆情，耳朵根儿几乎磨出了茧子，满不在乎地笑道，不出所料，念来让大家听听！

石望春打开报纸，很不情愿地念道，伊洛市刑侦机动队队长开枪致人死亡，正在接受调查……

陈华敏接过报纸看了看，说道，胡扯八道！吸引人眼球而已，郝队！咱别信它的！

检察官郑重其事地说道，不用着急！我们既要查清事实真相，也要保护民警的合法权益，尽快把事实弄清楚，也能早日还郝队长清白，跟我们走一趟吧！

陈华敏立刻反击道，说得怪好听，原来是把温柔的刀子。

石望春反应更加激烈，警告道，你们不能把他带走，否则我跟你们急眼！他走了矿洞杀人案谁来负责？

检察官满脸尴尬，回怼道，你们敢对抗调查，弄不好让你们吃不了兜着走。正在剑拔弩张的时候，张副局长闻声走进病房，说道，我正好来宣布新的工作安排，你们三个都在这儿，矿洞杀人案由石望春负责，陈华敏协助侦查，尽快抓获犯罪嫌疑人。

张副局长回过头来柔和地说道，运来呀！放心去吧！我也如实向上级做了详细汇报，请相信组织！

郝运来坦然笑道，清者自清，浊者自浊，黑的白不了，白的也黑不了。我服从组织安排，接受组织调查，正好是养伤调理的好机会。

陈华敏附和道，就是呀，身正不怕影子歪！别听不知情的人胡咧咧！

郝运来看事已至此，也没有更好的办法摆脱眼前的困境，就对检察官请求道，两位领导，请你们先出去，我向张局汇报完工作，就跟你们走，行吧？

两位检察官勉强地点了点头，走出病房，关上门在外面等候。

郝运来抓住时机压低了声音，说道，经过这些天的调查了解，综合对阎大鹏马仔的审问情况，杀死阎文修的凶手可能就是阎标，因为他去农业银行取走了阎文修的30万元存款。但是他拒不交代为啥置阎文修于死地，其中隐情不为人知，初步分析和阎大鹏有密切联系。我暂时离开警队，你们两个要团结一致继续破案，明白吗?

石望春、陈华敏此时心如刀绞，到了这个时候，郝队长还一心扑在案件侦破上。他们就像向即将冲锋陷阵的勇士道别那样，有些不舍又无可奈何，生死离别的感觉笼罩在心头，憋得连呼吸也急促起来，于是齐声保证道，明白！请郝队放心！

张副局长没有融进情境之中，反倒笑着说道，这样，我就放心了！破案指日可待。

石望春提议道，华敏介入这个案件比较早，让她指挥最合适。

陈华敏大笑道，就你意见多！让干啥就干啥呗！你个意见布袋!

石望春笑道，别站着说话不腰疼，那你可要多支持呀!

陈华敏举起拳头在胸前挥动着，笑道，没问题!

检察官感到预留的时间也够用了，就从门外进来用商量的口吻说，张局，时候不早了，让郝队跟我们走吧?

石望春委屈道，郝队是清白的，但愿你们不会成为恶人的帮凶。

张副局长瞪了石望春一眼，对检察官说道，别和他一般见识，望春就是这样的臭脾气。拜托两位了！希望运来早日归队，再立新功。说着话，一行人送郝运来和检察官上车，大家看着远去的警车思绪万千。

石望春和陈华敏返回队里，继续追查阎大鹏的去向。在伊洛市区和伊龙村多处查找，都没有发现阎大鹏的踪迹，阎大鹏销声匿迹了，这使矿洞杀人案迷雾重重。

第三章　此起彼伏

一

郝运来在隔离室踱来踱去懊恼不已，回想不起当时枪支为什么会发射三发子弹，造成医生死亡。

检察官在郝运来那儿得不到更多的信息，就去询问王书磊道，歹徒进入病房时你在哪儿?

王书磊道，郝队长把我叫到了警车上，当时我和民警在一起，我不知道病房内发生的事情。

检察官返回隔离室，再次询问郝运来道，郝运来！当时现场只有你、医生和嫌疑人，现在是医生因公殉职，所谓行凶的嫌疑人也不知去向。目前，只有你头部的伤能证明，当时你受到了打击，没其他更有力的证据了吗?

郝运来疑惑地说道，我的配枪虽然不会说话，但是上面总会留下一些痕迹吧！仔细查查，或许会有新的发现。

检察官严肃地问道，经有关部门鉴定，枪上只有你的指纹，奇怪吧！你如果没有开枪，难道子弹会自射吗？

郝运来辩解道，你这话我就不爱听了！以我的枪法，在正常情况下，一颗子弹足以让歹徒毙命，何必连开三枪？况且击中的不是歹徒，而是救死扶伤的医生，你们不觉得这里边有问题吗？

检察官很惋惜地说道，是的！我也觉得不可思议，但是目前没有证明你清白的证据，负面舆情满天飞，自媒体时代会让假象遮住人们的眼睛。我们必须依法对你采取措施，停止你的一切职务，脱离公安工作。

郝运来无奈地嘲笑道，组织上怎么会派俩糊涂虫来调查，胡乱定调，让人难以接受。

检察官听了，脸色大变，立马威吓道，郝运来！别不知好歹！这不是机动队，更不是你耍威风的地儿。在事实弄清之前，你不能从事侦查活动，更不能佩带枪支，明白吗？

郝运来沉默不语，不想与这两个不讲理的家伙再争辩什么。

这边郝运来在接受组织调查，韩慧妹却一直被蒙在鼓里，不知道郝运来为啥老躲着自己，还以为他忙昏了头，连个招呼也顾不上打了。她本来对郝运来不回家的事儿习以为常，两人为各自的事业经常离多聚少。可是近来，郝运来没回过家，不仅不打电话嘘寒问暖，献个殷勤，就连韩慧妹打电话也无人接听。韩慧妹的工程终于告一段落，空闲的时候，她耐不住心里的思念，就迫不及待地来到机动队找郝运来。

陈华敏见韩慧妹进到办公室，亲切地喊道，嫂子，哪股风把您吹来了？韩慧妹没好气地说，还不是你们队长，问问他是不是不想要家了。陈华敏一时间不知说啥好，急忙拿起水壶倒了杯开水递过去，支支吾吾地讨好说，嫂子先别急，坐下来喝杯水。韩慧妹从陈华敏的语气中嗅出了危险的味道，就急躁地看着石望春问道，望春！你哥到底咋了？玩失联，这也不是他的作风呀！追我那会儿天天黏着我，现在可好，连结婚纪念日都忘了，追到手就不管不问了吗？

石望春见嫂子焦急的样子，感觉事情不能再隐瞒下去了，就说，嫂子！别怪郝队！他在抓捕歹徒时受伤了，怕你担心。特别交代我们不要告诉你，你的项目正在关键期，免得你分心，等伤好了再向你解释。韩慧妹急了，说道，运来他人呢？伤得咋样？赶快出来见我。

石望春对陈华敏小声说，这样下去会闹翻天的。陈华敏无奈道出了实情，郝队被检察院的人带走了，说是调查枪击医生的案件。

韩慧妹听了，脑袋轰地一下，差点儿从凳子上摔下来。陈华敏急忙上前扶住道，嫂子！队长在大家心中是个让人崇拜的英雄，我们都相信他是无辜的。韩慧妹很无语，喝了口水稳定了一下情绪，随后开车来到检察院门口，被检察官拦住，问道，你找谁？韩慧妹道，我找市公安局的郝运来。检察官见她气势汹汹的样子，知道是来找碴儿的，就稳稳当当地说，别急！我给你问问人是否在这儿，一会儿告诉你。

检察官来到隔离室，见到郝运来说道，外面有个人来找你。郝运来爱搭不理地说道，谁呀？不见。检察官笑道，我没问，人家也没说。这样近似废话的回答引起了郝运来的兴趣，他问道，那人长得啥样子，你总看见了吧？检察官为了缓和刚才尴尬的气氛，干脆拿起一本文学期刊，装模作样地说道，而立之年有余，我来形容一下来客的尊容吧，闭花羞月酷似月，休嘴无语似有声，眉宇缀着两河水，灯笼闪电频传情，额前黑丝荡清风，鼻祖孤岛擎天柱，微启朱船怒问君，妙乐飘漾润洒家，怜悯孤独玄奘花。

郝运来认真地聆听着，笑道，哎呀！猜谜语呀！我说这两天右眼老是跳得厉害，原来是媳妇来了。于是大声喊道，慧妹！我在这儿呢！

韩慧妹闻声闯进室内，检察官赶紧喊道，快出去！这是啥地方！韩慧妹怒目而视，说道，你们早就应该把这个不回家的家伙抓起来，他就不会因为和坏蛋拼命而受伤，更不会受到这么多的委屈。他都伤成这样了，你们于心何忍呀！

检察官拦住韩慧妹道，看你文质彬彬的模样，不像野蛮的人，说话办事咋这么粗鲁！简直就是个疯丫头。韩慧妹喊道，谁没个心情不好的时候，你如果换作是我，甚至比我更粗野。

郝运来见状不但没生气，反倒笑得前仰后合，说道，老虎不发威我还以为是病猫呢。看你温柔惯了，发起威来满面红光更可爱。韩慧妹看到郝运来神情自若谈笑风生，径直往前冲，却被检察官挡着不能过去。两人僵持不下，当官模样的检察官顺水推舟地说道，既然来了，就让她去见见吧！郝运来涉嫌的也不是多大的事儿。

韩慧妹这才疾步上前，摸着郝运来包扎的伤口，感觉到头皮上硬硬的东西非常明显，小心地揭开纱布，看到十多厘米长正在愈合的伤口，心疼地说，运来！为啥不告诉我呢！也好让我来照顾你。说着眼圈红润起来。郝运来笑道，你公司忙，不想让你分心，这事别让咱爹娘知道了，免得让老人家为我担心。

郝运来正在儿女情长的时候，张副局长走进来道，运来！事已至此，我向上级争取过，但无能为力。只好委屈你一段时间，等查清事实，你再回来主持工作。我相信你是清白的，组织也相信你的忠诚和担当。

郝运来苦笑道，队长的职务是你们给的，不让干了就拿回去吧！我也落个轻松自在。

张副局长小声道，想得美！组织让你……张副局长附耳与郝运来说了些悄悄话。

郝运来听了，“扑哧”一声笑了，说道，原来如此，我听从组织安排，不过我被弄到这儿，受的窝囊气又有谁人知呀！

检察官不知所以然，看到张副局长的话起到了作用，就拿出档案袋交给张副局长，说道，这是领导让转交给您的文件。

张副局长接过文件，郑重地念道，经过上级研究决定，免去郝运来刑侦支队机动队队长职务，任命郝运来为吴坡村扶贫干部，开展扶贫工作。

郝运来微笑道，是！听从组织安排。

郝运来和韩慧妹走出检察院，韩慧妹揽着郝运来的胳膊腻歪地说道，你呀！老是干危险的事儿，一点儿也不让人省心。郝运来轻松地笑道，干的就是这个活儿，面对危险咱也不能绕着走。两人走到了街心公园，韩慧妹仰起脸，深情地望着郝运来说，你就不怕你没了，让我也没法儿活了吗？说着扑进郝运来的怀里哭了起来。

郝运来紧紧地搂着韩慧妹的肩膀，心里的痛楚突然升起，如果这次倒下的不是医生而是自己，那么家里的天就真的塌了，慧妹和爹娘不知会成为啥样子。他庆幸自己还活着。想到这，郝运来鼻子一酸眼泪滚落下来，滴在韩慧妹的脸上。韩慧妹被这泪珠砸得一惊，推开郝运来，央求道，运来！咱不干了，太危险了。我朋友公司在广州开发了新的楼盘，我可以推荐你去当经理，内部管理已经有一套现成的人马，你搞好外部关系就可以了，挣钱也多，省得让我天天提心吊胆。

郝运来叹气道，让你受惊了，面对每一次的抓捕行动，家属们都是像你一样的心情，盼着亲人平安归来。但是危险的活儿总要有人干吧！这是我毕生最挚爱的事业，尽管还有许多不尽如人意的地方，我依然不改初衷。

韩慧妹一脸的心疼和无奈，体贴地说道，你呀！真的很折磨人。说着扭过头去，噘起了小嘴，郝运来趁机扳过韩慧妹的头，两人深情地对视着，深深地吻在一起。

机动队里，石望春得到郝运来去扶贫的消息，心里久久不能平静。他为侦破案件绞尽脑汁，想尽快找到证据，洗清郝运来的冤屈，便组织人员提审阎光头。他轻轻拍了拍阎光头的脑袋调侃道，锃光瓦亮呀！这灯泡用多少年了？

阎光头晃着脑袋躲避道，有啥事问呗！摸人家头弄啥？最烦别人摸我的头了。

石望春镇定地笑道，我看你呀，再也没烦恼的机会了！

阎光头惊讶道，到这儿来连烦恼的权利也没了？别以为我怕你们。

石望春打趣道，你的电灯泡也该报废喽！

阎光头哭丧着脸道，我听不懂你在说啥。

石望春严厉地问道，你那天来医院干啥？

阎光头满脸不高兴道，你都看见了，我想吓唬他们，不要乱说话。

石望春咋呼道，啥话那么重要？还怕别人说。再说了，吓唬人还要用刀把人往死里弄吗？

阎光头恶狠狠地说，这几个兔崽子不听话，我就想收拾他们，至于不让说啥事，我也不清楚，还是找其他人问吧。

石望春拿出阎标的户籍底册问道，你说的是他吗？

阎光头惊讶道，你咋知道的？从哪儿弄到阎标的照片？

石望春自豪道，警察是干啥的？你首先要搞清楚，这对我们来说就是小儿科，还用得着跟你费事吗？

说着石望春对着阎光头的脑袋拍了一下说，老实交代！否则废了你的灯泡。

阎光头摇晃着脑袋躲闪着道，别打头！别打头！烦人，我说还不行吗？这次是阎标让我来的，说这几个兔崽子会胡言乱语，坏了我们的大事，要让他们永远闭嘴。

石望春放低声音道，说明白点儿！别掖着藏着，说一半留一半，怪急人的。

阎光头绝望道，就是让我杀了王书贵，这事还没办成，不是就被你们抓住了吗？

石望春追问道，还有事情没交代到位，你想考考我们对吧？

看我们知道多少，是吗?

阎光头低下头，不回答问话。

石望春责问道，别要小聪明，不要看着你的脑袋光亮无比，就觉得自己聪明透顶，其实糊涂到了对错不分的地步，就像驴粪蛋一样，外边光来里边脏。不老实交代，后果你知道吗?

阎光头摇头傻笑道，我不知道!

石望春义正辞严地说道，你看呀!如果你想扛起这次袭击事件的全部责任，就不用交代其他人了，让你脖子上的灯泡从此失去发亮的机会吧。

阎光头害怕道，我全交代了不会死吧?

石望春伸出小拇指向下指了指，一脸蔑视的表情，说道，你个小喽啰，能有多大责任?只要坦白，离死还远着呢!

阎光头如释重负地说道，还有……阎大鹏也来了，他具体都干了些啥，我不太清楚。

石望春道，王艳红，做好笔录交给我，青云你们继续审问。

二

石望春根据阎光头的口供，结合现场勘验情况分析道，那天阎大鹏袭击医院，正在关键时刻，阎标闯进来，用凳子砸在郝运来头上。他夺过手枪打死医生，就是为了栽赃郝运来，这样郝运来就会被警队清退。郝运来自身难保，只能被迫停止追查矿洞的事，阎大鹏就相对安全了。

其实，那天阎大鹏去医院刺杀王书磊，正在关键时刻，阎标穿着风衣，戴着马虎帽冲了进来，看到阎大鹏被控制，情急之中拿起凳子砸在郝运来头上。郝运来下意识地扣动了扳机，枪响了，医生中弹倒在阎大鹏身上。

阎大鹏想伺机栽赃郝运来，于是夺过郝运来的手枪，对准医生胸部开了两枪，医生倒在血泊之中，又把枪塞到郝运来手里。

阎标抢过枪，想把枪带走，阎大鹏示意他把枪放回去，阎标无奈，只好把枪塞到郝运来手中。阎大鹏小声道，别添乱，幸好我们戴着手套。两人趁机逃出医院大门。此时，正好被埋伏在墙角的陈华敏撞着，陈华敏大吼一声，站住！我们是警察。说着迎了上来。

阎标见势不妙，急忙向右侧汽车方向逃窜，阎大鹏和陈华敏扭打在一起，两个回合不相上下，阎大鹏无心恋战，向左侧乡间公路逃去。一辆汽车急转弯追过来，猛然停车，阎标喊道，哥，快上车！阎大鹏猛跑几步跳上汽车。

陈华敏已经追到车前，一个飞跃抓住即将关闭的车门。此时车内连续发出低沉的声音，突突地响个不停，一排排细小的钉子从陈华敏的身边掠过，陈华敏不得不来回躲避射来的钉子。汽车在加速奔跑，陈华敏紧抓车门躲避不及，一颗钉子射进了左臂，疼痛使她无法再抓紧车门，被飞奔的汽车甩下来，滚落在路边。

陈华敏还想爬起来追击，可脑瓜晕乎乎的，不听使唤。她力不从心无法站起来，看着嫌疑人的汽车一溜烟地跑远了。此时常青云驾车从岔道追了过去，陈华敏紧张的心情才有所缓解。

姜八斤恰巧经过这里，看到陈华敏胳膊流血不止，急忙上前查看，迅速把自己的衬衣撕下来，包在陈华敏的伤口上。陈华敏客气地说了声，谢谢！你咋在这里？

姜八斤说道，我想打探点儿消息，刚好撞见你受了伤，走！咱去医院。他见陈华敏对自己的救助没有反对，就蹲下来把陈华敏的右臂架在肩上，左手搂着她的腰，把她搀扶起来送往医院。她的脚好像崴伤了一样不敢着地，走路一瘸一拐。两人之间还留有一点儿缝隙，不能形成合力，走起路来非常艰难。

姜八斤为了走路更方便些，肩膀用力架着陈华敏，左手搂得更紧，使两人紧紧地贴在一起，以便减少陈华敏脚的支撑力。

陈华敏立刻感到姜八斤的体温，有些不好意思起来，虽然对姜八斤的帮助心存感激，但是男女授受不亲的思想在她心里根深蒂固。尽管心里有种甜美的感觉，可嘴里还是违心地说道，我伤得没那么严重，离我远点儿，别想趁机占我的便宜。

姜八斤满脸的委屈，唧唧歪歪地说道，你这不是受伤了吗！我才这样帮你去看伤，没有其他的意思，别多想了。

陈华敏在姜八斤的帮助下，忍着疼痛返回医院。正骨医生把陈华敏错位的脚扳了回来，抹点儿跌打损伤的药水，说道，这儿有点儿肿，你走两下试试。陈华敏站起来，在屋里走了一圈，感觉稍微有点儿疼痛。医生见状说道，好歹骨头没事，肌肉也没受到很大损伤，脚很快就会恢复正常功能。

外科医生也做了紧急手术，把钉子取了出来，麻药过后疼得陈华敏直咧嘴。医生道，这是啥东西？咋会扎在肌肉里这么深？

陈华敏看了看取出的钉子道，初步判断应该是装修用的射钉，你看头尖尾巴小，便于射击，可能是射钉枪打出来的钉子，否则不会有这么大的力量。

医生包扎了陈华敏的伤口，告诉她注意事项，要多休息，伤口不能沾水，防止感染。陈华敏把外罩穿上，遮挡包扎的伤口，忍着疼痛离开医院驾车继续追踪。她拨通常青云电话询问道，现在追到了什么位置？

常青云边开车边说道，车辆顺着乡村公路向北行驶，你可以抄近道在华南路截住他们。

陈华敏又拨通石望春的电话，两人汇总抓捕情况。

石望春兴奋道，现查明阎大鹏和阎标参加了医院谋杀案，我们尽快落实他们的身份信息，办理追逃手续，这样全国民警都可以抓捕，让他们插翅难逃。

陈华敏道，我们从医院出发正在追赶，常青云紧盯着嫌疑车辆，我这就与他会合。

石望春道，这样吧，你们先追踪抓捕，我办理追逃手续，继续追查矿洞杀人案的真凶，看看阎标身后是否还有其他人，先把阎光头刑事拘留了再说。

阎大鹏坐上阎标的汽车向北逃跑，看到警车紧追不舍，阎标在乡村路上疾驶。道路越来越窄，眼看阎大鹏的汽车过了华南路。

陈华敏拨通常青云电话，说道，我在你的正后方。常青云喊道，明白！目标在我前方。说着加大油门追赶，眼看两辆警车就要追上目标车辆。对面一辆大货车迎面而来，阎标加大油门拼命逃跑，对面高速行驶的大货车躲闪不及，紧急刹车，车身由于惯性作用向路边倒去。

常青云见势不妙，急踩刹车，警车掉头冲进路边的树林中，汽车安全气囊打开，常青云头部、胸部多处受伤，后座的刘倩楠在安全带的保护下，受伤轻微，她急忙打开急救盒给常青云包扎伤口。

陈华敏避开大货车冲了过去，继续追赶阎标的汽车，突然前边出现了铁路道口的警告声“注意避让火车”，升降杆正在缓缓降落，阎标猛加油门急速通过铁路。陈华敏赶到时升降杆刚落下，不一会儿，火车轰轰隆隆地从眼前疾驰而过。

升降杆再次升起时，阎标驾驶的汽车已经消失得无影无踪，陈华敏只好无功而返。

阎大鹏和阎标逃到云山，把汽车藏在山沟里，盖上树枝杂草，翻山越岭登上主峰，来到一座道观，看到这儿山高路远，青山翠柏，云雾缭绕，如同仙境一般，就想在这儿避难出家修行，为自己赎罪。

他们走到门前，阎大鹏止住脚步定睛观看，只见观门两侧写着一副对联：

行善不昌必有余殃殃尽必昌

作恶不殃必有余昌昌尽必殃

阎标不解地对门口道士说，哎！老头儿！这对联这么绕口，是啥意思呀？

正在扫地的道士走过来，双手相扣施礼道，信士！有何贵干？

阎大鹏还礼道，法师！这对联是什么意思？

道士笑道，这副对联说明了人世间的因果关系，让人弃恶从善。

上联的意思是，行善的人没有发达昌盛，说明以前还有罪恶在身，等到罪恶和行善完全抵消，就会心想事成兴旺发达，迎来福报。

下联的意思是，作恶的人眼前没有灾祸，那是因为前世做了许多善事在身，所以还没有得到报应，如果报应到了就一定遭殃。

阎大鹏听了，心里直嘀咕，认真学着道士的样子，左手扣住右手还礼道，谢谢！便离开了此地。

阎标不解地问道，哥！我们好不容易找到了落脚的地方，为啥还要走呀？

阎大鹏警觉地观察着周围的行人，说道，这儿不适合我们藏身，我不喜欢道士的清规戒律。再者就是这儿经常人来人往，烧香膜拜的人络绎不绝，行踪容易暴露，如果警察追过来，到那时我们想走也来不及了。

阎标听了感到后怕，说道，哥！你说去哪？我跟着就是了。阎大鹏说道，听话就好。不过，你小子把弄死阎文修的事搞砸了，没弄到财宝不说，也没弄到多少钱，却留了个大尾巴，让警察抓着不放。阎标道，就是挺烦人的。阎大鹏边走边说，你让学生写举报信是个失误呀！咋想的？阎标道，我想通过小孩儿的举报信，让阎文修家人相信他是自杀的，即便有人怀疑，也不好查到是谁写的举报信。没承想弄巧成拙，被人抓住了把柄。阎大鹏道，哎呀！还不如模仿阎文修笔迹写份遗书效果好呢！两人边说边鬼鬼祟祟地沿着小路向山下走去。

三

陈华敏追踪到阎大鹏和阎标的线索，暗自庆幸，顺线索查到了焦作，不久便丢失了目标，在城市和大山中历尽艰辛，也没抓住阎大鹏。她向张副局长电话汇报道，阎大鹏、阎标就像人间蒸发一样，没了踪影。

张副局长，如果找不到重要线索，那就是侦查方向出了问题！把案件交给石望春办理吧！现在可以并案处理，王书磊被刺案和矿洞杀人案是同一伙人所为，前期工作已基本完成，石望春一个组就可以应对了，现在已落实了嫌疑人身份，你不必着急。

陈华敏旧事重提道，我心里过不去，不能让他们逍遥法外，更重要的是郝队被调离机动队，让他委曲求全，我们难以理解。

张副局长道，这些我都明白，刚刚接到报警，两河交界处发现一具烧焦的女尸，你们抓紧时间回来，参加新的侦破工作。

陈华敏紧急召集机动队队员，并向石望春交接了案件材料。石望春接过案卷，发泄着满腹的牢骚道，又是我们组收尾。陈华敏顾不上接话，便急急忙忙地赶往现场。

石望春不甘心，拨通陈华敏电话道，又是这样！把我们组留下来，你们办大案去了，郝队器重你就算了，张局也器重你，让人羡慕嫉妒恨呀！

陈华敏边开车边用耳机通话，笑道，嘿！忙着呢！我要去新的现场，给郝队洗刷冤屈的事交给你了。说完挂了电话，加足马力向现场奔去。

石望春把阎光头送进看守所，便马不停蹄地赶往云山，决心下大功夫查找阎大鹏。他找来当地民警配合抓捕，终于在山沟里找到可疑车辆，组织人员对汽车进行勘查，发现副驾驶位置上有把射钉枪，插上汽车电源，就可以正常发射钉子。

石望春反复观察着射钉枪，说道，别小瞧这玩意儿，威力挺大的！要不陈华敏这个经过特殊训练的武功高手，怎么会受伤呢？这射钉枪射速快，短距离具有较强的杀伤力。虽然不会轻易伤人性命，但是如果射中要害部位，不仅仅是失去战斗力，严重的会要人小命，绝对不可小视。

常青云围着汽车转了几圈，把证据固定下来，说道，石队！我让王艳红查了这辆汽车的信息，这辆车是被盗车辆，发动机号和车牌号不相符，车牌号是假的。

石望春推测道，狡猾的阎标！我觉得他身后不仅仅是阎大鹏，应该还有人在操纵。否则早就落网了。

常青云满怀信心地说道，我们登上山顶，把这里的每个角落都查个遍，我就不信找不到他们的踪迹。

石望春为难地说道，太行山层峦叠嶂，沟壑交错，地形复杂，植被茂密，别说藏两个人了，就是藏一支军队也难以寻找，我们还是先易后难吧！

石望春、常青云登上山顶，看见道观中白发道士正在上香。常青云上前刚要开口问话，被石望春拉住，小声道，尊重道教！道长正在祭拜道教的老祖宗！切勿打扰。

等了片刻，道士上完香，石望春上前施礼道，道长好！

道长还礼道，福生无量天尊！信士好！施礼完毕，石望春走到供桌前把十元人民币投进功德箱，对着神像磕头跪拜，嘴里小声地说道，礼仪之邦，感恩圣人教化。磕过头，石望春站起身来，说道，道长，我有一事相求，不知当讲不当讲？

道长面带微笑地说，信士请讲。

石望春拿出阎大鹏和阎标的照片，说道，道长，是否见过这两个人？道长看了看照片说，这些天参拜的信士较多，记得不太清楚了。说着话指着阎大鹏的照片说，这个人好像向我问过路。

石望春立刻来了兴趣，问道，啥时间？他们去了哪儿？

道长回忆了一会儿说，大约有半个月了吧，他们问完路就下山了，具体去了哪儿，我也不清楚。

石望春谢过道长，和常青云顺着山路寻找。时值中午湿热难耐，又饿得人身体乏力。

常青云疲倦地靠在路边的树上，有气无力地说道，此处风景如画，仙雾缭绕，我们脚踏祥云头顶蓝天，如临仙境一般。可是，我却一点儿也高兴不起来。

石望春从背包里取出两瓶矿泉水，扔给常青云一瓶，说道，经过半个多月的查找，没有发现嫌疑人的踪影，只好无功而返了，咋能高兴呢？

常青云接过水打开盖子喝了几口，说道，抓不到这两个凶手，郝队长的冤情再也无法洗清了。

石望春喝了口水，叹道，我相信上天会给郝队公正的评判，我们肯定能和郝队重新并肩战斗。

石望春追查无果，返回单位，他想起阎大鹏的阎氏健身房，便打电话向郝运来说道，郝队！我想起一个地方来，阎氏健身房是否会有阎大鹏的线索？

郝运来不满地纠正道，不要叫我郝队！我连机动队员都不是了，还当啥队长？阎氏健身房的事，自己决定吧！提醒你不要忘了阎氏公司的阎富有。

通过话，石望春派人监视阎氏健身房的人员。一连多日，阎氏健身房好像没发生过任何事情一样，平静得像风和日丽的湖面，没露出一点儿破绽，民警只有等待时机的出现。

郝运来为了抓获阎大鹏，回到市区和姜八斤暗地里查询线索，结果查否！查否！还是查否！

郝运来的烦恼袭上心头，眼看张副局长给的时间已经到了。此时，张副局长打来电话问道，运来！有眉目了吗？

郝运来抱歉地说道，查的案件仍然没有结果。

张副局长无奈地说道，那就按原计划执行，你找第一书记申所长报到，协助扶贫工作，希望你不辱使命。

郝运来笑道，呵！难道申所长也犯错误了？

张副局长安慰地说道，这是工作需要，正常调动，别多想了。

郝运来幽默地说，明明是发配，还说得那么好听！

张副局长笑道，去吧！你们两个也是老伙计了，互相配合相得益彰。

郝运来无奈地挂了电话，准备整装上阵。

傍晚时分，郝运来回到家中，娘笑呵呵地迎上来说道，运来！你可回来了！你爹听说你要回来，下午到市场上买了很多好东西，看看我已经把饭菜做好了，就等你和慧妹回来吃饭呢！

郝运来在盘子里捏了一块牛肉放进嘴里，边嚼边说，还是娘做的肉好吃！这肉真香，慧妹还没回来吗？

运来娘道，她呀！自从当了总经理就经常早出晚归，一天到晚不着家，除了工资拿得多些，其他没啥变化。

郝运来笑道，娘，您老人家还想要啥变化？说着又拿起花生米扔进嘴里，咬得咯嘣咯嘣响。

运来爹拿来筷子递给郝运来，说道，这真是到家了，随便是吧！还是小时候的毛病，到现在还没改过来，见到吃的就直接下手捏着吃，当队长了，咋给民警做榜样啊？

郝运来笑道，从现在起，我已经不是啥队长了，明天就被发配到贫困山区扶贫去了。

运来娘道，这样也好，工作没那么忙，也有时间考虑家里的事，我都这岁数了，也该当奶奶喽！

说话间，韩慧妹从外边进来，换上拖鞋，把外衣挂在衣帽钩上，笑道，运来，这些天你都忙啥了？也不知道回来看看我。郝运来笑道，交接工作挺复杂的，一些案件的善后处理要交代清楚才行。

运来娘把盒子放在桌子上，说道，运来！慧妹！这是我在景区送子娘娘那儿求来的俩娃娃，不是娘催你们呢，都三十好几的人了，为了事业不着急要孩了，我可着急当奶奶呢！我像你们这么大的时候，运来都上小学了。

运来爹端着米饭放在桌子上，说道，趁热吃吧，你娘爱唠叨，每次孩子回来就是这话题，慧妹别介意呀！

韩慧妹微笑道，爹娘！我们知道了，怀孕不像说话那样简单，说一声就办到了。说着脸红扑扑的，不好意思起来。

郝运来按照娘的意思把娃娃放在床头。慧妹笑道，仿制的唐三彩还怪逼真呢！郝运来关上门，一把拉过韩慧妹，情意浓浓地说道，慧妹！我们也该要个孩子了！娘已经急不可耐了，你就同意了吧！

韩慧妹撒娇道，那咋能行呢！我当总经理还不到一年，如果怀孕了，工作又那么紧张，我是上班呢，还是回家生孩子？

郝运来亲了一下慧妹的脸，摸着慧妹的肚子说道，当然是生孩子了。

慧妹惋惜道，如果选择生孩子，所有的努力就会前功尽弃。你知道吗？我现在的工资是你的五倍还多，每月两万多块呀！看着都让人高兴。

郝运来发愁地说道，慧妹！如果不要孩子，挣那么多钱给谁花？要钱又有啥用呢？

韩慧妹还想说些什么，被郝运来的激情封住了嘴唇。韩慧妹挣脱了郝运来的双手，温柔地说道，不行！不行！说着顺手从床头柜里拿出宝贝塞到郝运来手里，说道，给！把“雨衣”穿上，否则今天让你守空房。笑着给郝运来脸上亲了一口。

郝运来高兴地叹道，你呀！总是让我穿雨衣洗澡，泥灰疙瘩都洗掉了，就是活儿白干了。韩慧妹手指点着郝运来额头笑道，咿咿！真不知害臊，还队长呢！这话好意思说出来。

郝运来为难地说道，如果让我娘知道了，不得骂我呀！

韩慧妹依偎在郝运来身边，深情地说道，挨骂也总比丢了总经理的位置好吧！

郝运来无奈地想着对策，第二天趁妻子上班的时候，把“宝贝雨衣”拿出来，找来缝衣针在中间部位扎了几个小针眼，笑道，哈哈，这次看你往哪儿躲，大姨妈刚走不久，有了这个秘密武器，不怀孕才怪呢！说着摸摸床头柜上的娃娃道，该来的少不了。

刺耳的电话铃声响起，郝运来自言自语道，谁呀！就两天休息时间，还来打扰我。看到是陈华敏的电话，就来了精神，笑嘻嘻地接听电话，问道，华敏，有事吗？陈华敏道，郝队！今天接到报警，在两河交汇处，发现荒沟里有一具烧焦了的尸体，经勘查死者为女性，20 岁左右，头上多处钝器伤，身体大部分被烧成了焦炭，看不出本来面孔，身份不明，现场没有血迹和打斗痕迹，看样子是抛尸现场。

郝运来听到有案件，就像老鹰看见了兔子一样兴奋不已，急切地问道，还有啥信息？

陈华敏边在现场周围观察着，边说道，从现场看，这儿比较偏僻，周围都是农田，距国道很近，不知尸体是从哪儿运过来的，一定要找到案发中心现场。张副局长已安排民警走访群众，排查沿线各单位失踪人员。另外，法医正在尸检，发现死者嘴里戴着胶状牙套，要求民警重点排查牙科诊所和医院。目前没有发现更有价值的线索，我想你能否来帮个忙。

郝运来苦笑道，局长放我两天假，刚歇了一天，又被你给叫走了。再说了，局长同意我去吗？这个地球离开谁不会转呀？

陈华敏撒娇道，机动队离了你不会转，你不来，案件耽误了可别后悔。

郝运来听了陈华敏的邀请，被人重视的感觉使他身体里充满了快乐因子，心里偷着乐，嘴上还是很不情愿地说道，好吧！既然盛情难却，那我就去现场看看，你把详细地址发过来。

陈华敏像接到命令似的不敢怠慢，把案发现场的地址用微信发给郝运来。

郝运来驾车赶到现场时，已是上午 10 点多钟，勘查现场已经结束。

快要立冬时期的邙山田野，到处都是播种的小麦，麦苗出土不久，还没有分蘖，显得低矮瘦弱。太阳已升得老高，温暖的光线把晨雾收到了空中，变成棉花状的云朵。地面上的麦苗和路边的杂草还挂着露珠，看上去晶莹剔透，有的小麦叶子被露珠压弯了腰。在麦地的边上，被烧变形的尸体在那里静静地躺着，好像向人们诉说着不幸的遭遇。地上的麦苗也被烧得变成了灰烬，空气中散发着泥土的清香和蛋白质烤焦了的气味，无论从视觉和嗅觉上，都让人有呕吐的冲动。

陈华敏很坦然地向郝运来介绍道，这个抛尸现场有燃烧过的尸体，还有留下的几串脚印。虽然麦田土壤松软，但是留在田地里的脚印并不清晰，好像有人专门用树枝划拉地面，把脚印掩盖了一样，无法得到完整的印痕。从尸体周围露珠的大小和分布状态来看，抛尸时间应该在凌晨时分。除此之外，死者牙套也是查找尸源的线索。不过具备安装牙套的医院和诊所却很多，涉及全市乃至全省的广阔地域，它们都有可能给死者看牙治疗，破案希望渺茫。郝队！请你再诊断，再号脉，再下药。

郝运来笑道，我现在是局外人，随便看看吧。于是和陈华敏扩大侦查范围，以发案现场为中心仔细观察。

他们逐步扩大到一公里左右的地方，在公路旁边狭窄的乡间小道上，发现了类似摩托车后轮碾压的新鲜痕迹，并且车轮陷得较深，这种现象符合运输尸体的条件。虽说距抛尸现场有点儿远，但这是远程抛尸的必经之路。

郝运来围着车轮痕迹向外扩展了几公里，发现公路上有监控探头，于是说道，走！我们查监控，监控不会说谎，它会忠实记录发案经过。

陈华敏竖起大拇指，说道，郝队了不起！小发现破大案，虽然这条痕迹不是多么明显，但是为我们提供了明确的侦查方向。

郝运来和陈华敏顺路追踪，查看伊洛市和伊洛县交界处的监控视频，发现可疑电动车后座绑着很长的东西，由于摄像设备分辨率过低，镜头拉近观看影像仍不清晰，通过分辨，认为有可能是编织袋，骑车男子左顾右盼有些慌张，看上去贼溜溜的，有重大嫌疑。

陈华敏欣喜若狂地向张副局长汇报道，我们已经发现嫌疑人的踪迹，正在顺着通往伊洛市的路线追查监控，有结果了再向您汇报。

张副局长精神立马振奋起来，说道，华敏进步很大呀！也成了行家里手了，听你的好消息！

陈华敏补充道，是郝队长发现的线索！

张副局长不高兴地说道，他怎么来了？告诉他别耽误了本职工作！陈华敏挂了电话，心想为了获得郝运来的帮助，好不容易才把他请过来，不能转告张副局长对他的看法，以免影响他的破案思路。

郝运来和陈华敏一路追踪下去，每个路口的监控都要查找，他们的足迹横跨了大半个伊洛市，最终确定嫌疑人落脚在牡丹路三号院。

陈华敏调取门口监控时，时值深夜，物业管理人员已经下班，不愿意配合工作。

陈华敏想起韩慧妹是艺龙房产开发公司总经理，对郝运来道，郝队！这个小区是嫂子的房产公司开发的，让嫂子帮个忙呗。如果晚了嫌疑人会趁机逃走，机不可失，时不再来呀！

郝运来笑着答应道，好的！没问题，我知道她今天在家，我们约好了今天见面。于是拨通了韩慧妹的电话，很不好意思地说，慧妹！我是运来！

韩慧妹埋怨道，你咋搞的，这都几点了，还不回来。

郝运来自知理亏，赔礼道，怪不好意思呀！我本来想回家的，可是有个命案涉及你们公司开发的牡丹路三号院，我们想看监控视频，可是物业的人已经下班，麻烦媳妇通融一下。

韩慧妹心里很不愿意打扰物业人员，但还是配合着撒娇道，好吧！看样子，你这个被撸了的队长，今晚又回不来了，真烦人。

郝运来内疚地说，我不去抓坏人，心里就痒痒，乖媳妇，理解万岁啊！

过了一会儿，保安过来打开监控室，调取嫌疑人出入小区的监控，发现嫌疑人晚上 9 点多骑电动车外出，车后边带着一个大编织袋子，天快亮时骑着空车返回小区。

郝运来截取了嫌疑人较为清晰的几张图片，问保安道，见过这个人吗？

保安反复察看了照片，说道，这个穿黑色棉袄、身材魁梧的男人，好像是三号楼的租户，让我翻翻租房记录。保安说着话打开登记本逐页查找，忽然像找到宝贝似的高兴道，呵呵！真翻到了！他叫姜跃才，男，45 岁，本地人。同住的人叫潘腊梅，女，27 岁，本省人，现住本小区三号楼一单元三楼西户。

三更时分，郝运来带领民警悄悄冲上楼去，楼道内鸦雀无声。郝运来走到三楼西户，发现楼道内有拖拉的血迹，一直延伸到房间内。

郝运来轻声说道，华敏！这应该是第一杀人现场。

陈华敏仔细观察，发现门缝里露出微弱的光线，说道，现在房间里亮着灯光，或许嫌疑人还没逃离。回头对保安说道，能联系房东把门打开吗？

保安为难地说道，现在的房客为了安全，租到房子就换掉门锁和钥匙，房东也无法打开。再说了，这么晚去哪找房东？

郝运来果断地说道，让技术开锁来帮忙，就更耽误时间了。不就是一道木门吗？你们和保安守在外面，我和华敏冲进去，见机行事，控制嫌疑人。

陈华敏比画着“OK”的手势，表示赞同，拔出手枪打开保险，低姿戒备准备入室。

郝运来身体向后，迅速蜷腿猛踹门锁，房门“哐当”一声被踹开，门撞击在墙上又反弹回来，郝运来顺势推着房门冲进屋里，陈华敏枪口向下持枪环视室内。

郝运来机敏地扫视了屋里的角角落落，沮丧地说道，嘿！空无一人。

陈华敏对外面的人喊道，同志们，进来干活儿吧！采集血样联系送检，争取今天就确定死者的身份。

刘倩楠拿着工具箱进来，答道，好的，陈队长！

郝运来在屋里翻了好大一阵子，终于在杂物堆里挑出来租客的暂住证。他仔细比对着监控照片，确定了嫌疑人身份，然后命令道，立即抓捕嫌疑人姜跃才。他对陈华敏说道，你和同志们留下勘验现场，我带保安去看监控。你们搜集犯罪证据的同时，要留意嫌疑人的去向信息。

郝运来和保安来到监控室，查看姜跃才外逃的监控录像，发现姜跃才抛尸后返回家中，没多大工夫就骑电动车离开了小区，不知去向。

郝运来调取周围监控，发现姜跃才走进大众洗浴中心监控区域。两人来到大众洗浴中心叫醒服务员，服务员睡眼蒙眬地仰起头，似醒非醒地问道，两位干啥呀？这么晚了不睡觉瞎转悠啥呢？

郝运来强挤出点儿笑容，说道，民警办案需要查看监控，给！这是警官证。说着把警官证亮了一下，又收回来装入口袋。

服务员揉着眼睛问道，啊！警察呀！这么晚还查案。看啥时间、啥地点的监控？

郝运来果断地说道，吧台，昨天这个时候的监控。

服务员望着一脸疲惫的民警，不敢怠慢，迅速打开监控屏幕，说道，正常播放还是加速？

郝运来进到吧台内，拉过凳子坐在一旁，看着屏幕说道，加速到 16 倍，发现人了再正常回放。

服务员熟练地操作着，不一会儿工夫，屏幕上显示一个男子来交费洗澡。

郝运来急忙提醒道，拉回来正常回放，看看这人是不是要找的人。

服务员操作鼠标回放监控，找到来人的正面图像，停止播放道，警官！是这个人吗？

郝运来拿出照片比对了一会儿，说道，脸照得不是很清楚，但从黑色棉袄和魁梧的身形分析，能断定就是他。查查他离开的时间和逃跑的方向。

服务员查看了收费记录，确定嫌疑人中午时分离开了洗浴中心，又按时间查看了监控，发现姜跃才出了洗浴中心就向后面的小巷走去。

郝运来追踪到小巷尽头，发现周围没有监控探头，距离最近的大路口也有两公里左右，这里正在建设居民住宅，要想查找姜跃才的行踪，需要将周围监控全部调出来，这项工作需要很长时间才能完成。

郝运来心头一紧，说道，好狡猾的姜跃才，专门走没有监控的小道，看起来，他对这里的环境十分熟悉。

保安抱歉道，如果照这样的速度排查，就这一片的监控，没个三五天是无法查清楚的。我还得回单位，今天又该我值班了。

郝运来笑道，辛苦你了！我送你回去。两人回到三号院。

四

陈华敏把现场勘验完毕，顺着线索开展调查。郝运来找到陈华敏商讨破案对策，问道，监控查询遇到了困难，短时间内无法找到嫌疑人的踪迹，你那儿情况咋样？

陈华敏手里提着查获的证据，说道，我们在现场找到了一把带血的铁锤，经过邻居辨认，确定这把铁锤是姜跃才家的，邻居曾经见他在楼道内修理电动车使用过。

郝运来问道，还有别的线索没有？

陈华敏回答道，王艳红去姜跃才打工的地方调查，工人们反映，姜跃才早在一星期前就不上班了。至于照片上电动车后边的袋子，好像是公司运输服装的包装袋，现在姜跃才的去向他们也不清楚。

郝运来又问道，牙科医院和诊所已经停止排查了吧？

陈华敏把袋子放在桌子上，说道，发现第一现场时，张副局长就转移了排查方向，早就停止了。

郝运来想了想，说道，姜跃才的户籍地去过了吗？

陈华敏拉开抽屉取出一摞材料，说道，还没有派人去。说着话，陈华敏把姜跃才的户籍表抽出来递给郝运来，继续说，这是他的户籍登记表。

郝运来看了户籍表上的地址，笑道，如果没有记错的话，这小子和李民强的爱人是同乡，也是我要去扶贫的村子。

陈华敏开心地笑了，说道，这么巧，那就让李民强一起去吧，便于工作。

郝运来遗憾地说道，可以！不过，我就不能以民警身份出现了，我是代表区政府去扶贫的，是协助申所长工作的办事员。

陈华敏不假思索地问道，申所长是我的老同学，他也犯错误了？

郝运来笑着的脸上突然浮起一层疑云，顿时气氛尴尬起来，说道，话不能这样讲！人家不是充军发配，锻炼几年回来说不定还能进步呢。而我呢，是名副其实的发配山区。

陈华敏看到郝运来不高兴的样子，感到自己把话说掉地上了，赶紧打圆场说，我是瞎说的！郝队！别在意！

郝运来很大度地说道，不提这个了。走！准备物品，我们分别出发，你去抓人，我去扶贫，咱们两不耽误。

陈华敏着急地说道，案件不等人呀！

郝运来收拾着桌子上的东西，说道，你们着急先去吧！我要把生活用品准备齐全，做好打持久战的准备。

陈华敏提起公文包，笑道，我们在吴坡村等你。说完便和同志们驾车出发了。

郝运来回到家已是吃晚饭的时候，他打开门便听到娘和媳妇正在唇枪舌剑。只见娘夹了块排骨放进媳妇碗里，关心地说道，慧妹呀，多吃点儿补补身子，运来这孩子一天到晚忙得连家也顾不上回，你也忙着公司的事情，我和你爹在家享清闲，趁我们还年轻，能替你带孩子，就生一个吧！

慧妹吃着排骨，把骨头轻轻地吐了出来放在桌子上，不耐烦地回敬道，娘！你又来了，我们这不是工作忙吗？

运来娘不依不饶地说道，我像你这样年龄的时候，运来已经上小学了。如果哪儿不舒服，就去医院检查身体吧！现在医疗技术多先进呀！简单治疗就会好的。

慧妹扭捏道，娘！我知道了。

运来爹实在看不下去，担心惹毛了慧妹，插话道，老婆子真唠叨，这话说过多少遍了，耳朵都听出茧子了。

郝运来放下公文包，笑着来到餐桌旁，说道，全是好吃的呀！运来娘见儿子回来，赶紧去厨房盛了碗鸡汤递过来，埋怨道，这些天都忙啥了？也不着家，来，趁热喝吧！

郝运来嬉皮笑脸地说道，说来也奇怪，平时吧，也不是天天这么忙。这些天忙起来，一件事情没办完，又接二连三地出事，简直让人忙得透不过气来。

运来娘抱怨地说道，又有啥事了？

郝运来满脸孩子气地说道，明天我还要出差，这次出去，可能十天半月才能回来一次，并且这样的日子需要一年半载才能结束。

慧妹问道，去干吗？是借调呀还是办案呀？

郝运来呼噜呼噜喝着鸡汤，无奈道，出公差知道吧？领导让我去扶贫。有机会你也可以去散散心，听说那里经济落后，现在还保持着原始的自然风貌。

慧妹妩媚地附和道，好呀！等你落住脚了，我也休几天假，去看你，享几天清福，也好让娘省点儿心。

运来娘甜甜地笑着，脸上的皱纹显得更深了，不停地唠叨着，休假好！人呀，不能总忙工作，家庭幸福更重要，我们也该享受天伦之乐了。

郝运来心不在焉地听着娘的话，心里这个别扭，工作失误带来的麻烦，迫使自己离开热爱的工作岗位，被安排到山区扶贫。慧妹又全身心扑在工作上，在房产公司总经理的位置上飘飘然，对生孩子的事不以为然，她和娘的态度截然不同，并表示坚决不想要孩子。好在她能够在父母面前打个圆场，总会顺口答应，就是在关键时候不落实。

男人呀！处在两难境地，真是个“难人”，既不能得罪爹娘，对不起祖宗，失去传宗接代的机会，断了郝家的香火，又不能让慧妹心生厌烦，人家可是为了爱情放弃大城市的优越生活，投奔到这儿。自己真是老鼠钻风箱两头受气。这大家、小家、工作的关系让人难以处理呀！

一觉醒来天已大亮，郝运来拥抱着正在梳头的韩慧妹亲了一口，说道，慧妹！好好和爹娘相处！我们四个人挣的钱给谁用，赶紧抱个接班人吧！韩慧妹笑道，你真坏！“雨衣”破了也不知道换新的，真怀孕了，我这么多年的心血可就白费了。

郝运来听着媳妇的埋怨，嘴里承认错误，心里却偷偷地乐开了花，告别了爹娘和媳妇，驾车来到吴坡村。看到绿水青山风景秀丽，吱吱的蝉鸣声不时被林中起落的鸟儿打断。路边不知名的野花竞相开放，引来众多的蜜蜂、蝴蝶来回地飞舞着。高处小溪哗啦啦的流水声，像音乐一样动听迷人，伴随着流水撞击岩石激起的美丽浪花，欢快地向下游流去。

郝运来久居闹市，突然踏入山村，回归大自然的怀抱，紧张沮丧的心情豁然开朗。他按照张副局长交代的路线，去找申所长报到。

郝运来走进村部，一辆熟悉的警车停在那儿，他推开村部房门喊道，申所长！申书记！我来了。

陈华敏笑着迎了出来，欢迎道，怎么才来？我们昨天就到了，申所长的老毛病又犯了，去诊所打针取药了，一会儿就回来。

郝运来止住笑声，问道，申所长怎么了？还打针吃药？

陈华敏表情突然肃然起来，很惋惜地说道，听村干部说他呀胃癌晚期，已经带病坚持工作好多年了。

郝运来敬佩地说道，申所长精神可嘉值得学习。又转移话题问道，你的案件有进展吗？

陈华敏拿起暖水壶晃了晃，打开盖子倒了杯白开水，递给郝运来，说道，正要向你汇报呢！我们找的姜跃才失踪了。郝运来惊讶地问道，啥时候？

陈华敏继续说道，昨天晚上，他妻子来找申所长说，姜跃才已经两天没回家了，走的时候也没说去哪儿，你说这事蹊跷吧？

郝运来投去惊异的目光，吃惊地问道，咋会这么巧？我们找他，他却失踪了。想捉迷藏，也用不着让人来报失踪吧！

说话间，申所长推门进来伸出手，客气地说道，欢迎郝队长加入扶贫队伍。

郝运来紧紧地握了握申所长的手，说道，真没想到，矿洞杀人案分别后，没多长时间我们又在一起工作了，还是以这种方式见面，你咋也来扶贫了呢？

申所长满脸感激地说道，领导关心呗！身体出了问题，想让我换个工作环境，顺便给乡亲们解决一些困难，等身体恢复健康了，再回一线工作。

郝运来好奇地说道，你们领导真好！哪位领导这么理解基层民警的辛苦？

申所长满不在乎地说道，我们不都是一个领导——张副局长安排的吗？

郝运来笑道，这么说，我也要感谢张副局长了，我算是区里的扶贫干部，和你的身份不同。

申所长也笑着说道，身份不重要，关键是把扶贫工作干出彩来，让吴坡村的群众得到实惠，脱贫致富。

陈华敏盘算着此行如何破案，出口直奔主题，说道，正好郝队来了，谈谈姜跃才失踪案。我们拿个侦查方案，他可是重要嫌犯，有命案在身。

申所长介绍道，有个新情况，昨天晚上，姜妻来大队部报案称，姜跃才两天没回家，电话也联系不上，村里村外找了个遍，也没找到这个没良心的东西。我认为是失踪了。

郝运来问道，是畏罪潜逃，还是故弄玄虚？

申所长来回地摆着手，说道，看样子不像那么回事！

陈华敏大胆地推测道，也许是畏罪自杀了呢？

申所长微微地点了点头，说道，也有这样的可能性，嫌疑人肯定知道杀人偿命的道理，自杀的可能性也会存在。

郝运来问道，组织人员查找了没有？

申所长拿起一根木棍，指着墙上吴坡村地图的红色标记，说道，我和陈华敏已组织村干部进行了查找，把村里的枯井、红薯窖、深沟、水塘、附近的小树林都找了个遍，但姜跃才生不见人死不见尸。

陈华敏有点儿坐不住了，干脆站了起来，说道，我们围绕姜跃才的人际关系进行排查，发现姜跃才有盗窃文物的犯罪前科，他和姜百乐被判了三年有期徒刑，出狱后靠打工为生。他不仅在村里有合法的妻子，在伊洛市里和潘腊梅同居，还和村里的妇女有男女关系。

王艳红走进门说道，经过查询，找到了姜百乐的详细住址，我和李民强已将姜百乐抓获，现在李民强正在审问呢，我们去看看。

一行人来到保卫室，李民强正在询问姜百乐。

李民强一本正经地问道，姜百乐！你知道姜跃才现在啥地方吗？

姜百乐蛮横地说道，我也是前几天见过他，我们打了几次牌，不知他近些天去哪了。

陈华敏追问道，姜百乐！你们是难兄难弟，当真不知道他的下落吗？

姜百乐跟没事人似的说道，我真不知道他在啥地方，他又犯事了吗？

陈华敏见他不在状态，就岔开话题冷冰冰地说道，这样吧，说说你们盗挖古墓的事情，也许能提醒你点儿啥。

姜百乐见警察揭自己的老底，就不好意思地笑道，那都是过去的事了，提它干吗？怪丢人的。

陈华敏缓和了语气说道，害怕丢人，就交代姜跃才的藏身之处吧！

姜百乐无奈地说道，那我还是说说盗墓的事情吧！

陈华敏催促道，听听也无妨，讲吧！还愣着干啥？

姜百乐回忆道，那年春天，我们两个在赌场输了钱，就想去弄点儿钱还账。姜跃才在铁匠那里做了把“月亮铲”，铲子头像半个月亮的形状，另一头是圆筒，便于安装把子，铲子头大约有十厘米宽、二十厘米长。我找了根长竹竿，把月亮铲的头安装在竹竿上，这样就可以铲土了。

我们在田里干活儿的时候，发现雨水泡过的田地里，塌陷了一个深坑，就用月亮铲向下探测，探了七八米深，发现有虚土，凭经验判断下边可能有“东西”。我们向下挖了个洞，挖出了几个唐三彩马匹和童男童女的瓷器，就把这些东西拿到黑市卖了，用这些钱还了赌债。后来买东西的人被民警抓获，把我俩供了出来。

陈华敏喝问道，说得轻巧，不会是因分赃不均，你把姜跃才弄死了吧？

姜百乐吓了一跳，赶紧解释道，警官！我哪敢图财害命呀！我顶多玩玩纸牌偷个东西而已。

此时，吴秀清来到村部，在院里喊道，民强！出来一下。

李民强和陈华敏从屋里走出来，李民强介绍道，这是你嫂子，吴秀清，从小在这个村子长大，知道的情况可能对破案有帮助。

陈华敏寒暄了几句，直夸嫂子长得俊俏，又笑道，嫂子！麻烦你了，我是民强的同事。姜跃才到底去了哪儿，村里有啥传闻没有？

吴秀清介绍道，据说姜跃才和卖饲料的丽丽有男女关系，他们之间发生了好多版本的桃色新闻，这事不知道和她是否有关系。不过她和丈夫大卫都是老实人，这些天也没反常言行。

李民强叹气道，这都追查多日了，还没有眉目，真是急死人了。

陈华敏侥幸道，走失了两天多的时间，兴许他去了山里，说不定避避风头就会回来。

郝运来问道，村里有监控吗？还是用老办法解决新问题吧！看看他是否出村，一切就会真相大白。

申所长答道，一个月前才安装的监控，南北两个村口各有一个探头。

郝运来笑道，抱着个金娃娃不用，非要学癞蛤蟆乱蹦跶，查案的效果可想而知了。

李民强分析道，如果姜跃才离开了村子，我们就改变侦查方向，顺线查下去。如果他没出村子，那么就在村里多下功夫。

陈华敏赞同道，很有道理！说着几个人来到电脑前，申所长打开监控屏幕，从姜跃才离开家的时间查起，村南、村北两个出入口的画面同时回放。

看着监控画面上出现几个外出的人，郝运来喊道，放慢点儿，清晨5点多有三个人出村子，这个三轮车上好像拉着东西，能放大一些吗?

申所长把画面拉近，说道，放大了也看不清楚，光线太暗，看上去鼓鼓囊囊像个袋子，还用帆布盖着。听说这个女人是个体户，在家里开了个加工厂，专门给山里养殖户供应饲料。

陈华敏指着画面说道，车上东西很少，帆布凹凸不平，与平整的饲料袋子有很大区别。再说了，清晨5点多，人们还在睡觉，谁会这么早接她的饲料呢?

郝运来怀疑这个女人就是凶手，急于证实心里的想法，便催促道，快!看看她平时几点去送饲料，车上拉的东西是啥样子。

申所长调换了监控时间，回放着录像，说道，她平时出去得不早，因为山里雾气大、露水多，容易打湿衣裳，据说山里人七八点才开始干活儿。

陈华敏指着监控录像，满怀信心地说道，看看，前几天都是装着满满的饲料。看样子，这个女人有问题，要重点排查，把她传来问问就知道了。

郝运来掏出汽车钥匙准备出去，说道，从监控上没有发现姜跃才离开村子，被害的可能性急剧上升。走!我们找那个女人去。

村干部带着郝运来和陈华敏来到村口，等了好长时间，终于等到送完饲料返回村子的丽丽。

陈华敏自报家门道，我们是伊洛市刑侦机动队的民警，怀疑你和一起谋杀案有关，按照法律规定传唤你到指定地点接受调查。

丽丽说，问我干吗?我又不是凶手。

陈华敏威严地说道，少废话。说着，连人带车弄到大队部，把丽丽关进屋里。

陈华敏严肃地问，你叫丽丽，带身份证了吗?

丽丽心里发慌，身上一阵燥热，一股火气冲到脸上，使瘦弱的脸突然涨红起来，说道，带了。说着从上衣兜里拿出身份证递了过去。

陈华敏接过身份证核对眼前的女人，确认身份无误，才问道，前天清晨5点多，你开着三轮车干啥去了？

丽丽很快就平静下来，杏仁眼里放射出坦然的光，说道，我去养鸡场送饲料了。

陈华敏观察到了丽丽情绪的变化，继续问道，你给哪家养鸡场送饲料？送了多少斤？

丽丽诚实地说道，村南的养鸡场送了200斤鸡饲料，不信你去问问就知道了。

陈华敏看了看李民强，安排道，这个鸡场没多远，民强你算是本地人，熟悉这儿的环境，辛苦一趟，落实丽丽说的是否属实。

李民强站起身来，说道，好的，我去去就回。说着话走了出去。

陈华敏继续问道，你的三轮车上就没有饲料，怎么给人送呢？况且起得那么早有违常理，你平时七八点才出门，那天为啥起早去送饲料，咋解释？

丽丽嘴角颤抖起来，不停地往手里哈气，两手互相搓着，好像要把手弄热似的，说道，情况我都说了，你还让我解释啥？

陈华敏指着电脑屏幕，不紧不慢地说道，你看这录像，这是从监控里截取的片段，你车里帆布下面盖着的像个人形，不是整齐的饲料。

丽丽含糊地说道，这录像很不清楚，你咋敢肯定这不是饲料呢？

过了一会儿工夫，李民强回来说道，我问了养鸡场的老板，他确实收到丽丽当天送去的饲料。但是，时间是上午9点多，而不是清晨5点多。

陈华敏觉得丽丽身上的疑点更多了，认为丽丽的话定有隐情，仔细地问道，5点至9点，你都干啥去了？

丽丽听了，身体有些颤抖，沉思了一会儿，说道，我在山里转转，锻炼身体不行吗？

陈华敏有点儿恼火地说道，胡说！你干的是体力活儿，还缺少锻炼身体的机会吗？老实交代！

丽丽见自己说漏了嘴，就低下头不予理睬，想着自己的心思，眼中的那份坦然，瞬间飘浮得不知去向，无论陈华敏怎样询问，都不搭理。双方对抗着沉默起来。

郝运来打电话询问案件进展情况，提醒道，把丽丽的丈夫请过来，或许会有新的发现。

陈华敏久攻不下，正在为难时，听到郝运来的建议，立即带领王艳红和村干部，把大卫叫到大队部，在另一间房子里展开审问。

王艳红展开了强大的攻势，冷不丁地问道，大卫！你媳妇在这儿很长时间了，我们掌握了大量事实，现在就看你的态度了。

大卫瘦小的屁股在凳子上还没坐稳，就被王艳红的大声呵斥吓得身子缩成一团，好像那身半新不旧的劳动布衣服不保暖似的，不自觉地打了个冷战。他摇晃着脑袋，乱蓬蓬的头发也跟着晃动起来，几片头皮屑撒落在衣服上，嘴里还硬撑着门面说道，你们到底知道了啥？我在家待着没招惹谁，把我带到这儿弄啥？

陈华敏走到跟前审视着大卫干净的衣服和鞋子，看了看肩上的头皮屑，用手在大卫的头上扇了几下风，闻了闻说道，还需要提醒吗？姜跃才失踪了，你不知道吗？

大卫心想别弄这，我昨天才洗过澡，看起来他们在瞎问，紧绷的脸反倒放松了一些，说道，我也是听别人说的，这不是啥秘密。

王艳红问道，你是掉在冰窟窿里了，还是身上生虱子了，害怕啥呢？说着把他铐在凳子上。

大卫委屈地打着哆嗦，说道，穿得少了，冷呗！

郝运来从外边走了进来，说道，大卫！我是区里的扶贫干部，不想看到你刚脱贫就再次返贫，孩子也跟着受苦呀！

大卫没吭声，瞪大了眼睛看着这个酷似警察的扶贫干部，心里疑虑重重地猜测着，不知他暖暖的话里究竟藏着多少玄机。

郝运来见他没有多大反应，同情地说道，我知道你心里苦得慌，觉得这事公开了很没面子，没脸见乡里乡亲。我知道，你多年来忍辱负重，如果换作是我，也不会轻易放过这个十恶不赦的家伙，真是欺人太甚。

陈华敏在旁边看到大卫蠢蠢欲动的表情，又结合事先从民强媳妇那儿听来的风言风语，心想时候到了，我给他加一把大火，或许饭就做熟了。情急之中，她狠狠地拍着桌子骂道，他娘的，该杀！

大卫听了这话，满肚子的委屈再也憋不住了，那张心存侥幸的脸瞬间扭曲起来，嘴唇上的胡子也来回地舞动着，他痛哭流涕地说，警官！你真是这么想的吗？

陈华敏坚定地说道，那当然！我就是这么想的。

大卫胆怯地问道，这样会判死刑吗？

郝运来安慰道，事出有因，你死不了，如实供认事情经过，按照认罪认罚规定可以从轻处理。

大卫打消了顾虑，克服了对死亡的恐惧，从头讲述案件发生的原因和经过。

我从小就没了娘，爹先后续了两个后娘，都对我不是很好，我连吃饭都困难。丽丽家里经济也不好，我俩结婚后，家庭经济很困难，我就到外面做生意，她在家里加工饲料，家里收入慢慢多了起来。

可是，我也深陷难以启齿的泥潭中，丽丽和村里的姜跃才有男女关系。我回来和丽丽团聚，姜跃才知道了，就来敲我家的门，我不想和他发生冲突，没给他开门。

他就明目张胆在院墙外面，向我家扔砖头。他平时在村里横惯了，身后还有姜家小混混们撑腰，我知道斗不过他，就忍气吞声装聋作哑。

可是他不仅没收手，反而得寸进尺，把我家后边的麦秸垛子点燃，如果不是乡亲们扑火及时，可能会引起一场火灾。我仍然不敢作声，他见我懦弱的样子，胆子更大了，竟然闯到我家和丽丽发生关系，丽丽在他的淫威下不敢反抗。我实在看不下去了，就站出来说了几句强硬的话。

没想到，他竟然仗着身强力壮冲过来打我，被丽丽拉开。他还扬言叫人来打死我，吓得丽丽央求他放过我，这才免了一次挨打。简直让人无法活下去了，我实在没办法，为了顾及名声，就和丽丽办了离婚手续。尽管这样，我和丽丽感情还很好，我们离婚不离家，像往常一样住在一起。

为此，丽丽哭得死去活来，说我是个活王八，作为男人连妻子名节都保不住，活着真没意思。我喝农药自杀过，被丽丽救了过来，丽丽劝我，你死了我和孩子咋办？好死不如赖活着。

长时间的折磨，使我有了新的想法，为别人的错误，自己死了太不值得，还不如把他杀了，自己再死，也好出出这口恶气，就是到了阎王爷那儿，也不能当个憋气鬼。

我和丽丽商量决定除掉他，我就去买了一把斧头，放在家里准备着。心想，他如果再这样欺负人，我们就无须再忍了。

说到这，大卫停顿了下来，央求道，我能喝口热水吗？

陈华敏见大卫双手铐着难以动弹，就端了杯水过来，说道，来！我喂你喝！小心烫着了。

大卫低头喝完水，继续说道，刚好那天傍晚时分，姜跃才穿着大裤头来到我家。我俩知道他来想干啥，我又不敢声张，丽丽见状把两个孩子安顿到楼上睡觉。

姜跃才在楼下叫丽丽去伺候他，因为这个时候，我俩名义上已离婚，姜跃才就更不把我当回事了。他领着丽丽在一楼睡觉，发生关系后，丽丽回到楼上。

此时，如果他走了，也就算了，可是他竟然睡在我家里，赖着不想走。我俩忍无可忍，觉得日子实在过不下去。我怒火中烧，对哭泣的妻子说，咱不忍了，屎都拉到咱头上了，没法儿活了，走！杀了他。

我拿起斧头和丽丽冲下楼去，姜跃才此时睡得正香，根本没发现我俩的杀意。我向他头上砍了一斧子，他惊醒了，爬起来抢夺斧子，把我按在地上，用力掐着我的脖子，我快要窒息了，觉得这下肯定被他掐死了。就在这时，丽丽拿着洗衣服的棒槌跑过来，狠狠地砸在姜跃才头上，姜跃才这才松开手不动了。

丽丽也瘫软在地上，我恼羞成怒，推开姜跃才站了起来，拿起斧子向姜跃才头上连砍三下，三斧子砍下去，血溅得到处都是。

我有点儿害怕，不知道咋办才好，抱头痛哭起来。丽丽还算机灵，对我说，干脆把他扔河里喂鱼算了！谁叫他这么欺负人，咱也免得吃官司。我们俩就用床单把他裹严实，我想把他搬起来运走，可是他太重了，没能搬动，我俩就把他抬到三轮车上，丽丽趁天还没亮，就把尸体拉出去扔了。

郝运来投去肯定的目光，带着赞许的腔调说道，你能坦诚相见，说出真相，说明你在态度上是个好人。如果你早点儿报警，让警察来帮你解决难题，就万事大吉了。

大卫恶狠狠地哭诉着，他该死，我也该倒霉，也没有那么多的如果。

郝运来讲解道，他虽然犯了法，执行法律惩罚的人不是你，是公安机关、检察院、法院。现在他死了不要紧，关键是你和丽丽也身陷囹圄，难逃法律的追究。

大卫交代完经过，平静了许久，哭丧着脸说道，哪有如果呀！如果我早点儿认识你们，该有多好，也不会被人欺负到没法儿活的地步。

陈华敏打开凳子上的手铐，说道，走吧！我们去你家看看现场。

大卫顺从地带着民警回到家中，指认杀人现场。郝运来发现一楼卧室干净整洁，明显是被精心打扫过。他仔细观察，依稀可见擦拭墙壁留下的痕迹，并在墙角处的缝隙里提取了血样。

那边，民警们对丽丽的审讯同时进行着，丽丽此时有点儿视死如归的感觉，觉得总算解脱了，再也不会有人强迫自己做不愿意做的事情了，对生活已经失去了信心，情绪低落到了极点，精神开始恍惚起来。

李民强看在眼里急在心头，如果丽丽有了精神上的问题，出现自杀倾向，那么会给工作带来更大不便。他得知丽丽喜欢吃甜食，就请吴秀清买些面包、牛奶拿过来，关心地说，事情已经如此，你不必过于自责和担心，已经两顿没吃饭了，身体要紧。更要为孩子的将来着想，孩子还小，你总不能让孩子没有娘吧！

说到孩子，丽丽眼泪夺眶而出，拿起面包吃了起来，边吃边说，警官！我俩都死了，孩子咋办？

李民强满脸真诚地笑道，你们死不了，姜跃才也有错，你们的牢狱之灾在所难免，少说也得十几年。

丽丽听了反倒镇静了许多，说道，杀人偿命的老规矩在脑子里已根深蒂固，我还以为这次死定了。如果有生的希望，警官！我和大卫还有些存款，这样吧，让孩子跟着他姨娘生活咋样？将来出来时，孩子长大了，我们也好有个依靠。

陈华敏如释重负地说道，放心吧！好好配合工作，我去落实抚养孩子的事情。陈华敏说干就干，立即打电话请丽丽的姐姐过来，其姐接到电话不敢怠慢，风风火火地赶过来与陈华敏对接，不到半天的工夫，就把孩子抚养的事安排妥当。丽丽心里的石头总算落了地，积极配合民警工作，向民警说出了憋在心里多年的秘密。

五

就在大卫外出打工的夏天，他长时间不回家，我确实很想他，甚至说是有点儿想男人了。白天姜跃才来我家磨饲料，讲了几个黄色段子，并用手拍掉我身上的灰尘，他看我没多大反应，就大胆地调戏我，说闲着也是闲着，想和我睡觉乐和乐和。我当然不能答应，这让我更加想念大卫。

我是个弱女子，斗不过姜跃才，害怕他来横的，就给大卫打电话，他因生意忙回不来。我只好担惊受怕地独自睡觉，后半夜我觉得好像是大卫回来了，我们在做爱，我突然惊醒才感觉不对劲，原来这不是梦。

姜跃才轻声说，别怕，是我。我反抗着说，你赶快走，否则我就叫人了，看你以后还怎么做人。姜跃才好笑道，你叫吧！让全村的人都知道我把你睡了，都知道你是我的女人才好，哈哈！再说了，你不愿意和我好，电磨就别想开了，我天天来找你的事。

我害怕得无语应对，默默地承受着他的折磨，再也不敢吱声。以后的日子里，他就隔三岔五地来一次，他有媳妇，听说市里还有情人，这算咋回事呀？

我想向大卫说明白，又害怕他做傻事，最终还是没勇气说出来，直到大卫发现了这层关系，我才向他交代清楚，后来就发生了这件事。

陈华敏鼓励道，既然你态度这么好，就把尸体找回来，减少大家的麻烦。

丽丽交代道，我把姜跃才尸体拉出村，扔到河的分水口处。当天我们把他打死后，害怕被人发现，我就和大卫用单子把他裹起来，在他的身上捆上铁丝，放在三轮车斗里盖上帆布。我在路上捡了块大石头，用铁丝把尸体和石头固定在一起，然后拉到十几公里外河的分水口处，在桥边把尸体和石头推到水沟里。那里水比较深，看到石头带着尸体沉入水底，我才放心地回到家里，像往常一样给养殖场送饲料。

陈华敏叹了口气，说道，现在去指认现场，把尸体捞出来。

李民强主动请缨道，我去安排上游人员关闭进水闸，降低水位，方便打捞尸体。李民强说罢，掏出手机联系水利部门的老同学，讲明办案需要打捞尸体，要求关掉水闸。随后把协作函用微信发了过去，老同学接到协作函不敢怠慢，通知值班人员关闭水闸。

李民强又急匆匆地赶到抛尸现场，看到水流逐渐变小，就脱掉衣服潜入水中，寻找尸体，随着水位的降低，隐隐约约看到一双鞋底在水里来回摆动。

李民强再次潜入水中，把绳子绑在尸体上，浮出水面喊道，同志们，往上拉。在同志们的拉动下，尸体和石头被拉到水面。李民强把尸体推到岸边，放在河滩上。

刘倩楠、王艳红下到河滩，对现场证据进行固定和取样。尸体勘验完毕，申所长通知姜跃才媳妇将尸体运回。

至此，姜跃才失踪案件成功告破。

郝运来、陈华敏、李民强、王艳红连续奋战，送他们夫妇去看守所的时候，临进门的那一刻，丽丽回过头来跪在地上哭喊道，警官！求你们了，一定照顾好我的孩子，我给您磕头了。陈华敏满脸惋惜地摆着手，示意他们放心地去吧。

李民强同情道，如果早点儿发现问题，这对夫妇就不会有牢狱之灾了。

郝运来很惋惜地说道，姜跃才的死亡还有人负责，潘腊梅的死亡连个承担责任的人也没有，更为凄惨。

陈华敏愤慨地说道，杀人者作恶多端，多行不义必自毙，死有余辜，也省了一颗正义的子弹。

第四章　戴罪立功

一

郝运来身在扶贫第一线，心里却放不下矿洞杀人案的侦破。他在想，为啥死者家人会收到来信？这分明是有人想掩盖杀人事实。又为啥有人在案发后，用文字告诉家属尸体的位置？这么多的谜点让人难以捉摸。

郝运来认真分析现场情况，发现书信不是死者的笔迹，那么肯定有人故意冒充死者，有啥用意呢？

从死者 30 万元存款被盗取来看，应该是为盗取存款争取时间而制造的假象。嫌疑人害怕时间长了，纸包不住火，就写了张字条，告诉家人死者的下落。现在嫌疑人阎标、阎大鹏在逃，不知藏到哪儿去了。

郝运来正在深思，申所长喊道，运来！有事向你请教，王村长和他弟弟王得才因宅基地纠纷打起来了。王得才用铁锤把村主任家的房檐砸掉了，村主任媳妇姜美丽把弟弟家的大门楼拆了一半。双方闹得不可开交，王得才恼羞成怒用铁锤吓唬姜美丽，姜美丽以为王得才要打她，拿起铁棍打在王得才的左手上，造成了手腕骨折，已经鉴定为轻伤。

可是当时就他俩在场，没人看到打架的经过。姜美丽深知证据的重要性，死不承认打人的事实，说自己是娘儿们家家的，咋可能把大老爷们儿打伤。

王得才咬定就是姜美丽打伤了自己，打人的铁棍也收缴了过来。现在案子很难进行下去，姜美丽也因此跑到娘家避风头去了，你看咋办合适？

郝运来笑道，小案子也需要大智慧，才能迎刃而解，请附耳过来，我们……

申所长阴云密布的脸立马笑成了菊花，连声道，哈哈！高！猪八戒的丈人家。郝运来打断道，啥意思？没听懂！申所长竖起大拇指在郝运来面前抖了抖，说道，高老庄的高！比悟空的跟斗云还高！我立刻出发！

申所长发动汽车赶回派出所，办理了姜美丽的追逃手续，返回了吴坡村委会。

郝运来笑道，回来了！这么快！

申所长举了举追逃手续说，晚上我给你摆欢迎酒席，你来村里扶贫，我还没请你喝酒呢！我已经通知村干部全部参加，晚上和你见个面，以后也好开展工作。这几年上级重视扶贫工作，靠路边的农家小院已经改建成农家乐了，集吃住休闲于一体。原来的农民摇身一变，也成了饭店的老板。这里的农民心灵手巧，把山珍野味做成美味佳肴，可好吃了，晚上就去吴秀清家的“源头野鱼饭店”给你接风吧！

郝运来笑道，客随主便！让你破费了。

源头野鱼饭店建在小河源头的小溪边，虽然是冬天，可是房间里有空调取暖，让人感到暖洋洋的，室内室外的温度两重天。

晚上，王村主任和干部们应约而至，王村主任把申所长让到中间位置坐下，郝运来坐在左侧位置上，王村主任坐在右侧位置上，其他人根据官职大小分别落座。

桌子挺大，申所长为了显示大气，还空出两个位置。此时，王村主任的小舅子姜老二赶了过来，请求申所长网开一面放过姐姐。

申所长客气道，既来之则安之，喝两杯吧！

姜老二不客气地坐下来说道，择日不如撞日，今儿就算我请客。此话一出，郝运来担心计划被打乱了，心里盘算咋把他撵走。

一会儿工夫，吴秀清把油炸河虾和花生米放在桌子上，招呼道，先吃着，我去做热菜。

王村主任问吴秀清道，郝运来可是大干部，都有啥好吃的？

吴秀清热情地笑着招呼道，都是家乡菜，野鱼炖豆腐吧，爆炒小青菜吧，还有凉调野韭菜吧。

王村主任略带不满地说，咿呀！都是些素菜，来点儿荤的吧！

吴秀清顺口道，中、中、中！还有蘑菇炖鸡吧！说着话往外走去。

姜老二不怀好意地笑道，秀清嫂子！报菜，不要带“吧”！听了多别扭。本来大家没在意“蘑菇炖鸡吧”的菜名，姜老二这么一强调，大家才回过味来，笑得前仰后合。

一群老爷们儿的笑声，弄得吴秀清飞起了一脸的红晕。

吴秀清明知说话欠妥，但是面对姜老二这个二流子恶意地挑剔，回头笑骂道，看你那鳖形，整日里没个正经样儿。

申所长停住了笑声，道，来之前，我用手机已经点了几个菜，不知是否可口。

郝运来举起筷子学着吴秀清的样子，故意生硬地说，中、中、中！来！一起？

王村主任夹了花生米放进嘴里嚼着。

大家吃着笑着，笑郝运来蹩脚的山里话。

郝运来看到姜老二没有离去的意思，又不能直接把他撵走，就说，申所长！这白酒呀，大口喝才过瘾。说着把一瓶酒倒进三个玻璃杯里，晃着酒瓶继续说，呵呵！这可是福根呀！你带了多少酒？

申所长看到郝运来满身的霸气，大有一口清了门前酒的气势，赶紧说道，一箱酒呢！管够。说着也打开一瓶酒倒满三杯，接着又打开一瓶酒递给郝运来。

郝运来笑着接过酒瓶满嘴喷着飞沫，豪壮地说道，不能坏了规矩！先喝三杯酒，再吃菜。说着继续往空杯子里倒酒。

姜老二本来想打探点儿消息，听到“咕嘟咕嘟”倒酒的声音，看这架势心想，自己的酒量也不是对手，赶紧站起来点头哈腰地说道，你们来，我先走了。

郝运来惋惜地笑着挽留道，到你们这儿来了，陪杯酒也这么难吗？

姜老二摆着手抱歉道，这样喝酒，我弄不了。吓得急忙逃跑了。

王村主任替小舅子解释道，他喝酒“不沾闲”，就让他走吧！

大家看着姜老二走远了。申所长难为情地说道，兄弟呀！我这身子骨弱，你也不是不知道，咱们还是入乡随俗吧！别按这规矩大杯弄酒了，中不？

王村主任接过话茬儿说道，就是嘛！还是用这儿的规矩，小杯子慢慢“拉”吧！

郝运来和申所长目光相视，会意地一笑，说道，嗯！中！既然两位都喜欢这儿的规矩，那就客随主便了。

申所长夹了颗花生米放进嘴里，边嚼边说，这几年秀清厨艺长进不小，花生米炸得怪酥呢！我还点了清蒸鲈鱼和柴鸡炖蘑菇，这菜需要适当的火候才中，还得一会儿工夫才能做好，来！

先喝着。

时间过得飞快，菜上齐了。大家酒过三巡，申所长突然捂着肚子嚷道，嘿！这肚子真不中用，喝多了酒就想吐。说着话站起身来，摇晃着差点儿摔倒。

郝运来赶紧扶着他，向小溪边走去。申所长干呕了几声，几个村干部闻声赶过来关心备至，捶背的，拿餐巾纸的，大献殷勤。因为申所长是癌症晚期，体弱久病，村干部们人人皆知，大家的关心让申所长感动不已。

酒桌边，王村主任醉眼蒙眬左顾右盼，他看到申所长公文包外露出的几张材料纸，就好奇地向外拽，一个盖着红色公章的追逃审批表被扯了出来。他借着灯光瞄了一眼，看到上面赫然写着姜美丽的名字，吓得他赶紧把纸又塞了回去。

酒席结束了，王村主任迫不及待地往家走，他知道媳妇回了娘家，这可咋通知她呢？王村主任打开微信语音说道，美丽，不好了！公安局的人在到处抓你，赶紧藏起来吧！这些天千万不要回来呀！

姜美丽回信道，我出来就是为了躲避公安局的人，早就有准备了，他们找不到我的。

王村主任边走边微信聊天，一会儿工夫就走到了家门口，见两个陌生人站在那儿，感到势头不妙，急忙去删除微信里的聊天内容，可是为时已晚。

陌生男子介绍道，我们是派出所的民警，我叫田挚友，他叫许民军，姜美丽在家吗？说着一手举起警官证，一手夺下王村主任的手机继续说，你是她男人吧！想通风报信咋的？

王村主任被这突如其来的举动惊呆了，酒也吓醒了几分，结巴地说，没……没有！我哪敢呢！

田挚友点开语音，手机里传来了王村主任和姜美丽一问一答的对话。

田挚友威严地问道，你还有啥要说的吗？这是典型的通风报信。姜美丽是我们抓捕的对象，你是从哪儿获得的这个信息？你的行为已经违反法律，应当受到法律的制裁。

王村主任傻了眼，问道，我关心我媳妇不行吗？能有这么严重？

那当然，跟我们到派出所走一趟！

慢着！我给申所长打个电话。说着伸手去抢田挚友手中的手机。

田挚友向后退了一步，把自己的手机递过去，用极其标准的普通话说道，可以用我的手机打电话，你的手机是物证，不能使用。

王村主任用民警的手机拨通了申所长电话，但是无人接听。情急之中，他央求道，你看看我手机里郝运来的电话号码，帮我查一下。

田挚友拨通了电话，手机里传来郝运来的声音，问道，王村主任到家了吗？王村主任喊道，快来救我！警察要把我带走。

郝运来道，我刚把申所长送回村部，正在回去的路上，马上赶过去。

吴坡村委会距离王村主任家不远，不大一会儿，郝运来就摸着黑赶到了王村主任面前。

许民军问道，你是哪位？

郝运来故意大声说道，我是扶贫干部！王村主任咋了？又没违法。没看出来，你是当地派出所的吧，普通话说得还不赖。

许民军更认真地说道，我们来传唤姜美丽，正好撞见他给嫌疑人通风报信，还不愿意跟我们走，那怎么能行呢？

郝运来求情道，这样吧，他喝多了酒，等他醒酒了再去行吗？

许民军喊道，那咋能行！让他把媳妇叫回来，我们等着也可以。

郝运来央求道，先让王村主任走吧！如果他媳妇没按时回来，再处理他也不迟。田挚友认为郝运来说的有道理，就放了王村主任。

姜美丽听说自家男人通风报信出事了，害怕因这事儿丢了村主任的官帽子，就急匆匆从娘家赶回来。她为了救丈夫，不得不投案自首，承认打伤王得才的事实，一五一十讲述了事情发生的经过，姜美丽被刑事拘留。

王村主任为了让媳妇早日出来，央求申所长调解处理。申所长住院不能前来，就在电话里安排相关事宜，许民军和田挚友费尽了口舌，双方固执己见死不松口，调解没有成功。

郝运来只好亲自出马，把双方叫到大队部，兄弟见面就像鸡叨架一样，互不相让，吵得面红耳赤。

郝运来拍了拍桌子，兄弟俩没因此而停止吵闹，但激动的情绪却慢慢平和下来。郝运来感到时机已到，就学着古人读书的模样，摇头晃脑道，万里黄河今犹在，不见当年秦始皇。兄弟俩听了，见郝运来这么郑重其事，立马停止了吵架。

王得才得意地纠正道，队长呀！你是真不懂呀，还是装不懂，还干部呢？那叫“万里长城今犹在，不见当年秦始皇”，你说错了。

郝运来见对方落入了圈套，就大笑道，原来你也知道其中的道理呀！这样的名言绝句，我岂能不知道？你还是高中生呢！既然知道岁月无情物是人非的道理，兄弟那点儿屁事还解决不了吗？不就一墙之争，至于打得死去活来！

王得才得意的样子顿时消失得无影无踪，咬着嘴唇哑口无言，脸火辣辣的，涨得通红，连脖子也憋得粗了一圈。

王村主任羞红了脸，笑道，郝老弟卖了个关子，在这儿等着呢！一语道破梦中人呀！我也明白这个道理，只是在气头上罢了，兄弟才闹到这种地步。我们见面这么长时间，你也没少帮我的忙，我听你的，你说咋弄就咋弄！

郝运来见时机成熟就说，我给你们兄弟提个建议，看看是否符合你们的心意，中间界墙取直了，省得两所宅子一头大一头小像棺材似的，不好看不说，还不吉利，不是吗？你们看咋样？

王得才知道这样处理自己占了些便宜，就高兴地说，我看中。王村主任虽然吃了点儿亏，但是他想，如果调解不成，自己也会受到牵连，到那时，村主任就当不成了。于是就哑巴吃黄连有苦难言了，点点头，伸出手来和解道，来，得才！我们兄弟握手言和，兄弟永远是手足情深呀！不能因为这点儿小事儿记仇不是。王得才欣然握住哥哥的手，嘴里不停地说，中哥，中哥。

郝运来再次摇头晃脑地说道，不仅要言和，还要签个君子协议，防止枕边风起事变多，兄弟战场动干戈。

郝运来乘胜追击，顺便把轻伤案件也调解了。王氏兄弟顺坡下驴，签订了赔偿协议。王村主任赔了弟弟医药费五万元了事。

第二天，王村主任急急忙忙赶到派出所，把协议书交给主办民警田挚友。没过多少天，姜美丽就回到了家中，得知是郝运来帮了大忙，立即登门致谢，表达感激之情。

申所长住院回来面色红润，兴高采烈地对郝运来说，你真有本事，方法也管用。能降伏这俩鬼怪，还得是你这样的大神，有你在我就没有太大的担忧了。

郝运来围着申所长转了一圈，打量了一番，说道，看样子你还有其他高兴事儿，是痊愈了，还是人逢喜事精神爽？

申所长笑道，我这次回来带着市局领导的重托，给这里的村庄安装路灯，除了市局的几十万元资金外，还有民警集资和社会赞助，我们要把好钢用在刀刃上。

郝运来道，王村主任向我提起过，他想承包路灯建设项目。

申所长道，我比你早来了些时间，这个王村主任办事不咋的。起初的扶贫补助，他不管够不够条件，都给了他的七大姑八大姨，村民们闹得地动山摇，因为这些事差点儿把村主任弄掉了。

上次村里集体建房，把山上困难群众搬下来，因没给姜老二分房，他不满意，还去县里上访告状，说我没一视同仁。我想不到更好的解决办法，就派人到他家门口蹲点守候，跟着他到处转悠了个把月。

嘿！你猜咋的，真就发现他在县城里有套房子，找到他不够分房的证据，他也就偃旗息鼓了。

郝运来问道，这与王村主任有啥关系？

当然有关系了，就是他在煽风点火呢！这次响应中央精准扶贫的号召，前些时间，不仅把山上的泉水引了下来，各家各户换成了自来水，还通上了电灯。公安局和交通局还联合出资整修乡间小道，实现村村户户通公路的目标，我们才有了今天宽广的马路。申所长喝了口茶水悠闲自得地说着。

如今，安上路灯，再建个文化广场，农闲时搞点儿娱乐活动，那才叫真正的新农村。

郝运来提醒道，不过姜老二是个残疾人，去年因车祸落下了一条残腿，走路多少有点儿不方便，媳妇身体也不好，儿子是小儿麻痹症，生活不能自理，也是扶贫对象。

申所长打开窗户指着变电站说道，这次精准扶贫，我们给他家安上了太阳能发电设备，自家用不完的电能，可以通过变电站并入国家电网，按照发电量收购，每月可以收入千把块钱呢！再加上卖药材的收入，生活还过得去。

二

石望春收到姜八斤的信息，发现阎标已逃回家乡，据说他爹在集市上又被人打伤了。以前，他爹因争夺摊位遇到了恶人，吓破了胆。从那以后，他爹在集市上就成了“㞞包蛋”，接二连三被人欺负。昨天，他爹因摊位纠纷，被人打了一顿，也不敢还手。

阎标得知消息后，气愤不已，冒着自己被抓的危险，从外地悄悄潜回家乡，替他爹出气。

姜八斤分析道，这么多年来打他爹的人有五六个，这次是吴坡村的姜老二。我想你们去他家守着，也许能抓到阎标。

石望春早就听说姜老二腿有点儿残疾，就疑惑地问道，瘸子怎敢公然欺负阎标他爹？姜八斤笑道，后边有人撑腰呗！石望春继续问道，阎标回来的消息准确吗？你为啥给我们提供线索呢？

姜八斤不高兴地说道，石队真是不识好人心呢！你不相信我，还不相信陈华敏队长吗？

石望春不怀好意地笑道，看得出来你和陈华敏的关系不一般，是真的就好。

姜八斤不好意思地笑道，给你们提供线索不仅仅是和阎家有仇，更重要的是不能让他祸害乡亲们。

石望春兴味盎然地说道，你该不是瞧上华敏的美貌，让她把魂勾走了吧！

姜八斤的那点儿小心思被石望春戳穿，脸上飘起了红晕，但还是强装满不在乎的样子，摆着手说，可别瞎说，免得惹人不待见。

石望春听了喜出望外地说道，个人的小九九我就不说了，现在就通知李民强、常青云，我们立即赶往吴坡村。

李民强接到石望春的电话，说道，石队！这是秀清的娘家，我熟悉环境，马上找你报到！我带路。

阎标接到他爹打来的电话，问清原委，知道是王村主任最先作的孽。否则，集市上的人不会把爹当成“屃包蛋”，接二连三地欺负爹，就连个瘸子也没把爹放在眼里，这事传得满大街人都知道，把爹弄得连生意也不敢做了。

阎标脑海里像过电影似的，想了这些年来爹被欺负的经历，把欺负爹的人过滤了出来，怒道，我日他娘！尽管爹第一次被打过去了好多年，这账也得从头算起，干脆先灭了王村主任，再挨个收拾这些孬孙。

于是他把杀猪刀插入腰间的刀鞘里，拿出偷来的车牌子换到自家面包车上，怒气冲冲地驾车向吴坡村开去，突然后边传来警笛的鸣叫声，一辆警车快速冲了过来，阎标心里惊慌道，坏了！我还没动手呢，警察就追上来了，这下报仇的事儿要泡汤。吓得他加快油门向前冲去，在警车就快要追上来时，有个岔道口出现在眼前。阎标急忙把车拐进岔道，心想，如果警察是抓我的就会追过来。他从后车镜中看到警车呼啸而过，没有追过来，庆幸自己虚惊一场。

他自言自语道，吴坡村人口不多，面积却挺大，还分两个自然村，怪麻烦的。既然这条路距离姜老二家近，干脆就从这儿开始吧！继续向前走了几公里，没承想前边发生了堵车。交警正在忙着疏通车辆，走到阎标车前敬了个礼，让阎标降下玻璃。阎标惊得一身冷汗，右手下意识摸向腰间。交警喊道，没看到前边出车祸了吗？还往前挤，掉头往回走。阎标听后松了口气，掉转车头沿着公路直奔王村主任家而去。

开车到了吴坡村。他虽然很激动，但是目前的处境还是让他多留了个心眼，把车停在山沟的土路上，气势汹汹地走到王村主任家里。见王村主任刚从地里回来，就怒目圆睁愤怒地骂道，你他娘的，老打我爹，让他抬不起头来，弄得我爹总受人欺负，都是你开头惹的祸。

王村主任见他凶恶的样子，寒气逼人，就后退几步狡辩道，那都是以前的事了，这次谁打你爹找谁去呗！跟我啥关系？

阎标见他没有认错的态度，心中的怒火猛然爆发，顺手从腰间拔出刀来，冲过去骂道，狗日的，吃老子一刀。话音未落，王村主任躲闪不及，便倒在血泊之中。

阎标不依不饶地骂道，看你娘的还敢打人不！

王村主任捂着胸口倒在地上，喊道，孩他娘快跑！杀人了！

姜美丽听到喊声，走出堂屋，看到王村主任和阎标的样子，她救夫心切，急忙返回屋里，操起三齿耙子冲了过来，向阎标头上砸去。阎标一个闪身，三齿耙子砸在地上，他右脚箭步向前，左手抓住三齿耙子，右手将刀捅进姜美丽的肩膀，姜美丽“娘呀”一声，松开三齿耙子，后退几步捂着伤口靠在门框上。

阎标上前将她踢翻在地，此时屋里传来婴儿的哭声。阎标正要冲进屋里，听到外面有人在喊“杀人了！快来看呀”。他急忙转身，拎着刀向门外跑去，一直跑出村庄。

郝运来和申所长正在商讨安装路灯的方案，听到喊声，两人放下材料，按照群众的指引，不顾一切向出事地点跑去。到了王村主任家里，看到惨不忍睹的景象，两位老侦查员也顾不得多想，赶紧冲过去救人。

姜美丽见有人过来，有气无力地喊，杀人犯向西跑了。

郝运来问道，咋回事？姜美丽惊慌失措地说道，孩他爹被人杀了！

郝运来疾步走到王村主任身边，喊了两声，村主任！村主任！见王村主任没反应，此时王得才跑了进来，就喊道，王得才，赶快打报警和救助电话，抢救你哥嫂，我们去抓凶手。

郝运来顺着血迹的方向追去，跑了两公里左右，远远地把申所长甩在后边。他发现地上没了血迹，失去追击的方向，也累得气喘吁吁跑不动了。心想这地势较高，一路上坡，犯罪嫌疑人力气也耗得差不多了，不如四处找找，再确定追击方向，比盲目追赶好得多。

郝运来环顾四周，看到半山腰处有人慌慌张张向沟底走去。

郝运来大声喊道，站住！你是干啥的？那人好像没听到似的，继续往下走。

郝运来看此人形迹可疑，于是严厉地呵斥道，再不站住，我推石头砸死你，可别怨我。

阎标听到洪钟般的喊声，立刻站住回身向上观望，只见一个高大的汉子站在石头堆边，弯腰去推石头，就说，你别推，有事好商量。

郝运来命令道，你上来说。

阎标见状，觉得上边的人只是吓唬他，心里有了些底气，就喊道，他娘的！有本事，你下来说。

郝运来恼怒道，你娘的不想活了，砸死你个鳖孙！

阎标见他要动真格的，觉得好汉不吃眼前亏，仗着手里有家伙，不怕他。心想既然无法摆脱，那就走近了再说，反正就他一个人，好对付。于是就无奈地说，别推！我上来。

阎标向上走来，走近了，郝运来才看清来人的面孔，正是追捕已久的逃犯阎标。他手里拎着带血的杀猪刀，衣服上血迹斑斑，满脸杀气，正恶狠狠地向自己靠近，快上到坡顶了。

郝运来心想，不能让他上来，那样自己就失去了地理优势，无法控制他手中的凶器。

郝运来再次命令道，站住！不许再上来，否则就推石头砸你。就在这危急关头，申所长赶了过来问道，就是他吗？

郝运来紧锁着的眉毛舒展开来，说道，是他！接着缓和了语气说，阎标！那家人没啥事！别激动，这事儿好解决。

阎标狂笑道，别他娘的哄我，管他娘的死活，给老子一根烟抽。

申所长向郝运来递了个眼色，道，别激动！我这儿有烟。说着掏出一支烟小心地递过去。阎标看到双方的距离在缩小，猛然抓住申所长的手用力一拉，身子向上蹿了起来，挥刀向申所长捅了过来。申所长侧身躲过刀子，身体在阎标拉力的作用下，向前扑了过去，失去重心向山下滚去。幸好山石的缝隙中杂草和灌木丛生，他猛地抓住身边的小树，两臂用力向上拉着，使身体悬挂在空中，顾不得伤口的疼痛，奋力向上攀爬。

郝运来迎着冲过来的阎标，飞起一脚向阎标踢去。阎标仗着自己年轻力壮，又有杀猪刀的优势，横冲直撞。但因体力消耗过大，几个来回也没伤着郝运来，他在格斗中不如郝运来功夫过硬，每次刀刺过来，都被郝运来巧妙地躲过。虽然阎标手中有刀助阵，但是却处于下风。

郝运来瞅准阎标捅过来的刀，一个躲闪擒住手腕，阎标左手接过右手的刀柄向郝运来刺来，郝运来松手躲开，阎标趁机撒腿向山下跑去。

郝运来腾空而起将阎标扑倒，两人抱在一起滑倒在山道上，向山下翻滚而去。

申所长手抓藤条脚蹬崖壁，用尽全身力气爬上山崖。他亲眼看见了郝运来和阎标搏斗的场景，想去帮忙，但却自顾不暇无能为力。看着他们摔下山沟，心里如刀绞般难受。他大声地喊叫，救人呀！救人呀！

过了好长时间，石望春和李民强跑了过来，问道，申所长咋回事？

申所长焦急地指着山沟说，郝运来和阎标从这儿掉下去了。说着话便晕倒在地。

石望春失望道，我们白在姜老二家门口守了半天时间。李民强道，可不是吗？两人也顾不上照顾申所长，顺着申所长手指的方向，飞快向山沟下面跑去。李民强使出山里人特有的功夫，双脚左右开弓，使向前的重心改变方向，随着左右腿的轮换，把向前的冲击力缓冲在左右脚上，把向下的冲力释放在左右方向，从而既能保持向前冲刺的速度，又能保持身体的平衡。就像飞檐走壁一样飞奔而下，也绝不会失去重心摔下山崖。这样的奔跑技能让石望春望尘莫及，尽管他使出浑身解数，也明显落在李民强身后。正是石望春害怕摔倒放慢了速度，才发现半山腰雪地上杂乱无章的搏斗痕迹。

石望春看到平地上鲜血染红的雪窝印痕，另一个印痕边雪地上有踩踏的脚印。从申所长提供的信息和雪痕上分析，应该是郝运来抓捕阎标时留下的，但近距离全方位观察也没有辨明两人的去向。

石望春在四周找了找，没有发现凶器，又向前走了一段距离，依稀看到山路上两种混杂的脚印一直向山下延伸。他急忙喊道，郝队沿这条路追过去了，你看地上两种不同的脚印，上边的是我们警用的训练鞋印。快走！追他们，小心嫌疑人还带着凶器。

李民强边追边拍了拍腰里的手枪道，好久没用这东西了，如果不是经常保养早就生锈了，再持械反抗，依法当场击毙。

再说郝运来和阎标翻滚下山来，撞在树枝上，两人被迫分开继续滚落。郝运来抱着脑袋，重重摔在雪地里，翻滚了几圈，幸好摔在小麦地里，土质松软，否则后果不堪设想。当他清醒的时候，阎标已跑得无影无踪。他在雪地里找了好长时间，才找到了阎标逃跑的脚印，就顺着阎标的足迹追击。到了山沟的土路上，天已经暗了下来，便顺路徒步向西追去。

阎标小腿被划破了一个口子，伤口向外流着血。他慌里慌张来到车前，打开车门发动汽车，驾车向西逃窜。他知道不能再回到东边，也许那儿的警察正等着抓捕他呢。他把挡位拉到最高，加大油门疾驰而去，走了一个多小时，终于到了乡村公路，天黑时分出了山区，路上零星遇到几个行人。他庆幸终于冲出了警方的包围圈，甩掉了追击的警察。

这时对面开来一辆面包车，车灯雪亮，照得他无法睁开眼睛，他急忙减速慢行，没想到那辆面包车掉转头追了上来，把他逼到路边，挡住了去路。

阎标害怕得浑身颤抖，吓得心都提到了嗓子眼儿，如果不是嘴闭得紧，也许心就会趁机蹦出来透透新鲜空气。他心想这下真的完蛋了，仇还没报完就被警察截住，不会有好果子吃，干脆横下一条心，管他呢！大不了鱼死网破。

阎标正在恐慌时，面包车里下来两个醉汉，前边的圣蛋晃晃悠悠地走过来骂道，你个鳖孙娃！在我村地界开车，也不知道给爷爷会灯，太没礼貌了吧！作死呢！说着走到车前去拉阎标的车门。

阎标看到来人衣衫不整，走起路来离了歪斜的，感到这两人不像警察，于是就放下心来，想法逃走。可是圣蛋不依不饶地打开车门，抓住阎标就往下扯。

阎标坐在驾驶室里施展不开，无奈被扯了下来，他急了，心想，娘的！再纠缠下去，等警察来了，我就彻底完蛋了。于是从牙缝中挤出两个字，找死！一手揪住圣蛋的胳膊，抄起杀猪刀捅进了圣蛋的胸膛。

圣蛋还没反应过来，就被阎标推倒在地，另一个醉汉见状转身就逃。阎标收起杀猪刀，冲进驾驶室猛然关上车门，掉转车头，绕过前车加大油门跑了。

三

石望春没来得及开车，只好徒步追击，他打开手机通知常青云把王村主任和其媳妇送到医院后，迅速返回公路参加抓捕。

申所长清醒过来，一瘸一拐地向西追来，寻觅郝运来和嫌疑车辆的踪迹。

常青云按照石望春指引的路线赶了过来，半道上看到申所长正在艰难前行，于是一边把申所长扶上车，一边打听案件进展情况，驾车继续向指定地点追赶。

石望春看到常青云赶了过来，急忙上了汽车。

石望春喊道，快！向西继续追击。半路上看到气喘吁吁的郝运来，几路人马兵合一处，共同抓捕。

郝运来指着岔道说，快开车向西追，群众看见那辆面包车从这儿过去了，我的手机也不知掉在哪儿了！

此时，石望春的手机响了起来，张副局长道，望春！石头村村口公路上有一男子被杀，报案人描述作案的白色面包车和阎标驾驶的车辆非常相似，经卡口比对吴坡村和石头村的案件可以并案处理。嫌疑人阎标驾车在石头村向南逃窜，集中力量抓捕阎标，现场交给派出所同志们处理。

石望春挂了电话喊道，快！在前面丁字路口向南追赶。汽车追到了伊龙村，也没见到阎标汽车的踪影。

石望春拨通姜八斤的电话问道，阎标家汽车回村了没有？

姜八斤道，今天，我在村口卖饭，也没见他家汽车回村子。

石望春急切地追问道，他没有回家，会去啥地方呢？

姜八斤道，听说，他爹在集市上与人合租了一个小院，里面有一栋三层小楼，他可能会去那儿了。

此时，张副局长又打来电话，石望春赶紧接通电话，张副局长道，经技术侦查，阎标的汽车消失在集市附近，别让他跑了。

石望春连连称是，挂了电话，道，青云！快去集市。注意发现三层楼的小院，可以去那儿找找，兴许会有新的发现。

转眼到了集市，街道两边暗淡的灯光下，零星还有几家摊位在销售货物。常青云下了汽车，在集市上来回地搜索着，看到了那辆可疑的面包车，打开手机比对着轮胎的花纹印迹，仔细检查驾驶室门外，依稀可见星点的血迹还没有擦干净。又比对了车架号，确定这台面包车就是阎标的作案车辆。

此时，石望春发现路边小院里亮着灯，铁丝上晾着一套还在滴水的外衣。他想，这么冷的天谁还洗衣服？其中必有原因，便产生了怀疑。他仔细观察院内的三层小楼，布局和姜八斤说的差不多，赶紧喊道，郝队快过来！我怀疑这是阎标他爹的住处。几个人飞快进到小院，来到楼门前，看到楼门紧锁，阎标爹正在和先进来的李民强僵持着，用身体挡着民警，坚决不让进楼，还说，我没有钥匙，如果把锁弄坏了，你们要赔新锁的钱。

郝运来冲了过来，看到民警被挡在楼外，喊道，望春，让他看一下警官证。又问，这锁多少钱一把？我买了。

阎标爹看这架势，感觉自己无法阻挡民警检查，就说，这锁680 块钱一把，弄坏了按新锁赔我。

石望春掏出 700 元现金往阎标爹手里一塞，说，幸好我早有准备，不用找了。回头道，民强！去后边守住窗户，我和郝队去屋里搜捕。

说着抬起脚将两扇对折门踹开，掏出手枪将子弹上膛，两人互相配合借着楼道的灯光冲进屋里，打开屋内电灯，石望春双手持枪，机警地搜索着每个房间，战术动作干净利索。

门后、阳台、床下找了个遍，也没发现阎标的踪影。

郝运来感到奇怪，阎标的衣服明明就在外边挂着，人藏到哪儿去了？他审视了楼里的住户，进来时只有阎标爹的住房亮着灯，感到房间有些小，就返回二楼，再次认真地审视起来。

他发现两个墙柜中间有空隙，上次没检查被衣服遮挡的空间。他猛然打开柜子门，看到里边的衣服晃动了起来。

郝运来虚张声势道，阎标出来吧！阎标在狭小空间里藏着，动弹不得，只好乖乖地钻出衣柜夹缝，故意晃动着衣架发出声音，造成出来的假象，身体却向另一个出口移动。

郝运来喊道，望春！他在这儿。此时，身背几条人命的阎标心理几乎崩溃，哪肯束手就擒。他狗急跳墙，急于从柜子里出来，猛然探出头来，顺势举刀砍向郝运来侧面。郝运来注意力放在正前方，对侧面的袭击猝不及防，眼看刀就要落在郝运来身上，他来不及躲闪，正要举起胳膊格挡。危险时刻，石望春闻声赶到，他一个饿虎扑食，将阎标扑倒在地，麻利地夺下砍刀，将手铐砸在阎标的手腕上，打起了背铐。

郝运来对屋外喊道，民强！人已抓到，走！把他带下去。

阎标爹拿着钱呆呆地站在那儿，看着民警的抓捕行动，为孩子担心不已。当他看到阎标被带下楼，立刻傻了眼。石望春经过眼前，顺手把钱夺回来，说道，拿来吧你。阎标爹像木头似的没有反应。

李民强冲过来给阎标爹戴上手铐，脸上洋溢着胜利者的笑容，说道，包庇罪犯也是要负法律责任的，走吧！一起回刑侦队。

指挥室的张副局长焦急万分，事发突然，他不能及时赶到现场，只能在指挥室里调兵遣将，协调全局民警围追堵截。当听到抓获阎标的消息时，他紧张的情绪放松了下来，等待着干将们的喜讯。心想，阎标这个恶魔终于落网，可以把心放肚子里了。可肚子却在叽里咕噜地闹意见，他才想起中午和晚上都没顾得上吃饭，就撕开方便面盖子倒上开水，还没等方便面泡好，就坐在椅子上打起了鼾。

审问阎标时，阎标虽然多次经历生死，但是这次行凶前就做好了死的准备，对王村主任一家和圣蛋伤害致死两案供认不讳。郝运来问起为啥要在矿洞内摔死阎文修。阎标直言不讳道，据说他也得了银匠叔的一些资助，但这人吝啬得很，30 岁了还没有娶媳妇，手里有很多钱，既舍不得花，也不借给我用。我知道他银行卡的密码是他的生日，干脆就以偷钢管为名，骗他到矿洞口，把他推了下去。我就下到矿洞里把他身上的银行卡和 300 多元现金掏了出来，还害怕他没摔死，就把他拖到二级洞口扔了下去。

郝运来不解地说道，你好狠毒呀！为啥还要写举报信？

阎标奸笑道，为取他银行卡里的钱争取时间呗！想伪造自杀现场。

郝运来道，如果我没猜错的话，你还害怕万一事情败露，会查到你身上，于是就找三个小学生写了纸条，好狡猾呀！

阎标苦笑道，我顶多是个孙猴子，这不，还是没跳出你的手掌心。

郝运来说道，别给我戴高帽子！你取走了多少钱？干啥用了？

阎标道，我给家里买了一辆面包车，花了三万多元。

郝运来道，其余的钱呢？你可别说都吃了，我们把你和你家人所有的账号都查了个遍，没有在银行存过款。

阎标犹豫了一会儿，支支吾吾地说，我把剩下的钱放在家里，后来被偷走了。

李民强不满地质问道，玩命弄来的钱，说没就没了，糊弄谁呢？报警了吗？有证据吗？

阎标哭丧着脸回怼道，你是不是傻呀？这钱丢了还敢报警吗？那是不想活了，哪有证据呀！李民强讨了个没趣，想发怒。

郝运来笑道，没证据，就说明你在胡溜八扯呢，到底咋回事？

阎标被逼得实在没办法了，就说道，我把它藏在天花板上了，不信我们一起去找找。

郝运来、李民强带着阎标来到指认地点，郝运来在天花板上找到了一支猎枪，但没有现金。

李民强道，好小子！竟敢撒谎！钱到底在哪儿？这枪又是咋回事？

阎标见警察这么较真，感觉再编谎话也骗不过去。心想实在对不住了阎哥，就无奈地说道，我给了阎大鹏 20 万元现金，其他的钱我赌博输了。至于枪，我真的不知道是谁放在这儿的。

郝运来穷追猛打地问道，为啥给阎大鹏那么多钱？你傻呀！把拿命换来的钱给他？

阎标脸上掠过一丝哀怨，说道，阎文修的银行卡密码是阎大鹏告诉我的，是他让我这么干的。

郝运来埋怨道，为啥不早点儿说出来？可别说你是为了哥们儿义气。你也知道自己是个死了没埋的人了。

阎标哭丧着脸道，我本想自己扛着，大鹏哥还能照顾我的家人，所以我不想让大鹏哥受罪，他可是有恩于我。

李民强拍着胸脯信誓旦旦地说道，你的家人我们会照顾，放心老实交代吧！

经过几番唇枪舌剑的较量，阎标终于放下思想包袱，交代了杀害阎文修的犯罪事实。他在时间的流逝中，等待着法律的严惩。

四

陈华敏勘查石头村杀人案时，发现圣蛋的汽车后备厢经过改装，夹缝中有几盒“三国杀英雄卡包”，打开盒子，里边装满了人民币，经查全是20元面值崭新的连号钞票。

陈华敏感到奇怪，这些钱既像真的又有所区别，就拿到银行检验真伪。银行的同志告诉她，这就是近期流行的假币，无论从面值、纸质、印刷、烫金都非常逼真，几乎到了以假乱真的地步。

陈华敏检查圣蛋的手机，看到和“老头儿”的QQ聊天记录，购买“青蛙”的币种，并且还有支付宝账号，经过支付宝查到了上线“老头儿”的真实信息。

陈华敏向张副局长做了汇报。张副局长道，经侦同志们大部分抽到非法集资专案，去外地出差调取证据了，目前无法顾及这个案件。这样吧，我派两个经侦同志配合你们，破案后再移交给经侦处理，咋样？陈华敏道，是！坚决完成任务。

陈华敏传达了张副局长的命令，石望春笑道，嘿！这是经侦的活儿，我们却反客为主了，就不怕民强他们有意见？没等陈华敏说话，李民强接过话头儿笑道，陈队！只要你没意见，我们跟着干就是了。机动队刚破获两起命案，势头正旺。张副局长信任咱们呀！你是怕人嫉妒吧！

石望春自嘲道，我觉得喧宾夺主了。

陈华敏笑道，要不呢！咋叫你意见布袋呢！处处有意见，事事挑毛病，只要你不说，我们都没意见，大家说是吧？

陈华敏说着话机智地扫视着每个人，故意眨巴着眼睛鼓励大家支持自己，并用双手向上卷曲了几下，示意大家踊跃调侃他。大家明白陈华敏活跃气氛的意图，便七嘴八舌地说笑着。

石望春觉得自个儿平时脸皮够厚的了，此刻见大家把矛头对准自己，也不好意思起来。

陈华敏摆摆手说，你这人吧，优点特别多，缺点也特别多。

石望春大笑道，你个愣头青，开个玩笑，活跃气氛也要上纲上线，其实我是为侦破网上案件发愁呢。

陈华敏莞尔一笑，脸颊上的酒窝显现出来，看上去更加妩媚动人，说道，你这个没肝没肺的东西也会发愁？过来咱们分析案件，也好制订破案计划，我简单地介绍案情，让经侦的同志也听听。我们在死者车上缴获了2000元的假币，他手机里的QQ群有购买假币的记录，并且查到对方的相关信息。王艳红，你负责网上追踪落实。

王艳红微笑着立即执行命令，打开电脑现场操作，查到了收货人的真实信息，输入QQ号进行查询，该QQ号关联的淘宝号码出现在屏幕上。

王艳红兴奋道，陈队，你们看！这个淘宝号码和QQ号是同一使用人。陈华敏道，再往下追，看看他们使用的是不是真实身份信息。

王艳红敲了一阵子键盘，惊喜道，这个淘宝号上挂着个手机号，机主是冯军。

陈华敏吩咐道，把冯军的身份信息落实清楚。王艳红操作电脑进入另一系统查询，过了一会儿，说道，快看！查到了，冯军的户籍地址是石头村前街。

陈华敏乐了，用商量的口吻说道，现在有了“兔子”的踪迹，我们分成三组进行比赛，看谁先找到老窝，咋样？下面我分配侦查任务，侦查方法自己决定。大家互相看看表示赞同。

陈华敏接着说，经侦的赵利民和蔡闯同志去调取淘宝账号信息，石望春带着李民强和常青云去石头村侦查，我和王艳红继续网上追踪，发现线索互通有无，你们看行吗？没意见就分头行动吧！

赵利民用手机拍了冯军的照片说，中！办完手续就去出差。

石望春嬉皮笑脸道，当一会儿领导牛啥呀！臭显摆。

陈华敏愠怒道，去去去！这叫啥领导？赶快办案去吧！注意保密！千万别打草惊蛇，否则就前功尽弃了。

陈华敏和王艳红在网上查询着，对手机信息做了海量筛查，然而有价值的信息却没有多少，两人一筹莫展。

李民强乔装打扮，在光溜溜的嘴唇上贴了毛茸茸的胡子，早晨起来既不洗脸也不刷牙，看上去睡眼蒙眬的。穿着半旧上衣，戴着遮阳帽，真有点儿像走街串巷的商贩。他骑上自行车，把小喇叭挂在自行车把上。从西边进村，喇叭里重复播放着：“收头发！收头发！高价收头发！”他按照石望春的安排，沿着划分的街道骑行着，时而观察行人和房屋，时而停下来关掉喇叭，认真听着周围的声音。走了一大圈，没收到一根头发，也没发现可疑情况，他感到万分沮丧。

常青云向表弟借来宽带推销员的衣服，走街串巷，还不时地给路人散发着表弟的名片。

一个年轻人告诉他，镇上宽带早就饱和了，网络时代，哪有不安装宽带的人家。常青云忙活了几个小时，也无功而返。

石望春真下功夫，索性到理发师那儿，剃了个光头，从远处望去那前本儿喽后勺子的脑袋锃光瓦亮，在阳光照射下反着头皮特有的光，酷似一个移动的灯泡。他又到戏班子租了套和尚服，拿着算命的幌子，背起先生的褡裢，手里提着鸟笼，边走边喊，算命了！心理咨询预知祸福，逢凶化吉。

他走街串巷寻找目标，当他走到冯军家门口时，从倒塌的院墙望进去，院里丛生的杂草尽收眼底。那被掐了头的红苋菜又发出新的嫩芽，正在顽强地生长着，依然艳压群芳苋立草群。落锁的侧屋门上布满了灰尘，窗台处蛛网上的苍蝇正在垂死挣扎，小型的蜘蛛正在忙碌地缠绕着猎物。庭院中一派荒芜破落的景象，使石望春心里凉了半截。他走到对门下象棋的老人面前，满脸和善地说道，阿弥陀佛！老先生算一卦吧！说得不准不要钱。

两个老头儿看到年轻和尚，笑道，这不是明着诓人吗？活了大半辈子啥没见过，还用得着你给算卦吗？

石望春听了这刺耳的话，也不生气，反而放下鸟笼稳着性子笑道，老伯明知自己不敌高手，还硬撑着，何苦呢？

老伯看着棋盘道，我正在犹豫不决呢！你有高招让我起死回生吗？

石望春自信道，只要你们没意见，我就说了。高手抬头不耐烦地说道，再加上你个小和尚，有啥可怕的呀！顶多也是个臭棋篓子。石望春见高手小瞧自己，又想从老伯这儿打探些冯军的消息，就认真地观察了一会儿棋势，支招儿道，老伯！你舍车杀炮，他没了当头炮，你就解了眼前之围，再进马卧槽，将军。

老伯无棋可走，只好依计行事，几步主动棋过后，再看棋势回转，红棋占了先手。由被动挨打变成主动进攻，对方应对将军，急忙回车退马保护老将，只有招架之功，没有还手之力。果然老伯车换炮后，破了对方的双炮攻势，在缺车少炮的劣势布局中，双马迅速进攻，十步之内形成“二鬼拍门”之势，将死对方。高手投来佩服的目光，幽默地说，真没看出来，四只眼比两只眼管用多了，我比对方多了个车，一个没注意竟然走了麦城，这要让关老爷知道了，还不笑掉大牙啊！三人都笑了。

石望春趁着老伯开心的时候，看着对面问道，这是谁家的院子，好久没人住了吧？朋友想在这儿安个家，还俗时好有个住处。

高手看石望春有求于他们，也想挽回输棋的面子，就故意发难道，你不是能掐会算吗？你要是能算出这家人姓啥，我们就告诉你主人的详细情况。石望春若有其事地伸出手来掐算着，闭起眼睛摇晃着脑袋，顷刻间睁开眼，卖着关子说道，他家的姓和鬼有关。高手哼哼笑了两声，说道，胡扯！这世上哪有“鬼”这个姓呢？敢情你就会下个象棋吧！石望春看着高手的眼睛问道，高手！你是咋输的象棋呢？高手的脸有点儿挂不住面子了，说道，你不就是“二鬼拍门”险胜吗，还值得一提？石望春笑道，他的姓不是一个鬼，而是两个鬼，这下你该明白了吧！高手满脸不解地陷入沉思。

老伯把象棋重新摆好说道，高手是个棋迷，脑子转不过弯来。和尚算对了，“二鬼拍门”取胜，不就是两匹马把老将弄死了吗？棋下得怪好，论起脑筋急转弯那真是笨到家了。高手如梦初醒似的说道，佩服呀！佩服！真是个高僧呀！你咋算得这么准？老伯听了也不敢怠慢，急忙尊重地说道，看起来不像巧合，这位师傅自有莫测的超能力。石望春抬起右手立掌在胸前颔首施礼，笑而不答。高手自嘲道，阿弥陀佛！天机不可泄露。老伯是他的对门，知道底细，让老伯跟你唠唠冯军家的事儿吧！

老伯叹息道，嘿！这家的老婆子几年前出车祸死了，冯军回来给他娘办完丧事，就带着儿子走了，再也没回来过。院子荒了好几年，现在也联系不上他，院墙被雨水浸泡倒塌了，也没人把它垒起来。院子也没人去，也就是我有时候去院中，掐一把嫩苋菜叶子回来下碗面条吃。

高手站起来伸了个懒腰，说道，几个月前，我在集市下棋时，还看见这小子在那儿支招儿呢！他平时不爱说话，看下棋时却喜欢指手画脚，挺活泼的。不过想买他的宅院，一时半会儿很难找到他呀。这些年，他好像发了大财，回来时，开着白色越野车，看上去挺神气的。

石望春投去羡慕的目光，奉承道，有钱人呀，车牌也要弄个吉利号。

老伯摇着头说道，看上去不像新车，好像前后都没有车牌。

石望春看接着问下去，也没得到更多的信息，就装模作样地离开了村子。回到集合地点，三人面面相觑，这次侦查没多大收获。三人只好再下吴坡村，三天过去了，也没发现冯军的踪迹。

二人交流情况，石望春道，冯军四五年前已离开村子不知去向。他性格孤僻，不爱与人交流，游手好闲，妻子也和他离婚了。他很少回家看望母亲和儿子，母亲死后，他把儿子接走，至今没有音信。

李民强道，据村民反映，冯军上次回来，花钱挺大方，好像发了大财。

常青云质疑道，他家院子里野草长得一人多高，也没人管理，那么有钱，为啥不把房子盖好呢?

李民强猜测道，不想在家发展了吧，就不用费劲了。

石望春见陈华敏进来就问道，你这儿有新的线索吗?

只见愁容掠过陈华敏美丽的脸庞，她粉嫩的双眉之间锁起了两道八字形的皱痕，喜忧参半地说道，我查到了可疑账户，可是现在宽带均为镜像式 IP，同一 IP 可能对应上百家用户，4G 信号也飘忽不定，有些问题难以解决。

石望春平淡地问道，我这里也没多大进展，经侦同志回来没有?

陈华敏叹气道，回来了，在那个淘宝账户上没查到具体人，这个案件咋办呢? 急人呀!

咱们不能硬挺着，疑难杂症还要老中医把脉，才能药到病除，我有个想法不知当讲不当讲? 石望春鼓起勇气说道。

陈华敏笑道，咦! 你这个意见布袋啥时候也变得斯文起来了，让我不适应，快说! 掖着藏着怪难受。

石望春直爽地说道，我说了，你又该说我提意见，把郝队请回来咋样?

陈华敏顿时神情凝重起来，略带悲伤地说道，我早有这想法，但不知张局葫芦里卖的啥药。你说好端端的队长，说调走就调走了。说着陈华敏鼻子一酸，泪水在眼眶里转悠起来，使那双水汪汪的大眼睛变得模糊不清。

石望春看到这个铁一般的女子也有柔情的时候，就自告奋勇道，你如果不好意思说，我给张局打电话。

陈华敏勉强地说道，还是我打吧! 说着打通张局的电话，说道，张局好！我是陈华敏，向您汇报假币案最新情况。侦查了几天也没有眉目，我觉得郝队有打击假币的成功经验，让他回来咋样？

张副局长道，咋了？不适应挂帅呀！没郝运来就丢了主心骨？我正忙着集资诈骗案呢！这样吧，我给他打个电话，让他把扶贫工作安排妥当，尽快回来让你们重新并肩战斗。

陈华敏兴奋地说，那敢情好！关键时候还是张局理解人。

张副局长道，把技侦、刑侦、经侦人员联合起来，组织联合战队，发挥警务最大效能。上级指示我们尽快破案，这个案件涉及十个省区市。这儿应该是假币源头，尽快核实假币制造窝点具体地址，将其一举打掉。

陈华敏激动地说道，是！张局！太好了！

五

郝运来临危受命，重新主持机动队工作。大家见郝运来风尘仆仆赶到会议室，集体起立鼓掌欢迎，掌声过后，会议室严肃的氛围简直让人透不过气来。

郝运来寒暄了几句，郑重其事地说道，同志们！我——“孙悟空”又回来了。大家轰的一声炸了锅，像爆米花似的沸腾起来，个个笑逐颜开，喜悦的气氛充满了整个会议室，严肃的氛围顿时消失得无影无踪，活跃的激情充斥着每个人的胸膛。郝运来继续说道，虽然我没有功成名就立地成佛，但是从今儿起，那些个妖魔鬼怪就别想再肆意祸害人了。雷鸣般的掌声波浪似的忽高忽低，响彻在狭小的会议室里。

郝运来举起双手向下摆了个停止的手势，掌声缓缓停下，会场恢复了平静。他笑着言归正传道，假币案由经侦主管，大家知道，张局不仅分管刑侦工作，还分管经侦工作，他出差在外，特意嘱托我指挥案件侦破，希望我们精诚合作，共同努力，打掉假币制造窝点。

来之前，我已听了案情汇报，都说破案难，那是没找到破案关键环节，如果找到关键环节，破案就简单了。我们以前侦破的案件，回头来看，都是隔着一层薄薄的窗户纸而已，一捅就破。但是，当时确实困难重重，就像现在的我们，迷雾和真相好像隔着一座大山，我们要有拨开迷雾翻过大山的勇气和方法，才能寻找到真相。

郝运来对电脑前的王艳红说道，你说说冯军手机号查询的结果。

王艳红站起来讲解道，郝队！经查询冯军的联系人，发现了几个手机号，其中“135”的手机号连着淘宝账户，这个账户分多个时段购买了可疑物品，分别是 30 台打印机、证券纸、油墨等，它们的牌子分别是……

郝运来待王艳红说完伸出手示意道，请坐！我详细查看了这些物品的用途，高精度的打印机声音小、打印质量高，证券纸和油墨都是制造假币的材料。所以说，我认为这个淘宝账号有问题，可能是冯军使用的账号。

王艳红继续讲解道，云端数据显示，他还有个 QQ 号，聊天内容更详细，有购买制作假币的油墨，但花色“蓝币”“青蛙”“红币”不知啥意思。

石望春好为人师地笑道，我这有人民币，给你看看，猜猜就知道了。

陈华敏不服地说道，烧包货！就你能！人民币共计面值 186 元 6 角，有 8 种面额，分别是 100 元、50 元、20 元、10 元、5 元、1 元、5 角、1 角。人人知道，假币嘛，肯定是制造大面值的划算。

王艳红看看钱说道，我知道了，他们的暗语是用颜色区分的，“红币”应该是毛爷爷了。

陈华敏拿出 100 元放在一边，用赞赏的目光看了一眼王艳红，肯定地说道，猜对了。

石望春举起手来喊道，我也猜一个，“青蛙”应该是50元的面值，青蛙是绿色的，与钱上的布达拉宫颜色相近，这多明显呀！

陈华敏拿出50元放在一边，藐视道，算你还有眼光。

李民强为难道，哎呀！“蓝币”难猜呀！

郝运来打断了大家的思绪，说道，那就先放下。他顿了一下继续说，同志们！这样吧，我们分几路共同查找。

第一路由经侦的赵利民负责，你和蔡闯去生产厂家提取样品，做好假币的鉴定工作，确定假币原料的来源。

第二路由石望春负责，带领刘倩楠去教育局，查清冯军孩子冯凯凯的学校地址，摸清冯军的活动规律。

第三路由陈华敏负责，带领王艳红搞好网上作战，发现情况及时通知我们，提供有力的信息支撑。

第四路由我负责，带领常青云对冯军进行监视。

我们随时保持联系，大家有意见吗？没有就出发吧！

石望春和陈华敏举手拍在一起，石望春对着郝运来笑道，还是郝队英明。陈华敏看着石望春的秃脑门嘲笑道，郝队掌刀就不用剃光头了，大案告破在即。

然而时光无情，日复一日地过去了，赵利民终于完成任务，拿着几份鉴定书回来复命。鉴定书上红色的印章格外显眼，白纸黑字写着，伊洛市公安局提供的圣蛋假币案中，样本和Z公司棉纸相似度达到99.85%。

郝运来悬着的心终于放了下来，这结果充分肯定了侦查方向的正确性，确定冯军为重大嫌疑人，这是破案的关键所在。

石望春和刘倩楠通过教育局大数据查询，发现了三个叫冯凯凯的学生，其中吴坡镇第二小学的学生冯凯凯，年龄与冯军儿子相仿，进一步查询到了其监护人就是冯军。

两人身着便装赶到学校，向校长了解冯凯凯的情况，掌握了冯军接送孩子的活动规律。

他们还去快递公司侦查，查清冯军现在使用的手机号码，发现他经常用这个号码向外地发送货物。但因当地物流寄递业缺少实名登记，无法查到发货地址，就连下线收货的信息也使用假地址、假名字，最终查而无获。

陈华敏、王艳红经过彻夜追踪，查出了冯军的活动区域，就在吴坡镇附近，证实了石望春获得信息的可靠性。

郝运来收集了各组的信息，分析道，冯军活动区域在吴坡镇，我凭直觉判断，他生活在这里，相信制假窝点离这儿也不会远。把警力收拢回来，以学校为中心，查找冯军的老窝。

陈华敏和王艳红对可疑区域夜以继日地监控，民警进行地毯式搜索，并围绕冯军白色无牌越野车的线索，进行网上比对和实地查找，追踪到了这辆可疑汽车的活动轨迹。

郝运来经过多日的蹲点守候，终于在镇东边找到了假币制作窝点。为了不打草惊蛇，他继续侦查，计划摸清内部情况，再将嫌疑人全部抓获。

狡猾的冯军每次回家都绕道而行，他发现近期东边出现了许多陌生人，就趁雨夜将机器全部运走。至此，冯军和车辆在民警视线中突然消失了。

郝运来满头雾水，想不明白，自己这么小心地侦查，还是让对方有所警觉，煮熟的鸭子咋就飞了呢？百思不得其解。

他马上给石望春打电话，用命令的口吻说道，你无论如何也要把冯凯凯盯死看牢，特别是周一上午送孩子上学和周五下午接孩子回家的时候，这是冯军接送孩子的时间，绝对不能掉以轻心，关键时刻不能掉链子。

石望春听了郝运来强硬的语气，就开玩笑地说道，解手了也要跟着吗？

郝运来不客气地强调道，私立学校接孩子的人很多，你再不操心，找不到冯军的新窝点，就换人了。

石望春听了故作调侃地笑道，郝队！我还没发表意见呢，就先“熊”我一顿。放心吧！只要他出现，我就咬死他，给你满意答案行了吧？

郝运来满怀信任地笑道，好小子！就看你的了。

石望春放下手机坏笑着咕哝道，哈哈！谁变蝎子谁蜇人呢！

李民强满脸乐开了花，幸灾乐祸地说道，挨“熊”了吧！憋了好久没吱声，也该提意见了。

石望春自我安慰地笑道，郝队才不舍得“熊”我呢！别瞎猜。

李民强止住了笑声，问道，领导有啥指示？

石望春思考了一会儿，说道，为了保险起见，我想找冯凯凯的班主任聊聊，让其在冯军接孩子的时候，以补习功课为名，给冯凯凯多安排些作业，让冯军在学校多待一会儿，为同志们跟踪争取更多的时间。

转眼间，周五下午接孩子的时间快到了，侦查员们已经严阵以待，期望目标进入视线。石望春把汽车停在学校门口的道路旁边，李民强看着混进家长群中的陈华敏笑道，各就各位，看谁跑得快、跟得上、盯得准。

石望春补充道，找到兔子老窝就算胜利。陈华敏看着他俩滑稽的打扮，骑在电动车上开心地笑了。

过了一会儿，石望春用电台通报道，发现白色哈弗可疑车辆顺主道向西行驶，沿途人员注意跟踪。

冯军接孩子时，向四周习惯性地看了看，没发现可疑的陌生人。但他为了安全起见，没有直接回家，还是绕道去友爱路美容院拐了个弯，又转向华夏广场，再到信息饭店和小学生文具店转了个大圈，转悠了一个多小时，绕了好几圈。

石望春和李民强在车流中追踪，他们既不能跟得太近被人发现，又不能离得太远看不到嫌疑车辆。中间路段侦查员没有衔接好，狡猾的冯军东拐西绕，不久，沿途的侦查员便丢失了目标。

幸好接学生的车流挡住了冯军的汽车，他无法快速通过，只能缓慢地前行。陈华敏正在为丢失目标懊恼，四处焦急寻找的时候，突然发现冯军的汽车从前方的胡同里开了出来，再次出现在视野里。她喜出望外，不动声色地骑着电动车，一直跟到冯军的暂住地，远远地望见汽车停在小院门前的空地，冯军领着孩子下车四处望了望，见没人跟过来，就打开铁门进到院中。

冯军又回转身来，伸出头向门外看了一眼，把门关上锁好，用手拉了拉门把手，检查锁得是否牢靠，才放心地回到屋里。

陈华敏跟踪了四个多小时，终于找到冯军的老窝，围着小院转转，发现这是个坐落在两条乡村小路西南角的农家小院，朝东边的双扇大铁门紧锁着，北边是临街的二层楼和平房院墙。她满面春风地返回指挥部，向郝运来汇报侦查结果。

郝运来肯定陈华敏工作的同时，要求全体人员做好随时抓捕的准备。

经过两天的紧张工作，郝运来通过秘密侦查，发现晚上 6 点到 10 点，冯军小院里就会发出打印机咯咯的蜂鸣声。

郝运来根据经验判断，这是爱普生打印机工作时产生的噪声。他心里无比高兴，能够发出这样的“大合唱”，要有二三十台打印机同时工作，才能出现刺耳的咯咯声。

郝运来撤回一半人马召开会议，根据新情况制订抓捕方案，分配抓捕任务，进行人力和物资准备。

此时，负责观察的刘倩楠打来电话说，今天上午，冯军驾车外出时，把两个装满东西的编织袋子放进汽车里，有可能是焚烧废料。

郝运来如获至宝，说道，这是最好的抓捕时机，避免冯军受惊焚烧假币，减少毁灭证据的风险。

他向张副局长汇报了立即抓捕冯军的想法，张副局长当机立断，同意抓捕。

于是民警按照预案各就各位，等待冯军返回时，一举将其抓获。

中午时分，冯军的白色汽车出现在回家的必经之路上。他害怕被跟踪，就七拐八拐地观察着周围，正要拐弯时被一辆汽车撞上，想着是谁这么不长眼睛，硬往我的车上撞，就气急败坏地下车看个究竟，一点儿防备也没有。

其实，他哪知道郝运来的收网行动已经开始，民警经分析研判，认为冯军是个狡猾的犯罪嫌疑人，就制订了完美的抓捕计划。为避免冯军拒捕，驾车逃窜给抓捕带来困难，郝运来和常青云开着两辆汽车对冯军前后夹击。

郝运来利用地形便利，趁冯军开车转弯时，减慢车速与冯军汽车并排行驶，故意向冯军的汽车前边撞去，发生了轻微的剐蹭。

冯军赶紧下车，查看撞车情况。常青云迅速把车停在冯军汽车后边，使冯军的汽车动弹不得。一群便衣警察冲出汽车，将冯军围住。

冯军本来以为对方违章造成交通事故，想向对方说说规矩，弄点儿维修费算了。看到一群人围过来，感觉不妙，以为遇到了劫匪，抄起驾驶室的铁棍，向前边的常青云打了过来。

郝运来早有准备，急忙冲过来抓住冯军的左手，反腕背肩。冯军像个龙虾似的被提了起来，胳膊像脱了臼似的疼痛难忍，立马松开铁棍，身体被迫向前趴在车上。郝运来像老鹰擒小鸡似的给冯军戴上手铐。

郝运来喊道，人员、工具准备好了吗?

常青云答道，早就准备好了，就等你下达抓捕命令了。

郝运来命令道，把他弄上车，开始抓捕，出发!

说着打开电台喊道，全体注意，主犯冯军已落网，开始行动。电台里传来一阵汇报的声音。

郝运来刚把汽车停在冯军的小院门口，几个民警就抬着梯子跑了过来，架在冯军二楼的平房处，迅速向上攀爬。

车里的冯军见状，不停地摇晃着身子，大声呼叫，警察来了，警察来了！

院子里的涛子听到喊声，急忙放下手里的假钞，瞄了一眼监控屏幕，看到外面全是民警，墙外的民警正向二楼攀爬，便大声喊道，有警察！慌忙打开手机发了条信息：“哥！我们被发现了。”又顺手把桌子上的手机一起扔进下水道，盖上窨井盖子。

他噔噔地跑到二楼，看到民警快要上到平房，急忙抓住梯子顶端，把梯子推翻在地，正在攀爬的民警瞬间掉了下去。

此时，郝运来明修栈道暗度陈仓的计谋成功了，他已经将大门撬开，没有遇到任何阻拦。民警一窝蜂似的冲进小院，郝运来走在最前边，闻见浓烈的汽油味道，他眼睛机警地搜索着每个角落，突然听到墙角拐弯处房间里传来金属落地的声音。他赶忙冲到门口，只见冯妻双手颤抖正在摆弄打火机，嘴里嘟囔道，这啥“熊”玩意，该着火的时候打不着。说来奇怪，经过几次摆弄，打火机终于着火了，冯妻点燃沾了油的木棍，正要向假币堆里扔。在这千钧一发的时候，郝运来冲到跟前抓住冯妻拿火的手，另一只手将冯妻搂在怀里，用两人的身体将火焰挤压熄灭。冯妻极不情愿地挣扎着想逃脱，被火烧得直叫唤，随后赶来的民警将冯妻控制，避免明火将泼了汽油的假币点燃。郝运来拍打着衣服上的灰烬说道，保全了证据比啥都好。

几个马仔正在另一间屋里制作假币，看见持枪民警冲进院子，虽然惊慌失措抱头鼠窜，但他们并没有束手就擒。高个子马仔搬起主机砸向王艳红，王艳红侧身躲过主机，向前一步，反手将五四手枪柄砸在马仔的头上。马仔低头躲闪，王艳红抬腿顶在马仔的额头上，马仔疼得直喊娘，丢掉主机捂着伤口，蹲在地上嘴里嘟囔了句，谁家的妞真凶。王艳红杏眼圆睁，吼道，再骂人，一脚把你踹回娘肚子里，让你重新学做人。

小个子马仔佯装服从民警命令，老老实实地抱头蹲在地上，眼睛却在滴溜溜乱转，琢磨着逃跑的机会。他趁民警抓捕大个子马仔之际夺门而出，以百米冲刺般的速度翻上南墙逃窜。陈华敏健步如飞紧随其后，跳跃而起抓住其脚踝，生生地把他扯了下来，重重地摔在地上，疼得马仔龇牙咧嘴，众人上来将其制伏。

刘倩楠汇报道，陈队！他的胳膊好像摔伤了。陈华敏急于搜捕，也顾不上这么多规矩了，顺口说道，哎呀！三米高的墙，摔不死人！把他们看押在制作假币的房间里，开始清查电脑和其他物品。刘倩楠不敢怠慢，带着民警开始忙活起来。

此时，涛子在平房上看到民警已冲进小院，见大势已去，就想拉个垫背的人，也好和警察谈谈条件，妄想用人质换取逃跑的机会。他猛然撞开二楼房门，凶神恶煞般地冲了进去，把正在玩游戏的冯凯凯吓得浑身哆嗦。他不由分说地抓住冯凯凯的胳膊，急切地说，警察来了，我带你出去。

冯凯凯挣扎着吼道，我不走！我的游戏还没过关呢！警察有啥可怕呢！

这时，警察已冲到二楼通道口。

涛子见状抄起射钉枪，喊道，放我出去，否则就打死这孩子。冯军在民警的押解下走进院子，正好听到涛子的喊声，他护犊心切，甩开嗓子骂道，涛子！我日你姐！做假钱死不了，千万别伤了凯凯，出人命可是大罪呀！

涛子骂道，滚一边去，否则连你一块儿打。说着举起射钉枪向楼梯口射击，一排排细小的射钉打在木制的扶手上，显得格外恐怖，让人倒吸一口凉气，民警们慌忙躲闪。

郝运来急忙后撤几步，隐蔽在墙角处喊话，劝说道，别开枪！有话好好说。

涛子狠狠地骂着，提出条件道，少废话，给我弄辆汽车，我上车就把孩子放了。说着话用力抖了抖凯凯的肩膀，把凯凯拎了起来。

凯凯趁机转身抱住涛了的胳膊，扭头咬住涛子的小臂，死不松口。

涛子疼得咬牙颤抖，恼了，忍痛揪住凯凯的衣服，把他抵在窗口的桌子上，提起射钉枪对准凯凯的头咆哮道，再不松口，打死你个小杂碎。我数一二三，快松开，一、二、三。只听“砰”的一声枪响。

凯凯和涛子倒在血泊之中。民警冲了过来，看到涛子脑门中弹，前边一个小窟窿，后脑勺处一个大窟窿，已经死了。郝运来扶起浑身是血的凯凯，扫了一眼，发现凯凯没有受伤，向对面窗户竖起大拇指晃了晃，微笑道，还中！人质只是吓晕了。

石望春放下狙击步枪，轻松地笑着喊道，早就想开枪了，只是时机不成熟。我够珍爱生命的了，这小子想杀害人质，自寻死路。

这次抓捕，大获全胜，现场抓获四人，击毙一人。民警搜查一楼制假房间和仓库，缴获 20 元假币 160 余万元，10 元假币 13 万元，还有 50 元、100 元面值的假币 3000 多元，合计 170 余万元假币。当场查获用于制作假币的打印机 25 台、烫金机 1 台、电脑 3 台，还有制作假币的印章、金属膜、印钞纸等工具和原材料。

李民强收缴了假币，带着极大的疑问向冯妻请教道，哪个是“蓝币”?

冯妻心有抵触，哼哼唧唧地说道，这是道上的暗语，我们把 20 元的假币叫“蓝币”。

郝运来组织民警清理现场，催促道，大家加快取证进度，将涉案物品和人员移交经侦大队，做进一步处理……

第五章　黑恶作孽

一

郝运来移交完案件，发现冯军交代的物品中，主要投资人涛子名下的一部手机不知去向，在现场怎么也找不到。郝运来感到手机的突然消失，其中必有原因，就对负责统计物品的王艳红提出了疑问。

王艳红打开统计本说道，审问马仔时，得到涛子的手机号码，经查询联系人，联系较多的人叫小鹏。说着递过来一沓信息表。

郝运来面带难色接过信息表翻看着，思索了好久说道，从手机信息和射钉枪生产厂家分析，涛子的激烈拒捕，看上去是小题大做。从种种反常举动判断，涛子和阎大鹏有着密切联系，这货色逃到哪儿去了？

王艳红本来喜悦的脸庞像芍药般艳丽，听到这话瞬间嘟起了嘴，鼻子哼了一下，把喜悦变成的忧愁都汇聚到两眼之间，形成局部密集的皱纹，说道，真是个难解之谜呀！

郝运来舒展开脸上的肌肉，满怀信心地说道，这案件尽管让人头疼，我们也要再接再厉，挖出阎大鹏，将其绳之以法。

王艳红指着信息表汇报道，我已经追踪了好些日子，这个小鹏的手机信号经常出现在南山寺附近。

郝运来笑道，狐狸的尾巴终于露了出来，去办理手续，我们去趟南山寺。

王艳红也想借机到外面散散心，她笑起来的样子看上去有点儿夸张，如同三月初放的桃花般粉嫩，微翘的嘴唇其实已经表达出愿意前往的意愿。不过她的笑本来就很与众不同，别人大多是由于脸部肌肉的变化，皱纹堆积在两个眼角形成鱼尾的形状，然而王艳红的笑却自然地把皱纹堆积在鼻子上方，形成花一样的波浪，点缀着光滑的肌肤，兴奋得有点儿美丽动人。

王艳红准备好材料，跟着郝运来到南山寺侦查，找到主持大师，查看南山寺人员名册，没有发现叫小鹏的人。

郝运来不想放过这次查找的机会，从公文包中把阎大鹏的照片拿过来，让主持和工作人员辨认，在场的人轮流看了一遍，都说没有见过这个人。

郝运来无奈地离开南山寺，安排王艳红严密监视电话的活动轨迹。但是，自从假币案件后，这个电话号码就像沉入大海的石牛，悄无声息了。

郝运来对连环杀人案和假币案的有力查处，在侦破案件中立下汗马功劳。

张副局长建议恢复郝运来的机动队队长职务，郝运来借势而上追查潜逃的阎大鹏。

他对射钉枪的来历耿耿于怀，正在冥思苦想时，石望春走进办公室道，郝队！有群众报警说，伊龙区四环路公寓楼一男子坠楼身亡，可能是偷东西攀爬时，不小心掉下来摔死的。

郝运来急忙站起来，说道，通知技术队了吗？走！我们去现场，让常青云带上无人机一起出发，看看能否发现一些新的线索。

一行人来到现场，先行赶到的派出所民警已经拉起了警戒带，正在查看公寓的监控视频。

郝运来看到人来人往，暂时还没确定死者是从哪层楼摔下来的。常青云打开无人机，转动操纵杆，飞机“嗖”的一声腾空而起，顺着死者的上空搜索着每个窗户。

郝运来戴着塑料手套，蹲在地上仔细查验死者的伤情。他看到死者双手有绳子捆绑的痕迹，身上还有点状的烧伤，又详细检查随身携带的物品，除了身份证以外，再无他物。

石望春走访了群众，然而并没有多大收获，连报案人也没看见死者是怎么摔下来的，因为这是公寓楼，人们深夜听到沉闷的声音，并不会有人在意。

常青云拿着操纵器走过来喊道，郝队快看！八楼的窗户是开着的！说着把操作屏幕递过来。郝运来看了看屏幕，又抬头望望楼上，说道，继续侦查，我和望春到八楼找找那个房间。两人叫来物业管理人员上到八楼，发现那个开着窗户的房间门紧锁着。

郝运来问道，这个房间有人住吗？物业人员说，这是公寓出租房屋，人员经常流动，应该没人居住。说着上前敲门，喊道，有人吗？我是物业的楼管呀！快开门！用力连续地敲着房门，屋里也没有任何回音。

郝运来急切道，望春，把门打开，不要紧，有物业人员在场，弄开再说，人命关天呀！

石望春拿出开锁工具，只见他拧开猫眼，用细铁丝在猫眼和锁把手之间比了比长短，就把铁丝从猫眼里伸进去，用铁丝比画着锁的位置，再握弯铁丝，试着转动门锁，嘿！锁开了。

民警打开门走进屋里，现场凌乱不堪，经检查发现卫生间窗户大开着，窗台上有脚印，窗框上有攀爬的痕迹。

郝运来在客厅里转了几圈，蹲下来仔细观察屋内的物品，发现烟灰缸最上边有两支未燃尽的烟头，茶几边的凳子上绕了几圈的绳子滑落在地上。心想，分明是当事人作案后匆忙离开了现场。

郝运来对物业经理说，把这个屋的主人叫过来。物业经理不敢怠慢，一是害怕公安局追究安全管理责任，二是怕耽误了时间，死者家属会找物业的麻烦。一路小跑着去找人。过了一会儿，一个妇女跟着物业经理过来问道，叫我干吗？

郝运来问道，这房子是干啥用的？妇女答道，这是雅馨公寓的客房。我是公寓的经理，在这里租了十几间房子，做小旅馆用。这个房子是日租房，前三天有几个年轻人在这里居住，也不知道他们都干了些啥，现在还没退房。

郝运来又问道，你看看东西少了没有，再去把住房登记本拿过来，让我们看看。

妇女环视房间后，啰哩啰唆地说，屋里的东西没少，只是这个绳子不是我们旅馆的东西，你们先等着，我去把登记本拿过来让你看看吧。

郝运来分析了现场的物证，说道，望春，这儿没丢东西，现场物品完整无缺，不过又多了根绳子，证明死者不是为了偷东西才进屋的。外面又那么高，他只有从房门进屋，从这个凳子上的绳子和死者手腕上的勒痕看，死者生前是被人控制了，他想通过窗户逃到另外一家，结果手没抓牢墙壁就掉了下去。

但是死者为啥会被捆在凳子上还是个谜。说着话，他凝视着桌子上的烟头和方便面盒子，说道，这里至少还有其他三个人，窗户和门口都留下了痕迹，也许是看守死者的人，他们发现死者从窗户逃跑坠楼，害怕承担责任，就不辞而别了。

妇女来到门口，把住宿登记本递过来，怯生生地说，客人信息都在这个本上写着呢。郝运来接过登记本逐条信息筛选过滤，看到这个房间登记人的信息，念道，孙爽，女，30岁，嘿！咋不登记身份证号呢？你没按照规定如实登记住宿信息，这是违法行为知道吗？给破案造成了极大困难。如果登记了他们的真实身份信息，他们就不会如此胆大妄为了。

石望春补充道，把人逼得翻窗坠楼，这些人是丧心病狂的坏蛋。妇女害怕道，原谅我没有按规定登记好吗？我会尽全力配合你们抓坏人，吧台安装有监控，能看到她长得啥样子！

郝运来调取了吧台监控，挑选最清晰的画面留下截图照片，用微信发给王艳红，让王艳红通知辖区民警，查找孙爽的活动轨迹。

郝运来正在收集各种信息。常青云汇报道，经过查找身份信息，死者叫马苇子，男，45岁，拆迁户，喜欢赌博，不仅把分的房子输光了，还欠了一屁股债。经常有人到家里要钱，老婆气得没辙，干脆离了婚，这是刚才打电话通知他娘时了解的情况。

郝运来担心地问道，他娘多长时间能到这儿？尽快勘查现场固定证据，把尸体送太平间保存，让技术队进一步检验。

石望春憋在心里的意见被郝运来提前安排了，就会意地答道，明白！我去落实。

石望春一边通知运尸车赶往现场，一边叫来妇女和物业经理，商量分担运尸费用的问题。妇女自知理亏，于是就说，我知道我的责任比较大，应该承担大头，可是你们也看到这生意不咋的，我顶多负一半的责任，多了我也拿不出来。

物业经理瞥了一眼妇女，很看不起地说，这不是有钱没钱的事，是谁的责任谁承担。

妇女问道，警官！这事儿需要多少？

石望春伸出一只手变换着手指头说道，一般情况得四五千块吧。

妇女为难地说，那咋办？你给说个公道话呗！

物业经理也期待地看着石望春，说道，我也想听听民警的意见。石望春见他俩把希望寄托在自己身上，就拍了拍头说道，你俩各怀心事，都不想多掏钱。一会儿死者家属来到现场，这事儿就更难办了，遇到正常人还好说些，遇到心怀鬼胎的孬种，不讹死你们才怪呢！

物业经理着急道，你说吧，警官！

石望春看他们着急，自己反倒平静了许多，说道，我的意见仅供参考！我认为小旅馆没安装防盗窗，也没张贴提醒翻越窗户危险的警示图标，应负八成的责任。物业没提醒和管理好住户，应负两成的责任。另外，物业没按照规定安装高空抛物监控和防护网，没尽到应有的义务。

妇女有点儿急了，说道，八成我是承担不起的，物业挣得多就多承担一些。

物业经理听着妇女的怪理论，面红耳赤恼怒地说道，我本来想给民警个面子，拿一千块钱了事。现在看来，你这么推脱责任，我决定物业一分钱也不拿，由你全出。否则，以后用水用电就不会这么顺畅了。除非你不想在这儿做生意，那就另当别论。

妇女靠小旅馆收入在城市立足，供养孩子上学，听到这样的恐吓，不得不收起自己的小算盘。

此时，尾号四个“4”的面包车停在楼下，妇女上前与司机讨价还价。司机咬定 4800 元不松口，声称否则不好向老板交代，妇女还想讨价还价。石望春看了看手机，说道，时间也差不多了，如果磨叽到死者家属到场，你们就吃官司了。赶快见好就收吧！

妇女无奈交了运尸费，副驾驶的男子取出担架，协同司机把尸体装入尸袋，然后抬到车里，缓缓地把车开走了。

郝运来调取沿途监控录像进行分析研判，觉得这里边都是生面孔。他认为这是一起绑架致人死亡的恶性案件，应当立案侦查，尸体暂存到医院太平间里，进一步核实死因。王艳红兴奋道，我已查到孙爽的真实身份和居住地址。

郝运来通过通讯记录查询，发现阎光头和孙爽经常联系。经侦查确认，他时不时还到孙爽家里小住。郝运来就和石望春在孙爽家门口蹲点守候。

凌晨时分，阎光头从摩托车上下来，目送两个狐朋狗友骑着摩托车离去，自己晃晃悠悠地走到家门口。石望春突然从黑影里冲到阎光头身后，右手捂住阎光头的嘴巴，左手抓住其手腕，搂过来使其动弹不得。郝运来迅速给其戴上手铐。两人神不知鬼不觉地将阎光头抓获，带回队里连夜审问。

阎光头是进过监狱的人，知道郝运来审讯的厉害招数，但是他心中知道，要绝对按照小鹏哥交代话的去办，否则将来连个照顾自己的人也没了。他就大包大揽地交代犯罪经过，反正死无对证，把和两个马仔绑架马苇子讨要赌债的经过说了一遍。

阎光头交代道，我从监狱出来后，又重操旧业替别人要账。那天，我们三个把马苇子堵在家里，孬话好话说了一大堆，要账也没结果。无奈，就把马苇子带到公寓出租屋看管起来，逼迫其连本带利归还赌债。

马苇子手中没有现金，只能等欠账的人来还钱，我们看守了三天两夜，其间对他进行打骂，限制吃饭喝水。马苇子被困在这儿，也没人上门送钱，干脆就死猪不怕开水烫谁也不理了。

郝运来道，那也不能把人逼死吧！

阎光头道，我们只想要钱，不想弄死人。我担心马苇子逃走，长时间高度紧张，凌晨3点多实在太困了，看了看捆在凳子上的马苇子，歪着头睡得正香。我就眯起眼睛，害怕睡得太死，人跑了没法儿向小鹏哥交代，就把吸了半截的香烟拿在手上，放下心来睡觉，很快进入了梦乡。半截烟头吱吱地燃烧着，不一会儿工夫就燃烧到了尽头，烧得手指疼痛难忍，我从梦中惊醒，看到马苇子歪着头还在睡觉，他鼾声依旧均匀响亮。

我实在困得难受，揉了揉眼睛，点燃一根香烟夹在指尖，重新眯上眼，坐在沙发上睡着了。

郝运来用试探的语气说道，我来说你没见到的事情吧！马苇子被绑在凳子上，一觉醒来，看到你们三个都睡着了，就小心地带着凳子挪来晃去，终于挣脱了绳子。他小心翼翼地看了看门口，发现马仔坐在靠门的凳子上睡觉。

他环视了客厅窗户，看到有人斜靠在沙发上睡着了。他想走近客厅的窗户，又害怕被发现。他发现只有厕所的门半开着，于是就蹑手蹑脚走进厕所，从窗户爬了出去，想顺着窗户爬到邻居家。但是，他死也没想到下水管道那么滑溜，手没抓牢，身子一斜就掉下楼摔死了。

阎光头纳闷地说，你咋知道得这么清楚？

郝运来笑道，猜的呗！现场三个烟灰缸里的烟头形状各不相同，门口的人有用牙叼着烟卷的习惯，烟头上留下明显的牙咬痕迹。窗口的人是用嘴唇叼着烟卷，过滤嘴叼扁了，但是完好无损。沙发处的烟头形状没有变化，说明该人使用烟嘴吸烟。

阎光头听得心里直发毛，说道，看起来警察比我们专业多了，我输得心服口服。

郝运来继续道，另外，凳子摩擦地面留下的痕迹和沙发上的短头发丝，足以说明你们三人的位置所在，还有马苇子的活动轨迹，继续交代吧！

阎光头态度诚恳地说道，等我醒来时，马苇子已经跑了，我看到厕所窗户开着，就向楼下张望，发现楼下躺着一个人，我下楼看时，马苇子已经摔死了，我们害怕进监狱，就跑了。

郝运来走出讯问室，说道，望春，咱们去审问程丹。两人走在过道上，石望春疑虑再三地说道，我觉得我们抓捕阎光头太顺利了。

郝运来说道，敌在明我在暗，准备充分运筹帷幄，抓个小毛贼那不是手到擒来的事吗？这有啥奇怪的？石望春停住了脚步，看着郝运来坚韧的目光，说道，郝队！这一项就算了，你不觉得阎光头交代得太诚恳了吗？不像是在交代犯罪经过，而像是在回忆光荣的历史，我怀疑其中必有缘故，但是我还说不上来究竟是咋回事。郝运来微笑道，两者相交确实显得疑问重重，放心吧，我不认为这是提意见。石望春笑道，郝队也会装孬呀！我也是想了好久才跟你说出来，就是希望你能重视。

郝运来大笑道，哈哈！那我们就带着问题去问程丹吧！说着两人把程丹带到讯问室开始审问。

石望春严肃地问道，你就是程丹？你今天为什么来公安局？

程丹答道，我来投案自首，因为我也参与了向马苇子逼要赌债的事，后来他摔死了。

郝运来直接切入主题地问道，马苇子在哪儿欠的赌债？

程丹对答如流地说道，在阎光头开的赌场里，他放的高利贷，马苇子没按时还清，我们就向他要钱。

经过审问，将另一个马仔抓获归案，这三人因非法拘禁致人死亡被刑事拘留。

民警将他们送到看守所，此时，阎文华从监狱里出来不久，他带着两个马仔要给阎光头送钱。根据阎光头和马仔交代，他们也参加了许多次非法活动。

郝运来听后及时向张副局长汇报，张副局长关联了多个案件，调取报案材料，要求郝运来先行将他们刑事拘留，以待进一步查证。

郝运来根据程丹提供的线索，带领民警迅速出击，一举打掉阎光头开设的赌场，从赌场搜出一个保险柜，李民强打开保险柜，里边有许多讨要欠款的纸条和房产证之类的东西。

这次抓捕为查清马仔赵理、孙瑾、阎文华违法犯罪事实争取了时间。经查，了解到三人参加了开设赌场，但是他们拒不供认违法犯罪事实，保险柜里的秘密依然难以解开。

郝运来正在考虑如何打开突破口时，一个自称程丹老婆的女子来求助，两眼泪汪汪地站在办公桌前，说程丹娘病重住院，想给程丹取保候审。

郝运来听后安慰女子道，我先核实他是否符合取保候审条件，再给你答复。我们一起去医院看看老人家吧！郝运来和王艳红买了些水果、点心、牛奶，同女子去医院看望程丹娘。临走时，郝运来把口袋里仅有的500元现金留在病床上，说道，大娘！您想吃点儿啥就买点儿吧！程丹没啥大事！放心养病吧！大娘眼含热泪地说道，你这是雪中送炭呀！郝运来一行人摆手向程丹娘告别。

二

郝运来回到单位，思绪万千，他觉得这些证据大多已经时过境迁，不能形成证据链，无法给嫌疑人定罪量刑，何不从程丹这儿打开缺口？

郝运来提审程丹，把他娘生病的情况告诉了他。

程丹听了心存感激，看着眼前和善的民警，回忆着阎光头平时的恶行，感到时机成熟，心里暗暗决定说出真相。他泪流满面地说道，警官是好人，不知道咋报答你才好。我豁出去了，其实我也经常受气，有时候，阎光头连我也不放过，我也是受害人呢！

郝运来急忙安慰道，只要好好交代，你会受到从宽处理。程丹开始说起集团内部违法犯罪的事实经过。

郝运来紧急安排陈华敏落实参与人员的违法行为，并带领民警对仍然在社会上兴风作浪的成员进行打击。

经过缜密侦查得知，有个叫岳成群的人带着阎大鹏的马仔，近期接了个大单子，替新天地公司要账成功，获得了200多万元的提成。尝到甜头的马仔们士气高昂，扬言还要去德隆公司要账。郝运来密切观察着他们的动静。

正巧，第二天属地派出所接到德隆公司的求救电话，郝运来闻讯，带领民警迅速赶到现场，想从中寻找侦破积案的线索。

公司门口一片混乱，公司的牌子也被砸落在地。岳成群在幕后指挥马仔们堵门堵路，辱骂公司经理，阻止员工上下班，马仔和公司人员争执不下，双方互相推搡起来，眼看就要大打出手。

起初公司经理见状，不想把使用高利贷的事公布于众，就想让姜家出面摆平这件事，达到以黑治黑的目的，把岳成群的人吓跑。

姜家来了不少人，可是姜公子看到是岳成群的人在要账，觉得他们凶恶成性，惹不起，还没有开仗就偃旗息鼓了。公司经理只好冒着被查的风险，向公安机关报案。

郝运来在现场，让民警把人全部传唤到派出所，逐个进行询问。马仔们对眼前的违法事实供认不讳，阎文华主动供认是自己接的活儿，组织人员到德隆公司要账的事和别人无关。他一个劲儿地逞英雄显能耐，争着承担责任，让人有点儿看不懂他这样做是啥目的。

郝运来问道，华敏！他们扰乱企业办公秩序的违法行为已经证实，治安拘留吧！

石望春不满道，郝队！这明明是寻衅滋事的刑事犯罪，这不是降格处理吗？

陈华敏一咧嘴堆起满脸的笑容，说道，哪都少不了你！不说话，能把你当成哑巴卖了吗？

石望春不忿地说道，太便宜他们了，会助长嚣张气焰的，这样他们就看不到法律的威严了。

陈华敏也是个杠头，马上问道，你有他们涉黑的犯罪证据吗？能形成证据链吗？

石望春炯炯有神的眼光从陈华敏的脸上向下滑去，蔫蔫地说道，正在侦查，还没全部掌握。

陈华敏摆了摆手中的材料，心想不亮出底牌无法说服他，于是说道，这不就结了吗？调取证据需要时间，放长线钓大鱼，懂吗？幕后的指挥者还没挖出来呢！

石望春信心百倍地说道，走着瞧！我一定把他们送到看守所。郝运来和陈华敏都笑了，说道，目标一致，这是我们的共同愿望。

要账当天，岳成群害怕身份暴露，见势不妙逃之夭夭，不知去向。

郝运来转念一想，何不从案件中挖掘线索？于是对已抓获的嫌疑人深挖余罪，落实他们团伙的犯罪经历，追踪岳成群的下落。

马苇子的死亡使阎大鹏着实躲藏了一阵子，即便对外使用岳成群的名字，他也不敢露面。不过他有自己的套路，他向马仔们交代过，有三个人承担责任就足够啦，不要供述其他人参与催债。这样，就可以给顶罪的人继续发工资，解决家庭困难，甚至可以给小伙子找媳妇，使他们死心塌地地跟着干。

事实上，虽然三个马仔交代了些小问题，承认绑架马苇子坠楼的犯罪事实，但是极力隐瞒岳成群参与催债的过程。

马苇子之死，只有三个马仔被判刑，岳成群却安然无恙。社会上流传岳成群要账弄死了人，公安局也没办法，只有小马仔顶罪，领头人却逃避法律追究。这种传说使岳成群在黑道上名震一时。

岳成群把骨干马仔召集到健身房，说道，虽然有些兄弟被抓了，但是我们还要活着，应该继续去弄钱。

阎文华是岳成群扶持起来的傀儡，他推波助澜地给大家打气，奸笑道，公安局不过如此，搜遍了赌场也没把我咋的，我还不是取保候审了吗！弟兄们不要怕。

岳成群问道，近期我们接活儿了吗？

阎文华说道，陈大龙因交通事故被撞死。他家人狮子大张口，向肇事者索要 100 万元赔偿金，双方没达成协议。肇事方请我们出面摆平此事，承诺给 5 万元的提成。

岳成群鼻子里哼了一声，说道，钱有点儿少了。

阎文华讨好道，芝麻虽小也出油呀！积少成多嘛。说着拿出委托书。

马仔们奉承道，人家也是冲着成群哥威名来的，兄弟们一定干好这单活儿，拿人钱财为人消灾，咱们商量要钱的好办法。

岳成群接过委托书看了看内容，说道，我自有主张，走！咱们几个先去死者小区门口等着。这是委托人提供的地址，应该比较准确。

岳成群无事可做，觉得就凭自己的威望，他到那里就能解决问题。于是就亲自出马，想去找个乐趣，把女朋友彩虹也带了过来，一行人在楼下等了半个时辰。委托人看到陈妻下楼，就指着浓妆艳抹的年轻女子说，她就是讹人的陈妻。彩虹心领神会走过去，不怀好意地问道，你老公是叫陈大龙吗？

陈妻感到莫名其妙，反问道，你是谁？

彩虹无赖地说，我是司机的家人，想跟你商量个事儿，至于想要赔多少钱，你看着办。

陈妻见来者不善，推托道，我不想和你谈。说着就要离开。

彩虹上前一把拉住陈妻的衣服扯了两下，无赖地说道，想走就走啊！没那么容易。你想要100万吗？你老公已经死了，能值多少钱一斤哪？

陈妻显然被恶语激怒了，本来在自己家门口被人羞辱，感到很没面子，想举手打彩虹，可是眼睛扫了一圈，发现都是生面孔，没敢动手打人。她气得惨白的脸在厚厚的胭粉覆盖下，颜色竟没有多大变化，只是嘴角的肌肉剧烈地颤动着，恼怒道，你想干啥？有啥资格抓住我不放？说着猛然用力去掰彩虹的手，彩虹摇晃着身子坚决不松手，两人争执起来。

陈妻抠开彩虹的手指用力猛掰，彩虹疼痛难忍，就松开了手。彩虹哪肯就此罢手，从包里拿出修眉刀，对着陈妻胳膊就是一刀。

修眉刀虽小，但刺破单衣深深地扎进陈妻的肉里，陈妻疼得

“哎呀”一声闪开了。

陈弟从楼里出来，听到嫂子的叫声，看到一群人围着嫂子谩骂，一女子拿着带血的小刀再次扎过来。他不由分说冲了过来，对着彩虹就是一拳。岳成群见有人来搅场，急忙吹了一个口哨，几个马仔一拥而上对其拳打脚踢，把陈妻和陈弟打倒在地。看热闹的群众越聚越多，岳成群挥手示意赶快离开，马仔们一哄而散。

陈弟扶着嫂子从地上爬起来，骂道，你们这群不是人的东西，把人撞死了不赔钱还打人，这天下有说理的地方吗？嫂子不怕，我要报警。

陈妻捂着伤口哭道，看样子来者不善，善者不来呀！如果报警的话，他们决不会善罢甘休，走吧，先去看伤再说。

陈弟无奈地说，怕他们干啥？陈妻止住哭声，任凭泪水顺着浓妆的脸颊流淌着，两行热泪流过的地方，不仅冲走了表面的粉饰，还留下了明晃晃的泪痕。她扭曲了脸惊恐地说，他们是岳成群的马仔，伊洛黑道数他们最凶了。

陈弟问道，你咋知道他们的底细？

陈妻克制着心里强烈的伤痛，无比悲伤地擦了把眼泪，使原本就花了的脸更花了，说道，是那个司机上次跟我协商时说的，如果我非坚持要那么多赔偿的话，他也会想歪招的。把最有名的黑恶人物请过来，宁可把钱花到黑社会人手中，也不接受无理的敲诈。我想着他只是说说而已，就把他顶了回去，对他说，我们不怕你，现在是法治社会。司机认真地强调说，我请岳成群来办这件事，看你还敢胡要八要吗？

我想，光天化日之下他敢放肆吗？没承想他还来真格的，我算领教了。

陈弟恨得怒目圆睁，气窝在心里憋得难受，也找不到撒气的地方，就抬脚踢在石凳子上，凳子纹丝不动，他却疼得直甩脚，吼道，我才不管他是谁，一定要报警！叔嫂意见不一，嫂子害怕被报复，没有及时报警。

郝运来知道这件事的时候，陈妻已经被地痞无赖绑架，在屋里折磨了三天三夜。陈妻无奈只能按照他们的说法放弃要求，签订了赔偿协议书。回家后难过极了，陈弟忍无可忍，这才报了警。

郝运来听到岳成群的消息，按捺不住内心的兴奋，带领民警及时赶到陈妻提供的地址。但岳成群已逃之夭夭，又一次消失在人海之中。

三

郝运来受理了绑架案件，正在调查取证，有群众报警称，铅银矿被人强占了，今天他们又要争夺矿洞，害怕闹出人命。

郝运来脸上尽可能表现得波澜不惊，但内心却感到近段时间案件有所抬头，其中缘故还没捋出来。心想案件就像湖面的波浪一样，一波紧似一波地涌来，不仅是风的吹拂作用，波涛下面也在暗流涌动。

他带人紧急出发，警车刚到山脚下，就看到一群光头黑衣男子摇晃着文有刺青的臂膀，手持铁棍追打村民。双方打得不可开交，打红了眼的人们看着警察过来制止，仍然打得不停。

郝运来抓了几个光头仔和对方的人，其他人这才反应过来，迅速四处逃散。

郝运来将人带回附近派出所，经过询问报案人、证人和嫌疑人，查清了一些情况。

李村主任承包了村头的荒山植树造林，在荒山上种了些经济林木，已经初见成效。但是，姜家承包林地东侧的石山，正在开采铅银矿石，由于矿脉的延伸，发现李村主任承包地里蕴藏着更多矿藏，就在李村主任地里打了个矿洞。

李村主任的树木、药材被毁，双方发生矛盾，互相叫人打斗。姜家把三邻五村的族人叫过来，仗着人多势众，把李村主任看山的人打跑了，占领了宝贵的矿产资源。

看矿洞的人害怕李村主任报复，就放出话来震慑对方，说道，别看你们有村主任撑腰，想吃我们姓姜的，小心吃不下，辣死你们。

李村主任本来就因矿洞被抢憋气窝火，听了这些传言更气不打一处来。他也是个膀大腰圆的庄稼汉，皮肤黑黄，四肢粗壮，一看就是修理地球的行家里手，脸上时常挂着和蔼可亲的笑容，但是浓黑的眉毛下射出两道复仇的寒光，让人觉得他并不是个瓤茬子。他在自家地盘受人欺负，哪能咽下这口恶气。曾因先前受了父母的教诲，不想亲手与人大动干戈，不惜花钱雇人，也要把矿夺回来。他本来就是靠着手里的权力，再加上左右逢源才承包了这片丘陵地，原本想种植些果树尽快脱贫致富，没承想出现了这样的插曲。

村民们不愿意参与争夺，都不想得罪这帮小混混，只要能享受红利就可以了，袖手旁观的占多数。

李村主任恼羞成怒，四处找人。他打听到一帮姓阎的人在黑道上很有名，都说非常厉害，很多人都怕他们。心想，你个姓姜的，别以为我整不了你们，这次非把你们腌成咸菜不可。

他通过阎文华的介绍，请来了岳成群商量对策，希望借助他的势力夺回矿洞。双方签订了追回矿洞的协议，岳成群不负李村主任期望，带人冲过来猛打猛砍，一个回合，就把姜家人打得落花流水，姜公子瘸着受伤的腿慌忙撤离，岳成群的马仔轻微受伤，以很小的损失占领了矿洞。

岳成群不看不知道，一看吓一跳，矿洞巨大的经济利益使他改变了先前的想法，感觉李村主任给的几万元报酬太少，就心生歹意，想把矿洞占为己有。他没有按照协议把矿洞归还李村主任，而是派人日夜看守矿洞，不让任何人靠近。

李村主任是赶走了乌龟引来了鳖，连肠子都悔青了，这些天，急火攻心嘴上鼓起了几个水泡，水泡很快破裂脓水外流，形成几块黑紫色的斑块留在下嘴唇上，他真是火气冲天呀！提起这事儿就想扇自己的脸，恨爹娘没给自己多生几个心眼儿，竟然昏了头，请来了一个想吃人的生鳖蛋子。

真是请神容易送神难呀！情急之下就把亲戚朋友族人纠集在一起，冲上山去把岳成群的人撵走了，收回原本属于自己的矿山。

岳成群得知消息，感到很没面子，这样下去，以后还咋在江湖上混。他就召集更多的人参与夺矿，带着 40 多个马仔来到矿洞，找李村主任守矿的人对决。李村主任看到与对方人员悬殊，马仔们手持砍刀凶狠无比，怕村人吃亏，就边防卫边报警，请求民警协调处理。

李村主任的人收缩在一起，撤进矿洞里防守。岳成群的马仔纷纷围了上来，只等一声令下冲将上去群殴村民。双方正打成一团的时候，民警及时赶到。双方人员看到全副武装的民警，排着整齐的队伍向这里围了过来，害怕被抓乱作一团，不知谁喊了一句，快跑！马仔和村民便四处逃窜，民警也四散开来追捕嫌疑人。一场械斗被制止，所幸没有人员伤亡。

郝运来很想找到涉黑线索，将他们一举打掉，可是短时间内证据链难以形成，只好把参与人员移交派出所先行治安拘留。

岳成群认为，他没直接出面，知情的几个兄弟都得到了巨额好处费，不会泄露机密，警察不知道自己的真实身份，也就无法追查自己的违法行为。但是他仍然害怕以前的事情败露，被警察抓住把柄，于是就隐藏了起来。

村民李老汉放牛时，看到山上来了许多陌生人，不想惹这些流里流气的人，害怕给自己带来麻烦，就把牛赶到偏远的地方吃草。到了晚上，李老汉没见牛回来，四处寻找也没看到牛的踪影。当他看到汽车在地里留下的车印时，觉得牛儿凶多吉少，就去派出所报案。民警认为牛价值较高，怀疑和争夺铅银矿的黑帮有关，想移交给机动队处理，就把案件交给了石望春和郝运来。

郝运来正在派出所询问室里安排工作，当他听到牛被盗的消息时，精神为之一振，对民警说道，由于涉案人员较多，机动队也要参加对嫌疑人的审问，为处理涉黑案件打好基础。

石望春问道，那么大的活牛咋说丢就丢了呢？这畜生会不会是跑到别的地方，找不到家了呢？

李老汉说，万物皆有灵，老牛记性好着咧！我去地里干活儿，回家时，把它套在架子车上赶到路上，我累了就躺在车里睡觉，老牛会顺路把车拉到家门口，在那里静静地等着，看我没动静，它还哞哞地叫唤几声，把我叫醒。

石望春惊奇地说，这是神牛呀！简直就是牛魔王转世，这么大的物件不好带走呀！

李老汉说道，可能是被汽车拉走了。

石望春不可思议地说，这牛见了生人还那么听话吗？再说了，他们咋把牛弄到车上去的？

郝运来接过话道，只有去现场看看才会明白。

石望春笑着说道，案件应该在派出所里初查，如果是重大案件再移交给我们也不迟。

郝运来没有理睬石望春，反而分析道，从发案时间看，有可能和矿洞抢夺案是同一伙人所为，可能会牵出更多的人呢。

石望春担心地问道，我们走了，这里的嫌疑人咋办？

郝运来安排道，王艳红和常青云留下继续审问。咱们带上工具去现场，只有调查了才能下结论，现在说啥都只是瞎猜。

石望春为难地说道，这里是山区和丘陵的接合部，野地里连个光亮也没有，大晚上的照明问题咋解决？

郝运来有些急了，说道，就你事多，带上头灯、强光手电，把小型发电机也带上，这样不就解决照明问题了吗？

石望春和郝运来相处了几年的时间，第一次看到郝运来急红了眼。也许是太多的事情让他忙昏了头，说话失去了分寸，也顾不上他人的感受了。石望春也没敢再吱声，默默地把侦查工具放在车上。

警车行驶在起伏延绵的道路上，车灯射出两束雪亮的光柱，在漆黑的野地里来回晃动着。过了一阵子，汽车翻过山丘到了现场。郝运来跳下车伸了伸胳膊，把手腕甩得嘎嘣嘎嘣直响，在层层的梯田间走来走去。他打开手电筒蹲下来，查看牛蹄子的印迹，时而用放大镜观察着圪针树干枯的枝叶，掏出塑料袋子提取圪针刺上一小撮黄色的茸毛。

他在田地里发现杂乱无章的牛蹄印和人的脚印，为了节省时间，他直接跳下半人多高的石墙，在下一层梯田里寻找着作案痕迹，看到高粱地里有汽车轮胎压过的印痕。

他把强光手电交给石望春，拿出尺子量取印痕的深度和宽度，观察花纹的大小和形状，在笔记本上做了详细记录。经过比对，发现在同一块地里，有两对深浅不一的车轮印痕。他在地里转了一大圈，没有发现卸下的货物，结合上面梯田留下的牛蹄子印痕，心里初步判断，牛是被这辆汽车拉走了。

郝运来指着印痕说道，汽车进地块的车轮印痕相对较浅，宽度较窄，而出地块的车轮印痕相对较深且宽阔。从这点分析，汽车进入地块时是空车，而出地块时明显增加了重量。李老汉的三头牛，两大一小，按照一般黄牛的重量计算，成年母牛一头在400 公斤左右，小牛至少有 200 公斤。那么，汽车增加的总重量少说也得 1000 公斤。

石望春照着手电正要说话，看到一个黑影踩着微弱的灯光向这儿走来，他急忙把手电照过去，警觉地问道，谁呀？

李老汉拿着一根铁棍走过来，说道，我是老李，刚在前边圪针地里捡到了这根铁棍，不知对破案是否有帮助。说着他把铁棍递了过来。

郝运来看了看，说道，这边弄完了，去那边看看有没有新的发现。

李老汉领着郝运来到圪针地里，郝运来找到脚印和捡铁棍的地方，拍照把证据固定下来。

石望春的相机不停闪烁着光亮。郝运来观察着汽车进出梯田的印迹，采集这里的泥土样本，然后对大家喊道，同志们，工作完成得咋样了？天快亮了，大家都围拢过来，我们收工。

大家上了汽车，石望春递给郝运来几个小酸枣说道，尝尝这枣酸酸甜甜的味道。郝运来接过酸枣放进嘴里吃着，说道，有点儿酸甜的味道，不过这圪针还怪扎人呢！说着从手背上拔下来几个圪针刺来，顺窗户扔向车外，继续说道，还有几根刺断在肉里拔不出来，明儿再说吧！他吃了酸枣肉，又把核儿吐出来放在手上端详着，说道，没啥肉，核儿还不小。

四

阎文华带着阎黑子和阎白蛋开车逃跑时，路过李村的山坡，发现几头牛在悠闲自在地吃着荒草，周围没人看管，就把厢式货车开到地边，打开后车门，把车倒到田地边缘，使车厢底和上级梯田平齐。几个马仔把三头牛赶到车里，关上门开车就跑。

阎文华高兴地把牛卖到屠宰场，得了笔小小的意外之财。

阎文华回到住处，向岳成群汇报偷牛卖钱的事情。

岳成群笑道，警察把几个兄弟抓了起来，你们不害怕，还敢去偷牛，这胆子也忒大了吧！你小子他娘的财迷呀！不要命了！以后没我的允许，不要轻举妄动，都老实点儿，否则警察会找上门的。

阎文华委屈道，你一拍屁股就走了，说回来就回来了。弟兄们不干活儿哪来的钱花，咋能维持这么大的花销？

岳成群安慰道，我也不想断了兄弟们的财路，而是想让兄弟们小心点儿，如果被抓进去，那可就啥都没了。

阎文华虚心地问道，我们下一步有啥打算？岳成群奸笑道，这打打杀杀也不是个长法。你还记得我们参股的混凝土公司吗？这两年生意好起来了，每年分红十多万元。从这里下手，咱们略施小计，把合伙人撵走，自己经营，不就有钱花了吗？

阎文华倒了杯红酒递给岳成群，坐在凳子上自愧不如地说道，还是老大聪明，我们说干就干，从哪儿下手呢？岳成群接过红酒喝了一口，把酒杯放在桌子上，坏坏地笑着说道，快到年关了，先把会计请来核对账目，以算账不准确为由，查公司这几年的账目往来，这样就可以把合伙人和会计留下来。我们再以合伙人侵占公司财产为名，不让他们离开，当他们无法忍受的时候，就会答应撤出混凝土公司。

那么这家公司就归我们经营了，账上的钱也归我们所有，这叫巧取，明白吗？不会像你们去偷牛那么直接，还赚不了几个钱，比强夺文明些罢了。

阎文华奉承道，还是大哥想得周到。

这边岳成群他们想着怎么弄钱，那边民警们为查清案件忙碌了一天一夜，派出所的同志把几个马仔送进拘留所。

郝运来审视着马仔的供述材料，寻找牛被盗的蛛丝马迹，找到牛的去向信息。马仔来时借用了厢式货车，由领头的阎文华开车把人带到矿洞，后来发现警察追过来，就急忙开车跑了。

郝运来筛查所有货车出租公司，取出现场照片，在电脑上逐个审查，找到厢式货车的出租记录。经过详细比对轮胎花纹，最终确定现场车轮的痕迹，是金杯牌货车留下的，并且发现车轮痕迹和矿洞现场相一致，就把偷牛案和抢夺矿洞案并案处理。

王艳红调取公路卡口信息，发现可疑货车经过，截取图片获取车牌号码。经过查询比对，在厢式货车租赁公司找到了租车人信息。

郝运来顺线追查到混凝土公司，才知道租车人是该公司的合伙人，前段时间不知啥原因受伤，还签订了公司转让手续，现在在医院养伤呢。

郝运来到医院看望合伙人，调查租用货车近些天的运行轨迹。合伙人称是自己给公司租的车没错，但公司已经转让了，现在具体谁开的车，就不太清楚了。

郝运来心里着急，想尽快找到公司现在的经营人，了解货车的使用人情况，就问道，说说公司转让给谁了，为啥要转让公司？合伙人身体颤抖了几下，有点儿结巴地说，我不想说，也不敢说，害怕人家报复。郝运来放慢了语速温和地说道，有警察保护你呢！别怕！合伙人藐视了他一眼，又看看眼前的几个警官，闭起眼睛不再说话。看上去是在睡觉，其实闭着的眼皮在不停地动着。

无论郝运来怎样询问具体原因，合伙人就是闭口不谈郝运来想知道的事儿，不愿意说出转让的来龙去脉。

合伙人的反常举动，把郝运来弄得一头雾水，使本来就含混不清的案件又增添了神秘色彩。

郝运来只好放慢询问的速度，做合伙人的思想工作，以便他能如实说出受害经过，提供有价值的信息。

五

马仔们跟着岳成群不费吹灰之力就得到混凝土公司的经营权，分到数目可观的红利，心里美滋滋的，更加信服大哥的能力。

岳成群领着马仔们在附近梦幻娱乐网吧上网消遣。网吧老板曾经跟岳成群混过些时日，现在改邪归正做正经生意，看到岳成群到来，毕恭毕敬小心伺候，点头哈腰地给岳成群送水果。

岳成群吃着水果，敲击着游戏键盘道，生意蛮火爆的嘛。

老板恭维道，托您的福，才有今天的规模。又遗憾地说，就是地方太小了点儿，想扩大经营面积，但资金有点儿困难。

岳成群听了老板的需求，喜上眉梢道，资金好办。便计上心来，心想，他娘的！长这么肥，该到挨宰的时候了。

老板弯腰鞠躬，说道，大哥有钱帮帮小弟吧！

岳成群拍着胸脯，笑道，谁让咱们是兄弟呢！以前也共过事，想用钱，哥这儿有，不过要按规矩来。

老板知道岳成群是放高利贷的主儿，就小心地问道，阎大哥，利息怎么算？

岳成群把手指放在嘴边发出嘘嘘的声音，低声道，不可乱叫，叫岳大哥！然后大声说，就你这火爆生意还怕还不上利息吗？

老板担心地说道，那也得看几分息了。

岳成群伸出四个手指头晃了晃，说道，按老规矩咋样？

老板对这么高的利息很不满意，心里对这个乘人之危的坏蛋恼怒不已，但急需资金，他还是满脸堆笑地问道，都是老熟人了，四分利息太高了，能不能低一点儿？

岳成群果断地说道，不用算了，你没算算扩建后每天利润多少钱，还在乎这点儿利息，有肉大家吃嘛！

老板想了想说，就是呀，按照现在旺季的生意收入，几个月就还完了贷款，那就贷一部分款吧。

岳成群笑着在电脑桌上敲了几下，神气十足地说道，要多少钱？签了合同就给你转钱。老板大概算了算，说道，我有 50 万元，还需要 50 万元，方便的话，明天签合同。

岳成群抖抖二郎腿，顺手伸进裤兜里掏出一支烟，老板急忙弯腰拿出打火机点着火，岳成群点燃烟吸了口，问道，用多长时间？

老板直起哈着的腰说道，两个月后股票预计会上涨，我把股票出售了还钱给你，现在是最低点，卖了实在太亏。

岳成群和老板签订了借款合同，老板拿到钱，组织人员进料施工。

岳成群表面上嘘寒问暖，实际上是打听进货渠道，他让阎文华跟着进货司机，半道制造麻烦。瞅准司机吃饭的空当，把刹车的螺丝转动几圈，在刹车制动器上做了手脚。司机吃过饭拎着水杯，像往常那样把车开上高速公路，顺着车流加速前进，很快汽车就高速运转起来。

适逢道路施工，司机看到前面车辆突然减速，就猛踩刹车，可是汽车丝毫没有减速的迹象，巨大的惯性使汽车继续向前冲去，眼看就要撞上前面的货车。司机意识到刹车失灵的危险性，吓得冒出一身冷汗。在这危急关头，司机紧急避险，急忙向左猛打方向盘，汽车改变方向撞向道路中间的隔离带。汽车撞在护栏上，把隔离护栏撞得东倒西歪，前胎承受不住撞击的力量立马爆胎，保险杠和零件也撞得七零八落，汽车失控越过护栏冲进隔离带。司机身体向前突出受到猛烈撞击，幸好安全带起到保护作用，否则司机就会被巨大的冲击力甩出车外，惨死在自己的汽车之下。

汽车跌跌撞撞向前冲出七八十米，侧翻在公路上，车上建筑材料撒落一地。后边的小汽车来不及躲闪，一头冲进材料堆里，钢管从驾驶室穿过，小汽车司机当场毙命。

其他车辆距离较远，紧急刹车避险，车辆东倒西歪急停在公路上。

老板装修用的材料出事了，因车祸未能按时到达网吧，工人因缺少材料停止施工。这下老板急坏了，向岳成群继续借钱购买材料，发放工人工资。

岳成群脸色大变道，小子！上次借款快到期了，不准备还钱吗？还想借钱，里外都成你的了，如果不按时还钱，我可是利滚利。

老板惊讶得合不拢嘴，说道，当时你可没这么说。岳成群死皮赖脸地说道，现在说也不晚，如果不能按期还账，利息当然也要下崽了。到时候不仅你的汽车保不住，网吧也是抵押物，就连你的房产证也拿不走了。

老板听了倒吸口凉气，好厉害的高利贷，借了50万元不能按时归还，用价值五倍的资产也不够还贷的呀！不自觉地打了个冷战，额头渗出一丝丝的冷汗。

他知道，岳成群对兄弟很义气，对敲诈对象却从不手软，心里害怕极了。他向亲戚借钱，想堵上这个窟窿，亲戚听说他走了霉运，谁也不敢把大笔资金借给他使用，借的款到头来也只是杯水车薪，又去银行贷款，却因失信贷款没能审批通过。

老板无奈之下想到了变卖股票，可是不争气的股票却一落再落。大屏上显示的绿多红少，老板买的几只股票也是涨少跌多，从整体来看呈螺旋式下降的趋势。整个股票市场受到世界经济的影响，已从牛市滑向了熊市，许多散客赔得血本无归。老板也不例外，年前投入30多万元，如今只卖了3万多元，老板看着指望救命的股票欲哭无泪。

他没了渡过难关的办法，只好破釜沉舟转让网吧。岳成群得知此事，正中下怀，就让阎文华出面阻止竞争，用殴打恐吓的方法，把对手活生生地挤对走了。

老板最后的救命稻草彻底消失，心灰意冷无计可施，可是还款的时限很快就到了。

岳成群带人来到网吧，催促老板还款道，今天是还款的最后期限，如果不按时偿还贷款，这个网吧还有汽车都归我所有了。

老板争辩道，那怎么能行？岳成群无情地说道，白纸黑字签的合同，你还想反悔？

老板求饶道，看在曾经共过事的分上，再宽限几天。

岳成群毫不客气地说道，净扯淡！不甜不咸的，怪难受，让弟兄们喝西北风去呀！三天内连本带利还给我，要不然的话，你明白会是啥下场！

老板拗不过岳成群，看着几个凶神恶煞的马仔围着自己，害怕挨打，就违心地连声说道，好的！好的！心里苦成啥样子，只有自己承受了。

三天后，老板依然没还上贷款，手上的现金连封息也不够，岳成群想要的就是这种结果。贷款人越没有偿还能力，岳成群得到的抵押物就越多，榨取的利润就越丰厚。老板目前窘迫的处境，正好让岳成群如愿以偿。他迅速带人冲进网吧，把员工全部撵走，接管了网吧。这还不罢休，顺势派人把老板的汽车也占为己有。

经过巧取豪夺，岳成群摇身变成两家公司的实际控制人，让阎文华做起了傀儡老板，撑起公司门面。他藏在幕后操作经营，呼风唤雨好不快活。

网吧老板一夜之间回到了解放前，穷得两手空空，哭天无泪，对生活失去了信心，他怎么也想不到会有现在的结果。

他拿刀割腕自杀，鲜血喷涌而出，躺在客厅等待死亡的降临，幸好媳妇下班回来发现及时，送到医院进行抢救，没有死成。媳妇气愤不已，就报了警。

郝运来受理了报警，心里再次升起破获积案的希望，他去医院探望网吧老板。老板躺在病床上痛苦地说道，都怨我盲目扩张，太相信那个岳成群了。

郝运来关心地问道，你为啥要借他的高利贷呢？怎么那么傻呀？

老板苦笑道，我以前跟他干过，想着他不会下手太狠。没承想他心如蛇蝎，害人不浅。

郝运来又问道，你了解岳成群吗？

老板咬牙切齿地说道，扒了他的皮，我也认得。他就是阎大鹏，只是脸有点儿变样了，改了名字而已，性格脾气还是原来那熊样儿。就是再把狗变成狼的模样，也改不了吃屎的恶习。

郝运来笑着告诫道，咱可不能因为恨他，就乱说一通，影响了侦查方向。

老板坚定的目光盯着郝运来疲惫的双眼，说道，人呀！生就的骨头长就的肉，不会改了名字扯下点儿脸皮，就会脱胎换骨，我敢肯定岳成群就是阎大鹏。

郝运来睁大眼睛，冒出神奇的光亮，喜出望外地说道，你说啥？是阎大鹏抢了你的网吧？我在工商登记中咋没找到他的信息呢？

老板哭丧着脸道，他聪明着呢！为了危急时刻避免惩罚，经常在后面坐镇指挥，从不到前台露面。警官！你可得为我做主呀！不然，我真的没法儿活了。说着又去摆弄手腕上的绷带。

石望春见不得别人受委屈，急忙阻止，嫉恶如仇的性格再次暴发，郑重其事地说道，这个阎大鹏作恶多端，杀人案件的同案犯早就伏法了，他却逍遥法外。老账未算又添新罪，法律不会放过他，安心养病吧！我们顺线追踪，早晚把他捉拿归案，给你和受害群众一个满意的答复。

郝运来得到了新的线索，追踪着阎大鹏的足迹。如惊弓之鸟的阎大鹏倍感压力，他发现社区里陌生人活动频繁，自知罪孽深重，就想法儿避开民警的查询。他认为，风声紧了，要尽快离开这个危险的地方。

阎大鹏就带着掠来的钱财再次潜逃，寻找安身之处。他去过好多寺庙，住持看他吊儿郎当的样子，害怕将来给寺庙惹来祸端，都不愿意收留他。经过一番周折，转了一大圈，也没有找到落脚的地方，他只好返回伊洛市隐藏起来。

第六章　灾难见真情

一

郝运来从小在城市长大，祖上是伊洛市岳家村人，爹娘对老家有着执着的感情。这儿的人淳厚善良勤劳能干，但老辈的规矩至今保留着，人们延续着敬天地敬神灵的习惯，形成了怕鬼敬神的心理倾向。因为心里有鬼，所以这儿经常闹鬼，也流传着许多关于鬼和神的故事。

相传岳家村古时候是个码头，整个伏牛山系把山川到景区这个庞大的盆地围了起来，四周的雨水、山泉不断地汇集，形成了巨大的湖泊，岸边的人们靠打鱼为生，洪水经常肆虐大地，直到大禹治水时，才从景区打开缺口，湖水便一泻汪洋，湖中才慢慢地露出了陆地。

关于景区缺口的传说很多。比如，从前有个放羊娃在山上放牧，看着汹涌澎湃的波涛发愣。

突然，听到一个苍老有力的喊声："开——不——开？开——不——开？"沧桑的问话声，吓得放羊娃不知所措，见没啥危险，就四处张望，也没看到说话的人。他判断不出从哪儿发出的声音，心里有点儿害怕，就慌忙赶着羊群回到家里。

爷爷问他，为啥回来这么早？羊还没有吃饱呢！放羊娃向爷爷诉说了自己的遭遇。爷爷说，不用害怕，这湖里的水越聚越多，把周围的良田都淹没了，连山神也感到无法承受洪水的巨大压力，想把这洪水猛兽放出去，只是差了童男子的灵气罢了。明天呀，你再听到这样的声音，就大声地喊叫，开！

放羊娃心里害怕，听了爷爷的话，得到了莫大的鼓舞，但还是将信将疑，心里害怕。

第二天，放羊娃硬着头皮到山坡放羊，又是那个时辰，出现了奇怪的声音，老者呻吟着："开——不——开？开——不——开？"好像比以前更加有气无力。

他想到了爷爷的嘱托，大声喊道，开！只听轰隆隆接连不断的巨响，地动山摇，只见地势较低的山体抵不住洪水的冲击，被洪水冲得四分五裂，随着洪水的巨浪向下游冲去。吓得他蹲在地上捂着耳朵不敢乱动。当他回过神时，站起来就看到洪水向北奔涌而出，原来挡水的山体被洪水冲了个大口子，水流两边的岩石接二连三地轰然倒塌，被洪水卷走。湖水像脱缰的野马呼啸着冲出湖泊，撞击在山体上产生了巨大的波浪，向小河下游冲去，冲出更宽更大的河道。湖水再与其他河流汇合，形成更大的河水流入黄河，汇入大海。

湖水倾泻而下，湖面越来越小，湖水越来越浅，久而久之，只剩下奔腾不息的河水。这里便冲出了一公里多宽的河道，名曰小河，河水源源不断地从缺口流出。

这个码头村也就世代相传，一直沿用到现在，据说在这儿还能捡到贝壳的化石呢。

郝运来听着神话般的故事说道，据说神话故事的版本很多，但大同小异，这和闹鬼有啥关系？

韩慧妹温柔地笑道，有关系，因为咱家的人讲的许多故事大多都具有迷信色彩，回到家里你就知道了。

适逢春节，郝运来回家探望爹娘。运来娘闻讯赶快出来迎接儿子儿媳，接过韩慧妹手里的水果袋子，关心地说道，慧妹呀！难得回趟老家，多住些日子，尝尝咱们的家乡菜。

韩慧妹温和地说道，这不是过年了嘛，你们不住城里，我和运来就回来看看爹娘。

运来娘乐得合不拢嘴，从篮子里取出两个火烧馍递过去，笑着说道，这是小年那天，咱家做的火烧馍，给你们两个留着呢！一会儿热热吃，运来最喜欢吃这种脂油烙馍。

郝运来满脸堆笑地说道，娘，那都是小时候的事了，一年到头吃不上几回白馍。腊月二十三发面火烧加糖官，能吃上流着猪油的烙馍加上芝麻糖，当然好吃了。现在不同了，天天吃白馍，不过我还是想吃娘烙的脂油馍。

运来娘说着话把烧饼放进蒸锅里加热，一会儿工夫，把烧饼从蒸笼里夹出来放在盘子里。郝运来乐呵呵地拿起烧饼，趁热咬了一口，烫得嘴里难受，发出嗤哈的声音，把热气哈出来，降低嘴里的温度。然后慢慢咀嚼起来，细细品味着家的感觉，然后赞不绝口，回想着小时候的味道。

运来娘笑得满脸都是褶子，慈祥地说，从小就急嘴子！慢着点儿，别烧着嘴了！

郝运来仿佛回到了儿时，嚼着烧饼说道，我就喜欢这个热乎劲，趁热吃，满嘴流油香气四溢，加上面筋有嚼头的韧劲，真是沁人心扉，想起来就让我直流口水。他双手不停地把烧饼在空中来回地抛着。

韩慧妹不以为然道，这有啥好吃的，不就是个烧饼吗？值得你那样高兴。

郝运来感觉烧饼温度降了下来，心想，略高于体温的时候，是享用烧饼的最佳时机。于是就大大地咬了一口，吧唧着嘴激动地说道，娘做的烧饼和小时候的味道一样，这脂油真香。这个时候吃烧饼，味道就有所不同了，油脂凝固肉丝收缩，烧饼水分蒸发嚼起来更筋道。口水就会汩汩地往外流，嚼过的面团团往嗓子里一咽，那种滑柔摩擦喉咙的感觉，刺激着贪婪的食觉神经。感觉只有立即再咬上一口，咀嚼起来，才能满足口腔和喉咙的食欲，慰藉饥饿的肚子。这既油而不腻又当饿的烧饼，不仅是小时候过年的美食，更是娘把我养大的记忆。

运来娘听了这不土不洋的话，笑得眼睛眯成了一条缝，说道，如果是刚烙好的烧饼，看上去圆圆的薄饼子色形味都好，外焦里嫩，吃起来香喷喷的，那才叫个好呢！运来把放了这么多天的剩烧饼说成了牡丹花，这口才真不赖。

大年三十晚上，运来娘煮好了扁食，拿起笊篱捞出来放进碗里，喊道，运来，先端去敬天敬地敬祖宗。

郝运来像小时候那样听娘的话，端着碗放在老天爷、土地爷、龙王爷和老祖宗的排位前，嘴里念叨着风调雨顺、五谷丰登、早得贵子。

韩慧妹听了觉得好笑，小声地说，娘迷信，你也跟着迷信呀！郝运来笑道，从小就是这样，习惯了。这也是过年的仪式吧！不要谈论迷信不迷信，让老娘不高兴。

韩慧妹往前靠了靠，搂着郝运来的脖子撒娇地说道，这样念叨着能生儿子，世界上就都成光头了，那你的宝贝儿子就找不到媳妇喽！

郝运来转过身，两手抱住韩慧妹的脸蛋儿，深深地吻了一下。韩慧妹急忙挣脱着推开郝运来，羞涩地说道，别让娘看见了。郝运来涨红的脸像打了鸡血似的，俏皮地说道，这是咱的地盘怕啥！不信不喜欢就当没看见。说着话，郝运来重新转了一圈，把供享的扁食端了回来，放在桌子上幽默道，慧妹！祖先和神仙都吃过了，该咱们开饭了，吃饱了肚子好生个大胖小子，让爹娘高兴高兴。

韩慧妹难为情地说道，生出来了也是个迷信蛋子。

郝运来知道媳妇和娘在观念上有很大的差异，就顺着说道，咱家哪都好，就这点让人不舒服。

韩慧妹忧虑地说道，这种环境不闹鬼才怪呢！这次回来看望老娘，听我弟说林家祠堂闹鬼，没人敢去了。

郝运来自告奋勇地说道，我必须找到闹鬼的原因，否则人们真的会相信鬼话。

近期林家发生了一些怪事，林家祠堂里的供品经常无故消失。祠堂的门窗完好无损，据去过祠堂的人反映，开门前还听到里边有动静，进去后却没发现能闹出动静的东西，不知是何方神圣还是鬼怪作祟，怪吓人的。

韩慧妹把这件怪事讲给郝运来听，郝运来不以为然道，这有啥奇怪的，里边有人或动物之类的东西，弄出点儿声音再正常不过了。

韩慧妹生气地说道，最要命的是我那个不听话的弟弟，总认为自己胆大，非要和李大胆争个高低上下。

郝运来安慰道，那又怎样？他是成年人，还让你担心成这个样子，没必要呀！

韩慧妹有点儿神秘地说道，他俩打赌置气呢！今天晚上，去祠堂给棺材里的死人喂饭哩，比比谁的胆子更大，真是吃饱了撑的。你可要管管他们呀！

两人正在说话，韩大胆走了过来，嬉笑着和郝运来打招呼道，姐夫！啥时候回来的？也不说一声，我好到村口接你呀！郝运来顺口用标准的普通话说道，昨晚回来的。韩大胆笑得满脸通红地说道，嘿！出去上班了还洋里洋气的，你还坐碗回来的，为啥不坐锅回来呢？

郝运来一时间羞愧难当，不好意思地涨红了脸，急忙用浓重的家乡话纠正道，老弟！我是夜儿黑回来的。说着话挤了挤眼睛以示歉意。

韩大胆缓和了语气说，这还中，能听懂。又笑郝运来道，你这个当姐夫的，还是岳家村的人呢！没礼貌，连让根烟的规矩也不懂。说着去郝运来身上乱摸一通，想搜出个啥东西来，以此来证明和郝运来的密切关系。

郝运来躲闪着从口袋里掏出口香糖扔过去，说道，给你准备着呢！老是动手动脚的，怪不好意思，我这回主动点儿。

韩慧妹看了看这个莽撞的弟弟，劝道，该过年了别添乱，黑灯瞎火的出个什么事多不好。

韩大胆扭头拍了拍身后的李大胆笑道，说着玩呢，别当真。又和李大胆挤了挤眼，示意到一边去说。

李大胆笑嘻嘻地说，论咱们这关系，郝哥也是我姐夫哩！口香糖别独吞了，给我分一半。

韩大胆吝啬地说道，给你几颗就不错了。说着从瓶子里倒出几颗糖来递过去，藐视道，给你，胆小鬼。

李大胆接过糖放进嘴里嚼了一会儿，又把口香糖卷在舌头上，吹出个小白泡泡，慢慢地一点点地吹成个大泡泡，只听“啪”的一声微弱炸响，又把口香糖吸进嘴里，不屑一顾地蔑视道，你胆大，敢给死人喂饭吗？

韩大胆也不示弱地说，就你那狗胆也敢跟我打赌？晚上，我把小米捞饭喂到死人嘴里，明天咱们去见证，谁输了请吃饭，可是县城里的大饭店哟！

李大胆从鼻子里发出哼哼的声音，说道，就你那个老鼠胆，也敢去？不说被死者家人发现了不愿意，那人做鬼也不会放过你的冒犯。

韩大胆甩了句狠话道，走着瞧！转身离去。

林家祠堂是一座面南背北的土窑，连着房屋的建筑。

门前有棵百年的皂角树，三人合围才能抱得住，也不知经历了多少风雨雷劈，树心早就空洞了，只有部分树皮还有生机，剩余不多的树枝依然顽强地生长着，上面零星吊着几个干瘪的皂角随风摇曳。祠堂里边分正房和侧房，正房里存放着一口寿木，寿木里装着刚死不久的老人。

侧房存着李家的寿材、岳家的寿材。其实林家祠堂只是一个称谓。解放后这儿就成了村人的祠堂，村里故去的老人，就暂时停放在祠堂里。

黑夜时分，夜深人静，昏暗的月光时隐时现，大地笼罩着阴森的夜色，皂角树空洞的树干像要吃人的妖怪，张着血盆大口吞嚼着寒风，又把寒风从树洞中强拉出去，发出鬼泣魔幻的怪声。

韩大胆心中只想着要赢李大胆，早把“害怕”两字忘在了脑后。他为证明自己胆大，端着小米捞饭，大步流星来到祠堂门口，隐约听到祠堂里边有异常响动，好像是人的脚步声。

他心里咯噔了一下，坏了！死者家人在守灵。又一想，不对呀，后半夜守灵人早就回家了。

难道真的有鬼？我就不信这个邪！非要进去看个究竟，否则明天会被那小子笑掉大牙。他去掉门上挂着的铁锁，拉开门闩，轻轻推开大门，打着打火机点燃供桌上的蜡烛，把碗和勺子放在供桌上。瞬间一个大黑影照在地面一直延长到墙上，干冷的寒风吹来，蜡烛的火焰飘动着，影子也跟着风的节奏来回地晃动起来，寒风穿过墙孔发出刺耳的尖叫声。韩大胆在烛光的照射下脸色苍白，他还穿着灰色的衣服，看上去活像一具站起来的死尸。他再把夹在左手拇指和食指根部的蜡烛点燃，环视了一下四周，熄灭打火机装进口袋，端起碗来到寿木前，右手推开棺材盖子。借着烛光，隐隐约约看到里边躺着个死人，脸上还盖着块手巾。

他揭开手巾把它放在旁边，盛了勺饭向死人嘴里喂，当饭快到嘴边时，那死人竟然微微张开了嘴巴。韩大胆在昏暗的烛光下，没注意这微小的变化，就把饭喂进死人嘴里，只听到“吧唧吧唧”吃饭的声音。他心里直犯嘀咕，难道死人还会吃饭？他定睛一瞧，可不是咋的，死人真的把饭吃了！

他有点儿不相信自己的眼睛，可汗毛却不自觉地竖了起来。他转念一想，这世界哪来的鬼神？便自己安慰自己，可能是过于紧张产生了幻觉。于是又壮着胆子抿了勺饭，把蜡烛又向前挪了挪，照着死人的嘴，眼睁睁地看着死人照样把饭吃了下去。

在昏暗的灯光下，阴森的环境里，韩大胆看得真切，简直目瞪口呆，胆子也吓破了，骂道，日你奶奶的！吃吧！我叫你吃！边骂着边举起碗摔在死人脸上。只听到棺材里“哎呦”一声惨叫！韩大胆听到这鬼哭狼嚎的惨叫声，吓得拔腿就跑，连供桌上的蜡烛也没顾得上吹灭。

阎大鹏在暗处看得真切，心里叫苦道，想饿死我呀，一会儿工夫进来俩人，一个装死鬼，一个喂饭，饭闻着挺香的，就是没法儿去吃。

此时，只见棺材里的人捂着脸爬出来，骂道，好你个韩大胆，把老子的脸砸烂了。边骂边走出祠堂。过了好一阵子，阎大鹏听外面没了动静，这才小心翼翼地从供桌下的地道里钻出来，拿了供品又返回地道去了。

韩大胆一路小跑，总感觉后边有啥东西跟着似的。他回到家里，吓得卧床不起，像生了场大病似的萎靡不振。

媳妇见他丢了魂似的无精打采，就找赤脚医生开了些镇定药，吃了两次也没见好转。想着韩大胆去了阴邪之地，就有病乱投医，想试试用土法救人，她学着她娘的样子请来巫婆驱邪。巫婆看看韩大胆失魂的样子，就用黄纸把银色的纸元宝包起来点燃驱邪，嘴里念叨着听不懂的咒语，待纸化为灰烬，巫婆喝了口凉水对着韩大胆的脸猛喷过去，韩大胆突然受到凉水刺激清醒过来，看到巫婆神神叨叨的样子，骂道，滚滚！谁让你来的！

媳妇见韩大胆不领情，虽说心里不高兴，但还是心疼地埋怨道，你这个死鬼！不让你逞能吧，你偏要去，这就是报应。这不行那不中，你到底咋样才能好呀？

不过我也不相信鬼神，听说姐夫回来了，何不让他把事情弄清楚？见韩大胆呆呆的，没啥反应，就自作主张向姐夫求救去了。

韩大胆媳妇急急忙忙找到郝运来说清楚原委，郝运来听后有点儿幸灾乐祸地嘲笑道，这小孬蛋！自己吓自己怨谁呀！心里有鬼就会害怕，心里没鬼就不用怕了，这还用调查吗？

韩大胆媳妇哀求道，姐夫！你可要弄明白咋回事！要不，你那小舅子就成了废人，弟妹下半辈子咋活呀！可要守着这堆烂肉过日子了。

郝运来这才感到事情的严重性，立即收起笑脸答应调查。他随着弟媳来到家中，冷不丁地出现在韩大胆床前。他们突然进来，把韩大胆从恍惚中惊醒，他吓得浑身一激灵，连裤子也尿湿了，他下意识地拉紧被子遮羞。往日有光泽的脸不见了，看上去脏兮兮的，讲究的发型也了无影踪，乱蓬蓬的头发支棱在头上，看上去像个疯子。

郝运来觉得好笑，又不敢笑出声来，问为啥吓成这个样子。韩大胆想起来就不寒而栗，不自觉地打了个冷战，断断续续地说了打赌的经过。两人的对话时常因韩大胆害怕而停顿，郝运来好不容易才问清了原因。

他又急忙去找李大胆。李大胆坐在沙发上，脸上裹着纱布，正在家里养伤呢，看见郝运来和韩大胆的媳妇过来，赶紧起身让座。

郝运来见他滑稽的样子，想起几天前他们耍姐夫，还搭上了一盒口香糖，今天也该“报仇雪恨”了，决定好好嘲笑他一番，于是阴阳怪气地说道，知道你喜欢动画片，但也不至于把自己扮成“奥特曼”吧。包一脸纱布干吗？这是准备变形呢，还是害怕露出真相呀？

李大胆两手托住脸骂道，这小子真他娘的狠！他给我喂饭，我就吃了，他一生气，把碗摔在我脸上。害得我没法儿和他见面了，咋论输赢？他不会是让你来要赌债的吧？

郝运来笑得前仰后合，说道，他小命还顾不住呢，哪有心思要赌债呢！他也不知道谁赢了这场赌局，快被你吓死了，胆子都吓破了呀！吓得睡觉直尿床！正在家里养病呢！

韩大胆媳妇央求道，你是外伤，过几天就长好了，他是心病，你去看看他吧！当面说明真相，才能治好他的病。

李大胆摇晃着脑袋，疑虑重重地说道，我不能去呀！不光是脸上有伤不便去，再说了，让他知道真相，他不得恼我一辈子呀！

韩大胆媳妇原本客气的脸拉得老长，不客气地说道，想治好那死鬼的病，还得你去，我恼死你们俩了，好端端的，打啥赌呢？

郝运来火上浇油地批评道，再说了，解铃还得系铃人，这回你不去也不中呀！

郝运来说着话笑眯眯地走过来，不由分说提起李大胆的一只胳膊，韩大胆媳妇急忙上前配合郝运来，搀着李大胆的另一只胳膊，李大胆趁机把头靠在韩大胆媳妇的肩上，身体却向后蹭着不肯走。韩大胆媳妇知道他装赖不想去，就怒骂道，看你都这鳖样了，还想占嫂子的便宜。两人拉着李大胆来到韩家。

韩大胆看到有人进来，脸上还包着纱布，感觉比给死人送葬的孝帽还难看，一丝恐惧感袭上心头，赶紧把头缩进被子里，吓得不敢吭声。

李大胆看韩大胆吓成这个熊样儿，心里觉得好笑，就故意瓮声瓮气地说道，你看看我是谁，你也太狠了，不就一顿饭钱吗？把我打成这样，碗都摔烂了，脸伤了不说，碗茬子还差点儿把我眼给扎瞎了。

韩大胆听了，想着他们又在冒充大尾巴狼，琢磨着给我治病，故弄玄虚糊弄人呢，索性把被子裹得更紧了。

李大胆实在憋不住笑意，也顾不得脸上绷带的束缚，尽量保持皮肉都不笑，减少肌肉收缩带来伤口撕裂的疼痛，只是嘴微微张开发出嘻嘻的笑声，商量道，我媳妇要是因为我脸上的疤瘌难看离婚了，俺就和你媳妇过日子。说着扯了扯韩大胆媳妇的衣袖，韩大胆媳妇会意地说，他要吓成傻屌了，你呀，虽说难看点儿，好赖还是个全活儿人，嫂子凑合着跟你过也中。

韩大胆本来吓尿了裤子，听到好友勾引他媳妇，便醋意大发怒火中烧，忘了害怕。他猛然揭开被子，骂道，你个狗日的李大胆！竟敢勾引我媳妇。光着脚丫跳下床来，对着李大胆的脸就是一巴掌。众人还没反应过来，就听李大胆“妈呀”一声捂着脸向旁边倒去。

郝运来眼疾手快，顺势扶住乐极生悲的李大胆。韩大胆媳妇急忙扑过去抱住韩大胆，哭道，哎呀！你这死鬼！吓死我了，这些天看着你，不知咋办才好。

韩大胆猛然用力推开媳妇，愤愤地骂道，滚一边去！跟他过吧！我已经成傻屌了。

郝运来看到小舅子丑态百出，劝道，你个傻帽，我们所做的一切，都是为了解开你心中的谜！懂吗？坐下来，让李大胆跟你说说当天的经过吧。

韩大胆听了经过，觉得眼前这些人都是骗子，很坚决地说道，你们编排了精彩节目哄我开心，我也不是三岁小孩子，那么好骗，真的有鬼呀！

李大胆忍痛扬起下巴自豪地说道，这次打赌你真的输了。说着解开脸上的纱布，把整张脸露了出来。韩大胆看到李大胆脸上的伤口，刚才又挨了一巴掌，伤口还出着血。他仔细回想着当天的情景，脑子里像过电影似的一遍一遍重复着，苦笑着骂道，你娘的！李大胆，老子还是输给你了，如果不是姐夫来弄清事实，我这辈子可能就被你害惨了，永远活在恐惧之中，不得安宁。

李大胆伸着左脸让韩大胆看，说道，你也不是啥好东西，那是啥碗呀！这么大劲？就摔了一下，造成一个大伤口，旁边还有这么多小伤口。

韩大胆看清了伤口，终于从恐惧中走了出来，说道，你小子装得也太像死人了，还是我胆小，你吃了第二勺饭时，着实把我吓得不轻，手软得连勺子也丢了。我害怕得想逃走，又担心真的有鬼，右手就本能地把饭碗摔了下去，听见一声惨叫，彻底把我吓破了胆。没承想是你在捉弄人，把脸砸成这样也不亏。

李大胆笑道，你个傻帽！也不想想，死人能吃饭吗？能知道疼？会叫唤吗？

韩大胆自愧不如地说道，这些都是再平常不过的事了，但放在祠堂那种恐怖的环境中，加上夜深人静的时候，显得瘆人，让人心惊肉跳。我是彻底服了。

李大胆边包扎伤口边大声问道，你啥时候请我吃饭呢？

韩大胆笑了，主动帮助李大胆系好绷带，说道，少不了你一顿好吃的。

郝运来治愈了韩大胆的恐惧症，弟媳千恩万谢。不过他自己心里的重大疑问却时刻放不下来，这次回村还有个难题需要解决，于是就邀请两人到祠堂现场勘查。

郝运来指着供桌上的半截蜡烛问道，韩大胆！你走的时候吹灯了吗？

韩大胆不好意思地说道，我都快吓死了，哪还顾得上吹灯？

郝运来又看向李大胆说道，李老弟！那这灯是你吹的？

李大胆脑袋摇得像拨浪鼓似的说，我的脸上都是饭和血，就趁着蜡的亮光跑出了祠堂。

郝运来满脸疑惑地说道，这就奇怪了，难道这灯是风吹灭的吗？否则蜡烛会燃尽，咋会剩下半截呢？其中必有文章。

韩大胆心有余悸地说道，该不会是鬼吹灯吧！原来就听说这里有鬼，我俩都不信邪，现在报应来了，一个受伤，一个吓丢了魂魄。

郝运来笑道，我已经给了明确答案，扯啥淡呢？

他察看了地上杂乱无章的脚印，捡起滚落在供桌下面的苹果，掀起盖布，里边的灰尘上有许多脚印，顺着脚印往里走，前边土墙上有个黑乎乎的洞口，通向洞穴深处，灯光照进去，里边黑暗幽深。

郝运来没冒险进去，他知道长期不通风的洞穴，可能会沉积大量的二氧化碳，使人因缺氧而中毒死亡，于是就退了出来。

李大胆和韩大胆相视而笑，不约而同地说道，呵呵！原来你也怕鬼呀！

郝运来轻蔑地哼道，像你俩没出息样儿，没事儿自己找别扭。我们回去做好物资准备，再进洞探个究竟。

二

郝运来找来向导李新和李大胆，说明贩毒分子在这里活动猖獗，目前正在查找他们的藏身窝点。怀疑他们藏在洞穴里制毒贩毒，利用封建迷信制造恐慌，达到藏身的目的。郝运来让李新介绍洞里的情况，做好应对突发事件的准备。

李新回忆道，小时候听爷爷说挖地道的事情，那是旧社会，村民为防土匪和日本人的袭扰才挖的地道。我跟爷爷进去过，里边四通八达连着四邻五村，少说也有几十里远。洞里岔道较多，上下左右洞洞相邻、环绕，偶尔也设有机关，让人难以通过。再加上常年失修，有些地段坍塌，里边情况比较复杂。

郝运来认为进这样年久失修的洞，危险程度比较高，于是建议道，这么看来，弄不好还会迷路呢！我们带上照明工具，多带几桶白色反光油漆，做好标记，也好找到回来的路。前面开路的人要点燃蜡烛，检验洞内氧气是否充足。

韩大胆听说姐夫要带人探洞，急忙赶过来请求参与活动。郝运来果断拒绝，害怕出了问题不好向媳妇交代。韩大胆说道，我也要进洞探个究竟。郝运来严肃地说道，你胆子都吓破了，还敢去洞里探奇，那里黑黢黢的，像阴曹地府，你不害怕黑白无常把你的魂魄勾走了？韩大胆无畏地笑道，得了吧你！我的病早好了，你呀！真是哪不痒痒你挠哪，净说些没用的。郝运来为难地说道，那如果你姐怪罪下来，可别怪我没有提醒你。说着翻弄着准备的东西。

韩大胆好奇地问道，姐夫，你说了半天，让我看看都准备了啥稀罕东西。

郝运来毫不忌讳地说道，我和同志们有警用装备，至于其他工具，就全靠你们准备了。

李大胆很不情愿地插嘴道，中！我们这就去准备。又小声嘟囔道，真服了你了，帮你们个忙吧，还得自己准备东西。还没等郝运来说话，韩大胆就拉着李大胆说，别啰唆，快去准备东西，好跟姐夫一块儿去探洞。韩大胆送走李大胆回头担心地问道，姐夫，如果遇到坏人该咋办？

郝运来拍了拍鼓囊囊的腰部，自信满满地说道，我们就是去抓坏人的，有这个！放心好了，交给我处理。

韩大胆竖起大拇指说道，腰里有家伙办事才硬气。又用手试探性地摸摸，说道，姐夫，这是枪吧！让我玩玩。

郝运来躲闪了过去，说道，不要每件倒霉的事都亲自去尝试，才会知道其中的痛楚。枪！你可玩不得，否则比打赌更难受，真要出了事，就是将来你有了外甥，他也没舅了。

韩大胆不服地说，没那么严重吧，不看还不行吗？

郝运来埋怨着交代道，不让你去，你非要去，将来进洞你负责做好标记，走在后边，别出了问题，你姐该拿我出气了。

韩大胆扮了个鬼脸，撇着嘴说道，姐夫，福人自有吉相，跟着你混，能有啥事？

郝运来唠叨着说，这是去抓人，不是去逮兔子，看把你高兴的，小心点儿！韩大胆吐了吐舌头，说道，知道了，你咋也跟我姐一样婆婆妈妈的？说着就去准备物资了。

大家准备妥当，已是中午时分，李新带路从祠堂小洞口进入。温暖潮湿的空气扑面而来，头灯照在黑暗的洞壁上折射出微弱的光，大家在狭小低矮的通道里，只能一路纵队弯腰摸索着前进。越往里走通道越宽阔，有一人多高，甚至达到两人勉强相向而过的宽度。

郝运来用手电照着前方，兴奋地说，有人从这里经过，快看这地上新鲜的脚印，这个人如果在洞里，不会距离我们太远。不要搞出太大的动静，小心查找，否则会惊动里边的人，给抓捕带来困难。

大家点头，表示赞同郝运来的说法。走着走着，潮湿的土堆挡住了去路，前面无路可走。按照一般人的想法，到此也就该打道回府了。

郝运来侧身低声问道，难道洞穴就这么深吗？大家正在寻找出口。李新答道，我从这儿走过，这儿有个向下的洞口。他扒开旁边的草叶杂物，指着黑乎乎的洞口接着说，我进去看看。说着话，李新猫腰钻进洞内探路，他的影子在洞壁上晃悠了几下就不见了，洞中的灯光越来越暗，不一会儿洞就被黑暗吞噬了。

过了一会儿，李新返回来惊喜地汇报道，郝队！下来吧！这里可以过去，从前边上去，还是这样高大的主洞。大家弯腰钻到洞下，走了 100 多米远，又上到主洞继续前行。

突然，前边传来类似小孩儿的哭声。在漆黑的洞穴中，除了头灯、手电和蜡烛的光亮外，前后都是黑咕隆咚的未知区域，啥也看不到。为了安全起见，大家停止前进，支起耳朵，静心听着奇怪的声音。

说来也怪，类似小孩儿的哭声停止了，洞穴里静得几乎能够听到自己的呼吸声。韩大胆夹在人们中间行走，可心里依然有些不安，后悔地说道，为啥来找这样的刺激呢？怪吓人的。

郝运来举起右手示意韩大胆不要声张，小声安慰道，不用怕，我虽然不能断定这是啥声音，但是，我小时候在农村住过，这奇怪的声音可能是动物的叫声，经洞壁反射形成的回音，所以听起来有些怪怪的，我们继续前进。

大家悄无声息地跟在郝运来的后边，慢慢向前移动。

郝运来警惕地把子弹上膛，借着头灯的光亮带头前行。

李大胆快走两步，说道，这儿地形我熟悉，还是我在前边带路吧！说着，他超过郝运来，领着大家走了一段路，不一会儿，前边出现了丁字路口。

郝运来回头举起手电晃了晃，示意大家停下来，压低声音道，慢点儿！让我看看怎么走才对。说着照了照洞壁和地面，又小声道，左边地面和洞壁上有刮擦的痕迹，向左边走。

又过了一会儿，拐弯处传来“沙沙沙”的声音。李大胆猛然转过弯去，想看个究竟，他被眼前的景象吓得倒退了好几步，差点儿撞在郝运来身上，轻拍着胸口说道，吓死我了。

郝运来向下指了指，轻声安慰道，别慌！说完话转过弯道，看见花圈摆在地上慢慢向前移动，顿时惊呆了。他立刻停下脚步，惊得汗毛也站了起来，不自主地喊道，谁？站住！再装神弄鬼就开枪了。说着哗啦一声迅速打开保险，单腿跪地将枪口对着前边瞄准，话音未落，只见花圈快速向前滑去，发出“呼呼啦啦”的声响。

郝运来指挥道，快追过去抓住它，它能听懂人话。李新跟着郝运来追了过去，到了前边花圈却不动了。

郝运来大声喊道，出来！否则就开枪了！说着把食指伸进护圈准备射击。

郝运来的几声大喊，吓得花圈里的猫“喵喵”叫了几声，蹿了出来，瞪着两只雪亮的阴阳眼，弓着腰，好像要发动攻击，炸毛似的站在原地，惊恐地看着郝运来他们。

李大胆走过去，用手电照了一圈，这才看清楚，原来，这只猫套在花圈的绳子上，把花圈拉到了这儿。

李大胆一个前扑抓到那只猫，骂道，你个野猫子，吓死老了了，回去非把你炖着吃了不可。野猫面对生人哪肯束手就擒，来回挣扎着，扭动着身子“嗷嗷”叫，爪子四处乱挠，想逃出李大胆的控制，弄得李大胆不得不把猫举起来，远离身体，避免被野猫抓伤。

李大胆躲闪着猫爪，解开猫身上的绳子，满怀疑问地说道，这猫咋会在这儿？从猫身上的绳子看，分明是有人故意把猫绑在花圈里。这里看上去是死胡同呀！不过这只猫跑得这么快，是想从这里钻过去，可是没有出口，这就奇怪了。

李新建议道，要不把猫放了，让它找出口。李大胆听了认为是好主意，就把猫扔在地上。猫向后跑了十几米，看到前后都是人，无路可逃，就选择了一处洞壁用力地刨土。

郝运来见状，就走过来观察，猫吓得赶快跳开。

郝运来用手背敲了敲洞壁，听到“咚咚咚”的空洞声，他试着在墙上推了几下，感觉左上方有点儿松动，用力猛推墙壁，墙上的暗门被推开，出现了一个斜着向下的洞口。

郝运来惊喜地夸赞道，如果不是猫儿领路，咋的也不会想到这儿还有洞门。伪装得这么逼真，就连掘土的印痕也那么严丝合缝。

猫儿看到洞口打开，嗖地一下钻进洞里，没了踪影。

郝运来紧跟其后进到洞里，感到脚下松软摇摇欲坠，正要后撤阻止后人跟进，但为时已晚，只听轰隆一声，脚下的地面塌了下去。

郝运来见势不妙，扔了手电，急忙抓住洞壁上的木桩，顺手把枪插入枪套，双手向上奋力弹出陷阱，还没站稳脚跟，阎大鹏从洞里走过来，飞起一脚，将郝运来踢了下去。

当郝运来醒来的时候，发现自己被捆在石柱上动弹不得，嘴里还塞着毛巾，借着墙上马灯的光亮巡视着四周，下意识地感觉到枪不见了，心想，这可坏了。

阎大鹏慢步过来，阴险地笑着说，抓我抓我！这么多年了，像猫捉老鼠一样，好玩吧！今天却让我把你抓了。死在这儿也没人知道。说着拿着郝运来的枪，在手上摆弄着。

此时，石望春和李民强已赶到村口，组织民警在地面搜索，突然发现一只猫从地洞里钻出来，被守在洞口的石望春逮了个正着。

李民强从小就喜欢养猫，了解猫的习性，知道猫有较强的记忆力。他想让猫带路进入洞中，减少搜索时由敌暗我明带来的危险，起到“投猫问路”的作用。

李民强试探道，如果它能带路那该多好，不过一松开，它就会快速跑掉，我们追不上它，这可咋办？

石望春拍拍脑袋想着解决办法，说道，你这是异想天开，但要是有根红线绑在猫腿上，还是可行的。

李民强为难道，现在去买或者借都不赶趟了。然后努努嘴说道，石队，如果你能把红色毛衣贡献出来，这就不是事儿了。

石望春赶紧把外衣袖子向下扯了扯，盖住露出来的毛衣袖口，躲闪着说道，这可不行，这是女友送我的本命年礼物，如果就这样报废了，她非得和我闹翻天不可。

说来奇怪，这猫在李民强怀里像个听话的孩子，躺在那儿一副很享受的样子。李民强举起右臂看了看手表道，石队，离约定进洞时间还有一分钟，你看着办吧！不是我提意见，毛衣情再浓，也比不过兄弟的生死之交。

石望春看了看时间，急忙脱掉外罩扔在地上，把毛衣脱下来找到线头，说道，给，民强，顾不得那么多了。

李民强接过毛线系在猫腿上，把猫放回洞中，猫带着毛线噌噌地向前跑。李民强不停地拽着衣服上的毛线，向前甩着以此来减轻猫的拉力，民警们跟着猫向前搜索前进。走着走着，地洞前边开阔起来，好像有几个房间那么大的石屋，还有光亮从外面照进来。突然有人喊道，谁？那只猫好像见到亲人似的跑了过去，喊话的人笑道，呵呵！原来是花狸猫，我还当是有人进来了呢！

石望春匍匐跟进，当喊话人抓起猫，看到猫身上长长的红线，立马起了疑心，嗖地拔出匕首，顺线找了过来。

石望春听见动静，趴在地上隐蔽起来，等来人走近，就先下手为强，噌地跃起来将来人扑倒，来人用匕首向石望春刺来，被石望春锁喉别腕，夺过匕首，铐上手铐。

其他两人还没反应过来，就被民警拿下。汉子喊道，有人来了。里边洞口处有人听到警示，急忙向里边撤退，并向民警开枪射击。

石望春见势不妙，急忙趴在地上躲闪，并小声恶狠狠地对汉子道，别叫！再叫，就弄死你。

汉子立刻明白了自己的处境，吓得不敢吱声。

石望春惊恐地喊道，不好！听枪声是我们的五四手枪，我来对付他们。民强！你们几个赶快去找郝队长！

此时，阎大鹏已发现民警冲进洞里，双方开始厮打起来。

李民强在石望春的掩护下，顺着灯光的指引，从岔道悄悄地进入下级洞穴，来到陷阱门口。他将持枪的马仔控制住，打开门，解开郝运来身上的绳子，郝运来跟着李民强开始向外突围。

阎大鹏感到不妙，打开柜子取出左轮火枪，压上子弹拉开保险，向石望春进来的方向开火，“轰轰轰”的爆炸声顿时响了起来，洞壁多处被炸塌。石望春被埋在轰塌的土堆里，他奋力从土堆里爬出来，抖抖身上的泥土，看着郝运来，骂道，他娘的！这是啥武器呀！这么厉害。

郝运来提醒道，小心！说着爬到石望春跟前问道，外面布置好了吗？

石望春骄傲地说道，我已安排民警把七眼洞的洞口统统守住，防止他们跑了。

郝运来关心地说道，据可靠消息他们在这里制作毒品，手中有武器，我们不仅要保护村民和自己，还要抓获犯罪分子。也不知和我一起进洞的几个人情况咋样了。

石望春拍打着身上的土，愤怒地说，当了这么多年警察，还没有人敢向我开枪，今天就是光荣了，也要把他们拿下。找到和你一起进洞的人，保证他们的安全。说着站起来压低身姿向前冲去。

郝运来连忙扯住石望春，郑重地阻止道，望春！不可莽撞，我怀念逝去的烈士，更喜欢活着的英雄。只可智取不可硬拼，尽量减少不必要的牺牲。

同志们从几个洞口同时向里搜索，当大家见面时，洞里的人已不知去向。经搜查在洞里找到了两支左轮火枪，收缴了一箱毒品，还有一名被击毙的汉子，他手里还握着短枪，经辨认是郝运来被抢的手枪。

郝运来拿回自己的手枪，庆幸道，好悬呀！差点儿又把枪弄没了。大家赶紧清理现场，固定证据，继续追踪阎大鹏和他的犯罪团伙。

三

阎大鹏和马仔从隐蔽的洞口出来，没发现外边有人把守，却感到后边有人追来，就举起左轮火枪对洞口开了两枪，土洞在爆炸声中坍塌下去。

阎大鹏探头探脑地出了房屋，打开院门向外望了望，看到街道上有几只鸡在悠闲地晒太阳，感到这儿相对安全，就拉着女朋友彩虹向村外逃窜，又回头对着房子开枪。彩虹伸手阻拦道，这是我家的房子。阎大鹏的枪口被推移了方向，子弹飞向邻居的柴火垛了，干透了的玉米秆子中弹燃烧起来。此时干燥的东南风趁势而上，火借风势，风借火威，越烧越旺，把窑洞边的房子也引燃了。

民警和群众从四面八方赶来救火，阎大鹏趁机顺小道溜走了，消失在群山之中。

街坊邻居端着脸盆，提着水桶浇水灭火，这点儿水在大火面前显得杯水车薪，火越烧越旺，当民警赶到时上房也被引燃了。

年轻妇女从外边回来，看见自家房屋燃起了大火，慌张地说道，老娘和孩子还在院里。郝运来和李新听后迅速把毛巾在水桶里浸湿，捂住口鼻冲进火场，看到老奶奶抱着孙子躲在房子角落里。郝运来背起老奶奶向外就走，李新抱住孙子，俩人冲出火场。

女子紧跟其后抱着个箱子跑了出来，吝惜地说道，娘看着呀！话音刚落就又要往火里冲，被老奶奶拉住，女子甩开老奶奶的手道，我的首饰盒还在里边呢！就再次冲进上房。

郝运来提着水过来，看到女子和李新一前一后冲进火场，赶紧喊道，危险！不要命了！女子进到屋里抱起首饰盒向外冲去，李新也到了跟前，喊道，嫂子快走！说着拉起女子就往外跑，刚到屋门口，一根椽子掉了下来，正好砸在女子的身上。郝运来冲进来，和李新抬起女子，冲出火场。

此时，消防车赶到现场。在消防员水柱的冲击下，大火很快就被扑灭。救护车也赶到了现场，医生对女子进行救治，发现女子外伤不重，但因浓烟窒息而死，老奶奶哭得死去活来。李新也为叔伯嫂子的死伤心不已，恨她是个爱财不要命的傻婆娘，留下大娘和侄子，让哥哥一个人受苦养活。

市局组织大批民警赶到现场，张副局长安排民警包围了这个村庄，并对丘陵和大山接合部进行了地毯式搜捕，最终也没找到阎大鹏。

张副局长命令道，郝运来，迅速安排机动队，对案发现场进行侦查，固定证据。

郝运来答道，是！

张副局长又字正腔圆地说道，你的任务主要是查找嫌疑人逃脱的原因，为什么犯罪嫌疑人会藏在这里，在这里干什么。还要查清大口径枪支的来源，统计收缴的物品，串联案件，看看是否和境外的贩毒案件有关。王艳红配合侦缉工作，结合线上线下索，尽快找到涉毒案件突破口。

郝运来受领任务，对照扣押统计表，查看着收缴的两支左轮单管火枪，用尺子量了量枪口，说道，乖乖，足足有 22 毫米，还有收缴的 138 发子弹。

石望春看了看枪口，提出异议道，我对枪的知识有所了解，这不能叫枪，严格来讲，口径以 20 毫米为界线，20 毫米以下的叫枪，20 毫米以上的叫炮。这个口径已经符合炮的标准了，应该叫左轮炮，以前在东北参观缉枪展览时，警方收缴过类似这种的左轮炮。

郝运来像学生似的看着石望春说道，呵！今天长见识了，原来这是炮呀！我说咋这么大威力，把洞都炸塌了。

陈华敏也奉命参加了这次搜捕，她搜捕的地点距离指挥部远了点儿，提着战利品汇报工作，抱歉地插话道，这是我们组收缴的两支五四仿真枪，一支六四仿真枪，子弹 350 发。

郝运来示意陈华敏把东西放在桌子上，审视着收缴的枪支弹药，说道，从这些武器和人员激烈的反抗程度分析，说明这里大有文章。我们仔细搜查，或许和张副局长说的涉毒案件有关，再仔细找找。

王艳红抱着手提电脑走进来，说道，郝队！这里没有网线怎么工作？我先把查到的线索向你汇报一下。

四

时光飞逝，转眼间春天和夏天悄然而过，机动队接受的案件大多都有了眉目，或者已经结案。然而网上售枪和网上贩毒案件的谜团仍然难以揭开。风和日丽的天空好像和郝运来作对似的，变得阴沉起来，乌云滚滚。空气潮湿低沉，连风也变得凉爽了，燕子和蜻蜓盘旋在村边河道，追逐着蚊子等昆虫，正在享受大自然的馈赠。

郝运来觉得贩毒案件进展太慢，急火攻心，脸上生出了几个绿豆大小的毒疙瘩。红红的疙瘩尖上冒出个小白点，他照着镜子想把毒汁挤出来，用力挤了一下，疼得他龇牙咧嘴。好像毒疙瘩还没长熟，索性就任它生长吧！拿起材料叫来民警，一起去侦查贩毒案件。

天空黑压压的云层越来越低，大白天的天空，却像夜幕将要降临似的。郝运来开车上路，走了一段时间，天上就雷鸣闪电，乌云再也承受不住雨滴的压力，雨水倾盆而下，公路上顿时水花四溅，路上的水排泄不及，越积越深。他们到了岳家村时，汽车陷进水里再也走不动了。

适逢十月下旬，这秋雨足足下了三天三夜，原本像海绵似的吸水山体，像喝饱了水的怪兽一样四处冒水，从四面八方向山下流淌，遍布满山的小溪汇聚成条条巨龙般的洪水，冲刷泥土山石，形成黄色的泥石流向山下冲去。

老奶奶在屋里看着六岁的孙子和四岁的孙女，嘴里不停地念叨着，老天爷，别下了。

淘气的孙子把脸盆伸到房檐下，顿时接了半盆水，巨大的冲击力使孙子承受不住脸盆的重量，脸盆掉在地上。

老奶奶急忙把孙子拉回屋里，探着身子把脸盆捡了回来，关心道，孩子！别捣蛋！没看见屋里进水了？她用脸盆向外刮水。

老奶奶家正处在山沟的边缘，此时，洪水不断冲击着水道，洪水漫过堤坝流进院里。她想看看雨下得究竟有多大，于是把脸盆伸到房檐下，瞬间脸盆就接了多半盆水。房檐上的水还不停地向下倾泻，砸在脸盆里溅起水花，盆里的水不停地溢出来。老奶奶急忙撤回脸盆，看着眼前水帘似的倾盆大雨，叹息道，天哪！这不是要人命吗？

不一会儿，水已漫过门槛涌进屋里。她来不及再向外刮水了，赶紧把凳子上的孙子孙女抱到竹床上，把缸里的粮食挖进袋子里，送到棚上。

当她下来时，洪水已经爬到了竹床的高度，两个小孩子吓得哇哇直哭。奶奶无奈，把孙子孙女抱到棚上。

郝运来带着常青云、李新正在执行抓捕任务，遇到大雨，汽车陷进泥水里不能动弹。他看了看迅速上涨的洪水，喊道，水已经进到车里了，快下车！用不了多久水就会淹没车顶，赶快离开这里。

常青云和李新下了车，看到不远处的小轿车在水里晃动。郝运来急切地问道，会游泳吗？去前边救人。常青云做了个自由泳的动作说道，我会游泳，咱们去涵洞下救人。李新跟着说道，我也去。郝运来急忙摆手阻止道，你留在路边接应我们。说完拿起车里的灭火器，两人向小轿车游去。

常青云看到车里有人在呼救，就猛拉车门，车门却像焊死了一般纹丝不动。郝运来游过来举起灭火器猛砸玻璃，玻璃碎了，洪水瞬间涌进车里。女司机喊道，先救孩子！说着把小女孩儿递出了车窗，郝运来把女孩儿拉出车外递给常青云。此时，司机憋着一口气迎着水流从车窗往外爬，郝运来双手抓住司机的肩膀，把司机拽了出来。司机长长地吸了一口气，说道，憋死我了！

此时，水位越来越高，已经到了胸口，郝运来大声喊道，青云！把孩子给我，你拉住司机，赶快出去。郝运来接过孩子放在肩膀上，聪明的孩子两腿跨着郝运来的脖子，双手抱着郝运来的头，害怕得不敢乱动。

李新在上边着急寻找救人的东西，他看到绿化带里刚种下不久的竹子，用力拔下两棵，把竹子的顶端递过去。郝运来左手扶住孩子，右手抓住竹子，喊道，拉着我！司机拉着郝运来的衣服，常青云在后边推着司机，迎着急流艰难地向上移动。在三人的努力下，母女俩得救了。

郝运来冒风雨蹚洪水将母女安顿好，准备离去，司机一把拉住郝运来，感激地问道，大哥！您叫啥名字？将来我也好让孩子知道救命恩人是谁！郝运来微微一笑，说道，这个不重要，如果缘分到了，我们还会见面。说着挣脱司机的手又冲进风雨中。司机看着他们湿透的警服，眼泪瞬间夺眶而出，任凭泪水、雨水在脸上流淌，目送救命恩人风雨前行。当郝运来回到公路高地时，警车已被洪水吞没，涵洞已经看不见了，高处的水还汹涌地向公路冲击过来。

常青云用手把耳朵向前卷起，辨别远方的声响，侧头向小河上游倾听，然后急切地说道，听那巨大的声响，看那地面上喷涌的水柱，凭经验判断，更大的洪水已离这儿不远了。

李新指着前边低洼处的一户人家说，郝队！那家窗户里好像有人在呼救！

郝运来顺着李新指引的方向望去，隐隐约约看到有人在招手，急忙说道，那是老奶奶家，走！我们去看看。三个人手拉着手蹚过没膝盖的水流，向老奶奶家里走去。他们艰难地推开临街门，来到房屋门口，没见到人。李新喊道，老奶奶！你在哪儿？我们来救你了。

老奶奶闻声来到棚边，惊喜地喊道，我们在棚上呢！郝运来说道，赶快下来，这土坯房子经不起浸泡，太危险了。

老奶奶呼救了很长时间，终于盼来了救兵，不由分说抱着孙子，拉着孙女，来到棚边。郝运来和李新攀上梯子，抱过孙子孙女传递下去，扶着老奶奶从棚上下来。

郝运来抱着孙子，常青云拉着老奶奶，李新抱着孙女在前边探路，冒着大雨走出房子，在齐腰深的洪水里向外撤离。

此时，院内的土坯房在水中摇晃，发出可怕的轰隆声，突然坍塌在水里，形成了齐胸高的水浪向他们扑来。郝运来趔趄了几下差点儿摔倒，死死抱着孩子，吃力地站在洪水中，紧紧拉着老奶奶，几个人相互支撑着没被冲倒。

李新抱着孙女喊道，快走！这个房子也快塌了。郝运来蹚水来到门口，四人手牵手蹚过急流，踉跄着向下游冲出了十几米远，好不容易来到对面地势较高的地方。老奶奶家的临街老屋摇摇欲坠，晃晃悠悠地倒在洪水中，一个巨大的黄色浪头向他们扑来。郝运来把老奶奶向台阶上又拉了拉，洪水浸没了脚面又退了回去。老屋剩下半个山墙立在那儿，老奶奶见状号啕大哭起来，我的天哪！要不是你们来得及时，我们就被老屋砸死了。

郝运来紧张地说道，老奶奶！这不是伤心的时候，水还在上涨，在这么高的台阶上，就这一会儿鞋就被埋住了，赶快离开这里，我们还没有脱离危险。

他们迎着洪水走完台阶，紧紧地拉着手又下到水里，郝运来在前，常青云和老奶奶在中间，李新断后，成一路纵队迎水而上，走了 30 多米，街道宽阔起来，水流相对放缓。

走过水坑，转到地势较高的街道，这街道水流湍急，但深度相对较浅，他们手挽着手艰难地走出洪流，来到山坡前。山上洪水夹杂着泥土和碎石滚落下来，郝运来眼疾手快，把老奶奶推到一边。眼看着老奶奶要倒在洪水中，李新伸手托住老奶奶的肩膀，顺手拉过老奶奶，把老奶奶拉到泥石流的外边。冲下来的碎石砸在郝运来身上，使他深陷其中动弹不得。

常青云见状艰难地走过去，拉住郝运来的衣服，郝运来趁机从稀泥中拔出腿来。两人合力，郝运来才从泥潭中爬了出来。他整个身体被泥浆包裹着，任由雨水冲下的脏水迷住了眼睛。他摇了摇头甩掉脸上的污水，眯缝着眼睛观察四周地形。此时，肩上的孙子被石头砸得哇哇直哭，鲜血和泥水顺着身体流淌，郝运来才感觉到头上钻心的疼痛，他知道这是他和孙子的伤口在出血，如果再不赶到安全地点，失血过多就会有生命危险。想到这，他顾不上处理自己和孙子的伤口，带着他们爬到地势较高的山坡，一家人安全了。

郝运来站在湿滑的山坡上，望着警车淹没的地方发呆。

申所长和陈华敏摇着小船来到山坡前，把缆绳扔了过去。郝运来接住缆绳配合申所长把船拉到岸边，郝运来把绳子绑在树上，小船受绳索牵引和洪水的冲击，在水中来回地漂动，极不稳定。常青云索性下到水中，先把孙子孙女递到船上，郝运来和李新把老奶奶扶上船。

申所长给他们穿上救生衣，让他们坐在凳子上抓紧船帮。郝运来返回小树边，解开绳子上了小船。申所长把他们送到河边的高地，郝运来他们下了船，警务室里的辅警小韩发现郝运来受伤了，拿出急救包给他包扎伤口。这时才发现常青云腿上也在流血，一道十多厘米的伤口，像小孩儿的嘴往外张着，看着都让人心疼。

申所长拿把椅子放在地上，扶着常青云坐下来，说道，你们看伤吧！我还有任务，先走了。便和民警划着小船再次冲进洪流之中。

河边的三层小楼里，妇女大喊救命，郝运来匆匆包扎了头和腿上的伤口说道，青云留下包扎伤口。说着便和李新不顾个人安危，向小楼走去。他俩小心地踩在泥潭里，一次一次地陷在烂泥中，拔出脚再深一脚浅一脚地向前移动。李新陷在淤泥里不能动弹，大声喊道，快拉我一把，郝运来过来拉出李新。好悬！俩人差点儿被洪流卷走。俩人搀扶着重新站稳脚跟，稳步向前。

小韩看见他俩身处险境，感觉这样蹚过激流有被冲走的危险，急忙在警亭里找绳子，但没有找到，只好就地取材，从警亭里拿出几个宣传条幅拧成绳子，一头绑着个木块，另一头拴在树上，用力把木头扔给郝运来。郝运来接过绳子，把木块又紧了紧，用力扔到对面二楼的栏杆上，木头在栏杆上绕了个圈停下来，妇女见状急忙过来把绳子牢牢系在栏杆上。

郝运来喊道，绑紧了吗？妇女喊道，绑紧了。

呼呼的风雨声中，李新看到郝运来疲惫的样子，就自告奋勇地说道，让我过去吧！你拉着绳子接应我们。

郝运来不放心地说道，前面水流湍急，还是我去吧！我有经验，你也累得不轻。

李新留在激流中，郝运来拉着绳子慢慢向小楼靠近，洪水冲击着他的身体，把绳子冲成了弧形。郝运来奋力向前，不足20米的距离，他用了五六分钟才到了楼边，勉强翻过栏杆，解下身上的细绳绑在妇女腰上，又把另一头在粗绳子上绑了个环形扣，便于前进时和安全绳一起前移。

郝运来嘱咐道，大嫂！在水里一定抓紧这个粗绳子。看大嫂有些害怕，就幽默地说道，别让龙王爷给咱冲走了。有我保护着你，放心吧！我推着你游，把你送到对面高地，岸上和中间还有人接应。

妇女惊慌道，我害怕死了！这么急的流水，我不会游泳，把我冲走了咋办？

郝运来也没了主意，他看卧室没啥可用的东西，问道，你平时在哪里做饭？

妇女指着前方说道，那里是厨房。郝运来到厨房寻找可用的东西，发现里边有油壶、酱油瓶子、醋瓶子，他把里边的东西倒出来，又把茶壶里的水也倒了出来，抱着这些空的瓶瓶罐罐来到妇女面前，拧紧盖子，顺手扯下晾晒抹布的细绳，把这些“宝贝”绑紧，系在妇女的前胸后背上，说道，这下放心了吧！

妇女担心地哭泣道，这样行吗？万一碎了，我不就沉到水里了吗？

郝运来催促道，只有这样了，再犹豫楼房倒塌，就没机会逃生了。你要有信心游到对岸，我在后边帮你游过去。

妇女诧异地挤出了点儿难看的笑容说，有你帮助会安全些，看我成破烂儿大娘了。

看着自己的“杰作”，郝运来笑了，可不是吗，只要能救命，就不管是啥东西了。准备好了吗？下水！

李新站在水中大喊，快过来，水又涨高了，再慢，我就坚持不住了。

岸边的小韩也喊了起来，快过来！我这边的水也没了膝盖。

妇女不情愿地下了水，郝运来推着妇女顺着绳子游了过来，两人到了中间，水的冲击力猛然增大，一个浪头打来，郝运来和妇女漂上来又沉下去，被呛得喝了好几口泥浆水。

在水的冲击下，绳子承受不住拉力，拴在栏杆上的绳子断裂滑落水中。李新在小韩的拉扯中上了岸，郝运来和妇女被洪水向下游冲去。

两人差点儿被带到深水中，用力猛拉绳子。郝运来对这突如其来的冲击没有防备，本能地把妇女用力向岸边推了一把，妇女借着推力拉着绳子，仍然被凶猛的洪水冲向下游。李新和小韩猛然向岸上拉绳子，妇女勉强爬上了岸，向外吐水。

郝运来虽然称得上会游泳，但那只是在清澈的河水里戏水。面对凶猛的洪水，他那点儿游泳技能就显得微不足道了。他的头在水上露了一下，就再次沉入水中，他连喝了几口水，被洪水卷着向下游冲去。

郝运来脑袋轰地一下，觉得这次完了，四肢无力拯救自己，甚至想放弃挣扎。猛然间想到，自己还没完成传宗接代的使命，还有十恶不赦的阎大鹏没有抓获，即便是死也要让阎大鹏死在前头，洗刷了冤屈再死。由于严重缺氧使他处在迷糊状态，由于信念的支撑，他身体里爆发出强大的潜力。尽管在洪水中无法睁开眼睛，但是，他拼尽全力牢牢地抓住绳子不放，绳子被拉直了，人也向岸边靠近了许多。李新在岸上慌忙地搜寻郝运来，看到他在下游浮出水面，急忙用力收绳子，郝运来这才从水里爬上岸来。

李新跑过去抱起郝运来，让他趴在自己腿上，小韩抡起手掌给郝运来捶背，好一阵子郝运来才吐了起来，嘴里不停地向外吐着泥水。那妇女蹲坐在旁边看着救命恩人，为了救助自己昏迷不醒。她浑身直打哆嗦，对面前这个素不相识的警察肃然起敬，心里一酸，两行热泪不由得流下。她慢慢地爬起来，跌跌撞撞地走过去，搂着郝运来的身子，给他取暖。

郝运来在黑暗中，好像看到明媚的阳光下，自己躺在娘的怀里，看着娘慈祥的面孔，幸福安全。正要睡去，却感到一丝温暖从胸膛里出发流向全身，他像冻僵了的蛇一样，缓缓地苏醒了。

妇女看到郝运来睁开了眼睛，用袖子擦去他脸上的雨水，激动地呼喊着，他醒了！她用力把郝运来搂得更紧。

郝运来醒来发现躺在妇女的怀里，有些难为情起来，极力挣扎着坐起来。

郝运来所在的小山坡，北面临着路，南面临着河的吊桥。吊桥上的人冒着大雨，有的打着雨伞，有的穿着雨衣在那儿大呼小叫。有人喊道，哇！我从来就没见过这么大的浪头，好惊险刺激呦！有人喊道，快看！上边冲下来房梁和椽子。一会儿工夫，岸边一搂多粗的柳树被洪水冲到河里，横冲直撞地撞在桥墩上，桥轻微地晃动几下，柳树卡在桥墩处不能通过，阻挡着洪水的下泄。桥前的激流冲击在柳树上，激起更高的波浪，水位也明显升高了许多。尽管这样，也丝毫没影响水流的速度。盯着通过桥洞的急流，让人目眩。流水撞击桥墩的哗哗声接连不断传进耳朵，使人心惊胆寒。有经验的人应该知道，这刺耳的声音，已经向人们发出了危险的警告。

男子感觉到大桥的震动，惊呼道，这才叫过瘾。这时有人往桥上跑，因为桥面相对较高，既能躲避洪水，又能看到洪水肆虐的场面。

人们都想到桥上看个究竟，李新在高处看到了危险，大声喊道，郝队！不好了，桥上的人有危险，快去救他们。

郝运来踉踉跄跄地站了起来，向前走了几步摔倒在泥地上。李新赶紧把他扶起来，让他坐在石头上歇一会儿，他艰难地站起来，向桥上走去。

李新喊道，小娃子快下来！这桥太危险了。娃子喊道，人家都去看洪水，你为啥不管？

李新急了骂道，你奶奶个头！爷爷的话也不听了，这里的水太深，我过不去，要不，我非得替你亲爷爷揍你一顿不可。

小娃子喊道，就是我亲爷来了，我也要去看个稀罕，你管得着吗？

此时，桥下被大树堵住了水道，水越积越高，不时漫过桥面。人们开始感到危险，有点儿惊慌失措，正在四处逃散。又一棵大树撞了过来，大桥承受不住撞击，随着巨大的轰鸣声，支离破碎轰然倒塌，没来得及离开桥面的人们葬身洪水中。小娃子还没走到桥上，亲眼看到大桥被洪水冲垮的惨象，吓得魂飞胆战，被溢出来的洪水冲得老远。他拼尽全力才游到岸边，方才知道，李新爷爷居高临下，看到洪水暴涨的凶险，救了他一命。

洪峰过后，县城和乡村狼藉一片，低洼之处楼房被淹，洪水已没过二楼冲向三楼。到处都是被冲毁的电线杆、门框、窗户和广告牌子，满街泥泞，超市的商品漂得满屋都是，有的不甘寂寞漂出门窗，想看看外面的世界，却被洪水冲走，结果连家也找不着了。

最可笑的是老奶奶家的猪被大水冲走，跑到了山上，洪水退后，猪居然又跑回了家里，被村人称为神猪。

郝运来接到上级命令，机动队帮助群众恢复生产生活。这个村的村支书带领村民，按照防洪预案，组织党员干部提前把街坊邻居转移到地势较高的村委会，虽然有十几家的房子被冲毁，但村民无一人伤亡。

平时在村支书的严格要求下，每年汛期都组织村里的 15 名党员进行防汛演练。今年连续三天三夜的暴雨，使村支书预感到水灾在所难免，上游的水库防洪能力有限，就提前把村民转移到村委会避险，使村民躲过了一劫。

只有老奶奶没听到撤离广播，没能按时躲避洪水，被洪水包围。当他们想去救助时，为时已晚，幸好被郝运来发现，否则后果不堪设想。

郝运来突然想起来，自己家处在山沟的中部，只顾忙着救人了，也不知娘现在咋样。他想到这急忙向家中走去，到了家门口，站在高处望着坍塌的房屋，心一下子提到了嗓子眼，心神不宁地来回踱着步，心想娘怎么样了。街道上的水还没有完全退下去，到处汪洋一片，连个人影也看不见。恰巧碰到搜救队巡查灾情，队长告诉他村民都在村委会避险呢。郝运来这才缓过神来，急忙来到村委会，看到娘安然无恙，正在忙着做大锅菜呢。他悬着的心终于放了下来，憋在眼眶里的泪珠不自觉地滚落出来，差点儿哭出了声，激动地喊道，娘！你没事吧！

运来娘看到儿子回来，笑眯眯地说道，娘好着嘞！娘要等你来救，早就被洪水冲走了，幸好村里通知撤离。咱家的房子虽然被冲塌了，但是娘还在，家就在。

郝运来蹲在娘面前，内疚地小声说道，娘！没事就好，我本来回村办个案件，没想到雨越下越大，警车被困在水里，看到老奶奶在低洼处呼救，被困在家里无法撤离，我们就把她和家人救了出来。

运来娘称赞道，孩子，你做的对，这个老奶奶是个接生婆，你出生那会儿胎位不正，还是她接生的呢！她也算得上是你我的救命恩人呀！

郝运来认真地听娘说着话，问道，她家的年轻人去哪儿了？

运来娘说道，老奶奶上了年纪，干不了接生的活儿了，家里就穷了呗！儿子儿媳常年在外打工，留下她和孙儿在家，人老了，腿脚不便，如果不是你们救援的话，就凶多吉少了。

郝运来往灶台里扔了些柴火，把火烧得更旺，说道，我们是在执行任务，赶巧到咱村附近遇到了大雨，碰着这个事了。

运来娘慈祥地说道，运来，出门在外注意安全呀！我还得靠你抱孙子呢！你可是郝家三代单传的独苗苗呦！在娘心里金贵着呢！说着摸了摸郝运来头上的绷带，感觉到伤口肿得老高，泪水禁不住在眼眶里打转，接着不听话地流了出来。她扭过头去悄悄地抹去泪水，生怕郝运来看到，影响他的情绪。

郝运来腼腆地说道，娘！我知道了。让你在市里待着吧，非要回老家，还遇到了百年不遇的大洪水。

运来娘拍了拍郝运来衣服上干涸的泥渍，和善地说道，放心吧，娘好着呢！在家里住惯了，有乡里乡亲帮衬着也挺踏实。到城里去住楼房，小得像鸽子窝，反倒觉得别扭，我和你爹也不想遭那个罪。

郝运来正想说话，村支书提着两篮子青菜走过来。见郝运来在帮忙烧火做饭，放下青菜就说道，咱村虽说房屋冲塌了几家，但无人员伤亡。郝运来有点儿不解地问道，那桥上被冲走的是哪儿的人呢？村支书说道，说来也怪，桥对面地势较高的房子没啥损失，不过有些胆大的人去桥上看热闹，反倒被洪水冲走了，你说可惜不？郝运来叹着气说，唉！人被冲走，命就没了，可是乡亲们还要生活，灾后重建工作迫在眉睫呀！

村支书听了太多唉声叹气的话，也明白郝运来的心情，安慰道，运来，过个十天半个月的，道路就会完全畅通，等救援物资到了，上边向受灾户发放檩条和椽子，还有补助，让大家恢复生产生活。你家也有补助呀！这期间就让你娘住在村委会吧，吃的用的全都有。

郝运来听了村支书的安排，就匆匆地告别了娘，去医院处理伤口，又打针吃药防止伤口感染。看到县城和乡村重新恢复了生机，想找人把汽车从泥里拉出来，拖回汽修厂大修。

郝运来电话通知石望春道，来救援，方便吗？这里的汽修厂也受灾了。

石望春唠叨道，我们这些天都改行成了巡警，整日在路上巡逻放哨。

郝运来问道，咋的了？我们那儿灾情严重吗？

石望春痛心地说道，也挺严重的，洪水给我们带来了极大的灾难。不过以前没有防范经验，可以理解，现在却听风就是雨，开始谨小慎微了。

郝运来笑道，好久没听意见了，怪想得慌，意见布袋又有啥看法了？石望春笑着说，我这就出发，一会儿见面了再聊。

石望春开车来接郝运来一行人，大家上了汽车。石望春笑道，嗨！意见不敢提了，都说我是意见布袋，好久不见了，我们去吃河蟹吧？

郝运来咬咬嘴唇说道，有段时间没吃美食了，大厨师走吧！你就暂时当回领导吧！去哪，你安排。

石望春也不客气，领着一行人来到小饭店，点了这儿的招牌菜。不一会儿，服务员端来一盆红红的河蟹放在桌上，大家也不讲究优雅的吃相，每人拿起一只河蟹掰开，去掉蟹鳃和肠胃，美美地吃着蟹黄，用蟹钳抠着蟹腿里的细肉，慢慢享受着螃蟹的鲜味。

石望春诡异地笑着说道，看到螃蟹，我想编个寓言故事，名字叫《蟹将军》，不知大家爱听不？

李民强调侃道，石队，你能耐不小呀！还会编故事。

常青云问道，民强装孬的吧！这是夸人呢，还是损人呢？我咋没感到肯定的意思，反倒闻见酸酸的醋味。

李民强笑道，你看呀，石队精通厨艺，射击百发百中，又得了个意见布袋的美誉，现在还有编故事的特长，全乎！说着竖起大拇指摇晃着。

石望春坏笑道，强哥，损人不带这个的啊！你说想听不？

郝运来吃着螃蟹打趣道，我不怕热闹，一起听听你的高见呗！

石望春向大家拱拱手，一副江湖卖艺的做派，说道，那我就开讲了啊！名字叫《蟹将军》，你看螃蟹拎着两个大钳子，张牙舞爪怪威风，但是我做了个实验，把它放在直行道上，限制它拐弯，可它只会横着走，你说怪不怪。

常青云放下手中的蟹壳，说道，这多正常啊，如果直着走那才叫奇怪呢！

石望春有板有眼地说道，话说很久很久以前，天地混沌，洪水肆虐，龙王任命螃蟹为将军清除水患。蟹将军领命而去，按说它应该打洞架桥，疏通水路，造福天下。然而它却倒行逆施，挥着左边的大钳子搞一刀切，偏偏学着古人以堵治水，结果越堵水患越凶猛，汛期受灾更为严重，天下之民背井离乡难以生存。

龙王看到天下之民流离失所，大怒道，再不想出有效的法子，灭蟹九族。蟹将军闻听之后恐惧至极，痛改前非，举起右边的大钳子，说道，放水，放水，再放水，以后只要可能出现险情，虾兵必须不分昼夜放水泄洪。

蟹将军坐在中军帐里高枕无忧了，只要有个风吹草动，也不管龙王雨下了多少点数，虾兵都严阵以待日夜守候，劳民伤财却碌碌无为，整日干耗俸禄。

时间久了，龙王见治水没有效果，就微服私访，发现虾兵们士气低落，个个病恹恹的，无精打采，才知道蟹将军虽说武功盖世，但是指挥治水只会左右开弓，非左即右，于是就免了蟹将军的治水大权。

常青云支撑着耳朵正听得带劲，看到石望春探着身子去拿螃蟹，却不往下说了，就好奇地问道，你这个操蛋人，咋说到关键时候还吊人胃口，蟹将军后来咋样了？

石望春哈哈大笑起来，说道，嘿！不就是个故事吗！说着话，拿起一只螃蟹吃着，继续说，这不，在盆里为你的肚子服务呢！它的后代都成了我们的盘中餐了。

说着，大家忘记了多日的疲劳哈哈大笑起来。

郝运来待大家停了笑声，问道，望春，你出差追踪阎大鹏有进展没有？

石望春脸上又恢复了往日的刚毅，说道，说起出差呀，那是劳而无获，这小子好像和我们转圈圈，牵着我们的鼻子走。我费了好大的劲，东西南北地找，结果他都是经过这些地方，待不了多长时间就离开了，你说他狡猾不？

郝运来点了点头，说道，不狡猾早就落网了，他哪还有机会连续作案。你就没一点儿体会吗?

石望春兴奋地说道，有体会，没抓住人是真的，线索也都查否了，这叫没功劳有苦劳。能够顺利查否线索，关键是所到之处都有警校同学帮忙。

常青云笑道，帮点儿啥忙?比吃螃蟹还兴奋吗?

石望春笑得更欢了，说道，帮的忙都是工作之便，老生常谈，没啥新鲜的故事可讲。

李民强说道，那就侃侃新鲜的事呗，长长见识。

石望春吸了螃蟹腿里的肉，把残渣吐出来放在桌上，说道，还是同学亲呀！走到哪都有好吃的。

郝运来大笑道，望春呀，三句话不离本行，记吃不记打。案件的事没说几句，就又回到吃上了，说说我也听听稀罕。

石望春更来劲了，幽默地说道，我得感谢阎大鹏这个坏蛋乱跑一气，要不咋能见见大连的同学小周。我到革镇堡查找阎大鹏的下落，时间赶得太紧，到了晚上 11 点多，还没有吃上晚饭。我们来到夜市摊前，摊主满口后音升高拉长的东北话，招呼着，大兄弟呀！有包子、饺子、面条子。小周大大咧咧地说，老同学多年不见，今天我请客。便弯腰逮盆里活跃的海蟹。

过了一会儿，摊主端着热气腾腾的螃蟹过来，小周急忙招呼道，逮个螃蟹吧?我有点儿纳闷地说道，煮熟的螃蟹还能跑吗?这还用逮?

小周坏笑道，不好意思了，来，我帮你逮。说着拿起一只手掌大的螃蟹，掰开盖子清除废物递给我，用地道的河南方言说道，给，怼吧，使劲怼。

石望春说到这儿，指了指蟹盆，说道，还有几只呢！别剩下了，怼带劲喽。

郝运来恍然大悟地说道，呵呵！原来逮螃蟹就是吃螃蟹呀！这也没啥稀罕的。

石望春纠正道，他们说的“吃”就是歹徒的“歹”。我问他，咱们同学三年，咋没听你说过歹饭呢？

小周用东北腔说了句河南话，说道，我操！我不是怕你笑话吗，才入乡随俗，要么说普通话，要么学河南话。

中呀，望春！口福不浅。你不仅是名厨师，也是个地道的吃货。既然聊到吃的了，就把你这次出差的美食说说呗。郝运来感兴趣地说道。

石望春打开了话匣子，兴奋不已地说道，得知阎大鹏逃往山西的线索，我和民强马不停蹄赶了过去，这小子隐藏得真深，死不露面。多亏了警校的祁班长，几经周折多方找人，才查清了阎大鹏的活动轨迹，知道他去了南方。我们立马要起身追查，被祁班长拦住道，火车票是我给你们订的，还有三个小时才上车，着啥急呢！你这个老表呀，到咱这儿也不尝尝山西名吃。我们来到小吃一条街，祁班长买了清徐灌肠、平遥牛肉，每人要了一碗刀削面。他说道，今天时间紧，有机会我们好好地吃一顿大餐。我说，有机会，少不了宰你一顿。也欢迎你到伊洛做客。临走时，祁班长客气地拎着两袋子美食，说，留着路上吃，一个驴肉甩饼，一个山西漏鱼。我学着带山西音的普通话说，老表！净吃肉了。祁班长笑道，甩饼里夹的是驴肉，漏鱼听起来像是鱼肉，其实是山药做的凉粉，记着吃的时候再浇汤汁，那样味道比较鲜美。原来这漏鱼不是鱼呀！

李民强说道，哎呀！石队！你这么一说，我真想再尝尝外滑内筋香辣可口的刀削面。

郝运来嚼着蟹腿，笑道，这全是吃的，阎大鹏这小子跑哪了？

石望春喝了口水，不紧不慢地说，我们一路追踪到湖南岳阳，到了之后，人生地不熟，两眼一抹黑。还是祁班长提供了同学小胖的电话，小胖干得不错，已是治安大队大队长了，他到外地出差，两天后才能回来。

因没有本地人的协助，我们艰难地核查了线索，订了车票准备打道回府。这时小胖匆匆地赶了回来，订了湖南火锅，说道，为了见你们一面，我在路上就没有舍得踩一脚刹车，飞奔过来的。说着，打开滴水洞白酒倒进杯中，每人面前放上一杯，把牛羊肉和青辣椒放进火锅里。司机举着筷子满口的湖南话，热情地说道，嘎诗掐。我真的很纳闷，不知其所言何物，没有反应。

小胖看我们有点儿木讷，出现交流困难，就用河南话说道，来！我们开始吃菜。小胖继续解释道，“嘎诗掐”就是开始夹菜的意思。

李民强说道，我还是人生第一次吃在辣椒火锅里涮青辣椒的饭，他们也能享受得了，现在想起来嘴还辣得难受。最痛苦的是两头辣，只想往厕所里蹿。

常青云举手说道，民强打住，说这话不合时宜，还让人吃饭吗？李民强端起水壶给常青云的杯子续水，说道，加点儿热乎的，不影响你的食欲，听石队接着侃。

石望春笑着继续道，美食是对一个地方最难忘的记忆。语言不通也挺难为人的，幸好普及了普通话，要不然阎大鹏在哪儿也混不下去。

郝运来说道，你们掌握阎大鹏的最新消息了吗？

石望春收起了笑脸，说道，我正在为此犯难呢！

第七章　生死较量

一

阎大鹏感觉自己所犯的事情非同小可，警察穷追不舍，如果再这样肆无忌惮地走下去，面临的将是可怕的不归之路。于是又想到皈依佛门，但是不知从何处走入佛门，又不敢暴露身份，他就漫无目的地来回转悠。

阎大鹏心灰意冷地来到山西省五台县，走在滹沱河的堤坝上。炎热的夏天，他循着水声向有亮光的桥上走去。昏暗的路灯下，一个身着连衣裙的女子站在桥头的石墩上，两眼直勾勾地望着桥下，见有人走过来，就不自觉地向桥边挪了挪，以此来表示必死的决心，眼看身体就要掉下桥去。阎大鹏见此情景，想着自己身处绝境，还想着逃生之路，而这位女子为啥要寻短见呢？顿时起了恻隐之心，急忙上前营救。

他以百米冲刺的速度飞奔过来，翻过栏杆想拉住女子，但为时已晚，女子见有人冲了过来，就向前一跃跳下桥去。阎大鹏没来得及停下脚步，借着巨大的惯性向前冲了过去，随着女子身后跳入水中救人。

女子落入水中撞击出巨大的浪花，随即沉入激流之中，顺着水流向下游冲去，她拼命扑腾又浮出水面。阎大鹏沉入水中急忙扒水，很快就浮出水面，然后四处寻找落水者，发现女子在水面上挣扎。他迅速游过去抓住女子的衣服，向岸边游去。女子本来跳河求死，可在生死的关键时刻求生的欲望强烈起来，本能地抱住阎大鹏的肩膀不放，并不停地挣扎着，几度把阎大鹏拖入水中。幸好阎大鹏生在河边，从小就在河中游泳，对流动的河水并不陌生，练就了一身游泳的好本领。尽管如此，他还是喝了几口水，差点儿被激流冲走。他强行掰开女子的手，将她推到一边，使出吃奶的力气把女子拖到岸边。

他拨开女子脸上蓬乱的头发，看到一张眉目清秀、皮肤白嫩的脸，长长的头发散落在身后，虽说胸部扁平无奇，可是底盘敦实后翘，性感有加，颇有几分姿色。阎大鹏顾不得疲惫，抱起女子放在自己腿上捶打着后背，不一会儿，女子哇哇地吐了几口水，仍然没有呼吸。他就学着医生的动作进行心脏复苏，还是没有效果，急忙进行人工呼吸。尽管他的动作不是那么专业，在他的折腾下，女子突然苏醒过来，开始大口大口地喘着粗气，无力地看着眼前陌生的面孔。

此时，路人看到救人的场面，开始报警求助。当警察和医生赶来时，落水者和救人者已不知去向。民警听了救人的经过，为做好事不留名的壮举感到高兴，竖起大拇指连连称赞，还号召在场群众向见义勇为的好人学习。

程颖颖经历了死亡的痛苦，也尝到了人间的温暖。她感谢阎大鹏的救命之恩，想让他留下来，阎大鹏当然求之不得。但程父程母有所顾忌，一个姑娘家家的，留个素不相识的男人在家里，又怎么向外人解释呢！可程颖颖态度坚决，以死相逼，程父程母担心女儿再寻短见，只好同意留下阎大鹏。

阎大鹏深知自己的处境，无论做什么事都小心谨慎，防止暴露自己的身份，对程颖颖关心备至。程颖颖本来就心存感激，对阎大鹏颇有好感，相处了一段时间，发现阎大鹏善良可爱，不仅吃苦耐劳，还处处让着自己。程颖颖很快坠入了爱河，再也不提寻短见的事了。程父程母看在眼里喜在心头，默认了这个闯入他们生活的不速之客。

阎大鹏有了落脚之地，就背着程颖颖重操旧业。他一直想除掉王书磊，但都因警察的保护没能得逞。阎大鹏就想利用隐蔽的身份接近王书磊，借刀杀人。他以岳成群的身份和王书磊在网上交往，给王书磊提供信息，遥控指挥王书磊贩运毒品。

王书磊过了 17 岁生日，这么多年经过了风风雨雨，多次死里逃生，使他对一些问题有了客观的认识。

但他不知道岳成群的真实身份，更不知道其实网上一直跟随着的岳成群就是阎大鹏。

这次制毒窝点被打掉，阎大鹏在公众的眼里消失了，人们也不知他的去向。

王书磊认为自己长大了，但没有生活来源，就到外面找活儿干。他在手机上找到了一份送货的工作，对方要求王书磊去福建见面，给出了极高的工资待遇。

王书磊回信息道，如果我去了福建，也没找到工作，岂不是白白搭上了路费？对方为了表示诚意，通过微信慷慨地转来车费和食宿费用。

王书磊被对方的真诚所打动，按照约定时间坐火车到达福建，在指定地点见到联系他的大哥，大哥在饭店包间点了一桌子好菜，两人喝酒畅谈。

席间，大哥轻松地说道，王弟！我们公司要求到境外培训一个月，才能胜任运送货物的工作，否则对业务不熟练，就无法完成任务。送一次货给你两万元的酬金，来回一个星期就可以搞定。

王书磊听了能挣到这么多钱，认为是看管货物的押送任务，打着灯笼也找不到这样的活儿，就满口答应下来。心想，以他的经济状况，确实急需赚一笔快钱，来解燃眉之急。

过了几天，大哥按约定打电话叫来一辆汽车，王书磊上车系好安全带。大哥递过来一瓶饮料，自己也打开一瓶，咕嘟咕嘟地喝了起来。王书磊本来对陌生人存有戒心，但是通过几天的接触，对大哥有了几分好感。当他看到大哥喝饮料的那股豪迈劲儿，就把心放进肚里了，拧开盖子像大哥那样喝了几大口。过了一会儿，汽车驶入山区，道路崎岖不平，王书磊感觉困意来袭，不能控制自己的睡意，就顺势靠在车座上睡着了。

又过了几个小时，汽车越过国界来到缅甸境内停了下来，大哥跳下车拍了拍王书磊道，老弟，培训基地到了。

王书磊醒来，已经身处异国他乡，穿着单衣还热得难受。看到奇形怪状的树木和杂草，觉得到处都是湿漉漉的，好像在空气中揪一把，就能弄出一碗水来，着实让人潮得浑身不自在，不时还听到大哥叽里呱啦地讲着听不懂的鸟语。

王书磊有点儿诧异，虽然他见识不多，但是从电视里看到过异国风光，知道这里的人和家乡的人有很大区别，也许已经到了境外。他打开安全带下了汽车，浑身像散了架似的难受，伸了伸胳膊，向四周望去，吓得他打了个冷战，周围都是手持冲锋枪的男子，他们警惕地在那儿站岗放哨。

大哥笑道，王弟走吧，老大等着咱们呢！王书磊心里有点儿害怕。不过，既然来了，也没了退路，就乖乖地跟着大哥进了竹屋。

大哥进屋向坐在藤椅上的老大施礼，毕恭毕敬地介绍道，这是我介绍的小弟王书磊。老大用生硬的中国话说道，靠得住吗？带下去讲讲规矩。

大哥带着王书磊来到竹楼侧面，走进房间，说道，王弟，你知道要运送什么东西吗？

王书磊问道，送啥东西？大哥放肆地说，海洛因你敢送吗？王书磊害怕地往后退着，胆怯地说道，虽然我曾杀过人，但那都是小时候的事了，现在我长大了，再犯罪，是要杀头的，这买卖我不干。

大哥立马变了脸色，恶狠狠地说道，小子，我投入了那么多的钱，冒着被抓的风险，帮你偷渡到这里，你不干，我怎么向大哥交代？

王书磊惊恐地看着四周的环境，担心地说道，我以前都是跟着岳成群送个小东西，你让我跨国越界送毒品，我死也不知道咋死的呀！

大哥冷冰冰地说，你不干，就把你绑在棕榈树下，让树叶砸死你！

王书磊听了，哈哈大笑道，大哥别逗了，我从来都没听说过树叶能砸死人。

大哥指着门外笔直的大树，威胁道，你看到了吗，这树高达三四十米，一片叶子就有四五十斤重，这里大风不断，经常落叶，就看你的运气了。

王书磊觉得好笑，立即赌气地回道，那我就试试运气吧！死了该我倒霉。

站在门口的卫兵见王书磊不听使唤，就用中国话说道，大哥！别跟他啰唆，把他绑在门口的木棉树上，那钉子一样的刺头，就够他难受了，还有蚊虫的叮咬，会让他生不如死。

王书磊直挺着胸膛，倔强地说道，难受又咋的，总比贩毒死了强。

大哥顿时脸色大变，立刻恼怒地骂道，你个该死的货色，今天就让外边的卫兵把你拉出去枪毙了。

王书磊明知身处他乡势单力薄，还硬撑着面子顶嘴道，难道不怕警察抓你们吗?

大哥冷笑道，你他妈的找死呀！这是什么地方，三不管懂吗?哪来的警察，老子就是警察，你死了都没人知道。如果你瞬间就变成了尸体，还不如运送毒品回国，按照要求交给买主，你也有一笔不菲的收入，何苦要走死路呢!

卫兵拿着冲锋枪对他比画着，嘴里叽里呱啦地骂着狠话，王书磊虽然听不懂啥意思，但卫兵狰狞的面孔足以看出凶恶的杀意。

王书磊没有其他逃脱的办法，想到了死，有些害怕，就妥协地说，好吧！我送不就是了吗?不必这样吓人。

大哥拍了拍王书磊的脑袋，满意地说道，小子！这是你唯一的选择。又对着套间喊道，虎子把手机打开，里屋的虎子闻声拿着手机走过来，用生硬的中国话说，王书磊！快把身份证拿出来，举过胸口。

王书磊看着对面的大哥，不解地问道，这是弄啥呀?

大哥拿着一张写着汉字的白纸递过来，认真地说道，仔细看几遍，一会儿录像时，照着纸上的话说就可以了。

王书磊看了看纸上的内容，哭笑不得地说道，这都是些啥玩意儿，这样还不如死了好呢!

大哥立马板起脸，冷冰冰地说道，想死可以，把他拉出去枪毙了。话音刚落，两个卫兵过来拉着王书磊就向外走，在小树林里停了下来，向王书磊腿窝猛踹几脚，王书磊两腿一软跪倒在地。卫兵拉开枪栓子弹上膛，枪口对准王书磊的后脑勺，准备开枪。

王书磊心想，这下完了，死在缅甸也没人知道，闭上眼睛等着一死。

卫兵正要扣动扳机，大哥走过来喊道，慢着！学着王书磊的语调继续说道，弄个人过来也不容易。卫兵听了，把伸进护圈的手指收回来，恶狠狠地说道，把这个废物毙了算了。

大哥上前踢了王书磊一脚，讨好似的对卫兵笑道，给他最后一次机会。

王书磊听到子弹上膛的声音，吓得尿了裤子，听到大哥救他，睁开了眼睛服软地说道，好吧！我念！我念！大哥命令道，带回来录视频。

王书磊被带回原处，虎子打开手机录像，大哥举起手向下一挥，王书磊看着纸上写的文字说道，我叫王书磊，汉族，身份证号×××，家住中国河南。我自愿贩运毒品到国内挣点儿运输费，如果违背今日誓言，愿意全国人民都知道我的罪恶。

大哥又一挥手道，行了！虎子停止了录像。

大哥举起手机晃了晃，满意地说道，王弟！把柄在我手里，从现在开始，就要听从我的指令。用你的话说，就是让你干啥就干啥！此时卫兵拿着钱过来，王书磊愣愣地站在那里，不知道该怎么办好。

大哥接过一万元人民币递给王书磊，说道，给！这是预支给你的一半费用，货到了再给你另一半酬劳。王书磊犹豫不决，没有接钱。

大哥命令道，拿着吧！别不识抬举，中途费用由我们负责。

王书磊无奈颤悠悠地接过人民币，用手抖了抖，觉得是真钱，然后装进兜里，问道，那些货咋运回国呢？现在管得那么严，交给谁呢？

大哥用威胁的口吻说道，你小子态度变得也太快了！见钱眼开对吧？不要耍花招，如果敢报警或者不听指挥，我们就把这段视频发到网上。让全国人民都知道你贩毒，全国的警察都抓你，你浑身是嘴也说不清。

王书磊身处险境，索性横下心来，急忙央求道，我既然做了就要做好，保证把货送到。千万别把视频传到网上，那样我就死定了，据我所知贩毒是死罪，要枪毙的。

大哥见这番操作见效了，高兴地说道，这好办，关键看你怎么把货安全送到。我看你这几天也养足了精神，明天就出发吧！

王书磊巴不得早点儿离开这个鬼地方，就顺从地说道，听大哥安排！

炎热潮湿的晚上，王书磊回家心切，来到这儿第三天了，每天都是惶惶不可终日，这是第一次感到夜这么漫长，蚊虫叮咬得这么厉害。他想到了逃走，可是院子里的卫兵看守得很紧，他无法脱离卫兵的视线，在恐慌中又度过了一夜。

早上，他遵照大哥的要求，没有吃饭，痛快地上了一次厕所，恨不得把肠子也拉出来，给那该死的毒品腾地方。

他接过大哥送来的茶缸，喝了几口水，此时，卫兵端着盛有十几个大拇指粗细的胶囊的盘子走过来，大哥递过橄榄油瓶说道，喝口油吞咽时更顺溜。

王书磊接过瓶子皱着眉毛，仰头喝了两口油，又拿起胶囊蘸了点盘子里的油，张开大嘴仰起脸，像鱼鹰吞食大鱼一样伸着脖子，把十几厘米长拇指粗的胶囊吞进肚里，面部表情扭曲，难看至极。

大哥吩咐道，卫兵！把止泻药拿过来。另一个卫兵端着盘子过来，把痢特灵递过去，说道，这是止泻药，保证你在中途不会把东西拉出来。

王书磊心想豁出去了，再危险也得试一试，于是咬着牙说道，为了两万块钱，我吞了毒品也值得。说着话，王书磊把药片倒在手里用温开水服下。

大哥笑道，这就对了，千万不要用力过大，防止把肚里的宝贝弄破了。你要完好无损地送到地儿，交给收货人，它就是宝贝。如果弄破了，它就是勾你魂魄的瘟神。

王书磊摸着肚子保证道，大哥！我会像孕妇爱护孩子一样小心，保护好这些宝贝，我还要把命留着赚钱呢！

大哥面无表情地说道，现在你没有选择了，只有死心塌地地送货。每到一处，下了交通工具，五分钟内必须和我们联系一次，上交通工具前也要联系一次，知道吗！这是规矩。

王书磊问道，我的手机呢？

大哥乐呵呵地说道，你的破手机早就扔了。说着递过崭新的手机，交代道，就用这个联系吧！这是专用手机，记着报平安，明白吗？不然的话，跟踪人就会要了你的命。你更不能报警，如果偷奸耍滑，你就会被当场处死。牢记这些规矩，是延续你生命的保证，留着命挣大钱吧！哈哈！

王书磊心想毒品已经吃进了肚里，既不能逃走也不敢报警，还能咋样呢！就无奈地说，既然这样了，我就豁出命去，也要把货送到地方，把钱挣到手。

大哥看他铁了心的样子，就鼓励道，时间紧，车已经等在那里了，上车吧，送你回国。说着扔过来一块黑布，卫兵把王书磊的眼睛蒙上，让他上了汽车，不一会儿，汽车在山区颠簸起来。

王书磊极力想记住行驶路线，可是汽车三拐两拐的，王书磊就迷糊了，索性眯着眼睛养起神来。他想着接下来怎么对付盘查，又想着挣了钱怎样去花天酒地。

中途换乘了辆汽车，走了一段山路，十几个小时后，他们已行驶在中国的大地上，汽车又行驶很长时间才到了机场。

司机停下车说道，兄弟把眼罩摘下来吧，你的兄弟真有意思，说和你打赌，你还那么认真呢。王书磊这才知道，看守他的人在换车时就离开了。

王书磊抓住黑布从头上扯下来。和煦的阳光照耀着大地，眼睛被刺激得直想流泪，他适应了一会儿，模糊的视线才恢复正常。看到云南昆明这熟悉的汉字，心里感觉踏实了许多，觉得总算脱离了坏人的控制。他终于踏上了祖国的大地，可心里矛盾到了极点。报警吧，可怎么也解释不清当前的处境。不报警吧，可能会被抓获受到处理。又转念一想不能报警，他们还掌握着那个可怕的视频，况且他们在暗地里跟踪我，如果发现我报警，也许当时就没命了。

王书磊心里矛盾着，有几分无奈，也心存几分侥幸。进机场前，他给大哥打了报平安电话，关掉手机放进行李中。

他忐忑不安地向机场入口走去，排队等待安全检查，看着前边人的打火机、水果刀被没收，虽然最后通过了安检，但王书磊心里仍然紧张万分，生怕肚子里的宝贝被发现。他觉得这短短的几分钟等待，好像几个月似的漫长。

终于轮到王书磊了，他把随身携带的包裹放在安检机的传送带上，安检人员拿着金属探测器检查他的身体。王书磊听到探测器嘟嘟的蜂鸣声，害怕得心率加快浑身燥热，吓得他两腿发软站在那里不敢动弹。安检员经过反复检测，礼貌地说道，把兜里的东西掏出来。

王书磊掏出一串钥匙拿在手里，安检员看了看，又把探测器在王书磊的腰部来回晃着，探测器依然响个不停。王书磊心想这下完蛋了，肚子里的东西可能被发现了，便准备逃跑。

安检员命令道，把衣服撩开。王书磊听了这严厉的话语，双腿直打哆嗦，机械地撩起衣服露出肚皮。安检员拿探测器在皮带扣上碰了碰说道，呵呵，原来这是金属的呀！还愣着干啥？赶快离开。

王书磊这才回过神来，晃着酥软的腿走下安检台，侥幸地通过安检登上飞机，找到了自己的座位，抽了一张餐巾纸擦着额头上的汗珠。扑腾的心终于恢复了平静，不一会儿，飞机起飞向着内地进发。

二

张副局长接到云南警方的通知，有一名叫王书磊的男子体内有疑似毒品。今天清晨 6 点从昆明乘坐航班，通过中途转乘飞机的方式，预计今天到达伊洛市机场，请求协助抓捕核实。

张副局长核对了航班信息，看了下手表，自言自语道，通知得这么紧急，还有一个半小时航班就要落地了。他拨通了郝运来的电话，满怀信任地说道，运来，有个紧急任务，要交给你去完成，需要带队抓捕你的老相识王书磊，地点是伊洛市机场，今天下午两点的航班。

郝运来放下电话走出办公室，看到刚从卫生间出来的石望春，说道，望春，通知常青云他们领取枪支弹药，民警紧急集合，到伊洛机场抓捕王书磊。给你，这是行动方案。说着递过一份材料纸，又说道，你尽快传达到每个参战民警，我先行一步。郝运来说完冲出办公楼，驾车向机场疾驰而去，担心错过抓捕时机，路上连续闯了多个红灯，险象环生，仗着过硬的驾驶技术高速前进。他很快到了机场大厅，联系机场公安配合，出示有关的证件进入机场。

郝运来来得正是时候，此时王书磊在人流中走下飞机，左顾右盼观察着周围的动静，确认没有发现异常情况，拿上行李大步流星地向机场出口走去，拿出手机给大哥报了个平安。

这时，石望春带着民警赶了过来。他躲在旁边观察，看到王书磊和照片上的形象没太大区别，认定前边走过来的就是王书磊。他加快步子走了过去，并向郝运来等人打手势示意道，看他还要干什么。

王书磊走着突然回过头来观望，好像在寻找什么东西。石望春见状急忙停下了脚步，装作观看展架上扶贫的旅游广告，躲过王书磊扫过来的目光。

郝运来穿了件旧的黑色上衣，戴着副墨镜，挺拔的身躯也微微地弯了下来，显得有些弓腰驼背。他化装成老头儿，混杂在接机的人群中，不远不近地跟在王书磊身后，出了机场大厅。广场上人员密度相对减小，给跟踪带来了困难。

王书磊警惕性很高，时不时地就向四周望望。他发现身后有人跟踪，急忙向出租车招手，出租车立刻停了下来。王书磊打开车门正要上车，石望春和常青云冲过来，抓住他的胳膊，把他架了起来，小声对出租车司机说道，你走吧！我们有车。司机被这突如其来的抓捕吓了一跳，也没敢过多言语，吓得急忙开车走了。

王书磊虽说心里有鬼，可身上没带违法的东西，面对眼前的民警，他知道来硬的无法脱身，就抱着一丝侥幸，装出一脸无辜的样子，不做任何反抗。

郝运来密切观察着周围说道，没发现异常情况，常青云，你开车，我来问他。

常青云打开车门坐进驾驶室，郝运来和石望春夹着王书磊坐在后座上。郝运来给王书磊打上背铐，去掉脸上的墨镜和伪装，问道，王书磊！你认识我们吗？王书磊想了想，说道，有点儿眼熟，想不起来在哪见过面。

石望春没好气地提醒道，你小子把银匠弄死的事，是谁抓的你，还装糊涂。

王书磊如梦方醒道，啊！想起来了，你们是好人，还给我方便面吃呢。不过那是以前的事，现在抓我干啥？

郝运来说道，小子！别误了时间，你现在老实交代还来得及，否则耽误的可是你的命呦！

王书磊无辜地看着郝运来，说道，你这样冤枉人，小心我告你非法拘禁，别以为我不懂法，你忘了吧，还是你给我普及的法律知识。

石望春不客气地说道，别装蒜。抬手轻轻拍了拍王书磊的肚子。听说过公驴会下崽，但没见过男人会怀孕。郝运来幽默道，这回撞上了吧！一会儿让你见识见识人间奇观。

石望春快速举手，做出要打的样子，吓得王书磊急忙侧身，把肚子躲闪开来。石望春笑道，都在这儿呢！你以为我们啥也不知道，还不老实交代。一会儿到了医院，生出一堆“孩子”来，你可就惨了，失去立功的最佳机会，后悔也来不及了，别说没提醒你。

王书磊深知事情可能已经暴露，一时间被弄得不知如何应对，但他依然坚持着自己的想法，因为经历了几次心惊肉跳的检查，他从起初害怕被抓到现在已经应付自如。主要是他在飞机上想明白了一个道理，既然用自己的力量无法改变现状，与其担惊受怕地送货，还不如静下心来想想咋能死里逃生。当他想出应对警察的办法时，心理承受能力就有了天翻地覆的变化。

现在他面对老对手却面不改色，显得老到成熟应付自如，在他心里有了一套逃罪的方法。于是就若无其事地伸开双手，把前胸露出来，使身体旋转了半个圈，让俩警察看个够，心里想着反正你们啥也看不到，笑道，不要诈我，现在我可不是小孩子了，我好端端的一个人，啥也没有拿，你们凭啥诬陷我。

石望春看着王书磊的精彩表演，觉得好笑，斩钉截铁地说道，小子，说明白吧！你的一切行动都在我们掌握之中，贩毒的事说说吧！

王书磊脸上掠过一丝惊恐，笑着的脸立刻僵在那儿，原来的那份自信，被石望春惊雷般的问话震得散落一地，不再作声。

郝运来使用了办案绿色通道，在路上就联系了医院协助办案。一会儿工夫汽车到了医院，医生已经等在那儿，给王书磊做了全面检查，很快一张透视照片打印出来，上边显示了十几个类似圆柱形的气泡。

郝运来向医生请教道，大夫，这气泡是啥东西？医生把片子放在灯光板上，仔细察看着说道，形成气泡的原因很多，但肚子里有这么多气泡的病例，我还是头一次遇到。你怀疑的情况可能存在，也可能是机体病变形成的气泡。

石望春凑过来用教鞭指着片子，分析道，从气泡规则程度来看，人为因素较大，因为每个气泡的大小、粗细、长短太相似了。这上边显示的形状有所区别，是因为位置不同造成了影像差异，有人工干预的痕迹。再退一步说，假设这些气泡是人体组织病变的话，那么发病的部分不会均匀一致，像机器制作的零件一样整齐划一。

医生竖起大拇指，说道，从营养学和病理学角度来说，很有道理。不过医学和数学是相通的，也有验证正确结论的方法。

郝运来接过话题提醒道，还是用我们常用的方法来验证吧！望春，提取他的尿液做个毒品检测，不就一清二楚了。如果他身体带毒，那么尿检阳性的概率会非常高。

一会儿工夫，石望春就完成了一连串的检查动作，拿着王书磊的尿液盒走了过来，汇报道，郝队，你看呈阳性，这表明王书磊体内含有毒品。

郝运来看着蔫了的王书磊说道，我肯定地告诉你，你身体里含有毒品海洛因成分，还不如实交代。此时，王书磊的肚子一阵阵难受起来，他感觉到大势已去，便低头不语。

石望春见时机成熟，就端着一杯小磨香油走过来，大笑道，王书磊你他娘的真有福，我们平时都吃不上这么好的香油，大夫交代了，喝了油拉着舒服，省得把肠道和屁眼子都蹭破了。

王书磊此时才相信自己肚子里的秘密彻底保不住了，但是如果接过杯子，就等于承认了人体带毒的事实。他犹豫不决地站在那儿，好像没有听到似的。

常青云笑道，甭管他，再过一会儿止泻药就会失效，他会把毒品全部拉出来，到那时就不用交代了，连个好态度也落不下。

石望春劝道，不喝油，你会像母鸡产处女蛋一样难受，伤了你的肠胃和我们无关，再等一会儿胶囊到了大肠，喝了油也起不到润滑的作用。王书磊依然无动于衷。

常青云实在看不下去了，劝说道，石队，收起你的好心吧，你这是怀揣卵石生鸡娃，暖错了蛋，瞎忙乎。

石望春故意大声说，总不能看着他难受得憋死吧！

此时，王书磊感觉肚子里的东西下行受阻，堵在肠胃里疼得直想哭，又听说会憋死人，想着如果胶囊烂了，即使自己不被憋死，也会被毒死。他急忙伸出手要香油喝，说道，我喝油。

石望春递过香油说道，放着香油不用，非要等屎憋了屁门，才知道别人的好心。

王书磊接过香油，像喝水似的咕嘟了两口，由于喝得太急，呛得他咳了几下，然后又忍着不适，把剩下的香油喝进肚里。

王书磊一直没有接话，感觉着香油在肚子里蠕动，过了一会儿，倒是噗噗地放了几个响屁。他难受得捂着肚子，呻吟道，我已经坚持不住了，急着屙屎呢！

常青云见时候到了，赶快找来脸盆放在屋里，命令道，在这屙吧！

王书磊扭动着屁股不肯脱裤子，难为情地说道，你们都看着，我咋屙得出来？

郝运来在一旁看着，已经忍了好久，不耐烦地皱皱眉头呵斥道，想要花招吗？我们不嫌你臭，你还想屙到茅缸里吗？想得美，不想屙，就憋回去，看把你能耐的。

王书磊实在憋不住了，情急之下，无奈地在众人监督中脱下裤子，对准脸盆使劲地往下屙。痛苦的表情让人觉得好笑，由于用力过猛，脸扭曲得像麻花似的。一会儿工夫，王书磊像母鸡下蛋似的屙了十几个乳胶袋子，整个过程常青云用手机录像保存。

石望春用力揉揉鼻子，骂道，平常也没觉得屙屎有多臭，你娘的！奇臭无比。

王书磊屙完毒品满身大汗，浑身轻松，觉得肚子空着饿得慌，认为贩毒的事再也隐瞒不下去了，也想落个好态度，就主动交代道，现在你们都看见了，我也不想再隐瞒事实。大哥说这都是毒品，要运到黄河滩交接。我还没去呢，就被你们抓住了。

常青云戴上医用手套走过来，骂道，这没尾巴狗屎就是怪臭。说着无畏地端起脸盆，把乳胶袋子冲洗干净，装在塑料袋子里，拎过来放在桌子上。

石望春担心道，我们控制王书磊已有个把小时了，那边的大哥会不会怀疑王书磊出了问题？

郝运来道，让他先报个平安，离交货时间还有半个小时呢。我们尽快赶过去，用王书磊的手机联系下家接货，也许还赶趟。

王书磊不再反抗，服服帖帖按照民警的吩咐，给大哥打电话报过平安，央求道，郝警官，给我弄点儿吃的吧！我带你们去。

一行人上了汽车，郝运来递过来方便面和火腿肠，说道，将就点儿吧，我们为了你，出门在外也是拿它当饭吃。

常青云发动汽车，按照王书磊的指引加速前进，郝运来感到警力不足，想通知陈华敏支援抓捕行动。

于是郝运来拨通陈华敏的电话，问道，你和艳红在哪里？带上追踪器，抓紧时间赶到入河口，开便车，明白吗？

陈华敏急忙召集民警，驾车赶过去和郝运来会合。

郝运来见到陈华敏她们过来，高兴地说道，时间不多了，把跟踪器拿出来。王艳红拿出跟踪器说道，好长时间没用过了，不知是否安全，别让他吃了，如果直接爆炸了，可就是一条人命呀！

郝运来故意大声说道，你做个小实验，不就知道它的可靠性了吗？常青云把跟踪器放进气球里，对着气球猛吹几口气，再用鱼线扎紧进气口。取出无人机，拉上鱼线绑在无人机的起落架上，操作遥控器，无人机轰鸣着把气球带上了天空。

郝运来的手机上立即显示无人机的飞行轨迹，看到适时的位置。

陈华敏指挥道，画面这么清楚，可以做引爆实验了。

王艳红按下手机操作键，只见气球在不远处的空中爆炸，看得王书磊胆战心惊，又感到莫名其妙。

常青云收了无人机，解开鱼线，让郝运来检查气球留下的残片。

郝运来说道，好大的威力，这要是在人肚子里爆炸，肯定没命了。还愣着干吗？取一丸跟踪器让王书磊吃了，省得他一会儿离开我们，跑了咋办？再抓他就费功夫了。

王书磊这才明白，原来他们这么做，是为了控制自己，就说，我不吃，别折腾我的肚子了，万一你们失手，我就真的搭上了小命。

石望春见不得王书磊黏黏糊糊的样子，命令道，没时间了，还有几十分钟，赶快吃。说着一手掰着王书磊的头，让他下巴扬得老高，一手把他的嘴巴掰开。王艳红掏出跟踪器在王书磊的眼前晃了一下，以命令的口吻说道，吃吧！猛然扔进王书磊的嘴里，顺手往他的嘴里倒了些矿泉水。王书磊觉得嗓子难受，就被动地咽了下去。

石望春松开手说道，自觉点儿就不必这样麻烦了。王书磊大口地喘着气，不愿意地说道，你们想弄死我呀！不让你们炸死，也得被你们噎死，你们还是警察吗？简直就是土匪。

石望春骂道，王书磊，小心你的肚子。说着一拳打来，吓得王书磊捂着肚子向后躲闪，急忙求饶道，我怕了！我怕了！听话还不行吗？

王艳红满脸严肃地威胁道，不听话就炸死你，一会儿看我们的信息行事，明白吗？王书磊不敢作声，点头表示知道了。

石望春让王艳红附耳过来，问道，艳红，跟踪器安上了吗？王艳红笑着指了指王书磊的衣服，点了点头大声地说，刚才王书磊已经把糖块吃进去了，不用担心。

正说着，王书磊的手机响了，大哥喊道，王弟到了吗？

王书磊赶紧说道，刚下出租车，正要给你回电话呢！呵呵！这不你就打过来了。

大哥问道，宝贝好吗？周围有人没有？

王书磊看了郝运来一眼，说道，没人跟踪，宝贝已安全出生。

大哥遥控指挥道，你看到黄河边的小船了吗？有个渔民在打鱼，你坐船到河中心的芦苇岛上，把东西放在黑色袋子里。

王书磊关心地说道，好的！把东西给你了，我的钱呢？

大哥蔑视道，你个要钱不要命的家伙，完成任务返回原处，我会告诉你到哪儿取钱。

王书磊爽快地答道，好吧，我只有信你的分了。他一刻也不敢耽误地来到河边，拿出100元钱给渔夫，问道，去前面芦苇岛够用吧？渔夫高兴地接过钱，收起铁锚划动小船，载着王书磊到了河中心的芦苇岛。

所谓的芦苇岛，其实也不是真正意义的岛屿，它只是河中冲积的一片高地而已。汛期淹没在河水中，枯水期部分沙丘露出水面形成小岛。岛上的湿地里长出许多芦苇，看上去好似水中绿洲，这儿有许多不知名的候鸟筑巢繁育后代，也是打鱼人小歇的地方。这样的潮湿沙土地，适合芦苇生长，时间长了这儿就形成了一片芦苇荡，被当地渔民称为芦苇岛。

王书磊独自进岛，按照大哥的指引，顺着苇地小路东绕西拐，在一棵柳树旁找到指定的黑色袋子。他向四周望了望，没有看到大哥的人影，感到这样的指挥很奇怪。但也不敢多想，就把东西放进袋子里，乘船返回岸边。

自从王书磊上船，郝运来就拿着手机密切地监视着他的举动。当王书磊进到芦苇荡时，无人机被茂密的芦苇遮挡了镜头，王书磊消失在芦苇丛中。郝运来紧张地观察着，除了几只受惊飞起的鸟儿鸣叫着飞过天空，再也没有看到其他异常情况。

过了一会儿，王书磊再次出现在屏幕上，郝运来紧张的心情依然没有放松。他预感到情况不妙，不知芦苇丛中会发生什么事。当看到王书磊乖乖地返回岸边，就急忙命令王书磊绕过树林来到车前，让王艳红看好王书磊，自己带着石望春、常青云乘渔船到了芦苇丛中，寻找王书磊描述的黑色袋子，却怎么也找不到。芦苇深处泥泞不堪人迹罕见，地上除了王书磊的脚印外，没有更多的痕迹。郝运来四处观察着，发现芦苇丛里柳树枝叶有折断的痕迹，心里咯噔一下，惊讶道，好厉害的对手，竟让我也栽了跟头。他立马给王艳红打电话说道，仔细搜索芦苇岛周围，看看是否发现可疑飞行物或船只。

王艳红接到电话，把无人机里相关的视频录下来，转发给郝运来和常青云。常青云看着无人机拍摄的录像，发现一个小黑点从对岸飞来，钻进芦苇丛很快就飞走了，是鸟儿还是飞行器？图像不是十分清晰。

郝运来反复观看着录像，说道，从黑点飞行的规律分析，无人机的可能性较大。郝运来截取了几张照片，来到船上喊道，师傅，带上我们的人去对岸。渔夫划着木船把郝运来他们送到黄河北岸，来到大水坑的石头边，看到鱼兜兜半浸在水中，里边的鱼儿听到动静，惊得来回乱窜。

郝运来幽默地说道，看着没，多现实，逮着大鱼了，小鱼就不要喽！石望春笑道，把咱耍了，他们不要咱要，带回去炸了吃。郝运来苦笑道，丢了大象捡了个蚂蚁腿，也这么高兴，真是好心态。把鱼儿带回南岸，留下几个同志继续侦查。

这次失手，郝运来犹如掉进冰窟窿里，心寒得快要凝固了，两眼一抹黑，分不清东西南北，这么多个案件悬而未破，郝运来处在困境中难以自拔。

张副局长打来电话说道，上级要求你们尽快破案，一群记者围着公安局采访洞穴枪击案、闹鬼案、火灾案，追问进展情况和结果。

今天又出现毒品丢失事件，让郝运来头疼不已。他后悔没听从石望春的劝告，走了一步险棋，没把真毒品换下来。这样即使失去抓捕机会，也没更大的损失。

三

阎大鹏这次心满意足，他失去加工毒品的七眼洞，但是新的毒品通道打开了，心里欢喜，不过他也发现王书磊有问题，联系的间隔有些长。

阎大鹏听了对岸哨子的情况反馈，看到王书磊和一群陌生人在一起，那些人很有可能是警察。

阎大鹏心里惊恐道，险些被警察发现，这个王书磊被操纵了那么多年，或许知道我冒用岳成群身份的真实情况。

阎大鹏对马仔道，让他来对岸领取一万元现金。马仔不敢怠慢，拿出手机拨通了王书磊的电话。王书磊听到铃声，打开免提与对方说话，眼珠子不停地转来转去。他不仅想要一万元现金，更想脱离警察的控制，他明白贩毒重量的界限，达到一定数量是要判死刑的。看到王艳红时刻警惕地看着他，感到逃跑的希望非常渺茫。

王艳红把最新情况向郝运来汇报，郝运来说道，既然这样就让王书磊去吧。石望春看到王书磊坐船到对岸，就凑近郝运来耳边道，别失望，失去的是假毒品，纯度非常低，真毒品让我调包了。

郝运来道，你小子！谁让你调的包，我要放长线钓大鱼，你个意见布袋，就知道对着干。

石望春感到操好心办坏事，不仅没有得到肯定，反而挨了批评，脸上有点儿挂不住，十分不高兴地说道，那怎么办呢？我们采取点儿保护措施吧！

郝运来也感到石望春的窘态，意识到由于心急说了难听的话，不想因工作伤了和气，就缓和了语气说道，这次王书磊凶多吉少，快通知对岸同志做好迎战准备，我们快开车到对岸。

几个民警上了汽车，王艳红打开跟踪器，发现王书磊已经到了北岸，坐出租车沿公路向北行驶。郝运来急忙追击跟踪，并通知陈华敏带人在路上接应。

王书磊乘坐出租车行至十字路口，突然横向蹿出一辆大货车，吓得出租车司机急忙打转方向，避让货车。货车也紧急刹车，两车避让不及，发生碰撞，幸好速度不是很快，两车被迫停在公路上。

出租车司机下了车，气鼓鼓地骂道，奔丧呀！咋开的车！货车上的几个人听到骂声，从车厢里跳下来，手持棍棒冲了过来。出租车司机看到这架势，一脸愤怒的样子像变色龙似的，瞬间堆起了讨好的笑容，吓得赶紧躲避。

王书磊见状下车就跑，四人紧追不舍。

幸好民警及时赶到，郝运来见此情形急忙说道，快去抓人。便冲下车去。石望春、常青云、王艳红听后也下车追了过去。

这时阎文华在远处观察，发现郝运来的汽车无人看管，他就绕过货车来到郝运来的汽车前，举起铁棍砸烂车窗玻璃，打开车门，把车里的提包偷走，在车里和后备厢搜了搜，没有发现更多的东西，转身跑了。

郝运来看到王书磊劫持路过的汽车，向东逃去，那四人坐上同伙的汽车，猛追王书磊。

石望春见状，拦了辆私家车，急忙出示证件紧急征用车辆，说明追击犯罪分子的紧急情况，三人上车追赶。这三辆车在车流中飞速穿梭，你追我赶展开生死角逐，简直就是上演了一场车技大赛。在慌乱中，王书磊坐的汽车多次被追上撞击，险些被撞翻，后侧车门被撞了几个大坑，车窗玻璃粉碎掉落，后保险杠被撞碎掉落在公路上，两车不同程度地受到撞伤，王书磊坐在副驾驶座上威胁司机加大油门逃跑。当通过路面较窄的桥面时，王书磊乘坐的汽车受路况影响，司机放慢了车速，后车趁机超越前车，把王书磊的车挤得无路可走。王书磊的车失去控制冲向栏杆，掉下桥去。追击的汽车也撞在栏杆上，停了下来。郝运来追到出事地点，停车营救伤员，石望春、常青云拨打救援电话，并请求民警支援，处理交通事故。

医生赶到现场救援，看到桥下四脚朝天的汽车，砸在泥地里形成了一个水坑，幸好司机被安全带固定在驾驶座上，他不停地发出痛苦的呻吟，大夫急忙撬开车门施救。不远处摔出车外的王书磊，血肉模糊地躺在地上，头部伤势严重，已停止了呼吸。桥上追击的四个人，一人身上多处骨折，其他三人身上多处轻微擦伤。

当地民警将嫌疑人带回单位审问。郝运来跟了过去，他也要问个明白，查清究竟是怎么回事。

郝运来询问货车司机道，多大点儿事，至于玩命吗？

司机狡辩道，他闯红灯想害死我们呢！这么个大车正常行驶，让他撞上了，不赔钱吧，还逃逸，我们才追他。

石望春实在听不下去了，说道，胡溜八扯，你们车速慢得刚刚起步，显然是在这里等待已久了，等他的车过来故意撞的。你们四个人拿着棍棒冲向王书磊，说明早有预谋，想害死王书磊，还不从实招来。

司机听警察扣了个杀人的大帽子，寻思着不该承担这样的罪责，还不如实话实说得好，省得蒙受委屈，替别人受过。他抱着头沉思了片刻，说道，好吧，我说。他在赌场欠我们五万元钱，说今天要还一部分，我们才在这里等他来还钱。

郝运来质疑道，你们这哪是要钱，简直就是索命。你们是造成王书磊坠桥死亡的直接原因，你编的故事漏洞太多了，想糊弄谁呀？

司机可怜兮兮地说道，不信就问其他人，啥都清楚了，何必跟我费口舌？

石望春白了司机一眼，说道，郝队，不用跟他浪费唾沫星子，他们早被手机通话记录出卖了。我已让王艳红查了司机的手机信息和通话记录。司机电话号码和岳成群联系比较频繁，通话时间长、频率高，肯定有问题。

郝运来盯着司机的眼睛问道，岳成群是谁？老实交代！说着话走到司机跟前，打开手机屏幕递过去。

司机看了看手机号码，纠正道，我联系的人不是他，我也不知道他是谁。

石望春显然对这个回答极不满意，脸色有点儿难看地说道，别以为现在这个电话已停机，就可以隐瞒事实。

郝运来见司机没啥反应，知道再往下审问，也得不到想要的东西，就吩咐民警道，王艳红继续案件追踪，石望春负责落实阎大鹏和这个岳成群的关系。

经过石望春的努力查询，阎大鹏的行踪很快进入了视线，石望春看到姜八斤提供的阎大鹏照片，上面写着岳成群的名字，这照片和几年前的照片差异很大。凭他的判断，怎么和阎大鹏也联系不到一起，分析着他们之间的关系。通过几个积案的审查，又发现岳成群的做事风格、性格脾气和阎大鹏十分相似，都是神龙见首不见尾，作案前有他指挥的身影，案发后却不知去向，作案的人大多是阎文华和阎氏健身房的员工。但阎、岳两人身份经历却截然不同。

其实，阎大鹏使用岳成群的身份信息，经常干违法勾当，自知不是长久之计。为了自身的安全，在小区和楼道里安装了监控，有时还派人到派出所附近观察民警的外出情况，发现动静立即逃走。

阎大鹏感到危在旦夕，阎富有为了儿子的安全，就鼓动王书磊家人去公安局讨要说法。王书磊品性恶劣，本身没几个亲人朋友愿意出头。但是听说，闹一闹，公安局会同情弱者，人命关天的事会赔偿很多钱。

书磊爹也懂得亲人朋友的顾忌，知道自己平时为人刻薄，关键时候没人出面帮忙，也情有可原。他决定临时抱佛脚，当面向大家承诺，如果讨来赔偿款，按照出力大小给大家分钱，声称参与的人见者有份。这样亲人朋友中见利忘义者，就跟风而来。他们头戴白布条，打着条幅来到公安局门口，20多个人站在广场上大喊大叫，引得路人驻足观看，造成道路拥堵，带来了不良影响。

郝运来得知消息慌忙来到门口，看到这些不明真相的群众，明知他们受了蛊惑，心想，不能硬碰硬，伤了无辜群众的心。他好言相劝，动之以情，晓之以理，使出浑身解数化解矛盾。一位老大爷认出郝运来，知道他是多年前破获银匠被杀案的英雄，向亲朋好友讲述了救助王书磊的经过，来势汹汹的人们才平静下来，耐心地听郝运来说出王书磊车祸死亡的来龙去脉。真相被揭开，闹事的人们像霜降后的红薯叶子一样，个个蔫蔫的，耷拉着头，站在那儿不知说些啥好。

郝运来趁机宣传法律知识。当书磊爹听到扰乱机关办公秩序要受到拘留处罚时，他也害怕没讨要到赔偿金，反倒因此连累乡亲们，以后在村里就更没法儿混了，于是就顺坡下驴，带着乡亲们离开了公安局。

尽管郝运来平息了群众聚集，第二天，网络上还是登出了“追击抓捕致嫌疑人死亡”的负面报道。

张副局长正为案件没及时侦破着急上火，对郝运来的处境有些担心，又有这样的负面舆情，他也替郝运来捏了一把汗。

此时，外边有人报告，张局，今天是您的接待日，时间到了，有群众嚷嚷着要见您。张副局长整理好警容来到接待室，受理群众来访，接待的第一名是举着白布条的妇女，投诉郝运来徇私枉法。

书磊娘看见张副局长进来，就两眼泪汪汪地说道，儿子被人绑架坠车死亡，坏人没得到处理，我们不服呀！

张副局长温和地说道，请相信公安机关的能力，我们正在积极侦破案件，查找事实真相，这次参与的嫌疑人员已被我们抓获。

这个是郝警官负责的案件，你们要为我做主呀！书磊娘鼻涕一把泪一把地哭诉着。

郝运来应邀到接待室旁听，他听着家属的哭诉，紧锁着眉头没有言语。他心里苦不堪言，那边没黑没夜地为她儿子讨回公道，这边她还不依不饶地制造麻烦，干扰公安机关侦查破案。真不知道这婆娘安的啥心，那就暂时把案件抛在一边，静下心来看她演戏。

书磊娘见郝运来没有反应，认为他很理亏，就指着郝运来，兴师问罪地说道，听说你们把卷宗也弄丢了，我想知道案件处理到哪儿了。

张副局长扭头把目光投向郝运来，心存疑问地说道，郝队长，你说说吧！

郝运来站了起来，礼貌地说道，是！本来我那天把其他案件的卷宗准备好了，正要去检察院起诉。可是中途接到紧急命令，需要抓捕贩毒分子，没想到路上发生了意外。前边因车祸引起了打架，造成堵路，车辆不能正常通行，我们只好弃车追赶嫌疑人。不幸的事就发生了，王书磊乘坐的汽车坠桥，造成王书磊的死亡。

当我们返回汽车时，发现车玻璃被砸，卷宗被人盗走。我这些天在查找卷宗的下落，同事们也在积极协调相关人员补充材料，并和检察官、法官协调按时起诉。还有十几天的时间，你们放心！不过这事儿和你儿子的案件没啥关系，别听他们胡咧咧！至于你儿子的案件，我们会让犯罪分子得到应有的惩罚，给你儿子公正的处理结果。书磊娘愤怒而来，扫兴而归。

送走书磊娘，张副局长担心地自责道，这事非同小可，几家网络媒体追踪报道，我首先应当承担这个责任，是我安排不周，让你在这种情况下去抓人。卷宗是被盗了，不是丢失，你没有多大的责任，但是要给人民群众合理的交代，要让犯罪分子得到应有的惩罚，你还有很多工作要做。

我也为此受到了党委的批评，局党委研究决定让你暂时停止执行公务，反省自己的错误。

郝运来听后，激动地站了起来，说道，这怎么可以！我手里的案卷怎么办？

张副局长不好意思地说道，先歇歇吧！不要思想包袱太重了。

郝运来着急道，我查到岳成群就是阎大鹏的证据了，我正在布控抓捕，我停职检查了，他不就趁机逃跑了吗？

张副局长叹着气平静地说道，放心吧！还有石望春和陈华敏呢！他们去落实也可以嘛！

郝运来无奈，气愤地拿出警官证摔在桌子上，把手枪往桌子上一扔，愤愤不平地说道，只要你们觉得舆论左右决策是正确的，作为部下又能咋样呢？说着扭头往外走。

张副局长看到平时性格温顺的郝运来现在异常激动，就连脖子上的青筋也蹦得老高，意味深长地说道，运来！请相信组织，会洗清你的污点，查清事实，还你公道。

郝运来停下脚步，回身瞄了眼张副局长，心里的恼怒冲到了脑门子，因愤怒无处发泄，憋得满脸通红，还没等张副局长说完，就好像没听到似的转身就走，也不顾张副局长的挽留，头也不回地摔门而去。

郝运来犹如高空中的战斗机，突然失去动力，猛然摔下云端，在失重的状态下高速下落，心里的落差无法用语言来形容。他心想，就是把我的官撸了、民警撤了，无论付出多大代价，我也要把卷宗追回来，把阎大鹏给法办了。这才是给受害群众的真正交代。正是这种倔强的性格，决定了机动队组建之初的队魂，宁可脱掉三层皮，也要执法为民战斗到底。这也是机动队勇往直前的誓言。在人生再次处于低谷的时候，他坚信，无论遇到啥困难，只要咬定线索不放松，总有扬眉吐气的时候。

四

阎富有看到了连环动作的效果，郝运来被停职检查，公安局对阎大鹏的追踪果然放松了下来。阎大鹏有了喘息的机会，趁夜色悄悄离开市区，找他的老相好程颖颖叙旧情去了。他知道在这儿无法混下去，还是去佛门躲一阵子吧，觉得把事情放冷了，再想法儿还俗，继续干自己的事更为妥当。

石望春失去了郝运来的指导，发现目标突然消失，查找阎大鹏的行动就此搁浅，开始办理遗留案件。经过协调，把被盗的命案卷宗复印件递交法院，法院开始审理此案。

嫌疑人阎标听说卷宗丢失，就当场推翻供词说，我没有故意杀人，想看看卷宗里的笔录。法官毫不含糊拿出案卷复印件，当场宣读笔录内容。

阎标质疑道，我不认为复印件可以当证据。法官早有准备，打开投影仪说道，你看看审问过程的录音录像，你是怎么说的。

阎标看过投影，低下了头，小声说，那我也不认，是他们逼我说的。

律师威严地说道，早知道你会如此抵赖，民警又重新调取了证人证言和取款记录。既然你这样说，看看这是什么。律师出具了手印、足迹的鉴定书，上边盖着鲜红的大印章，并对每起案件细节逐一进行比对核实。阎标在证据面前彻底被击垮了，承认了自己的犯罪事实。

法官道，法律证据不仅仅是笔录，还有音像资料、证人证言、鉴定结论等。法院正式宣判此案的庭审结果，阎标犯故意杀人罪，判处死刑。三起杀人案合并执行死刑，立即执行。喜讯传到郝运来那里，他一点儿也高兴不起来，因为幕后的大鱼还没落网，需要继续追寻卷宗的下落，他要凭着自己的努力把卷宗找回来，挖出幕后的指使人，否则总感觉背后有个黑洞洞的枪口对着自己，随时都有被陷害的危险。

郝运来走进饭堂，本来几个人在嘻嘻哈哈地说笑着，看见郝运来进来，面对门口的民警突然停止了笑声。

背对门口的民警不知所以然，还在兴奋地说笑，你们不要认为当领导的就不会犯错误，就拿郝队来说吧，什么能力呀，你就看他身上背的处分吧！说是有能力也不错，侦破了不少大案要案，立了不少功劳。不过这几个处分也足以说明了问题，他只是一个干将，而不是一个完美的领导人，经常顾此失彼。

另一个民警道，有些人当了官，就忘了自己也是两条腿走路的动物，别以为自己能力多强，其实是机会来了，撞了狗屎运，社会关系优越，人脉宽广些罢了。当个小官就认为多牛！对面的民警看见郝运来，急忙示意不要说了。那个民警见有人阻止就更起劲地说个不停，就是他在这里我也敢说。民警指了指他身后的郝运来，说话的民警回头瞟了一眼，看到郝运来尴尬地站在那儿，没趣地低下头，专心吃饭。许多民警看到他窘态爆棚，心里在哗笑这个乱放炮的民警不知好歹，饭堂里一时间出奇地安静。

郝运来怒目而视，肚子里的饿意被怒火冲击得无影无踪，他扭头离开了饭堂。

对面的民警小声道，你说话太过分了，人家刚丢掉官职，你就说风凉话。

民警道，他这个人呀，也太那个了。我找他办点儿事，他说，我们生活在以感情为基础，以法律为准绳的当下。当亲情、爱情、友情不能化解各种矛盾时，法律就会去约束人们的行为，所以说，如今的社会是法制框架下的人情社会。我说，那你就人情一回吧。你猜他怎么说，他说，你说的事不在法制框架内，怎么人情？你们说，他是不是太没人情味儿了？

石望春实在听不下去了，端着碗过来恼怒地说道，别说了，人都要有点儿良心。不要在人家伤口上撒盐，不就是比你进步快点儿吗？何必这么嫉妒人家？这萝卜头的小官也是拿命换来的，知道吗？

民警争辩道，你是他面前的红人，当然向着他说话了。

石望春笑道，人是感情动物，如果失去了感情，就连动物也不如。民警听了石望春话里带着明刺，也不敢再争执下去了。

姜八斤和陈华敏在饭堂门口站着，分析阎大鹏的最新动向，看见郝运来从饭堂出来，就问道，郝队吃过饭了吗？郝运来没好气地说，吃啥吃！气都让他们给气饱了。

姜八斤看着郝运来没有表情的脸，风趣地说道，谁这么大胆，敢气郝大队长，真是吃了熊心虎胆，胆肥了。

陈华敏用商量的口吻说道，走吧，今天下馆子，我请客。郝运来本来昨夜加班到了天亮，早上就没起来吃饭，想着中午再吃也能顶得住，没承想出了这样的状况。听陈华敏这么一说，饿意更加强烈了，说道，八斤一起吧，我请客。

姜八斤笑道，好吧，难得能和你们一起吃个饭。陈华敏不忿地说道，郝队！我知道卷宗丢失的事引起了风波，个别同志说话也太难听了，别去管那些闲言碎语，咱们整几杯小酒解解闷。

郝运来皱了皱眉头，说道，上班时间怎能喝酒？

姜八斤不以为然地说，你都被停止执行公务了，还想那么多干啥？陈华敏抱打不平地说道，一个单位就像家庭一样，同志们就是兄弟姐妹，那个落井下石的人也太不是东西。

郝运来苦笑道，精神是建立在粮食之上的产物，吃饱喝足的人，任他说吧！人呢，维持不完得罪不尽，随他去吧！

陈华敏打开手机里的文章动情地说道，这是我对单位同志们的感受，无论男女都像异姓兄弟那样，同甘共苦，发到微信上你们看看。

郝运来和姜八斤打开微信，欣赏着陈华敏的杰作。

异姓兄弟，宛如旭日下晶莹剔透的露珠，阳光的温暖膨胀了情谊的种子，化作薄薄轻雾融进生命里。岁月把点滴水珠汇成滔滔江河，情谊连绵奔腾不息。把感动滋养成了钢铁巨人，暑去寒来不离不弃。

兄弟呀！你是暴风雨中星夜兼程的战友，没有你，人生将失去意义。你是万花丛中的绿叶，没有你，花开花落的季节将不再缤纷。你是芸芸众生中的知己，没有你，火热的衷肠将无处倾诉，生活的失意就缺了慰藉。

兄弟呀！你是人生的驿站，把忙碌艰辛的旅程变成雅致轻松的周游，使崎岖的山路成了坦途。你紧锁的眉头是兄弟遭遇困难的思索，你轻声的笑语是兄弟分享成功的欢乐。人生路上经历了离别的难舍和重逢的感动，在流逝的时光里彼此结下深刻的情谊，异姓兄弟虽然不能长相厮守，但却心心相印。一路走来，互帮互助犹如亲生骨肉，不是同根生却胜似亲手足。

异姓兄弟呀！你是生命长河里不可或缺的亲兄弟。

郝运来和姜八斤看了文章，啧啧称赞。郝运来真诚地说道，华敏！你做事风格粗枝大叶，真没想到还有点儿文学素养，值得钦佩。

姜八斤本来对陈华敏的爱慕之情处在暗恋阶段，今天被这深深的同志情感染了，说道，华敏队长！你不仅长得美丽动人，还武功高强破案神速，就连文采也是巾帼不让须眉呀！我好喜欢你。说着话，两眼直勾勾地看着陈华敏的脸。

陈华敏不好意思地说道，嘿！你小子连个正经工作也没有，异想天开呀！真是寒号鸟还想配喜鹊呢！

姜八斤听到瞧不起人的孬话，脸上有点儿挂不住了，说道，现在不是向你表白的时候，你慢慢就会知道我是谁了。

陈华敏讽刺道，等你把窝儿垒好、事业有成，我就成老太婆了。

郝运来听着打情骂俏的对话，笑着鼓励道，没有做不到的事，只有想不到的心，俗话说，人不可貌相，海水不可斗量，现在的表象决定不了未来的结果。

三人边吃边聊，一会儿就吃了个沟满壕平。郝运来到吧台结账，姜八斤急忙把郝运来推到一边，说，郝队！我来，总不能老让你结账吧！陈华敏一把拉过姜八斤，站在前边把饭钱付了。

这一举动，使姜八斤心里更加敬重陈华敏的为人，说道，今天是七夕节，你也抢着结账，我实在过意不去，送你几句话吧，名字叫《缘》。

夏炎掠过秋花垂，追案相思柳叶眉，偶遇鹊桥相会处，仙女馥郁梦相随。

陈华敏一听便知姜八斤的言外之意，脸红道，我们之间友爱有加，别多想了，我结账是心疼你没有工资，知道吗？

姜八斤心里美滋滋的，穷追不舍地说道，你看看微信。我自从见了你，心就像长了草似的魂不守舍，我给你写了一篇短文《荒芜的善良》，请你鉴赏。陈华敏好奇地打开微信，翻看着姜八斤的寸草之心。

我有一颗善良的心田，命中注定与你相遇。你的善良品质，那么亲切，美丽的转身留下了动听的乐章。彼此的眷顾结下了深刻的友谊，仿佛两颗善良的心灵融化升腾，从此心田不再平静，激起了阵阵涟漪。那份善良越长越大，伴随莫名的期望长出了许多杂草，在绿洲里开着鲜艳的花儿。我曾多次想把这份意外的美丽剪去，然而伸出手去，却被花儿的芳香迷住了眼睛，心被玫瑰刺儿扎得生痛，流出了欢快的血。

不忍心看着那份意外的美丽化为乌有，然而那份挚爱瞬间化成带痛的亲情，萦绕在心头挥之不去。任思绪在空中飘荡，在宇宙里徜徉，迎接着心田长出杂乱无章的鲜艳。任其伸展开来，淹没了那份初心，遮盖了原有的善良，在心田自由地生长，刺痛善良的心灵直到荒芜。杂草淹没了原有的庄稼，使天地失色，荒芜了那份原有的善良。

心有点儿痛但却很美。

陈华敏看过微信心跳加速，觉得浑身发烫，用手点了姜八斤的脑门子，说道，文笔还不错，你的那点儿歪心思，我一眼就看出来了，但是还要门当户对明白吗？

郝运来看他们说得热乎，抑郁的心情也豁然开朗起来。

五

殷小红这些年经过教育，性情上有了很大改观。但她忘记了小时候杀死银匠爷爷，被阎家人追杀的事，竟然接受阎家给的小恩小惠，还经常帮阎家人通风报信，简直成了阎家的小混混。随着年龄的增长，13 岁的小红身高一米六五，身材像个大姑娘似的，前凸后翘，女人味十足，吸引着异性的眼球，也让女同学们嫉妒不已。

可是，老师发现她近期变化很大，学习积极性明显下降，成绩一路下滑。老师找她谈心，殷小红说不出个所以然来，老师也只好作罢。

上课期间，殷小红报告，肚子疼得厉害，想上厕所，老师也没在意。过了一段时间，殷小红的肚子慢慢变大了，并且经常出现呕吐现象。老师是个过来人，怎么看，都觉得殷小红有点儿反常，想着殷小红肚子里可能长了啥东西。出于对殷小红的关心，老师想给殷小红家长打电话，让家人带殷小红检查身体。

殷小红急得直哭，央求老师道，不能告诉我爹娘呀！老师无奈，只好领着殷小红到医院检查，

老师拿到检查结果，惊讶得合不上嘴，心想，小红呀，你怀孕四个半月了，胎儿的影像已经分明。老师想着怎样才能帮助殷小红，就领着殷小红来到没人的走廊，直接关心地问道，咋回事？殷小红害怕，不愿向老师说出真情。她身体靠在柱子上，摆弄着小辫子默不作声。

老师很惋惜地说，你既不想让家长知道，又不想说出实情，我为了帮你，只好带你去公安局报警了。殷小红没办法解决这么大的麻烦，就默许了老师的做法。

老师带着殷小红到派出所值班室说明来意。几经周折，石望春接收了这个案件，把她们领到办公室。陈华敏看到这么小的女孩儿怀孕了，就气不打一处来，说道，她还是个孩子，谁这么丧尽天良？石望春说道，还得需要调查才能确定孩子他爹是谁，你是女同志，有些事情好办些，我们一起处理吧！

陈华敏不客气地回道，这个案件当然我去处理最合适了。

石望春奉承道，那好吧！郝队出事了，我们也是群龙无首呀，还得你坐镇指挥。

陈华敏笑道，有进步，这次不提意见了。

石望春本来想给陈华敏戴顶高帽子，说几句好听的，让她心甘情愿地帮助查案。没承想机灵的陈华敏反倒夸了石望春一次，让他也领了一顶高帽子回来。这样你来我往互相吹嘘，还是头一次。石望春有点儿不好意思起来，于是说道，少扯闲篇。说着话走到殷小红跟前问道，小红，你能说说和哪个男人在一起了吗？殷小红看了看周围的人，脸红了，没好意思吱声。

陈华敏小声说道，你们先出去，让我和小红单独聊聊。殷小红等陈华敏关上门，主动凑过来难为情地说，阿姨，邻居的老爷爷和我睡过。陈华敏慢声细语地鼓励道，别怕！有阿姨给你撑腰，说说具体怎么回事吧！

小红回忆着细节，讲述了那天下雨时，她在老爷爷家里玩耍的经过。

陈华敏一本正经地问道，他和你发生性关系了，回家也没跟你娘说这事吗？小红害怕地说，我不敢说，害怕我娘打我。

陈华敏安慰地说道，这也不怨你呀！小红低声地说，娘就听爹的，不听我的，听别人说我爹是后爹，爹对我非常不好。

陈华敏疑惑地问道，他咋对你不好了？小红哭着说道，那天娘没在家，爹和我睡在一张床上，他和我做了那些事。

石望春在隔壁听了陈华敏的询问，血直往头上涌，心想，这些人也太过分了，把他们三个都传过来，问个究竟，真相就会大白于天下。

石望春是个雷厉风行的干将，他想做的事情立马就去落实，于是进屋向殷小红问清嫌疑人的地址，召集民警把老头儿传了过来。经查，老头儿叫阎光棍，曾经跟着阎大鹏作恶多端，为阎氏集团立下了汗马功劳，深受阎大鹏的器重。他年轻时劣迹斑斑，年纪大了才回家养老，至今未婚，无儿无女。他不承认和小红发生性关系的事，但是，他相信鉴定结果，如果测出胎儿是他的血脉，就认栽。

石望春从不含糊，拿出工具采集了他的血样，送检化验。

陈华敏也没闲着，她深深感到殷小红爹娘在这件事中起到了很坏的作用，于是就带人去殷小红家调查，意外发现小红桌子上一本发黄的笔记本。陈华敏问道，在哪弄的本子？殷小红说，演草纸用完了，我就把破箱子里的本本拿出来用。陈华敏翻看着本子，发现塑料皮里夹着一张殷铁蛋签名的账单，就让殷小红把本子带在身上。

身边的小红娘总是低头少语，眼神飘忽不定，不敢与人对视。陈华敏感到其中另有隐情，得知小红后爹不在家，就把小红娘带到刑侦大队，立即进行询问。

陈华敏这几天连续作战，累得眼也不想睁了，心情极为不好，一直处于亢奋状态。她强打精神，把小红娘提到审讯室，往铁椅子上一铐，把手中的案卷往桌子上重重一拍，吼道，老妖婆，你男人死哪去了？

小红娘自从警察到她家的那一刻起，心里的魔鬼好像就被揪了出来，盘算着如何应对民警询问。一路上，陈华敏和民警一言不发，这使小红娘心里更没底了，不知民警到底掌握了些啥情况。当她被带到威严的刑事审讯室时，看到陈华敏这副架势，腿早就吓软了。心里害怕了这么多年，她知道这一天早晚会来，便不假思索地说，不知他死哪儿了，人不是我杀的。

石望春迷茫地看着陈华敏，陈华敏也有点儿蒙圈，被这意外的收获震惊了，冷冷地问，谁……谁杀的？小红娘心理上受折磨了这么多年，思想早就崩溃了，怯生生地说，是孩儿她后爹。

陈华敏追问道，说说经过，别蒙我们。

小红娘回忆道，十多年前，小红亲爹经常外出跑车，生意做得红红火火，每月在家里就住那么几天，那时候小红刚出生，发生了不该发生的事。

陈华敏又问道，啥事？讲清楚。

小红娘痛苦地说道，我现在的男人姜波是小红的后爹，说白了，就是小红的后爹把亲爹给杀了。

陈华敏看着小红娘，觉得她神经是不是错乱了，今天带她来是想借小红怀孕的事教育她，想让她今后多爱护小红，才虚张声势敲打她的傲气，没想到会炸出个地雷。小红娘交代的问题，让在座的民警无不震惊。陈华敏稳定了一下情绪，给小红娘递过一杯水，沉稳地说，喝口水慢慢说！

小红娘喝了口水接着说，小红亲爹经常不在家，女人家干体力活儿不方便，她后爹有空儿就来我家帮着干活儿。晚上，我留他吃过几次饭，彼此更加熟悉了。后来，因为第二天还需要干活儿，他觉得回家不方便，就在我家过夜，省得来回跑着耽误时间。这样一来他省心了，我反倒翻来覆去地睡不着觉。正在我胡思乱想的时候，她后爹就趁黑摸到我的屋里，我俩自然就好上了。

以后她后爹就经常来家里和我做那事。那年春节前，她后爹住在我家没有走。下半夜了，我们正在睡觉，小红亲爹回来了，看到了我俩正在床上亲热的情景。

他没有发脾气，反而冷静得出奇，还嘱托道，兄弟别累着，我也不想张扬这件事，以后不要再来我家，就当啥事没发生，否则我不会轻易放过你。

小红后爹看到小红亲爹瘦弱的样子，想着，他明知从体力上斗不过我，这是缓兵之计，担心天亮后他会去报警，于是趁小红亲爹不注意时，转到身后，用麻绳勒住他脖子向后猛拉，死死地勒着不放。小红亲爹被勒得脸色铁青，双手护着脖子向外抠着麻绳。我看到小红亲爹激烈地反抗着，也害怕丑事暴露，在村里丢了面子，就上前抱着小红亲爹的胳膊不让他动弹。不一会儿工夫，小红亲爹就瘫软在地上不动了，小红后爹看他没了气，趁天黑把他背出去，我也不知道扔到哪儿了。

石望春忍不住问道，那后来，就没人问起小红亲爹去哪了吗？小红娘叹气道，小红的奶奶问起过。小红后爹知道后，害怕事情败露，就跑到外地以小红亲爹的名义给我寄了几次信，来糊弄她奶奶。

我收到信拿着去找婆婆，告诉她儿子有信了，婆婆不认识字，我就念给她听。她虽然很想儿子，但也无法辨别真假，也见不到儿子，就信以为真了。过了几年，婆婆身体不太好，就不再说找儿子的事儿。后来婆婆也死了，就再也没人提起小红亲爹的事儿。小红亲爹长期不回来，我们俩就理所当然地住在一起，没去领结婚证书，也没人提出啥异议。

陈华敏问道，信在哪里？

小红娘说道，我害怕有人问及殷铁蛋的下落，就把信珍藏在柜子里了。

陈华敏道，走，咱去提取证据。于是就带着小红娘把信件提取过来，继续审问。

石望春训斥道，最毒不过妇人心。

陈华敏瞟了石望春一眼，说道，嘿！说啥呢？

石望春笑骂道，我是说这个毒妇，害死前夫还敢抵赖。

小红娘委屈道，人真不是我杀的，是小红后爹杀的人，不信问问他就知道了。

石望春问道，他在啥地方？小红娘答道，他外出办事了，今晚就会回家。

陈华敏和石望春比对过信上落款和本子上的姓名，发现“殷铁蛋”的横画竖撇明显不同。陈华敏说道，殷铁蛋被害的可能性极大。

石望春对陈华敏说道，我带人去抓他，你们先进行着。

傍晚时分，石望春和常青云把小红后爹带到讯问室。

石望春问道，你做的好事，自己说吧！

看到小红后爹跟没事人似的。石望春急眼道，姜波！还装迷糊，杀人奸女，你坏事干绝了，交代吧！免得皮肉受苦。

小红后爹惊恐地说道，我没杀人，不要冤枉我。

石望春笑道，知道一件事，你认为是诈你，知道你的全部底细，你还想伪装到何时？这次，你过不了这关。

小红后爹看到小红娘和小红也被带了过来，他知道小红娘心里藏不住事，况且她想起死去的丈夫，还经常在夜里流泪。

小红后爹的畏罪心理逐步放松了，交代道，我和小红娘是初中同学，她也不知道咋的嫁给了那个病秧子，我心里很愤怒，三十好几也没找媳妇。后来，看她男人经常不在家，我们就旧情复燃，住在了一起。没承想她男人半夜三更回来了，发现我们睡在一起。她男人不但没发脾气，反而平静得出奇，我感到压力巨大，就把他弄死了。

石望春问道，尸体呢？小红后爹道，我把他扔进村西废弃的机井里了，这些年东干渠的水方便浇地，人们就把那口机井填上了，不过，这井口现在还能找到。

陈华敏沉闷了好久，说道，走！我们带上工具去现场。在小红爹的指认下，石望春找人把井里的泥土挖出来，果然里边蜷曲着男性的尸体。把尸骨收集起来，让法医鉴定死者的身份。

忙乎了几天，殷小红的化验结果出来了，和阎光棍没有关系，经过比对，殷小红怀的是后爹的孩子。

陈华敏提审小红后爹时，忍不住上前给了他两个耳光，骂道，你个狗杂种，连孩子也不放过。还口口声声说是小红娘的初恋，你爱她，为啥不爱护她的孩子呢？真舍得下手。

经过连续奋战，小红后爹不得不承认强奸殷小红的事实，小红娘和后爹被刑事拘留，等待他们的将是法律的审判。

殷小红没了依靠，就跟着叔婶一起生活，看着一天天鼓起的肚子发愁。殷小红不得已做了人工流产，身体慢慢恢复了健康，高高兴兴地去上学。同学们认为她行为不检点，对她疏而远之。一时间，殷小红成了孤家寡人，就连同桌也对她嗤之以鼻，还经常有人向她吐唾沫、扔杂物。

殷小红受到了冷遇，人们都用异样的眼光看她，就像审视怪物一样，使殷小红浑身不自在，她开始厌学、逃学。

经过老师的教育，同学们的言行有所收敛。老师和校长为了挽救殷小红，专程上门对殷小红进行家访，叔婶支持殷小红继续读书。殷小红看到学校这么关心她，也解除了思想顾虑。她出门经常背着书包，装着学习工具和书本，高兴了就到学校听课，不高兴了就到处游逛。殷小红认为，反正学习本来就跟不上进度，学不学都无所谓了。

这种状态持续了好长时间，叔婶也只好睁一只眼闭一只眼，装作没看见，毕竟殷小红有时候还到学校去听课，抱着有苗不愁长的心态，等她长大了，找个男人嫁了，就算尽到了叔婶的责任。这样一来，殷小红空闲的时候就多了起来，看到婶婶去洗澡，她嚷嚷着也要跟着去凑热闹。

春天是野浴最带劲的时候，温暖的空气和绿油油的麦田，使人们更加向往投入大自然的怀抱。在风景区东南角的河滩上，有两股温泉从地里冒出来，不停地流淌着，形成了两个露天的天然温水坑。有温泉以来，方圆几十里的人就有来这儿洗温泉的习惯。

通常都是男女分时间段，在同一露天的池子里洗澡，也许会让外来人觉得不可思议，但是这种传统习俗已经在人们心中根深蒂固。今天男人们来得早，就男人们先洗，女人们在远处等待。

小红婶婶等不及了就喊，洗完了吗？我们要过去了。先是婶婶和大妈们穿着大裤衩晃晃悠悠地下了池子。后边跟着年轻的媳妇姑娘，殷小红觉得自己虽然年纪不大，但是，也是过来人了，对男女之事少了些羞耻之心，也跟着下到水里。

可她忽视了自己身体的变化，如今已是楚楚动人的大姑娘了，除了遮羞的裤衩子以外，其他的地方都暴露在大庭广众之下。高挑的身躯凸凹有致，隆起的乳房圆润白嫩，在阳光照射下反射着粉嫩的白光，耀眼夺目，像磁铁似的吸引着贪婪的目光。远远望去倒也是一道美丽的风景，胆大的男人看得直流口水，害羞的男人低头想着心事。

男人们见白花花的一大片，不好意思与女人们共浴，草草地洗过急忙离去，女人们脱光衣服畅快地泡澡洗浴。

阎光棍来得晚了，没跟上第一拨洗澡的男人们，心里着急。但也没有办法，只好等待男人们聚集得多了，才能带着男人们如法炮制，逼得女人们离开，男人们再洗。

寂寞地等待，一群男人闲来无事，一个男子谈起刚才赶末班车的见闻。去得晚了没有洗成澡，不过也没有白去，有个女孩儿长得特别带劲，刚才还看见她光着微胖的身子，嗨！领回去当媳妇都中。阎光棍听到有好看的闺女，春心荡漾，凑近男子跟前，色眯眯地问道，哪的妮子恁好看。男子不愿意把女孩儿的名字公布于众，就小声地告诉了阎光棍。阎光棍心想，他娘的小浪妞，这妮子是我的宝贝，休想打她的主意。

殷小红自从做完流产，从医院回来，就更加疯疯癫癫地闲跑乱逛，时常神经兮兮的，行为不是很正常，经常不按时回家，叔叔婶婶也习惯了。昨天殷小红一夜没回家，他们也没过问殷小红的下落。

叔叔早上去井里搅水，把辘轳绳子放完，发现水桶落到井底，但没有像往常那样沉入水中，好像被啥东西挂住了，就向井下观看，感觉井里好像有一个人在水上漂着，就赶紧报警了。

叔叔回到家里，向婶婶说了搅水的遭遇。婶婶才想起小红来，叫了几声见没人答应，就到屋里找人，也没找到小红，赶紧拿着小镜子去井边，借着太阳的光反照到井底，发现井里的人衣服有点儿眼熟，仔细察看，好像是小红。

石望春和陈华敏很快到了现场，打捞尸体固定证据，落实了殷小红的身份。从脖子处的伤痕确定了案件的性质，发现死者的内裤被撕了个大口子，生前有明显被侵犯过的迹象。但是提取物的鉴定，还需要一段时间才能出来。

俩人带领民警对村里的壮年男子进行排查，结果没有发现线索。俩人陷入了沉思，总不能等着鉴定结果出来了再工作吧！于是，石望春给郝运来打电话请教破案秘诀。

郝运来听了案件情况，说道，她有随身携带的物品吗？

石望春拍着头说道，捞上来的只是一具女尸，除了随身穿戴的衣服外，身上没其他的东西。

郝运来提醒道，问问死者家人，她生前喜欢去哪儿，身上带过啥东西。

石望春茅塞顿开地说道，明白了，我这就去重新询问她叔叔和婶婶。石望春马不停蹄地来见殷小红的叔婶，了解殷小红的活动范围和喜爱物品。婶婶回忆说，小红经常出门带着书包，书包里有铅笔盒、收录机、文化课书籍、作业本，现在她的书包也不见了。

石望春根据殷小红书包里的物品，重新制订排查方案，确定排查目标。大家受领任务后，分头排查殷小红的遗物。

排查发现阎光棍家里有个收录机，民警认为这个物品和阎光棍的身份极不匹配，他要这样的学习用具根本就没啥用处。请来小红叔婶进行辨认，确定这个收录机和小红的是同一品牌。石望春讯问阎光棍，这是干啥用的？他说不上来收录机的用途。

石望春认为，阎光棍是个光棍汉，家中不应该有类似的东西，况且和殷小红的收录机牌子一样，就把阎光棍带回公安机关讯问。

石望春采集了阎光棍的血样送检并询问，收录机是从哪儿弄来的？

阎光棍抵赖说，收录机是捡来的。

石望春冷笑道，不怕你不交代，小红体内的液体已经送检，检验走的是绿色通道，很快就会有消息。

阎光棍面对石望春的讯问，不肯交代犯罪经过，双方僵持着。过了一段时间，王艳红打来电话，报喜道，石队！怕你着急，先告诉你检验结果，再送纸质报告，殷小红体内样本比中了阎光棍的血样。

石望春放下电话威吓道，阎光棍，刚才的话你都听见了，老实交代吧！

阎光棍听得真切，见事情败露，就硬着头皮交代了犯罪经过。

阎光棍塌蒙着眼，说道，前天，我又去洗澡，发现温泉的池子不见了，被两个大水泥墙围了起来，温泉水被抽走了。我顺着管子查看，好像水被抽到山上去了，我就骂骂咧咧地埋怨着，谁把水抽走了，也不说一声，害得老子白跑了十几里地的路。

我回到村里已经天黑了，看到小红从远处过来，心想，这个小妞野着哩，本来精神就有点儿不正常，怀孕后受了点儿刺激，听说病得又严重了。觉得上次警察来破案，也没把自己咋的，只要小红不说，就不会有啥事。因为我和小红曾经做过那种事，我便想把不满的情绪发泄到她身上。

小红经过我家门口时，我说，小红！我家的糖可甜了，你吃吗？小红以前也经常去我家吃糖，今天就爽快地答应了。

我把小红哄到家里，关上大门，给小红两个糖块，小红撕开糖纸把糖放进嘴里，慢慢地品尝甜美的味道。我把小红拉到床边，小红知道我想干啥事。小红说，我怕疼，做人流快把我疼死了，别碰我。

我急得像猴子似的，哪管那些，就强行和小红发生了关系，小红坚决不愿意，非要把事情说出去。我恼怒地吓唬她说，后爹把你搞怀孕了，你还假装正经，咱俩也不是没做过这种事。这事儿不要向外人讲，要不然我就弄死你。

小红鼓足了勇气，说道，我有警察阿姨和老师撑腰呢！你不要再欺负我了，要不然，我让警察阿姨把你抓走。

我本来想吓唬小红别说出去，又给了小红几块糖，听小红这么一说，反倒提醒了我。小红今非昔比了，接触的人有警察和老师，亲娘和后爹都被判了刑……干脆一不做二不休把小红弄死算了，省得她乱说一气。

于是，我就狠下心来，用胳膊肘卡着小红的脖子将其勒死，等到后半夜街上无人时，将小红的尸体扔进吃水井里。

陈华敏听了，气得牙根咬得直响，用地道的家乡话恶狠狠地骂道，我真想一脚夯死你个老鳖孙，你也太不是个东西了。

石望春笑道，没想到，淑女也会气成这样子，别生气了，尽快办理刑拘手续，把他送到拘留所才是正道。

陈华敏默默地整理着卷宗，很久没说一句话。

一个接一个的案件，使民警们累得喘不过气来。在送拘阎光棍返回的路上，陈华敏有点儿伤感地问道，望春！你记恨郝队吗？我有点儿想他了。

石望春奉承道，小红案件突破口还是郝队找到的，我怎么能恨他呢！应该感谢他才对。

陈华敏意味深长地说道，我不会因为一点点的不如意，就否定一个人所有的好。更不会因为工作一时失误，就否认这个人所有的功绩。我真的好想见到郝队，重新和他一起工作。

说着话，俩人呆呆地望着窗外，晶莹的泪花在眼眶里打着转转，陈华敏强忍着没让眼泪掉下来，车里的交谈声戛然而止，任凭常青云驾车在马路上飞驰。

此时，陈华敏手机丁零的提示音响起，打破了车内伤感的氛围。她打开微信，看到姜八斤发来的信息，悄悄地欣赏起来。

今天是女神节，祝你和女同胞们节日快乐！我专门为你这朵仙花作了一首诗：

梦仙花

梅花傲雪残春归
柳苞枝头暖风吹
轻车大厦拂嫩绿
举目难觅柳叶飞

忽闻仙境樱花放
眉似弯月百花藏
粉黛飘飘梦里望
春雷唤雨披彩江

朝霞翩翩欲东辉
试问春花向往谁
姹紫嫣红秋实脆
三八艳惊春又回

陈华敏心生厌烦，回复道，你们村里发生命案，破案了才收到你的微信，这些天跑哪浪去了？我也没你说的那么美。

姜八斤满含热情地回道，天天在想你呀！低调做人，不惊友，高声放歌，刻劲舟。谦虚了吧！美丽只会越来越有磁性，花一样的年龄，给春天增光添彩。

陈华敏看了甜美的文字，心情好转了许多，回复道，笔墨技法好的人，言语里都带着蜜，不知不觉让人中了你的糖衣炮弹。

姜八斤迅速地回道，所以蜜蜂常会受人追捧。享受甜蜜的人，也会全盘接纳蜜的甜美，说明花的季节才刚刚开始，只是花欣赏不到自己艳丽的容貌而已。

陈华敏也喜欢听别人的赞美，全身的积极性被调动了起来，兴奋地回复道，跟你聊天真的是身心愉悦呀！

姜八斤自信地回道，在白马眼里，唐僧无趣，它最羡慕的是驮着女王的骏马，与花魁为伴驰骋疆土。骏马倒不以为荣，多么想随唐僧周游世界修成正果。其实我觉得自己最棒！各有所长。

陈华敏想了想，这小子还跟我玩文的，略加思索回复道，就像花既崇拜树的高大，又羡慕草的顽强，却不知游人更喜欢花的艳丽绽放。

姜八斤见陈华敏着了文学的道，心想她是个武将，跟我玩文的，我要好好表现，才能赢得她的芳心，于是回复道，我根据你的美貌写了篇短文，请你笑纳。

恋春

你是春天娇艳的仙姑，飘洒着和煦的秀发抚摩万物。我愿借你温柔的小手，掬一捧阳光驱走寒冷，唤醒沉睡已久的翠绿。

你是万里高空的惊雷，炸醒了冬梦里的精灵。我愿借你晶莹的香珠，蓬勃生命的光辉。

你那华丽的盛装点缀着千山万水，我愿借你乾坤神袋掠下天上繁星，让你星光闪烁美丽动人。

你灿烂的酒窝似江河源头的清泉，为春的鲜艳传送火样血液。我愿提壶泉水与你一醉方休。

你粉嫩的脸儿似青翠欲滴的露珠，那是春姑娘晶莹透彻的芳心。我愿借你妩媚的目，尽览天下苍生。

你那凸凹有致的曲线，装扮着春天浪漫的河山，我愿借你灵魂深处的意愿，把这份美好藏在心间，永不归还。宁可满园春色重回冰冻雪国，赴了刘备借荆州之尘，落下后世责骂之嫌，只要融进你的春天，也在所不惜。

明知春意盎然，众花丛中心的玫瑰含苞待放，有意独自欣赏，却不能辜负了园丁的心血，叨扰了满园的春色，只好欲步又止，把美和痛珍藏起来，使那份美好永恒。

陈华敏看了《恋春》，思绪已经跑出车外，回复道，万物皆辉煌，气质源于自信，美则是与生俱来的原生态。

姜八斤和陈华敏微信传情，俩人陷入了朦胧的爱慕之中。

第八章 盗抢猖獗

一

在著名的石窟景区，人头攒动，河西岸大佛前热闹非凡，游客络绎不绝。河东岸的工匠正忙碌着，对山崖上的石像进行保护性施工。

姜松海开着工具车来回奔忙着，这些天为还赌债而发愁。他曾经在新开的赌场里玩了几天，想碰碰运气，结果赌场里的电子游戏不仅没让他发财，还让他输得精光。他觉得机器能赢过人是一种怪现象，心里不服，越输赌瘾越大，不惜借高利贷也要捞回本钱，结果是血本无归，债台高筑。

赌友告诉他，电子游戏后台专门有人操控，操控人决定输赢。就像电视遥控器换台那样简单方便，玩家输赢尽在操控人的念想之间，一个按键下去就让你冰火两重天，飘飘欲仙或者痛不欲生。

一般情况下，老板为勾起新玩家的欲望，痛下血本，实行欲取之而先予之的策略，采取先赢后输的钓鱼绝招，先给玩家些鱼饵尝尝甜头，这叫“放水”。操作按钮，电子赌博机就会执行“放水”指令，自动让玩家赢钱。

当玩家上瘾欲罢不能，被赢钱的欲望冲昏了头脑，思维混乱不能自控时，整个人就笨得像头任人宰割的肥猪，思想被赌博能赢钱的错误意识牢牢控制着。其实，老板前期投入的目的就是养肥赌徒的赢钱意识，让赌徒舍不得离开赌博机，为赢更多钱而痛下血本，最终连本带利被老板掏空。

老板意识到“肥猪”该出圈了，就像屠夫那样毫不留情猛宰一刀。趁玩家做着发财美梦时痛下黑手，收回成本获取最大利润，这叫“抽水”。

在这样的绝对控制下，无论玩家怎样玩，游戏也会让玩家输。通常情况下，玩家都会沉浸在赢钱的喜悦中，因为曾经赢过钱，脑海里总幻想着赢钱的快乐，认为输钱是运气不好，总会时来运转。

可是，玩的时间长了，结果是输多赢少，总体输得一塌糊涂，甚至把家产全部输光，更甚至背着高利贷也要再赌上几把。尽管这样，也不会赢回钱来。当完全明白过来的时候，玩家已经像温水煮过的青蛙那样，有心逃出危险，却无能为力了，只能落个被动还钱的下场。

眼看着还钱时间迫在眉睫，姜松海知道岳成群的凶狠，如果不及时还钱，就会受到他们残酷的逼债。他急忙去村头小饭店找姜八斤借钱，姜八斤知道他好赌成性，熊了他一顿，扔给他 800 元说道，不用还了，我也很困难，实在帮不了你太多。

姜松海也不敢跟姜公子说起此事，就想方设法借遍了亲朋好友。可是这样的债务原因，亲人嫌弃他，朋友远离他，认为此人不可交。亲戚都说，救急不救贫，更不救因赌博返贫的人，这样的救助是帮他违法犯罪。

没人肯帮他偿还赌债，他只好找工头儿预支工资，拿到几千元的工资，也无济于事。那大额本金和高额利息压得姜松海喘不过气来，使他对正常还钱彻底失望了。他认为只有铤而走险才能按时还钱，便打起来钱快的歪主意。

他突然遇到凯凯，凯凯因贩卖古董刚从监狱出来，急需弄点儿钱花。二人一拍即合。姜松海看到半米多高的石佛，虽然经历了千年风霜，佛身有些损坏，但是佛首依然眉目清秀，五官清晰可见，阔耳大眼十分喜人。

天渐渐黑了下来，工人们纷纷离开工地。他拿出电锯，把石佛脖子锯了个口子，又用钢钎和锤子，把佛首撬下来装进袋子，塞进汽车工具箱里，又用工具遮盖在上面。

开车到了门口，门卫挥手停车，检查车内物品，看车上都是工具，就放行了。

姜松海开车把佛首送到黑市，凯凯寻找买主，卖了三万多元，解了燃眉之急。

第二天上班，东岸工地施工负责人巡视时，发现一座小石佛的脑袋不见了，感到事态严重，意识到这是伊洛市的重要文物，急忙向公安局报案。

陈华敏正在值班，接到报警，迅速组织民警赶到现场。看着被盗佛像留下的佛身，骂道，疯子，一块石头值得去偷吗？

负责人没好气地说，陈队！你知道这块石头的经济价值和文化价值吗？这可是世界文化遗产的一部分，我们日夜守护着它，还是被坏人钻了空子。你们可要抓紧把它追回来！否则……

陈华敏见他说话口无遮拦，接过话道，否则啥？你们不履行保护义务，没有追究你们的责任，还想说啥？

负责人也感觉自己把话说掉在地上了，就拐了弯谦虚地说道，我是想说，追不回来，我真的要承担更大的责任了。

陈华敏严肃地说道，说归说，案子肯定是要查的，这是我们的职责。我的压力很大，追不回来，我也无法交差，跟你一样有失职失察之嫌。

负责人放开了声音说道，我们想办法到黑市上找找。

陈华敏带领民警在现场寻找蛛丝马迹，开展侦查破案，并派常青云、李民强、王艳红到黑市查找佛首下落，防止文物流向国外。

二

小河发源于伏牛山脉，人们习惯把这里叫作河源，这里盛产玉石，因为发现较晚，虽然深受人们喜爱，但是名气不大。

这种玉石发源于河的源头，有人称它为“源石”；玉石黄色较多，质地上乘，在光线照射下通明透亮酷似石蜡，也有人称它为“黄蜡石”；还有人认为玉石质色与黄龙玉相媲美，叫它“黄龙玉”。众说不一。

这种石头大体分为河石和山石两种，山石是经过人工开采的原料石，棱角分明。河石是经过河水冲刷自然形成，从源头的大山冲刷下来，在河道里来回地碰撞洗涤，随着岁月磨砺形成了光滑的鹅卵石，小的仅芝麻大小，混在沙子中难以分辨，最受人喜欢的为鹅蛋大小，光滑易拿。当然，也有成百上千公斤的大宝贝，甚至还有几吨的巨石呢！

扶贫主任秦志勇从农科院引进了脱毒红薯，引导村民种植致富。他整日劳累，想到河边滩地巡查红薯的长势。看到河道里正在修整堤坝，翻上来的石头形状各异，溜光水滑色泽亮丽，许多人趁机寻找源石。

他就像学生似的跟着大家边听边寻找玉石，自己捡了几块鹅蛋大小的玉石，成色却很一般。他看到寻宝的行家们准备离去，就走到车前，看到车上有很多玉石，黄的、黑的、青的、紫的，就问道，这些石头值钱吗？捡石人笑道，别看这些石头不起眼，拿辆汽车来也不换。

秦志勇道，你真能干，弄这么多石头。

捡石人笑道，有些是捡来的，有些是花钱买来的。指着百十斤的粉红色玉石说道，这种叫鸡血石，是我今年以来最大的收获。但愿里边质地坚硬密实，没有裂纹，从它的体积和重量比上看，应该是上品，最金贵了。

从外形看，做个石佛再合适不过了。说着，用手比画着石头的形状，这儿像大佛的头，这儿雕刻成肩膀，下边是身子和景物。

本来大家对石头没认真研究，经他这一比画，还真觉得这是块宝石，形状与景区大佛有几分相像，只是缩小版的罢了，如果再加以雕刻修饰，那就惟妙惟肖了。

捡石人开车来到玉石店门口，老板见是大客户，急忙出门迎接。双方寒暄几句，便言归正传。老板打开手电端详着车上的石头，察看石头内部通透程度和纹理，最后说，这块鸡血石要价多少钱？

捡石人道，这个多少钱也不卖，我想雕成石佛咋样？你看能行吧？我给你工钱。另外，我要把这块石头拿去鉴定一下，看看它到底好在哪儿！大家都说是宝石，要有个依据，否则就是刻成石佛，也不明白它有啥价值。

经过专家鉴定，这块鸡血石是罕见的河源石，就源石自身价值来说，市场价就值 100 多万元，不过玉石也是有价无市呀！

捡石人道，玉石无价呀！这块小小的石头，让我赚够了，我赌一把，就刻个石佛吧。

经过讨价还价，双方签订了雕刻协议，玉石老板开始请师傅雕刻石佛。雕刻人真是聪明，从上往下雕刻，头脸出了形状，眼睛刻得小小的，鼻子、耳朵刻得大大的。

捡石人疑惑地说，这也不像呀！雕刻人讲解道，这样便于修正，眼睛逐步扩大，头脸逐步缩小。让它更像大佛的形象，不仅要形像更要神像，赋予佛像光芒四射的精神，看起来就会活灵活现。

雕成后，看着大佛的照片比对，真是惟妙惟肖，活脱脱一个克隆版，据说这佛还有点儿像武则天的容貌呢！

第二天，捡石人交钱请佛，雕刻人收了钱，俩人来到后院，烧香磕头，行了请佛之礼。揭开红布，发现盖着的宝贝不见了，里边是一尊普通石像，雕刻人惊得一屁股坐在地上，急得简直要疯了。

石佛不见了，他们急忙报案，请求公安机关寻找石佛下落。

石望春做询问笔录时，问及石佛价值。捡石人道，关于价值的问题，这尊佛像加上打磨费和开光费用，市场价估计在 200 万元左右。石望春听了，惊得咋了咋舌头没有说出话来。

陈华敏接了案子，从玉石店开始追查，把接触过玉石的人全部找出来，进行痕迹比对筛选过滤，认定作案时间，发现里边有几个盗窃古墓的前科人员。对他们的脚印、毛发、指纹进行比对检测，发现姜松海有重大作案嫌疑。

陈华敏喜出望外，让王艳红搜集姜松海的信息，对姜松海进行网上追踪。

三

郝运来一气之下，返回扶贫岗位，着手解决邻县石洼村的缺水问题。他和生产队队长走村串户，对缺水户进行调查，看到村民们各自为战，用塑料管子铺设到水潭里，把水引到家中，解决吃水问题。

夏天水源充足时，吃水很方便。到了冬天气温下降，水管子冻住了，很多村民缺水吃。遇上枯水期，小溪断流，村里也会大面积缺水，给村民生活带来极大不便。

生产队队长讲着困难，郝运来听得心烦意乱，意识到缺水的严重性。

郝运来疑虑道，我知道缺水的状况，咱们咋解决水源问题，这是个大事。如果没有充足的水源，即便建成自来水设施，枯水期照样无水可用。

生产队队长笑着说道，我有个想法不知当讲不当讲。郝运来自信地说道，尽管讲，只要对大家有好处，我们去想办法落实。

生产队队长指着前边的大山说道，距这里大约五公里的地方有个山洞，里边有股泉水，不知能否引过来。

郝运来笑道，只要洞里有水，哪怕打洞引水也要引水过来。

生产队队长道，你曾去那里办过案，因争夺铅银矿打架的那个山坡，向西差不多两公里有个石山。曾经有个公司在那里开矿，掘进了一公里多的山洞，结果没打出金矿石，却意外地打通了地下河，河水顺着矿洞向外奔涌而出。当时，工人们吓得急忙撤离，从那时起，那个山洞就废弃了。

郝运来"扑哧"一声笑道，看样子这家公司没少花钱，能让我们使用水源吗？再说了，他们在这里开矿，这水符合饮用条件吗？

生产队队长回答道，我知道情况，上海公司买的开采权，因没打到金矿石，双方告到了法院。官司早已结束了，我想这是村里的山地，你要是出面肯定能行。

郝运来听了生产队队长的话，受到莫大的鼓舞，信心倍增道，为了大家有水吃，我去充当说客，有公司联系人电话吗？

生产队队长道，有。说着，从手机上调出联系人电话号码，把手机递给郝运来看。

郝运来拨通电话，自我介绍道，我是区里的扶贫干部郝运来，村里遇到严重缺水困难，需要使用矿洞里的水源，才能解决吃水问题。

联系人客气地说道，公司投资了 1000 多万元，也没得到回报，这对公司来说是重大损失。我向董事会汇报，有结果了再联系你们。

过了两天，联系人打电话说道，董事们分歧很大，讨论激烈，有人以公司固定资产不宜外借为名，坚决反对，为此公司的人也争论不休。

董事长说，这是好事，扶贫是国家的大事，我们要大力支持，大家回去慎重考虑，再次召开董事会研究决定。

副董事长道，我们公司在河源还要开发漂流项目，要途经这个村庄。如果过于苛刻，将来乡里到市里，有一个地方卡了壳，我们今年的投资计划就会落空，那么，公司的损失将会更大。

董事长补充道，以前考察项目时，我去过缺水最严重的生产队。队长对我说过，如果不同意的话，将来就别想再和村里搞合作。我认为，为了公司的长远发展，不仅要答应村里的要求，还要趁机在经济上支持饮水工程，为我们公司下一步发展铺平道路。

副董事长道，我们每年都有捐献资金，不过一定要让乡、县、市的领导知道我们的贡献，以便我们搞开发时提供政策支持，使公司获得更大的经济效益，挽回探矿未果的损失。

这项工作和公司利益挂上钩，带头反对的股东也无话可说了。

又过了几天，联系人通知郝运来和队长到公司签订合同。经董事会研究决定，公司无偿提供矿洞水源供村民使用。临走时董事长深情地说道，水白白流走也是浪费，还不如充分利用，造福当地群众。还递过银行卡说道，郝队长，公司这些年在河源也赚了不少钱，这是公司的心意，我们出资五万元为修建饮水工程尽微薄之力，希望用到你们的时候行个方便。

郝运来感觉有点儿突然，一时没反应过来。

生产队队长笑得合不拢嘴，急忙上前接过银行卡，点头哈腰地说道，感谢你们的支持和帮助，日后，你们公司在我们那儿搞项目，遇到困难了找我和郝队帮忙，我们一定大力支持，保证你们路路畅通。

郝运来回到村里，担心金属矿藏会影响水质，对人体造成危害，就从山洞里提取了样品，送往科研所进行化验。过了些时间，化验结果出来了，让他和村民们欢呼雀跃起来，这儿的水质不仅符合国家饮用水标准，还是一级的矿泉水资源。

这下郝运来放下心来，请来专家实地考察，对自来水安装进行设计。从矿洞到村里有五公里多的距离，落差100多米，只要把水管引入各家各户，村民就可以享用清澈的矿泉水了。不过，实现目标仍然缺少资金。

郝运来征求村干部的意见，村书记道，这些年，村民收入增加了，但旱厕也要改成水冲式，方方面面都需要花钱。

有些村民感到“肥水”白白流走，有点儿可惜，这里自古就流传着“肥水不流外人田”的至理名言。连走路撒泡尿也有讲究，宁可憋一会儿，多走几步路，也要把尿撒到自家田里。可想而知，没了茅粪这些肥水，土地就会缺少营养。再说了，使用自来水还要交钱，改造茅厕自己再掏一部分钱，有些观念老的人抵触情绪严重，拒绝安装自来水。

郝运来强调道，给群众办事，好事就要办好，不能顾此失彼。村书记说道，话好说事难办呀！

郝运来向张副局长汇报自来水改造情况，张副局长把扶贫工作情况提交市局党委研究。委员们进行充分讨论，最终达成一致意见，市局决定拿出20万元专项资金，用于贫困山区自来水改造。

郝运来拿到20万元资金，询问自来水工程的造价，资金缺口依然很大。他就回家动员妻子和朋友公司捐款。经过几个月时间，有些用得着郝运来的朋友，碍于面子，象征性地拿出部分捐款。有些根本就用不到郝运来的人，知道来意就东躲西藏，有的干脆闭门不见，更有甚者拉黑了郝运来的电话。他费了九牛二虎之力，终于募捐了 12 万元，可是缺口仍然不能填平。

郝运来愁眉不展，此时支队内勤通知机动队捐款，郝运来一头雾水地说道，我这还缺钱呢！这是啥款？内勤道，给你们安装自来水的扶贫款。

郝运来笑得合不拢嘴，说道，感谢同志们！关键时刻伸出友爱之手。谁提出捐款的？及时雨哟！解了燃眉之急。

内勤道，张局时刻关心着你和扶贫工作。

郝运来心里五味杂陈起来，一时无语，委屈了好久的心，好像被轻轻地挠了几下，痒痒得不能自已地颤抖，被重视的感觉油然而生，眼睛不自觉地湿润了起来。

很快，公安局 15 万多元的捐款汇到了专用账户上。

郝运来带着村民进行自来水改造，村民购买水泥，在河道里筛选大沙，就地取材使用山石，在洞口筑起两米多高的堤坝。不到一周的时间，三米宽、一公里多长的大型水缸建成了。

生产队队长望着眼前的清水，兴奋不已地说道，这是山里的水，水不出山洞，干净无污染，冬暖夏凉。我们铺设管道，把水引到各家各户，就大功告成了。

见到这清清的泉水，村民们踊跃参加劳动，就连有意见的村民，看到郝运来为了让大家早日吃上自来水忙前跑后，也都被感动地跑来搬运石头，打洞修桥。经过两个多月的努力，自来水接到了各家各户，村民们兴高采烈，在村委的空地上扭起了秧歌，以示庆贺。

郝运来兴奋道，自来水建成后，使用干净的矿泉水。以前害怕水管冻裂，不得不常年开着水龙头、长流水，造成水源浪费。到了枯水期，只有去山沟里挑水吃，现在不用了。

生产队队长激动地说道，深山里搬迁出来的村民受益最大，他们住在二楼，以前因水压低供应不上去，经常缺水吃。郝运来道，现在不用担心了，水源足，落差大，压力强劲。

生产队队长形象地说，以前缺水时，接水像老头儿尿尿。

郝运来笑道，咋能这样比喻？

生产队队长笑了，说，稀稀拉拉的呗！半天才能接上一盆水。

郝运来顺着生产队队长的话题笑道，现在水压高了，像啥？

生产队队长想了想，笑道，咋形容呢？像童男子放炮！

郝运来笑得更起劲了，说道，哎呦！咋讲啊？

生产队队长比画着说道，滋得老高呀！

村副主任笑呵呵地走来，看着憨笑的郝运来说道，咱们村还有一段道路需要扩宽。

申所长边打电脑边说道，村委门前的水泥桥经过大雨的冲刷，已经摇摇欲坠了，修路先要架桥，这样就不会出现险情。

郝运来为难地说道，这些确实需要建设，不过资金量比较大，来源是个大问题。

申所长道，至于资金问题，我们想想去哪儿化斋，否则，“脱贫先修路”就是一句空话。

村副主任问道，会计，村南的道路有多长？需要多少钱？

会计答道，全长两点八公里，至少需要150万元，去哪弄这么多钱呢？

村副主任道，向公路局要，或者到乡政府报个申请。

郝运来笑了笑，说道，办法总比困难多，这是县扶贫办管的事，逐级上报。

生产队队长在旁边听不下去了，提议道，我觉得应该先修通往西沟的道路。

村副主任反驳道，西沟的路是次干道，哪有先修的道理。

生产队队长不甘示弱地说道，南边的路是主干道，但走的人很少，修了没有多大意义，对村里人没多大帮助。

村副主任提高了嗓门说道，正因为路况差，司机们不愿意从我们村过，都绕道而行，影响了农产品的销售。

两人各执一词争论不休。

申所长摆了摆手，说道，哎！别吵了，先主后次是常理，郝队长，你有啥看法？

郝运来平和地说道，这条主干道是通往山里的道路，这样的规划有利于下一步开发景区。

村副主任举手赞成，笑着说道，队长，那就先修主干道喽！少数服从多数。

生产队队长无奈道，只有这样了。心里把这个怨恨记在村副主任头上。

郝运来看生产队队长有点儿不高兴，就说道，要不我们打两份报告，一份全面规划的报告，一份整修南边道路的报告，争取全面规划的资金。

会计笑道，这不是折腾人吗？很不情愿地离开大队部。

过了几天，申所长拿着报告到乡里、县里申请资金，真没想到，150 万元的资金很快就批了下来。

生产队队长心里虽然不高兴，但是脸上却笑开了花，他也想分一杯羹，问道，这路让谁承包整修，准挣钱。

村副主任道，我经常在外面承包修路的工程，对这样的活儿，那是轻车熟路，当然是我干了。

生产队队长说道，这个活儿我也想承包，是块肉谁都想吃。双方你一言我一语，争执不下，闹得脸红脖子粗。

郝运来笑道，项目和资金都审批下来了，但是资金还没到位，近期我们就要开工，半年内争取完成道路扩宽任务。需要垫资 100 多万元，你们谁有道路建设资格证，并且有资金垫付？

生产队队长皱起眉毛说道，资质我没有，资金我也不能垫付。

村副主任笑着说道，你这个没有，那个也不行，就靠边站吧！

生产队队长苦笑道，难道你有？

村副主任自信地说道，这两项我都有，不过垫资成本比较高而已。

经过村委会研究，权衡其他投标单位，认为还是村副主任承包工程较为合适，双方签订了承包合同书。

生产队队长竞争失败，对村副主任的怨恨更加强烈了。

修路经过生产队队长家门口，按照道路规划，大门楼在红线以内的应该拆除。生产队队长不配合施工，与村副主任发生争吵，两人扭在一起，差点儿打起来，幸好被郝运来拉开。

生产队队长生气地说道，拆掉大门楼，不仅是大门楼没了，还有宅基地面积缩小的事，这损失咋办？

村副主任指责道，你这是自私，其他几家拆掉了门楼，都有赔偿标准，你咋就不配合呢？

生产队队长问道，我这咋赔？

村副主任气愤地说道，和别人一样，一比一赔你就是了。

郝运来接过话说道，扩路是为大家行走方便，也不能让你个人买单。这样吧，我提个建议，村南给你划双份的自留地咋样？你不要嫌远。

村副主任见生产队队长低头不语，缓和了语气附和道，只要他愿意就中。

生产队队长心里别扭死了，没好气地说，我将就了，郝运来说话就不像你那样厉害，像个“鸡牙”似的难听。

村副主任强忍怒火说道，你说话好听，有话直说。

生产队队长心里的怨恨越积越重，直说道，我也有困难呀！你们让种的香菇大丰收了，当时总担心种不好，种好了吧，又卖不出去，真是种好了愁，种孬了也愁。

村副主任指着郝运来和申所长，笑道，这不是有救星吗？抱着个金娃娃还装癞蛤蟆呢？

申所长问道，我已经帮大家销了3000多斤，还有多少呢？

生产队队长道，我家还有5000斤左右。

郝运来义气地说道，只要价格适中，包给我了，城里人想吃这种香菇还不好买呢。

申所长兴奋地问道，你有销路?

郝运来答道，我同学在市里搞蔬菜批发，他们有销售渠道。

生产队队长笑道，还是郝队长路子宽有办法。

申所长深思了一会儿，说道，香菇要有稳定的销售市场，形成产销一条龙，走出“收成好亦愁孬也愁”的怪圈，要不然去年建的厂房就白费了。

郝运来强调道，我同学在伊洛市蔬菜批发市场有个摊位，我们可以和他签订供销合同，将来如果量大了，也可以设立几个香菇批发商店。

申所长道，香菇产量有限，达不到相当规模。

村副主任道，说干就干，这事我们一起来完成。

道路开始施工了，随着村里各个项目的实施，村办企业和农家乐的兴起，用电量急剧增加，原来的变压器超负荷运转，经常出现问题，原来的线路也承受不起电量的输送。

四

离开了郝运来的指导，机动队好像缺少了一些支撑。陈华敏和石望春日夜奔忙，追踪佛首和佛像的下落，尽管尽心尽力，仍然没有破案。

他们接到追逃线索，俩人追踪到了石洼村村委，见到了正在忙碌的郝运来。陈华敏拿出五年前的画像，说道，郝队长，我们又见面了，现在全国在开展追逃行动，这是高山县金店被抢嫌疑人的画像，让大家看看。

郝运来接过一沓画像说道，是该好好追逃了，这几个逃犯还没有落网。说着把画像分发给在场的人。

生产队队长看了画像，欲言又止。

郝运来看到生产队队长的异常反应，立即过来，拍了拍他的肩膀，说道，跟我来一下。

生产队队长跟着郝运来进到里屋，郝运来问道，你知道这是谁的画像吗？

生产队队长小声地说道，有点儿像村副主任的侄子。

村副主任从外面进来，听了个正着，生气地说，你这个人呢！没接到工程，就想往我侄子身上屙屎撒尿，你真是个牲口把子，歪心眼再多，也别想贪上二斤黑豆钱！

生产队队长黑着脸，避其锋芒，对村副主任的攻击不予理睬。

申所长看了看画像，说道，这个人我知道，老实得很，他会修电动自行车，还学了不少手艺，但家境不是很好。

生产队队长不依不饶地说道，不能光看外表，这不，该过中秋节了，贫困户有他没有？

郝运来道，有他呀！村里这几天慰问贫困户，准备去看他呢。

生产队队长不服气地说道，还是村副主任厉害，竟然把侄子弄成了贫困户。

村副主任瞟了他一眼，生气得正要发火，郝运来摆摆手说道，正好看望贫困户时趁机会会他。

生产队队长揭发道，听说他还买了小汽车，但是经常不开，放在县医院里，不信去查查就知道了。

陈华敏在旁边听到他俩说话，也感到奇怪，就说道，贫困户还有小汽车，真是天方夜谭。

王艳红在外面敲打着电脑，喊道，申所长，把那个人的身份证号发给我。

申所长打开户口底册，找到村副主任侄子的身份信息，王艳红把村副主任侄子身份证号发到市局。过了一会儿，王艳红收到信息回复，村副主任侄子名下不仅有一辆轿车，还在市区买了一套价值 40 万元的房产，但不知啥原因，后来又卖了。

郝运来听了高度警惕地问道，华敏！这人有前科没？

陈华敏迫不及待地说，刚查过了，没前科！去他家，把他抓过来，一问便知。

郝运来稳重地说道，没掌握确切证据时，不能轻举妄动，这是个啥案件?

陈华敏介绍道，是五年前高山县抢劫金店的杀人案件，至今没有侦破。

申所长关心道，让我们也知道点儿案件的详情，也好出谋划策。

陈华敏打开笔记本，说道，五年前的 9 月 7 日，高山县购物广场，值夜班的保安老李因身上多处刀伤死在广场上。经查，商场珠宝黄金首饰被盗，重量 3800 多克，价值 100 多万元。

郝运来惊讶地说道，还是个大案件呢！说得详细些。

陈华敏认真地讲道，购物商场共三层楼，珠宝店设在一楼显眼的位置，商场实行夜间全封闭管理，保安在商场外巡逻防范。

当天上午 7 时许，白班保安老王看到商场后门玻璃被打碎，仔细察看发现门上有攀爬的印痕。他赶紧进店内看个究竟，看到珠宝柜台和保险柜内的黄金被盗。

老王慌忙向商场领导汇报，并去找老李交流情况，看到老李还在商场南门外睡觉，咋叫也没反应。他急忙走到跟前，扯开老李身上的被子，看到他衣服上有大片血渍，地上有一摊凝固了的血迹。

老王慌了神，急忙打电话报警，我们迅速赶到现场，对现场进行勘验，发现死者颈部、胸前、背部有刀伤，由于老李颈动脉断裂，失血过多已失去了生命体征，初步判定死亡时间在凌晨 3 时许。

我及时向市局汇报，张局要求立即成立“九・七”高山抢劫杀人专案组，全力展开调查。

我们从商场监控看到，当天凌晨 2 时 36 分，一男子翻越购物广场栏杆，来到购物广场正门，看到值夜保安睡得正酣，就趁机在保安身上猛捅几刀，保安挣扎了一会儿就不动了。该男子迅速绕到后门，打碎玻璃钻入商场。

该男子走到珠宝柜台前，撬开柜台和保险柜，将黄金首饰装入背包，慌忙离开商场，在路边拦了辆出租车，迅速逃离现场。

从监控中判断，嫌犯手段老练，具有反侦查意识，可能有盗窃犯罪前科。

我们在现场还发现一根撬杠，通过痕迹检验，确认是撬盗保险柜的作案工具。

虽然商场监控记录下嫌犯作案过程，但监控是黑白画面，看不清嫌犯的脸形。只能看到嫌犯的身体轮廓，戴着墨镜，头发较长，身材瘦小，穿着女人的衣服。从外观上分析，不排除女性作案的可能。综合查找没有找到嫌犯的详细信息，靠监控破案的可能性微乎其微，但从嫌犯作案特点和敏捷的身手，以及走路步态和保安伤口的深度看，嫌犯作案时可能伪装成女性，男性才是其真面目。

我们紧急组织民警在全县排查，找到了嫌犯逃跑时乘坐出租车的司机。据司机描述，因为天色太暗，没看清乘客的长相，那名乘客上车坐在后排，他先说去车村镇，半路又改道去了木札岭。

经详细询问司机，嫌犯跟司机说过两句话，其普通话说得很蹩脚，好像故意撇着腔调说话，听不出是哪儿的口音。虽然他身着女人的衣服，头发较长，但从粗壮的声音判断应该是个男人。下面由石望春说说他掌握的情况。

石望春汇报道，我带民警进山排查，据群众反映，嫌犯在小山村下了车，再向西走就是平顶山地界了，我想，难道嫌犯是平顶山人？就在通往平顶山的路上设卡拦截，同时安排民警围绕嫌犯下车地点，开始搜山。

沿途走访时，一个农民告诉我，他见过一名可疑男子。农民回忆道，9 月 7 日上午，他打野果下山时，发现一个男人在树下躺着歇息，身边放着背包和一只鞋，旁边扔了些玉米棒子和南瓜皮。看他是个生脸儿，在荒郊野外吃生食，好像遇到了难处，就上前劝他。

农民关心地说，小伙子，年纪轻轻的，咱可不能干坏事啊！男子胆怯地向后挪了挪背包，无所谓地回道，我是打工的，不干坏事！

农民见他能够正常交流，就继续问道，小伙子，哪儿人啊？

男子见农民靠近，开始警觉起来，向四周望了望，打量着农民说道，我是滑县人。

农民和男子又闲聊了一会儿，看到鞋子里有很多小纸片，农民抓了几片，说，鞋子恁脏嘞。男子看到农民又靠近自己，紧张地把手伸进怀里，好像要掏啥东西。

农民看到男子两眼冒出凶光，起了歹意，就笑嘻嘻地拿出几个“炸秋扒”（野果子）扔了过去，男子急忙接住果子，尝了尝，说道，好甜呀！就离开了。农民把纸片带回家，仔细辨别上面的字，才发现是首饰标签。

我们听后很激动，案件终于有了线索，请珠宝店老板鉴别这些碎纸片，确定是被抢首饰上的标签。

我和那个农民来到发现嫌犯的地方，现场还留着啃过的生玉米和南瓜，就从食物残渣中提取了生物信息。

农民告诉我们，嫌犯是名短发男子。虽然和监控中嫌犯发型衣着区别很大，但专案组综合分析认为，这一信息证实了原有推断的正确性。

不过，我们没有轻信“滑县人”这一信息，狡猾的嫌犯既然伪装抢劫，就不会轻易暴露真实信息。有可能故意虚晃一枪，扰乱侦查方向，争取逃跑时间。

张局第一时间赶到现场，统一部署，设卡拦截，请求当地政府工作人员协同围捕，带着警犬进行地毯式搜山，并调取现场周边 500 多个监控，排查全县外地游客信息，尽其所能，也没发现嫌犯的踪迹。

陈华敏接着说，无奈，我们带农民飞往上海，求助公安部刑侦专家参与破案。据说这个专家通过模拟画像，协助破获各类重特大案件700多起，被中国警界誉为“画神”。

专家根据农民口述，绘制了男性模拟画像，作案人是30岁左右的成年男子，圆脸，尖下巴，短发，M形发际线，身高一米六五左右，中等体态。

农民看了画像，惊讶地说，太像了。我们就以画像为突破口，制作悬赏通告，张贴在高山县、平顶山、南阳等地区，并承诺重赏有功人员。

然而，看着侦破条件很好的案件，进展却不尽如人意，就像哑弹似的，击发多次也没打响。每个小组都是有兴而去悄然而回，案件侦破再度成了臭蛋，很长时间再无进展。

石望春郁闷地说道，五年来，我们访遍省内监状，排除几十万条信息，查遍了本省的线索，排查仍然无果。我们扩大范围，通过案件筛选系统查找类似案件，依然空手而归。

陈华敏接过话茬说道，这条路行不通，我们又到省内各监狱，重点筛查20到40岁有前科的男性，同样一无所获。

郝运来问道，咱们同在机动队，这个专案我咋没印象呢？

陈华敏遗憾地说道，哎呀！那时候你还在停职察看期间，领导特意交代不让你知道。

郝运来眨了眨眼睛，皱起眉毛，胃里直往外反酸，他强咽了回去，大度地说道，我说呢！原来是这样呀！你们考虑过销赃变现的问题吗？

陈华敏也眨了眨大眼睛，急忙说道，我们排查金银首饰加工、销售店铺，签订责任书，动员业内人员提供线索，也没有结果。

石望春发牢骚道，被盗黄金首饰价值100多万元，侦破投入的资金远远超过了这个数目。

郝运来听了石望春的话，乐呵呵地解释道，破案花费和被抢资金本来就没有可比性，破案开销非同寻常，意义非凡。

陈华敏笑着说道，不过，我们的努力也没白费，今年 8 月，案件迎来了转机。我把嫌犯的画像导入系统，在比对全省人像信息时，与相似度较高的百名人像逐一比对，发现石洼村里，有个 34 岁的男子无法排除，就请来目击的农民进行辨认。农民认为照片与本人比较相对年轻，但是五官脸形非常相似，他那颗向外噘着的门牙尤其突出。

郝运来道，我和申所长在村里工作，虽然村副主任的侄子挺老实，但我也认为他和模拟画像相似度极高。

在村民和同龄人眼中，侄子性格孤僻，不善交朋友，和家人也几乎不交流。多年前，侄子的父亲过世，他也未为父亲送葬，真是不孝，村民觉得他有些傻了吧唧。

现在，侄子和母亲一起生活，在家门口维修电动车，挣些零花钱。在大家看来，他家并不富裕。据村民说，侄子太穷，不像作案发了大财的样子。

陈华敏反驳道，他伪装得太像了，这就是多年来没破案的症结所在。我们调查的事实和你说的情况大相径庭，侄子在案发后，买车又买房，经济来源不明，有重大嫌疑。

石望春加重语气说道，画像很像村副主任的侄子，这两项嫌疑叠加在一起，问题就严重了，我们要一查到底。

申所长有点儿担忧地说道，不是不让你动他，他呀，是帮扶对象。现在不要惊动他，派人看望困难户时，顺便提取他的生物检材，弄准了再抓也不迟。

石望春听了甩着手，很不乐意地站在那儿，没有言语。

郝运来担心地问道，村副主任知道这事吗？时间久了，会不会走漏风声？

申所长笑道，他听你讲过王村主任通风报信的严重性，相信他不会重蹈覆辙。我把他留在村委开会，看住他，不就解决问题了？

郝运来默契地说道，我和生产队队长去慰问，村副主任的侄子应该不会怀疑。

生产队队长拎着鸡蛋和面粉，郝运来提着牛奶、大米和豆油，来到侄子家门口，生产队队长叫开了大门。

侄子见队长带人进来，慌忙把碗放在地上，几只鸡逮住机会扑过来，抢食碗里的饭菜。侄子很不情愿地搬过凳子，让俩人坐下。郝运来放下慰问品，亲切地问道，就你一个人在家吗？

侄子的老娘在屋里闻声埋怨道，孩儿呀！家里来客了，你也不叫我一声。说着话从屋里出来，提着个篮子招呼道，这是自家种的苹果，模样不好看，吃起来可甜了，尝尝吧。

郝运来看着苹果，心想，不洗怎么吃呀？

侄子顺手拿起有斑点的苹果，把好的一面在身上蹭了两下说道，我日他的！不干不净吃了没病。说着放进嘴里咬了一口，嚼了起来。

老娘夺过苹果道，你倒是把苹果洗洗，让客人先吃，这个苹果有点儿坏了。说着把苹果扔在地上，几只鸡扑上来相互争食。

侄子无奈，只好起身去洗苹果。

郝运来看了看地上的苹果，说道，苹果上的斑点像是霉菌感染，可能会引起传染。我拿回去看看，弄些防霉菌的药来，防止苹果大面积腐烂。说着捡起烂苹果装进塑料袋中，鸡群吓得四处逃散，见没啥危险，又围拢过来继续啄地上的剩饭。

过了一会儿，侄子端着一碗苹果过来客气地说道，来！弄个苹果吃。

大家每人拿了个苹果吃着，郝运来问道，家里的经济收入咋样？脱贫需要咋帮忙？

老娘哭丧着脸，发愁地说道，你也看到了，我家穷得叮当响。以前老头儿在的时候，家里还能过得去。现在我这个老太婆当家，弄啥也不中用。孩儿吧！老实巴交的，不会做生意，干个体力活儿吧，瘦了吧唧的，也没啥能耐。哎呀，队长，有好事别忘了咱，能弄个零花钱用，我就心满意足了。

侄子坐在木凳上默不作声，掏出一小张长方形的书纸展开，又在烟布袋里捏出些烟丝放在纸上，把纸和烟叶卷了起来，两头拧紧，把细的一头递给郝运来，讨好地说道，领导，弄一根山里的卷烟尝尝。

郝运来摇着手往外推，拒绝地笑着说，不会吸，不会吸。侄子又礼貌地递给生产队队长，生产队队长也跟着说，我也不吸烟。

侄子掏出火机，打趣地说道，那我就自己吸了。说着话点燃烟卷吸了起来。

郝运来本想离开，看到侄子吸烟，就想找机会把烟头也提取回去，开始有一搭没一搭地唠起了家常。

郝运来好不容易等到侄子快吸完烟了，没承想侄子说，肚子疼，上茅子解个手。说着起身离去。

生产队队长见郝运来坐在那儿纹丝不动，就和老娘唠起了家常。等侄子从茅子出来时，烟头不见了。

郝运来急忙说道，我尿急，也想去解手。说着话，郝运来进到茅子，看到烟头扔进了茅坑里，感到提取烟头无望。为了避免侄子警觉，他就故意抬高角度，把尿浇到粪汤里，发出哗啦啦响亮的撞击声。

郝运来从茅子出来，感慨地说道，如果把旱厕改成沼气池就好了，既废物利用又解决燃气问题。生产队队长遗憾地说，说来说去还是钱的问题，以后再说吧。我们走了。郝运来和生产队队长见无戏可唱，就扫兴地离开了侄子家。郝运来把烂苹果交给王艳红。

王艳红带着样本连夜去市里送检，第二天结果就出来了，经多个信息源比对，侄子和抢劫杀人案嫌犯确定是同一个人。

郝运来得到比对结果，迅速组织民警抓捕侄子。

陈华敏穿着便衣来到侄子家门外，以修电动车为名把门叫开。侄子还没踏出家门，石望春等人便冲上去将其控制，厉声喊道，我们是高山县警察！侄子腿不自觉地瘫软了下去，石望春上前给他戴上手铐，并将他按坐在地上。

侄子面对陈华敏和石望春的讯问，沉默了许久，不愿意交代抢劫杀人的经过，他知道交代了没有好下场。

在民警猛烈的心理攻势下，侄子终于说出第一句话，我想到这一天早晚会来。

郝运来问道，抓你，知道为啥吗？

侄子慢吞吞地答道，我抢金店了。

陈华敏重重地拉长声音问道，金子呢？

侄子答道，我卖了一些，还有一些埋在院子里。

陈华敏又问道，具体位置在哪儿？

侄子指着院中碗口粗的小树说，剩下的金子都在这儿埋着呢，为了好找，我就在旁边种了棵小树做记号。

陈华敏就地取材，操起铁锹在树下小心地挖着，不一会儿，一个封口的小缸露了出来。王艳红兴奋地过来拍照，陈华敏把缸取出来，打开缸盖，里边有个封了黄油的塑料盒子，盒子里的塑料袋中全是金首饰。

郝运来质问道，你为啥不干正经生意，非要去抢劫呢？

侄子无奈地回答道，我从小体弱多病，性格内向，不爱说话，高中没上完就因病退了学。到社会上打工，因身体瘦弱，干不动重体力活儿，就频繁换工作。虽然陆续学到不少手艺，但挣钱却很少，只能顾住吃喝，手中没多少存款。

我后来跟着同学阎大鹏干了一段时间，他们嫌我人小没能耐，不敢冲杀，不仅不给我发钱，还经常让我干那些吃力不讨好的活儿。我在他那儿实在混不下去了，就不辞而别另谋生路。不过，人总得活下去吧，活人不能让尿憋死。我就寻找暴富的机会，想单干一把。偶然间，在网上看到高山县金矿的新闻，我想，有金矿的地方肯定有机会暴富，我就开始寻找目标，准备抢劫的工具。

陈华敏瞪着侄子问道，你还跟着阎大鹏干过？你知道他现在的下落吗？

侄子摇着头说道，那都是多年前的事了，早就不和他联系了，不知道他现在干啥住哪。

听了侄子的回答，陈华敏感觉他对阎大鹏情况知道得很少，想从他这儿挖出点儿线索来，难死了。就又把话题扯回抢劫案件，继续问道，你咋抢劫金店的？

侄子交代道，我曾多次到高山踩点，为避开沿路巡逻检查，防止暴露身份，就多次转车来高山县城。我初来乍到，不熟悉地形，就在县城外下车，到山里躲藏，深夜才进入县城踩点，选好了抢劫金店和逃跑路线。

那天凌晨，发现保安在商场门口睡觉，觉得时机到了，如果先将保安弄死，再进商场偷黄金首饰，得手后离开商场，就容易多了。

陈华敏继续问道，抢来的金子卖到哪儿了？得了多少黑心钱？

侄子交代道，我将这些首饰卖到南方的金店里，所得共计60多万元。

陈华敏追问道，还有啥没说的吗？

侄子答道，看这种方式来钱快，我在网上搜索有金矿的城市，去过潼关、灵宝、招远及张家口踩点，想再弄点儿钱花，但害怕被抓住，没敢下手。

陈华敏恼怒地问道，你不害怕法律制裁吗？

侄子揪心地说道，我害怕极了，抢金店后，就没过上一天舒心日子，经常做噩梦，害怕看到警车，我知道总有一天会被抓的。

这些年，我很少与外界联系，连媳妇也不敢找，怕结婚生孩子连累家人。也不敢和朋友喝酒，担心无意中把事儿说出来。

我买了辆汽车，平时不敢开，在县医院停着，四年开了不到一万公里。买了房子却几乎没去住过，后来害怕被发现，就转手卖掉了。

陈华敏问道，你知道这是重罪吗？

侄子满脸悔意地答道，我知道自己犯了大错，法院该怎么判就怎么判。如果我死了，我最后的愿望是捐献遗体，也算对社会有点儿用。

陈华敏毋庸置疑地说道，那是后事，明天你要配合我们，去指认抢劫现场。

侄子低下头答道，我一定配合。

次日，石望春、陈华敏等人押解着侄子来到高山县购物广场，指认抢劫杀人现场。

侄子指着地上说道，那晚在这儿，我看那个保安睡着了，就用刀把他捅死了。

愤怒的群众往侄子身上扔鸡蛋，摔杂物，砸得侄子抬不起头来，周围的民警在耐心地劝说着。石望春看着沸腾的人群，示意大家不要莽撞行事。待群众安静下来，他激动地说道，当时，抢劫杀人在高山县引起不小轰动，我们一路追踪，但嫌犯逃进大山后，踪迹从此消失。案发后的五年间，我们背负着极大压力，多次跨省寻找真凶，都没有结果，今天终于破案了。引来群众的欢呼和掌声。

一位老大妈来到陈华敏面前，哭诉道，警官呀！我儿子的金店被抢后，就没了收入，贷款没法儿偿还，欠了一屁股债，使我家的经济一夜回到了解放前。说着抹了一把泪水，顺手把脖子上的吊坠取下来，递给陈华敏，说道，警官！来得着急，没给你带啥礼物，收下吧！

陈华敏推辞着不肯接受，大妈强行塞到她手里，说道，这是我手工打磨的黄蜡石吊坠，有些粗糙，你别嫌弃。陈华敏拿着带有体温的吊坠又还了回去。大妈心里的感激没有着落，就接过吊坠说道，闺女！没啥好东西送给你，这是我的心意，你无论如何也要收下，否则我怎能安心呢！来，让大妈给你戴上。说着话，大妈踮起脚把吊坠戴在陈华敏的脖子上。看着警服外面的吊坠，大妈情不自禁地扑过去，抱住陈华敏哭道，感谢给我追回的首饰，刚好够还剩下的债务，要不，我还得过那躲债的日子。陈华敏拍着大妈的肩膀，正想安慰几句。

那边，老李的儿子女儿不听劝阻，强行跳跃警戒线，拿鸡蛋对侄子猛砸，执勤民警扑过来将两人控制，以为他们是来救侄子的人。没想到，老李的儿子失去了理智，怒吼着，杀了这个害死俺爹的坏蛋。他极力摆脱民警控制，想从腰里拔出菜刀，菜刀被民警收缴。

陈华敏急忙跑过来，说道，他们是被害人的子女，快把他们松开。两人挣脱民警控制，扑通一声跪在地上，悲痛地说道，陈警官！为我爹做主呀！杀了他！杀了他！

陈华敏被这突如其来的阵势弄蒙了，慌乱中急忙蹲下来扶住兄妹两人，说道，快起来！法院判决后，就会执行死刑，但不能胡乱报仇，现在杀了他，那样，你也犯罪了，何苦呢?

兄妹两人站起来，女子说，陈警官！全靠你们了。

陈华敏威严地说道，放心吧！杀人总是要偿命的，欠债总是要还钱的。

女子狠狠地骂道，枪毙，就便宜他了，应该千刀万剐。

石望春说道，邪恶莫伸手，正义来清算，案件破了，应该高兴才对。

郝运来笑道，时候到了，一切问题就会迎刃而解。命案指认现场，万名群众雷鸣般的掌声，就是人民给予我们的最高褒奖。

陈华敏满脸堆笑地说道，无论多累多苦，压力多大，时间多长，这个时候最有成就感、最轻松。

石望春插话道，我刚才接到李民强的电话，他们去南方追赃，发现了佛头的下落，让我带人赶过去增援他们，追捕嫌疑人。

郝运来遗憾地说道，本来想留你们尝尝山珍野味，现在有任务了，只好等胜利归来再聚吧！

五

郝运来送走昔日的部下，回到村里加入繁忙的扶贫队伍中。

郝运来建议道，我们不能只考虑村民脱贫，还要考虑长久发展。要让村民们长久过上好日子，就要响应上级号召，振兴农村经济，增加农民收入，丰富农民业余生活，建设文化广场，改变人们的思想。

申所长道，当人们解决了温饱问题，对文化生活的需求就会增加。

郝运来道，这里水资源丰富，我们要向邻县鸦岭乡学习，搞招商引资，设立风景区，种植药材。引进鸦岭红薯种植品种，搞公司加农户模式。鸦岭红薯在几个县都有种植，开发红薯深加工，形成市场化管理。

县扶贫办秦主任是我的同学，也是王艳红的老公。近年来，他从省农科院引进红薯新品种，经过脱毒培育，缩短红薯生长期，提前上市销售。这种红薯不仅收益高，还能像水果一样生着吃，脆甜可口。也可以加工成薯片、薯干、红薯茶叶，深加工会带来更大的经济效益。

据说，县委书记到鸦岭乡指导工作，品尝了红薯，听了讲解，给这种富含金属硒的红薯起了个富有诗意的名字，叫作“岭上硒薯”。因为这个基地在伊洛县鸦岭乡，这里土壤中硒的含量是常量的几十倍，所以得了个“岭上硒薯”的雅名。吃了这种红薯就等于摄入人体需要的硒元素，硒是人类长寿的微量元素之一。希望我们也能种植这种地域性食品，开发种植深加工，因地制宜搞活地方经济。

申所长说，“岭上硒薯”因硒而得名，我们这儿的土地不知硒的含量多少。郝运来说道，把土样送检就知道了。

生产队队长打岔道，那都是计划中的事，眼前我最关心的是文化广场建设。这么长时间了，广场上只有妇女们在跳舞，村里的人偶尔也来凑热闹。山村的夜晚再也不像先前那样死一般寂静了，不过我总觉得缺点儿啥。

郝运来道，我认为还不够，那个舞台还没用过。老书记饶有兴趣地说道，这个简单，以前农闲时在这里唱过大戏，我也可以贡献一份力量。

生产队队长笑道，老叔，你总结的劳动号子很有特点，喊出了咱家乡人的威风，到时候拿出来亮亮嗓子咋样？

老书记听了，精神抖擞地说，没问题，就是老难听呀！

郝运来笑道，喊几句，让我也聆听乡音的粗犷。

老书记回忆道，那时候年轻有一把子憨劲，这里没电的日子，晚上大山里黑乎乎的，啥也看不见。为村里通电，国家出物、出钱、出技术，村民出工、出力。说着老书记指着南山顶，你们看那些电线杆子，都是爷爷们喊着号子扛上去的。负重上山需要大家齐心协力共同完成，用号子让大家步调一致，才能把电线杆扛上高山。大家分成两组，比赛着往山上走，我给你们喊两句呀！

领队喊，来个一二三呀，大家往上轩呀！

大家喊，嘿呦！嘿呦！

领队喊，同志们加油干呀！马上到山上呀！

大家喊，嘿呦！嘿呦！

领队喊，来个四五六呀！再来一二三呀！

大家喊，嘿呦！嘿呦！

领队喊，吃劲往上搬呀！中午吃削面呀！

大家喊，嘿呦！嘿呦！

领队喊，谁要不吃劲呀！是个王八蛋呀！

大家喊，嘿呦！嘿呦！

郝运来笑道，这号子真带劲，有提神的，有吃的，还有骂人的。

老书记咧着嘴嘿嘿地笑着说，多人一起干活儿，有人偷奸耍滑，只喊号子不出力。二三十人抬一根电线杆子上山，脚下没有路，如果有人不使劲，其他人承受不住压力，就会出现意外，整个搬运队就有摔下山崖的危险，有可能还会闹出人命，大家也觉得骂人不过分。

郝运来好奇地问道，骂人也有人支持？

老书记笑道，那当然，有了这样的号子，不自觉的人自然就会用力使劲，谁都怕挨骂丢了脸。

郝运来笑道，那年月有刀削面吃，伙食还不错呀！

老书记道，干这活儿真“使得慌”啊！电线杆架完了，棕色的绳子也变成了黑色，因为戴手套抓不紧绳子，我们就用手直接抓，手都抓烂了，汗水、血水、泥水把绳子染成了黑色。说着老书记眼角闪着晶莹的泪花，强忍着没让它掉下来。

郝运来略带歉意地说道，不好意思！让您老人家想起了往事，那刀削面好吃吧？

老书记吧嗒了一下嘴，说道，在当时绝对是好东西，三五天，队里中午才管一顿饭，还有卤猪肉拌蒜泥，现在想起来香辣的味道，馋得只想流口水。

申所长笑意浓浓地说道，老书记的劳动号子，逗得我们哈哈大笑，只需简单艺术加工，就可以排成节目上台表演。

郝运来附和地说道，也让大家笑笑那朴实的语言，笑笑那艰苦的岁月，笑笑今天来之不易的幸福生活。

老书记回忆道，山下的人还有点儿肉吃，山里的人就更苦了，一年四季吃不上肉。申所长满不在乎地说道，能有多苦，无非就是没有水、电、油、气，不方便罢了。

老书记问道，你知道他们咋过年的吗？我表哥一年就下两次山，一年到头儿，挣了十块八块，也舍不得花。过年前，下山置办了“四大件”，花两块钱就过个新年，你说苦不苦？

郝运来好奇地问道，啥四大件？

老书记忆苦思甜地说道，四大件是指食油、对子纸、食盐、火柴，简称油、纸、盐、火，更重要的是这些东西要用半年的时间。

郝运来忍不住笑了，说道，说起四大件，我堂哥结婚，女方要的四大件也挺好玩的，洗衣机、冰箱、自行车、手表。

老书记自信地说道，你说的那时候农村通电了吧？这些东西就有用了。

郝运来笑道，是有很大用处，当时广为流传的顺口溜：冰箱盛剩饭，洗衣机当瓦罐，左边盛米右边装面，骑着车子瞎乱转，手表实惠又好看。

申所长哈哈大笑起来，说道，这咋说来着？

郝运来解释道，那时候改革开放不久，没钱买东西，即便想买也没地方买。冰箱只是盛剩饭的箱子而已，洗衣机离开自来水就没多大用处了，总不能去井里搅水，往洗衣机里倒着洗吧，所以排场过后只能当面缸了。自行车和手表确实起到了很大作用，也让一些人“烧包”了一阵子。

老书记惋惜道，落后，由聋致哑的事常有发生。

申所长可怜兮兮地说，看起来那时候人真穷呀！

老书记伤心地回忆说，最穷的时候，是遇到灾年，把人都饿死了。

申所长疑惑地笑着说道，不会吧！这是真的假的？

老书记端起杯子喝了口水，说道，穷是多么可怕，无法抵挡灾难的来临。

郝运来嬉笑道，靠山吃山靠水吃水，哪能饿死人呢？

老书记难过地说道，山里人消息闭塞，生产能力低下，我给你们讲个故事，就知道了。

申所长往前凑了凑问道，啥故事？我也想听听。

老书记想起往事，眼睛里含着泪水，深沉地说，故事的名字叫《饿》。

郝运来迫不及待地说道，我也想品尝一下《饿》的感觉。

老书记努力地回忆着过往，好像走进了故事一样。由于想起了伤心的事，说话的语气略带着悲伤的腔调，嗓音也变得粗壮低沉，意味深长地说，人活着呀，生死有别。表哥是一位民办老师，在外地教学，听说村主任死了，匆匆地赶回了家。

表哥站在村主任的棺材前，心情复杂，思绪仿佛回到了那段艰苦的岁月。

吃食堂饭那年的冬天，阳光时隐时现，烦人的乌鸦时而在枝头呻吟，空气到处弥漫着凝重的气息，连孩子们的哭声也是有气无力的。姨娘艰难地举起浮肿的手来，抚摩着面黄肌瘦的孙子，用尽浑身的力气微弱地说，孩子！这是最后半碗汤了，你可是咱家唯一的男丁，一定要活下去呀！孙子舔了舔嘴唇，朝那能够照出人影的黑汤看了一眼，盛了一小勺汤湿润了自己的嘴唇，然后送到奶奶嘴边哭着说，奶奶！我的汤已经喝了，我不饿，你喝吧！我不要你死。姨娘紧闭嘴唇好像没听到似的，身体慢慢地失去知觉，悄然离世了。

姨娘为了延续香火，已连续两天没喝汤了，把仅有的一点儿面汤让给孙子喝，心里想着只有这样才能少受点儿罪，少挨点儿饿，早死早托生，死了也好向老头子有个交代。

表哥听到母亲去世的噩耗，从外地匆忙赶了回来，看着母亲浮肿的身体，百感交集，强忍怒火去邻居家找村主任讨要说法。看着村主任的儿子在院里嬉闹，表哥愤怒地对村主任说，粮食都让你给收走了，藏到哪儿去啦？上个月饿死了大娘和伯父，今天又饿死了我娘。你他娘的良心让狗吃了，你不给个说法，我就和你拼个你死我活！

村主任在近半年来，对死人的事已司空见惯了。他来到表哥家看个究竟，指着跪在地上的孙子，略带悲伤地说，三婶把仅有的清汤都给他喝了，怎么能够保住性命呢？表哥看着孩子就气不打一处来，揪住孩子的衣领对着脸蛋儿就是一巴掌。本来哭泣的孩子竟活生生把哭声咽了回去，无辜地看着爹熟悉而又陌生的脸，不知道自己犯了啥错。

村主任指责地说，你这个不争气的孩子，就知道抢吃老人的救命汤，这回不哭了吧！转身就向外走去。表哥挡住去路道，村主任！你家咋没哭声，咋没人被抬出去呢？村主任哀怨道，荒年灾月的，谁家的日子都不好过呀！不信你去我家看看，喝汤啊！每次都净碗，连刷碗水都省啦！我离饿死也不远了。

此时，隔壁传来响亮的婴儿哭声，村主任的儿子跑过来喊道，爹！赶紧回去吧，我娘生了。婴儿的哭声像一道闪电划破了长空，又像一声炸雷惊天动地，惊得表哥和村主任都愣在那儿。

村主任回过劲来，一溜烟似的跑回屋里，对着接生婆连声道谢，你救了我媳妇和孩子的命，你想要啥？只要我有的东西尽管说。接生婆哀求道，能不能给我点儿吃的东西？孩子饿得都快不行了。村主任爬到床下，打开地窖的盖子，拿出两块红薯递过去一块，说道，我家也没吃的啦，给你一块吧！

接生婆哀求道，这孩子是咱村近两年来唯一的新生命啊！我恭喜你喜得贵子，把那一块红薯也给我吧！村主任为难道，这是媳妇和孩子的命啊！好吧！给了你，我就艰难了，千万别说出去。

当接生婆离开的时候，表哥在暮色中仿佛闻到甜甜的烟火味道，梦见儿子拿着烧熟的红薯美美地吃着。

东方微微发白的时候，表哥肚子空得难受，发现儿子身体已经冰凉，儿子在梦中再也没有醒来，也许他抱着甜甜的红薯去找奶奶了。

表哥悲痛不已，隔壁婴儿的哭声像风儿一样窜进耳内，他心里像刀割一样疼痛。复仇的血液仿佛要窜出身体，使脖子上的青筋鼓得老高。他满腔怒火地冲出房门，但连日来的饥饿让他力不从心，身子一软摔倒在门外。

村主任见表哥清早没来喝汤，就端着两碗清汤找来，看见躺在地上的表哥，赶紧给他喂汤。表哥慢慢恢复了体力，那一碗稀面汤浇灭了已经冲到脑门的怒火。

村主任媳妇的哭声唤回了表哥的思绪，心想尽管几十年过去了，村主任干了许多缺德的坏事，但是在危难的时候还帮了自己，如今，他死了，还是送他一程吧……

郝运来、申所长、生产队队长听了《饿》的故事，对比着现在的幸福生活，庆幸自己生在和平年代，物质丰富社会稳定。

生产队队长叹息道，老书记不要再回忆过去了，还是研究当前的问题吧！

老书记极力让思绪从过去的岁月里解脱出来，揉了揉眼睛，把泪水擦掉，欣慰地笑着说，过去的就让它过去吧！还是现在好呀！

生产队队长看到郝运来给村子里带来这么多的好处，他想做些感谢郝运来的事，也好和他套套近乎，以后村里有个工程啥的，也好出面竞争。他知道郝运来是被贬到这儿的好官，心里老是装着那被盗的命案卷宗。他发现阎富有一个秘密，就悄悄地告诉郝运来。郝运来听后，心里顿时一紧。这消息很重要，但无据可查，也只有等待现场证据和更新消息的碰撞，才有可能辨别阎富有秘密的真伪。

郝运来扶贫不忘追踪，想方设法证明自己的清白，可是阎大鹏或者说岳成群这个人，消失在茫茫人海之中，没有一点儿消息。为此，他整日闷闷不乐。

六

阎大鹏在阎富有的掩护下，成功躲过郝运来的追捕，关于他的命案卷宗也被阎富有派人偷走。但是阎大鹏并未因此放松警惕，反而更加小心地隐藏起来。

他觉得在一个地方时间久了，难免会引起他人怀疑。程颖颖经历了生死考验，怀上了阎大鹏的孩子，对他死心塌地，提出去民政局登记结婚。阎大鹏慌了神，推托着没有答应，借口见见父母再登记也不迟。况且在外地还有生意需要打理，就谎称外出做生意，想离开程颖颖。

程颖颖从小就受到妈妈的苛刻教育，妈妈经常对她说，不要和男孩儿交往太深，你看到邻居家的大妞未婚先孕，做流产出血过多差点儿要了命；你看某某同学大学期间怀孕休学；你看某某同学 13 岁就当了妈……程颖颖虽说长得标致可爱，一路走来追她的人很多，但都是经历了曲折历程，好不容易遇到对上眼的人，最终还是没有走进婚姻的殿堂。

她对男女那点儿事非常敏感，形成了心理阴影，就像鸭子吃田螺得了厌食症那样，提起这事儿就心有余悸。大学毕业到了谈婚论嫁的年龄，而她每每到了关键时刻，就紧张得不得了，总是以洁癖怕怀孕为由拒绝亲密接触。这样一来，男孩子们认为她只是个适合插花的花瓶而已。已有三个心仪的男孩儿被她吓跑了，到了第四个男友，她珍惜这份爱情，有意和他结婚。可是她那根深蒂固的劣根性流露出来，男孩儿看着可望而不可即的俊俏媳妇，想着没有孩子守空房的婚后生活，看不到生活的希望，就连别人眼里守着美女的羡慕，也会随着时间的流逝化为乌有，他心灰意冷，不辞而别。

程颖颖无法摆脱爱情的背叛，无法承受精神打击，在多方寻找无果的情况下，心里极度悲伤，就想跳河自杀，了却自己的生命。幸好被逃亡的阎大鹏撞见，把她救了起来。她在阎大鹏的关心下，认为遇到了心仪的白马王子，扭曲的心理慢慢恢复了正常。她一改从前，再加上想报答阎大鹏的救命之恩，很快进入热恋之中。程颖颖花痴似的黏着阎大鹏，使阎大鹏觉得捡了大便宜，两人各取所需，很快就到了谈婚论嫁的时候。

如今阎大鹏要离去，程颖颖恋恋不舍地说，成群，我怀了你的孩子，生是岳家人，死是岳家鬼，无论你过得怎样，我都跟着，等你回来。

阎大鹏告别程颖颖寻找新的落脚点。他悄悄地去找郭瑞玲，先前他们在南山寺认识。偶尔感到风声紧时，就跑到郭瑞玲那儿躲避一段时间。这次他明知自己犯下了重罪，想起了这个大姐，联系后才知道郭瑞玲回到广东。心想何不通过她三入佛门，避免在社会上暴露身份。

郭瑞玲丧夫多年，孤身一人生活，没有孩子，失去了对人生的期望。她对阎大鹏的到来深感不安，在同情心的驱使下勉强同意阎大鹏留下。阎大鹏经历了几次逃亡，也总结了利用他人掩护自己的方法，展开感情攻势，对郭瑞玲关心备至。

经过几番精心的爱情攻坚，郭瑞玲改变了对阎大鹏的看法，两人日久生情。阎大鹏花钱如流水，给了郭瑞玲许多现金，购买了金银首饰、玉镯等贵重物品，以此来打动郭瑞玲，利用郭瑞玲的身份掩护自己。郭瑞玲看着身体强壮的阎大鹏，经常无微不至地关心照顾自己，使她时常想起已故的丈夫，湮灭已久的感情被重新点燃。正在感情空白期，遇到阎大鹏这么个主儿，两人相互利用，走到了一起。一个风雨交加的夜晚，阎大鹏拿出新近弄来的金项链递给郭瑞玲，问道，喜欢吗?

郭瑞玲欣喜地接过项链，温柔地说道，喜欢！喜欢！这是好东西呀!

阎大鹏取出项链嘻嘻道，我给你戴上吧？你的脖子和它简直就是绝配。说着让郭瑞玲转过身去，把项链戴在她的脖子上，顺手从后边抱住郭瑞玲。郭瑞玲身子一软瘫倒在阎大鹏的怀抱里，轻声说，我好冷。阎大鹏善解人意，抱起郭瑞玲来到床前……

阎大鹏取得了郭瑞玲的信任，说出想再次进入佛门的愿望。在郭瑞玲的介绍下，阎大鹏以岳成群的身份拜见法师。

法师对岳成群进行了严格的考验，准许他进入佛门，跟着师父学习佛门规矩。

第九章　降服神秘之魔

一

阎大鹏的马仔孙瑾从监狱里出来，赵理请孙瑾到饭店吃饭，庆贺狱友重获自由。赵理说，大难不死必有后福。

孙瑾自卑道，我啥技术也没有，除了跟着阎老大打打杀杀以外，也没其他的能耐，能有啥后福。

赵理骄傲地说道，我会呀！我有搞钱的门道，只要你有胆量就行，跟着我干吃香的喝辣的，要啥有啥。

孙瑾问道，我能干啥？

赵理小心地说道，现在公安查得严，再用横的不好使了，最好的方法就是利用高科技弄点儿钱花。

说着话赵理放下筷子，用手扶了扶眼镜，接着说道，只要敢干就 OK 了。

孙瑾笑道，面对面的打打杀杀都不怕，还有啥可怕的，你说清楚咋弄钱。

赵理把头仰起来说道，我在大学里学的是计算机专业，虽然大学刚毕业，就因诈骗被送进监狱，但是我在网上学会了从别人银行卡里取钱的本事。

孙瑾听了笑得前仰后合，嘲笑道，想钱想疯了吧！净胡说，别人卡里的钱你咋能取出来？照你这么吹，我觉得我还能给火星装电梯呢！给你找个外星媳妇呢！

赵理瞧不起似的骂道，你个土老帽，还撇洋腔。不信，到我那看看装备就会明白，我的狱友南漳已经迫不及待了。说着话，俩人到了家门口。

赵理推开房门，南漳、狼孬正在玩游戏，南漳放下手机说道，赵理哥，这谁呀？赵理介绍道，咱们的帮手孙瑾。狼孬着急地说道，啥时候动手？我兜里的钱可是不多了。

赵理安慰道，我们不能急，打一枪换一个地方，不然的话，就会暴露行踪，带来灭顶之灾。说着话打开电脑和身边的黑匣子，在键盘上敲击着，显示器画面在不停地搜寻着，不一会儿，孙瑾手机传来“丁零……”接收信息的声音。

孙瑾急忙打开手机查看，信息上显示：“【伊洛银行】您的尾号 3268 的银行卡，于 10 月 13 日 23 时 50 分，在大商超市消费 1500 元。”他惊讶道，卡在我这里，你咋会把钱弄走了？

赵理奸诈地笑道，这对你来说比登上火星还难，但对我来说就是小儿科了。看看这些设备，体积小功能大，能够利用手机平台发送信息，不需要密码就能进入你的手机系统，查找你的信息。这样我就可以用你的手机发送信息获取验证码，再用这个验证码来修改你的银行卡密码。我就可以随意操作你的银行卡了，既不见面也不用银行卡，就能利用手机银行把你的钱转出来，就这么简单。

孙瑾难以置信地说道，太奇怪了。赵理得意地说道，这钱就充公了！我们在这里暂住，不能弄钱，否则会被发现。

南漳好奇地问道，这是咋弄的？你咋个意思呀！这么神奇。

赵理不耐烦地说道，说白了，就是建了个伪基站，操控别人的手机偷钱，这下明白了吧！

二

吴坡镇像往常一样，在冉冉升起的太阳中醒来，人们都在忙着新一天的工作。小吴发现自己的手机出现了好多信息，他急忙翻看内容，惊讶得合不拢嘴。这也太奇怪了吧！自己一个人在家休息，也没去购物，咋就有这么多的消费信息，况且钱都是后半夜支出的，不知道哪儿出了问题。小吴急忙给伊洛银行打电话咨询，银行工作人员说道，近期伊洛地区出现过类似的案件。如果确认不是自己消费的单子，就赶紧去公安局报警，这是新型的诈骗手段。人不见面，不用卡片就可以冒充卡主把钱转走，这也太可怕了。

小吴来到公安局，把事情经过讲了一遍，这样的疑难案件，民警还是第一次见到，有些畏难情绪。几经周折，案件转到机动队，陈华敏接了这个案子。

陈华敏按照正常流程处理，安排常青云对报警人进行询问。常青云道，请你讲讲钱被转走的经过。

小吴难过地叹气道，你们不是问过了吗？还得一遍一遍地复述。陈华敏平静地说道，需要详细地记录，才能立案侦查，耐住性子讲讲吧！

小吴很不情愿地说，昨天晚上，我和朋友谈生意，喝多了酒，回家就睡觉了。第二天早上醒来，发现手机上有很多信息，这些信息是来自同一号码发来的消费信息，奇怪不！钱就这样被转走了，你们啥时候能把钱找回来呀？

常青云热情地说，我们会尽最大的努力，争取早日破案，追回赃款，挽回你的损失。

常青云送走小吴，李大妈来到询问室。常青云问道，大妈的钱也被转走了吗？

李大妈没好气地说，这些钱是我和你大爷攒下的救命钱，今天准备去交医药费呢！钱竟然神不知鬼不觉地被转走了！你大爷好不愿意，非说是我把钱给花了。冤枉死人了。同志，你看咋办呀？大妈说着哭了起来。

常青云气愤地说道，这帮坏蛋！我非得抓住他们，还大妈一个清白。

大妈感激地说道，全靠你们了，我昨晚洗了个澡，把手机放在沙发上，忘记拿进屋里，今儿才看到这一堆转账信息，心里非常难受，就来报警了。

常青云问完笔录把李大妈送到门口，姜大牙走了进来，大大咧咧地坐在凳子上说道，该问我了吧？都等半天了，你们警察办案真是太慢了。

常青云客气道，大妈您慢走，有消息了，我通知您。

姜大牙看常青云回到屋里，苦笑道，好不容易弄了点儿钱，昨天晚上打牌回来，都凌晨3点了，困得两眼直打架，一觉睡到中午，日他娘的，竟敢把老子的钱给转走了。

常青云瞪了他一眼，没好气地说道，说话干净点儿，这是公安局。

姜大牙不忿地反问道，公安局怎么了？你们拿着纳税人的钱，占着茅坑不拉屎，为啥不把这些坏蛋抓起来？你们是不是和他们同流合污呀？

常青云忍了又忍说道，这是新兴的互联网诈骗案件，我也是第一次接触，抓坏蛋需要时间，在看到结果之前，不要乱扣帽子。

姜大牙不阴不阳地说，你啥态度呀！啥叫乱扣帽子？破不了案，我就告你们不作为。

常青云气得脸红一阵白一阵，像气球充气到了极限，随时都有爆炸的可能。他显然被激怒了，眼珠子瞪得要冲出眼眶，一串犀利的目光无情地砸在姜大牙的嘴上，本来和善的面孔拉得老长，顿时火药味充满了询问室。王艳红看到常青云气得要发飙，就急忙劝道，说话不要那么刻薄，你有损失，我们理解你的心情，咱们问问情况，把眼前的工作做了。

姜大牙听了哄孩子般温柔的腔调，心中的不满也消掉了一大半，就顺坡下驴地笑着说道，这还差不多，我做笔录，配合你们抓坏蛋。

陈华敏看了受害人的报案经过，根据发案大多在凌晨 1 时到 3 时之间，划定了嫌疑人的作案时间段；综合受害人所处的位置，确定了侦查的区域和方向；根据诈骗的信息内容，掌握了嫌疑人的作案手法。

常青云汇报道，做询问笔录时，群众问啥时候能够破案，损失这么多钱，公安局要给出破案时间。

陈华敏不能说出准确的破案时间，群众很不满意。带头的姜大牙就不客气地说，要你们公安局有啥用？

陈华敏本来就心情烦躁，被群众问得难以承受，心情更加沉重，下定决心要想尽一切办法破获此案，打消群众的顾虑。

与此同时，石望春也接到同样的网络诈骗案。他在询问报案人时，报案人非常不高兴地说，躺在家里睡觉也能中枪，这些钱你们公安局要是追不回来，我跟你们没完。石望春生气地点着头说，我们会尽力的。报案人愤愤不平地说，要你们就是保护老百姓的，赶快去抓坏人吧！

石望春无奈地送走报案人，想起陈华敏前些天也接到了同样的报警，他想掌握案件的特点，找出破案的方法。

石望春找到陈华敏，两个人带着几个民警召开研讨会，研讨破案的方法和步骤，确定侦查方向。

石望春说，我接的这个诈骗案件是伊洛市郊区的，从发案时间、地点和受害人的情况看，应该属于高科技犯罪。

陈华敏分析案情说道，听你说的这些内容，我觉得这两个案件有相似之处，但不能肯定可以并案处理。从发案的时间段来看，都在凌晨零点到3点之间；从作案手段看，都是高科技非接触式诈骗；发送信息的号码不同，但内容基本相似。就有这么几点相似度，也不能完全认定为同一团伙作案。

石望春打开投影仪，街道监控分布图展现在眼前，问道，你接触的案件是否查看了监控？我看了案发当天的监控录像。陈华敏为了不打断他的讲解，只是点了点头没有吱声。石望春又转换到发案草图，用激光在屏幕上来回地指点着，继续说道，在发案时间段，这个区域有五六十辆汽车经过，我发现一辆灰色小轿车去过案发中心，有很大的嫌疑，但是也不敢肯定这辆车为作案车辆。

陈华敏道，我们的民警正在查看监控，看看是否会发现同样的小轿车。走！我们一起看看能否发现问题。

石望春看了监控，总结道，经过查看监控，发现了几辆相同的汽车。我明白，即便是有这么多的相同线索，也不能肯定为同一团伙作案。

陈华敏另辟蹊径道，如果想找到同一团伙作案的依据，那么就要查询接收诈骗资金的银行卡是否相同。

石望春茅塞顿开地说道，派人调取银行卡的转账记录，就会一目了然。

陈华敏问道，郝队长走了，我们两个只有商量着来解决这样的问题，你觉得谁去比较合适呢？

石望春道，我觉得常青云比较有经验，让他带民警去取证会事半功倍。

常青云接到陈华敏让他出差的通知，在网上办理了出差手续，准备和民警一起出差。

突然暴雨倾盆，不一会儿，马路上就形成了大面积的积水，雨越下越大，水也越来越深。

突如其来的暴雨打破了常青云的出差计划，面对满大街横流的雨水，他有些犯难，案件办理的期限快到了，去深圳调取证据迫在眉睫，只好让妻子开车送他去车站。

上午9时，当汽车行驶到老城区时，道路积水激起层层的浪花，向两边飞溅，看上去别有一番诗意。走过积水心情开朗了许多，汽车在风雨中疾驰，快到车站了，常青云看到几个反光锥整齐地放在道路中间，还有两辆执勤车闪烁着警灯，民警提醒司机限制通行。常青云绕道继续向车站而去，前边公路上100多米长的积水挡住了去路。倾盆大雨从天而降，地上积水不断升高。火车出发时间也在一点点地临近，粗略估计逆行返回的时间会误了乘车。

常青云迟疑了几分钟，决定冒险跟车冲进水中，汽车像利箭一样把水分开，两边的水浪越来越高，阻挡着车辆前进。车速慢慢地降了下来，发出"突突……"有气无力的声音，车上面的水越过引擎盖，冲刷着挡风玻璃，在距离地面不足20米的地方熄火了。妻子急切地问道，咋办？

常青云条件反射似的说，你向单位请个假吧！留下处理车辆维修的事，我要赶火车。常青云蹚着没膝深的水向车站走去。半小时后，常青云顺利坐上火车，担心着暴雨里柔弱的妻子。他急忙拨打了石队的电话，请求安排人去救援。常青云放心不下妻子，毕竟她没经历过这么大的水灾，然而怎么打电话对方都是占线，心里恐慌到了极点。真的害怕她坐在车上等待救援，因水位上涨而不能自救。拨打了十几次电话，终于通了，常青云紧张地问，下车了吗？妻子轻松地说，吓死我了！大车过往，咱的车都漂起来了，我就赶紧下车转移到安全地带。放心吧！交警赶到已经把车推出来了。我在等待拖车，等办完事了给你打电话。

焦急等待两个多小时，妻子打电话过来，说车拖走了，警察把她送回了家。常青云悬着的心终于落了下来，开始关注单位微信群里的信息，所有民警进入紧急状态，在辖区道路疏通交通救助群众。

三

狂风暴雨丝毫没阻止民警破案的脚步，王艳红汇报道，陈队！我经过人员比对追踪，剥离了几百个 IP 地址，终于找到了作案电脑的地址，你看咋办？

陈华敏兴奋地问道，哪起案件？

王艳红脸上洋溢着灿烂的笑容，说道，当然是你处理的那起“七·一五”案件，我觉得把人弄过来问问，或许案件会有所突破。

陈华敏为难道，两名同志出差，其他同志都去排查了，缺人手呀！

王艳红建议道，石队长在办公室，让他一起去抓人。

陈华敏点头道，走！找望春去。两人来到石望春办公室，石望春站在办公桌前审视着地图，正在和李民强分析案情，看见她们进来就招呼道，你们看，这是我画的发案地形图。说着指着黑色的人形图标，这是一号受害人，这是二号受害人……又指了指红色人形图标，这是嫌疑人的位置。

陈华敏问道，有确切地址吗？找到作案现场或许会得到更多的信息。

王艳红高兴地说道，我找到了“七·一五”案件发案地址，现在这个 IP 地址仍然在使用。

石望春用略带埋怨的口吻说道，你咋现在才说，黄花菜都凉了。

王艳红解释道，今天才查到确切地址，看了他的使用轨迹，发现前几天是空白的，今天又有信息发出。

陈华敏不容置疑地命令道，我们直接把他们抓回来，王艳红去把搜查手续办好。

石望春怀疑道，犯罪分子很狡猾，你觉得他会等你去抓他吗？我觉得这里有蹊跷。

陈华敏争论道，不去咋知道结果是个啥，你带个人一起去吧。

石望春迟疑地说道，抓错了人你要负责任呀！我是有点儿不想去。

陈华敏看石望春又提意见，生气地抓起桌子上的地图扔在地上说，纸上谈兵有何意义？石望春被她这突如其来的举动弄蒙了，一时间不知该怎么办才好，愣在那儿。

王艳红嗲声嗲气地说，石队，求你了，再不去，就错失良机了。如果电脑停机，嫌疑人逃之夭夭，那我们就费大事了。

石望春只好勉强地附和道，走！我们跟你去。但总要弄清楚里边的人员吧！不能听风就是雨，受害人逼我们破案，我们就失去了章法。

陈华敏见石望春愿意同去，缓和了语气说道，我也知道这样做太盲目，也许会打草惊蛇，甚至会出现意外。

石望春笑道，情况不明，你还要着急抓捕。

陈华敏急得直跺脚，说道，急于求成呗！

说话间，大家上了汽车来到中心街二号院。陈华敏一行四人直奔物业办公室，亮出警官证，说明来意，征得物业人员的同意，来到嫌疑住户门口。

物业人员举手轻轻敲门，客气地喊道，您好！我是物业的楼管，有事找您协商，请您开门。

屋里的女子说道，等等，我在休息，马上过来。不一会儿，门吱扭一声开了。

陈华敏猛然拨开物业人员冲了进去，女子见这阵势急忙闪到一边。陈华敏看到女子没有一点儿害怕的感觉，拿着警官证威吓道，蹲下，警察，这是搜查证，你看看。随后又命令道，王艳红，看住她。

石望春等人紧随其后冲进里屋，一个男子正在电脑上浏览股票信息，见这么多人冲进来，以为是坏人抢劫，站起身来和石望春扭打在一起。石望春喊道，住手，我们是警察。男子被按在床上，还激烈地反抗着说道，警察为啥不穿警服，随便私闯民宅，今天说不出个一二三来，我非把你们告得兔毛乱飞不可。

王艳红和民警见人已被控制，便对屋内进行搜查，查扣了电脑主机，固定拍照，制作搜查笔录，带着当事人回到单位。

陈华敏有点儿担忧，说道，除了 IP 地址外，没有找到其他的线索，这两个人好像和案件不沾边呀！

石望春顽皮地笑了笑，说道，我早就提醒过你，不要莽撞，你不听呀！还以为是我胆小怕事，提意见呢。

王艳红打圆场地说道，真是智者千虑必有一失呀！

陈华敏懊恼地说，这可咋办？

石望春诙谐幽默地说道，你可要注意，如果处理不好，小心人家去告你。

陈华敏逞强道，我才不怕呢！我有尚方宝剑。说着拿出搜查令放在石望春面前。

石望春看了看搜查令，笑道，我早就知道这次搜查是合法的，要不怎么敢跟你去撒野。

陈华敏笑道，那你为啥这么谨慎？

石望春警惕地说道，一朝被驴踢，提防万坐骑呀！

陈华敏追问道，言外之意，你还有故事吗？讲来听听，免得我犯同样的错误。

石望春回忆道，这不是扯淡，对审问嫌疑人有好处。

我刚入警的时候，老师教导我时讲了一个故事。民警抓获一对嫖娼卖淫人员，讯问笔录时，嫖客故意把作案房间号二十八说成三十八。民警当时没有认真审出这个错误的房间号，整个卷宗上除了这份笔录和嫖客的自述材料外，其他证据证明卖淫嫖娼地点都是二十八号房间。

当裁决完毕，送往拘留所后，嫖客向人民法院提出诉讼，办案人也是信心满满地出庭应诉。法官问嫖客说，你会武功吗？嫖客答道，我哪会那玩意儿！法官问道，警官！二十八号房间和三十八号房间相距多远？民警答道，据我所知三十八在二十八的正上方。法官点头道，也就是说，两个房间中间隔着地板，男嫌疑人的笔录和女嫌疑人的笔录不一致。作案时女的在二十八号房间，男的在三十八号房间，他们隔着个地板，又不会武功，怎么嫖娼卖淫？民警当时哑口无言，结果判了个败诉。

陈华敏自责道，小心不会出大错，看样子，咱们带回的两个人不像坏分子。

石望春指责道，你个愣头青，捅娄子了，想法儿把窟窿补上吧！事到如今，我们只好硬着头皮干了。陈华敏故作娇态地说道，演个双簧吧！我唱红脸，你唱白脸，让你也做回坏人，给你个英雄救美的机会。石望春腼腆地说道，咦！趁机占人便宜，我不去。

陈华敏拉着石望春的手，故意扭动身子，装出满脸小女人的样子。石望春看到陈华敏扮的可爱相，觉得好笑，便跟着陈华敏走进询问室，还没说话，女记者先开口问道，你们把我带到这儿干什么？谁给你们这么大的权力。

石望春用普通话问道，这正是我要问你的问题，你知道我们为啥把你传唤到这儿吗？那是因为你家电脑的 IP 地址涉嫌一起刑事案件，明白吗？

女记者疑云满面地说，我家电脑的 IP 地址我也不知道是多少，我们从来没干过违法乱纪的事情。你们凭一张搜查令就可以把我们带到这儿，这事太过分了吧！我要去投诉你们，追究你们违法乱纪的责任。

石望春讽刺地问道，你学过法律没有？我们有刑事立案决定书，按法律程序审批了搜查令。对有作案嫌疑的地点进行搜查，那是依照法律规定进行的。对涉嫌的人员进行传唤询问，也是有法律依据的，你投诉又有何用呢？

女记者听了石望春铿锵有力的回答，缓和了口气说道，你们这样做，我认为不合适，既影响了我们休息，还影响了工作。你们做的有不合适的地方，我会让这件事公布于众，让大家来评说。

石望春微笑道，这好办，那是你的权利，也是你的义务，我相信报社审核也会公正依法进行的，也不是随便一篇文章都能作为新闻刊登。

女记者狠狠瞪了一眼石望春，赌气地说道，不信，咱们就走着瞧。

陈华敏看到两人争吵起来，赶紧打圆场道，我们都是女同志，你是记者，我是警察，我们的职业都不容易，请你理解。我们也是为了挽回群众损失，采取了这样紧急的措施。把你带到这儿是为你好，也是迫不得已的事情。现在所做的工作，是为洗清你身上的疑点，希望你配合。

女记者笑道，还是女同志好交流，你这样说我就理解了，不过这口气挺难咽的。

陈华敏操着满口的河南普通话说道，那请讲讲你家电脑是怎么回事儿，为什么 IP 地址会被人利用了呢？

女记者笑道，我家电脑利用率不高，我使用电脑打一些文稿，传发到单位让编辑审阅。有时候我爱人打些文件传到律师事务所，我们也会在网上浏览网页，查一些资料。但是违法的事，我们绝对不会做，他是律师，他懂法，我是记者，我也懂法，那么你说的违法行为是怎么回事？

陈华敏简明扼要地讲述了网络诈骗的经过。

女记者惊讶道，这还真是一则新闻哪！如果你能尽快抓到嫌疑人，让我把这起案件来龙去脉弄清楚，那么，这就是一篇轰动整个城市的奇闻。

陈华敏称赞道，原来你也这么正直，也这么为大家着想，你也是具有正能量的人呀！我希望与你合作。

女记者斜了一眼石望春，说道，你看他说话多难听，问话的语气把我当成坏人啦，我实在有点儿接受不了。

陈华敏看了看石望春满脸的傲气，微笑道，石队！你想和美女记者说点儿什么呢？

说着话，陈华敏故意点了点头，眨着美丽的大眼睛，示意石望春向女记者说句好听的话。

石望春会意地笑了笑，说道，哈！不好意思，难道大禹劈开山门，东神就不认西佛了吗？我们还是一家人呢！不过由于我们的失误，给您和家人带来不便，敬请原谅。

女记者释怀地说道，这还差不多，如果能配合完成这篇新闻，我就原谅你的鲁莽。

这个时候，王艳红打电话过来说，石队！嫌疑电脑已经清查完毕，里面没发现违法内容。

石望春挂了电话，对女记者问道，你们家除了网线以外，有其他无线网络吗？

女记者恍然大悟道，怎么把这茬儿给忘了呢！我家有 WIFI，为了方便使用手提电脑连接无线网，就没有设密码！原来是这样啊，可能被别人利用了这个漏洞，用无线网连接我家的 WIFI，这样不就能用到我家的 IP 地址了吗？难怪你们找到我家。

陈华敏说道，原来这样，既然来了就做个简单笔录，让你尽快离开这里，你爱人那儿，我们也做个简单笔录就可以了。现在看来你们两个是清白的，感谢你们的配合，我们有不周到的地方，还请你们理解。说着陈华敏向女记者敬了个礼，女记者见状脸上露出久违的笑容。

石望春和陈华敏做完俩人的笔录，让他们回家。男律师愤愤不平地说，这样就把我们打发走了？你要知道请神容易送神难！你们无缘无故冲进我家，不由分说把我弄到派出所，就这样算了？

石望春看他态度蛮横，原本平静下来的心突然怒火中烧，拿出搜查证往桌子上一拍，你看，这是什么？这是搜查令，没有搜查令，我们能去你家搜查吗？你还是律师呢，应该能够理解。

律师不依不饶地说道，即便你有搜查令，也不能用这样蛮横的态度对待我，这种态度让人难以接受，无法理解。

陈华敏笑道，律师先生！我们都是搞法律的，难免有些地方做得不到位，你呢，多理解吧！

律师缓和了语气说，看在陈队长的面子上，我就不和你计较了。双眼怒视着石望春，拉着女记者的手，俩人走出了派出所。

陈华敏和石望春回到办公室，陈华敏笑道，你演得还不赖呀！但是还不到位，一点儿也不凶狠。

石望春笑道，这已经够意思啦，你看那个律师了吗？我要再狠点儿，他非和我决斗不可。这哪是在审案子呀，分明是在摆事儿，向人家说好话。

陈华敏笑道，这就应了那句河南话了，叫“会大会小是条龙”啊！

四

陈华敏汇总案件信息，发现作案手段基本相同，听着同志们的见解，越听越感到奇怪。她带着疑问，拨打张副局长电话，请教新型诈骗的破解方法。

张副局长讲解道，这种诈骗方法使用了“嗅探技术”，是犯罪分子利用计算机漏洞冒充他人消费，操作起来很简单，没传说的那么神奇。只要有伪基站，会上网的人都能操作，没有多少技术含量。

陈华敏请教道，神不知鬼不觉钱就被刷走了，啥原理呀？

张副局长继续耐心地说道，这些技术问题很深奥，有机会了向专家请教。

陈华敏像学生似的继续提问道，为啥机主也会收到信息？张副局长答道，这些信息共享，嫌疑人无法遮蔽，信息要正常发送给机主，机主就会收到信息了。晚上机主睡得正香，不能及时查看手机，无法阻止嫌疑人发送的信息，就形成这样的结果。陈华敏如梦方醒地说道，哦！原来这些家伙的作案手法还挺先进呢！

陈华敏学习了相关知识，接待了上级派来的技术小分队，四处寻找那个奇怪的电波，找到了大概位置。陈华敏接到指示，迅速在可疑地域布置便衣巡逻，逐步缩小侦查范围。

凌晨3点10分，陈华敏、王艳红有点儿头昏脑涨，眯着眼睛打起瞌睡来。陈华敏把脑袋摇得像拨浪鼓似的，脖子发出咔嚓的声响，也没除去多日来的困顿。

此时，电脑里响起“叮铃”的警报声。王艳红一个激灵瞪大眼睛提醒道，有情况。说着把鼠标指向可疑目标。

陈华敏拧开耳机开关喊道，A组注意！目标出现在你的区域，沿着顺河路由东向西移动，注意隐蔽，不要打草惊蛇。

李民强埋伏在河沿的草丛中，立即小声说道，A组收到，发现目标，一男子骑电动车，后座上有一个送外卖的箱子。

陈华敏喊道，发现情况及时汇报。过了一会儿，目标进入B区域。

李民强答道，明白！目标离开A区域，向B区域行驶，已经进入B区域。

陈华敏喊道，收到！B组注意，目标外卖电动车男子已进入B区域，密切观察。

常青云答道，B组明白！发现小哥停在路边。陈华敏道，继续观察，怎么看不到目标了？回头道，王艳红，调强信号加强监控，别让他跑了。

王艳红在电脑上紧急操作着，一会儿工夫，失去的目标又重新出现在屏幕上，目标在前方的道路上移动。

王艳红请示道，你看这台电脑，接收到了这么多信息，目标已得手了，正在侵入机主的银行卡消费刷卡，咋办？

陈华敏通过电台通知道，C 组注意，密切跟踪，注意发现老窝。

A 组、B 组配合 C 组执行抓捕任务，石望春跟着外卖小哥在街上溜达了二十几分钟，外卖小哥好像发现了什么，骑车飞快地向镇西头去了。

陈华敏与石望春会合，紧随其后，A、B、C 三组在街口交替轮流追踪。外卖小哥发现身后有车辆跟踪，就关掉电动车灯，在黑暗中加速前行，突然拐进了旁边的小巷里。

陈华敏追过来时，电动车跑得无影无踪。道路太窄，汽车开不进去，只好转到胡同的另一个出口，也没发现外卖小哥的踪迹。

陈华敏失去了目标，急切地说道，嘿！如果让他跑了，就对不起同志们多日来的辛苦了。王艳红，接下来就靠你跟踪追击了。

王艳红在电脑上操作着。一会儿工夫，王艳红道，有个信号特别强烈，我判断是配合外卖小哥的电脑主机发出的信号，向左走。王艳红指着一楼的那户人家道，陈队！就是这里。

陈华敏停下车来，三组人员先后赶到。陈华敏观察了周围的环境说道，我们就在这里守株待兔吧！

石望春安排道，能确定老窝就好办了，大家隐藏好，留两个人在门口观察，发现可疑人员立即抓捕。

过了一个多小时，外卖小哥把电动车停在楼前，从外卖箱子里取出一个黑色袋子，向四周看了看，没有发现异常情况，就径直走向一楼的房门。

陈华敏和常青云悄悄摸到他的身后，待小哥打开房门时，两人立即冲过来将其控制。其他民警推开房门冲进屋内，房间内的两个人正在操作电脑，看到有人冲进来，急忙站起来负隅顽抗，和民警对打起来。民警一拥而上，三下五除二将他们抓获。

当场缴获两台“嗅探器”和配件，还有两台电脑。经过核对电脑诈骗记录，凌晨时分，该三人做了八起案件，诈骗钱款25万元。

陈华敏和石望春商量着审问策略。石望春道，我们抓捕的时候，孙瑾没有激烈反抗，南漳也束手就擒，那个主犯赵理反抗激烈，和我发生对打，他有点儿蛮劲，幸好我们是偷袭，否则得费点儿功夫。还有狼孬也进行了激烈的反抗，在我们的威慑下才得以控制局面，将其抓获。

陈华敏归拢了现有的材料，说道，我们就根据情况进行讯问，我觉得这四个人呀，应该从孙瑾开始攻破，从电脑比对信息寻找证据，等常青云调取证据归来，再和前面几起案件进行并案。

石望春道，那好吧！我们掌握的情况都差不多，就先从这里开始吧，一起去讯问孙瑾。

石望春和陈华敏带着孙瑾来到讯问室。刚刚坐下，孙瑾就说，警官！求求你们放了我吧！我家里太穷了，是他们逼我弄钱的。

石望春训斥道，孙瑾！你不要狡辩，你想把所有的罪责都推到他们身上吗？

孙瑾辩解道，尽管我是有前科的人，但是我还没傻到再犯罪的份儿上。我从监狱出来，赵理就把我接到饭店吃饭，让我和他们一起在网上弄钱，我也是没办法呀！

陈华敏顺水推舟地说道，那好吧，就依你说的，把事情经过详细说一遍。

孙瑾坐在审讯椅上，调整了一下坐姿，说道，我从监狱里出来，赵理把我接到饭店饱餐了一顿，然后，他告诉我怎样用电脑把别人卡里的钱转走。刚开始，我不相信他能有这样的本事，后来，他亲自演练了一遍。我知道了他们的秘密，想走，他们也不让我走，我没办法，于是就参加了这次行动。

石望春边敲击着键盘制作笔录，边随和道，原来你是被迫参加的，电脑是谁买的？

孙瑾觉得自己的说法得到了认可，就继续供述道，听南漳说，电脑是赵理买的，我们几个人只有赵理会操作电脑，他指挥我们几个在网上弄钱。

石望春不紧不慢地追问道，你们在网上转钱的事总共干了多少次？

孙瑾听了，担心更多的案件牵连到自己，害怕地带着哭腔说道，我就参加了这一次，其他的我不知道，真的不知道。

陈华敏温和地说道，好吧，我安排民警给你做笔录，你只要老实交代，我们就会对你从轻发落，明白吗？如果真的存在被逼参加犯罪的情形，在法律上是有从轻情节的，你要明白，但是必须说实话。

陈华敏和石望春为了掌握全部情况，就提审了南漳。石望春威严地问道，南漳你都干了些什么？

南漳没有正面回答，却反问道，我啥也没干，你们为啥要抓我？

陈华敏眯着眼睛，一脸蔑视，问道，南漳，你没违法也没犯罪，你在那儿干啥呢？

我只是跟着赵理玩游戏，他让我参加弄钱，我没参加，因为上次弄到的钱，给我分的很少，所以这次我不想干了。

好你个南漳，你已经参加过一次了，参加了这一次又怎么样？不都是犯罪吗？

南漳不满地说道，我本身就是为了弄钱，才参加他们的行动，但是，他们只给我分了一点点，我很不愿意。

石望春缓和了语气，笑着安慰道，你顶多是个胁从犯，在法律上量刑的话，有从轻情节，但我还是希望你从实招来，把违法行为交代清楚，只有这样才是对自己负责。

南漳无奈，只好如实供述两次侵财犯罪的经过。

石望春和陈华敏连续作战，提审了狼孬。狼孬坐在审讯椅上，不服地昂着头挺着胸，看着民警一言不发。

石望春严肃地问道，姓名、性别、年龄、住址？

狼孬也不服软，机械地答道，我叫狼孬，男，25 岁，家住玉龙寺南郊村。

石望春问道，你知道为啥把你传唤到派出所吗？

狼孬故意装作不解地问道，我不知道啊，你们为啥要传我？

陈华敏在电脑上打开监控录像，墙上的显示屏里同步播放着画面。她接过话来问道，你的电脑上显示那些信息和图片是咋回事？

狼孬看了看画面上自己的影像，说道，我不认识，别以为有了监控就认为是我，你没看到吗？这个人戴着帽子和口罩，还有眼镜，凭啥说这个人是我？

石望春冷冰冰地说道，你小子还敢抵赖，你穿的衣服和现在的衣服一模一样。

狼孬生气地说，难道卖服装的只卖给我了吗？别人都不能买吗？爹娘生的身体难道不能有相似的吗？你们管得也太宽了吧？

常青云取证回来走进审讯室，不急不慢地把 U 盘插进电脑主机，打开新调取的录像，说道，看看就清楚了。再往后看录像显示：银行员工让其摘掉帽子，去掉眼镜和口罩，对着镜头才能取钱，这时候，狼孬脸部完整展现在屏幕上。

石望春威吓道，狼孬，别以为装孬了就不认识你，你看这是谁？狼孬犹豫了一下，没有说话。

常青云指着画面说道，这是取钱时的监控录像，只可惜呀，没有声音，只有图像。说着把调取的复印材料放在桌子上继续说，这儿还有狼孬取钱时签下的字迹，他是代取的钱，代取也是他签的名。

说着，常青云又拿出银行出具的相关证据，狼孬低下了头，沉默不语。

石望春冷冷地说道，狼孬，我告诉你，你现在的态度好坏，决定了你是否会罪加一等，自己看着办吧！想想是如实交代好呢，还是想顽抗到底侥幸逃过一劫。让他们三个证实你违法犯罪的经过，让监控和笔迹来再现你的犯罪过程。

狼孬低下头思索着，以前总是在自动取款机上取钱，这次的数额太大，不能当天全部取走，就冒险到柜台取钱，没想到被抓住了把柄。沉默，沉默，再沉默。过了一刻钟的工夫，狼孬终于抬起了头，说道，警官，如果我现在如实说了，你们能放过我吗？

石望春糊弄道，你小子现在才想明白，不就拘留三天吗？这有什么可怕的，你那种畏惧心理呀，我们见多了。三天时间，对你有啥可怕的呢！如实说吧。

狼孬听了才拘留三天，悬着的心终于放了下来，把两次组织犯罪的经过讲述了一遍。

五

三个人审讯完狼孬，心里的石头终于落了地，就像盖楼那样，三层楼都已盖完，就剩第四层封顶了，主犯赵理想抵赖也不行，于是一起来讯问赵理。

把赵理带到讯问室，石望春笑道，赵理！知道为什么过了这么长时间才来审问你吗？

赵理有点儿不知所以然地问道，你怎么想的我咋知道啊？不要卖关子，有话直接说。

石望春见赵理说话直来直去，就笑着说道，你小子还行啊，直截了当。我问你，你今天为啥被带到派出所？

赵理试探性地说道，带我的时候你们不是说了吗？说我涉嫌诈骗别人银行卡上的钱，你们有证据吗？

石望春指着桌上的电脑说，证据就在电脑里，那不是你的电脑吗？

赵理极力反对道，从哪儿看出来是我的电脑？这个房子不是我租的，电脑不是我买的，IP 地址也不是我弄的。我只坐在电脑面前看个风景，你就说这台电脑是我的，诈骗钱的事儿是我干的，这咋能行呢？

陈华敏等赵理把话说完，乐了，脸上绽放出灿烂的笑容，说道，这叫王八窜暖炕烫了也白烫啊！你的几个喽啰都如实招供了，你们的犯罪事实清楚，看看这台电脑上的内容，是你操作留下的痕迹。

常青云打开收缴的电脑，对赵理说道，这些内容都在，让你看个够。赵理看到收发的信息，摇摇头否认道，这不是我干的。

这还不能说明电脑是你的吗？石望春有点儿恼怒地说道，再看看这文件夹里的内容。说着话，常青云操作电脑，把他的照片调了出来。不一会儿，赵理的生活照片在电脑屏幕上轮番展现。

陈华敏表扬道，常青云，弄得不赖啊！干工作也会举一反三，尽善尽美，你这叫铁证如山。常青云谦虚道，这些武艺还是跟王艳红学的呢！

赵理见无路可退就说道，即便这台电脑是我的，你们咋能够证明这些事儿是我干的呢？

常青云实在憋不住心中的怒火，冷冰冰地说道，好小子，我知道有人孬，但没见过你这样孬的。你真行啊！简直就是个鸭嘴兽，软绵绵的嘴巴非要充硬，看我咋把你的嘴巴撅了。

赵理心里很紧张，但脸上却充满了笑意，高兴地说道，嘿！没证据，到 24 小时你得放人，你也不看看表，还有时间在这儿骂我呢！

石望春批评道，你除了这张嘴软磨硬耗，其他的地方哪儿像个人，还不如野兽呢，把人家看病的救命钱也给转走了！

常青云拿起银行卡，说道，给你看看狼孬使用的这张信用卡，是冒用别人身份信息办理的赃卡。狼孬用这张卡到银行提取赃款，然后把钱转到你的银行卡里，你看看这张银行卡的身份信息，是不是你？

说着话，常青云走过来，把银行卡和银行出示的证据单放在赵理面前。赵理认真看了看卡主信息，上面赫然写着自己的真名和身份证号，先前的狂妄变成了木讷，一脸窘态，想着蒙混过关的对策。

石望春笑道，青云，你想得也太天真啦！就凭这，他能认吗？这上面也没他的照片，他说他是王五、赵六、小狗、小猫的，你信吗？

赵理有点儿沉不住气了，看着石望春叹气道，咋会遇到你这样的民警，真让人很难混过去呀！

常青云回过头来走到审问桌前，从档案袋里找出卡主的户籍信息，信息卡上有赵理的姓名、性别、年龄、家庭住址，还有照片、联系电话、身份证号等，这张户籍卡充分证明了赵理就是这张银行卡的主人。

赵理看了看户籍卡，又认真端详桌子上的银行卡和证据单，沮丧地低下了头，看上去似乎在回忆往事，又像在思考逃避责任的门道。民警们也知道此时无声胜有声的威力，都默不作声地坐在那儿。刚刚还唇枪舌剑，突然间却鸦雀无声，屋里死一般寂静，让人透不过气来。这种沉默聚集成无形的巨大压力，压得赵理满头大汗。过了一顿饭的工夫，赵理思来想去，感到这次真的栽了跟头，小声地说道，警官，我认罪。

陈华敏从沉寂中缓过神来，漫不经心地问道，你干了多少次犯罪的勾当？

赵理经过深思熟虑，答道，我就做了两次，你调查的那次和今天的这次。

石望春睁大了眼睛，站起来质问道，你他娘的胡说八道，逮住一次就说一次，没逮住就不算了吗？老实点儿，再说说还有没有。

此时，赵理还想瞒天过海，就侥幸地说，真的没有啦。

石望春骂道，别他娘的装蒜，几个马仔早就把你供出来啦，你做的不是一次，也不是两次。

赵理心中没底了，不知道公安机关掌握了他多少案件，于是就试探地说，那你说多少次就多少次呗！

石望春有点儿坐不住了，走到赵理跟前出示证据，说道，这张是 7 月 13 日的转账记录，这张是 7 月 15 日银行卡记录，这两张银行卡属于同一个人，都是狼孬拿去取的钱，他把钱转到你的银行卡里，你还有啥话要说?

赵理在铁证面前，再也不能顽抗下去了，无奈地说道，唉！我只做了这三次，就被你们逮住了，真倒霉。

四个嫌疑人的笔录终于搞定，可以刑事拘留了，大家松了一口气。

陈华敏放松地说道，我们费了九牛二虎之力审讯这帮人，孙瑾示弱，南漳推脱，狼孬坚决不认账，赵理勉强招供。可见他们很狡猾，要挖出售卖这种设备的团伙，才能阻止类似事件在全国蔓延。

石望春笑道，嘿！没看出来呀，郝队不在，你也开始忧国忧民了。不过，范围太大，仅靠我们几个的力量是不够的。要有个切实可行的办法才能实现。

陈华敏问孙瑾道，你们的犯罪事实无可争议，证据在这儿摆着呢！我问你，这些设备从哪儿弄来的?

孙瑾满脸真诚地说道，据赵理说是在电脑上花钱买的。

陈华敏追问道，在哪台电脑上买的?看看购买记录。

孙瑾答道，就是你们拉走的那台电脑，我们早把记录删除了。

王艳红向陈华敏请示道，我去做痕迹鉴定，把记录找出来，你还有啥要说的吗?

陈华敏摆手阻止道，等等！看他的态度，如果有重大立功表现，这可是他的福音，就看他咋把握了！

孙瑾听了可以立功，眼前一亮，说，其实不必麻烦，天也快亮了，我现在就可以联系他们。

王艳红警告道，不可绕圈圈，没人想耽误时间。

孙瑾肯定地说，相信我的真诚会给你们减少许多麻烦。

王艳红交代道，不允许暴露你已被公安机关抓获的信息，否则罪上加罪。

孙瑾笑道，我和他们也没啥特殊交情，现在我已经成为你们的线人了，放心吧！

陈华敏问道，是“巨人”这个微信吗？孙瑾回答道，是的，让我操作吧！你们看着我就好了。孙瑾在微信上问“巨人”道，我的机器出了故障，不小心进水了，好像出现了短路，你们能否维修？

“巨人”回信道，傻子！谁会冒险维修，新机器用不了多少钱，动动手指成本就回来了。

孙瑾急忙敲击键盘，看陈华敏没有反对，就回复道，能否给点儿优惠？“巨人”回信道，讲个鸟价，要买打钱，不买滚蛋。孙瑾回复道，做个买卖，何必那么凶。“巨人”回复了一张强壮肌肉的大力士照片，附文字“小心挨揍”。孙瑾又看了陈华敏一眼，好像征求陈华敏的意见。

陈华敏心领神会地说道，买新机器需要多少钱？

孙瑾顺口答道，3000 多元。

陈华敏利索地说道，买，我们出钱。

孙瑾回复“巨人”道，买一台同样的机器，马上付钱。

通过这次交易信息，王艳红在电脑上查到购买机器的发货地点，发货地是广州市东城货运站。

陈华敏和常青云、王艳红带着执法手续，坐飞机前往广州，到了那个发货地点。

常青云让孙瑾在电脑上又购买了一台机器，给“巨人”交付了购买款。陈华敏和王艳红在附近蹲点守候，观察来往的发货人，半天的工夫过去了，也没发现可疑人员。

王艳红开始怀疑是否判断失误，上当受骗了。突然，陈华敏收到常青云的短信，货已发出，望查收，货单号……

陈华敏放下手机急忙说道，艳红，该我们出手了。陈华敏身着便装来到货运站，对工作人员说，老板，我想查查刚才发的货单，这是货单号码，好像电话号码留错了一位。

工作人员看了看陈华敏，感觉有点儿陌生，就用标准的粤语说道，刚刚个男发货，你查下系咩也？

陈华敏没有听懂粤语，就用普通话说道，发货人让我来改正电话号码。工作人员看来人没什么异常，就用普通话说道，我给你找出来，幸好还没有发走。说着工作人员在电脑上输入货单号码，这个货单的信息全部出现在电脑屏幕上。

陈华敏拿出手机，悄悄把发件人的电话记了下来，说道，我比对一下，嘿！留的号码是对的，真是忙糊涂了，麻烦你了老板。

俩人从货运站出来，王艳红很遗憾地说道，上面只有电话号码，没有发货地址。陈华敏却满意地笑着说，我们不虚此行，这个收获已经很大了，该你大显神通了。

王艳红很不自信地说道，在咱们那儿没说的，不过在省外，我还不知道追踪效果咋样。

陈华敏笑道，查查不就知道效果了吗？实在不行就找当地民警配合我们。

王艳红几番努力也不能如愿，只好申请协同作战，在当地民警配合下，查到了这个电话号码的注册地址。

陈华敏客气地对当地民警感谢道，麻烦你们配合抓捕嫌疑人。当地民警带着陈华敏一行人到了可疑小区，在物业人员的指引下，大家来到嫌疑人楼房门前，物业人员走上前去敲门。

陈华敏急忙拦住道，这样容易引起他们的警觉，销毁证据。王艳红担心地说道，是的！里边还有一个叫“巨人”的大力士，我们要做好防止拒捕的准备。当地民警道，你们有什么抓捕方案？陈华敏说道，我想把网线拔掉，让他们无法上网，他们会找网络人员维修。我们扮作网络维修工人趁机上门，这样就可以一起进入室内抓捕。

物业人员竖起了大拇指，称赞道，还是警察有办法，我先看看他家的电表是否正常运转，确定其家里是否有人。陈华敏听了也竖起大拇指，奉承道，您更棒！这样稳扎稳打不放空炮。物业人员美滋滋地去寻找户主的电表，看了看电表说道，转速较快，说明用电量较大，家里肯定有人。

陈华敏道，是呀！一般家庭，常用的冰箱耗电量较小。这转速表明，家里的电脑、电灯、空调都在耗电。去拔掉他家的网线，找准了别弄错。物业人员在弱电井里找到相应的网线，拔了出来。

民警们焦急地等待了一个多小时，穿着网通维修制服的人来到楼门口。

陈华敏慢悠悠迎了上来，和善地问道，师傅，您是来维修网线的吧？网通师傅反问道，你家的网线不通了吗？

陈华敏指着前边的住户说道，是这家。师傅核对了门牌号，弯腰把塑料袋套在鞋上，上前敲门道，请开门，我是网通公司的维修员。

嫌疑人的门吱呀一声打开了，短发男子探出头来左顾右盼地张望着，还没等公司人员进屋。陈华敏、王艳红和当地民警就控制了短发男子，一起冲进屋里。网通公司的维修员吓得不知所措，问道，这是怎么回事？

陈华敏慌忙解释道，他们犯罪了。说着拿出警官证让网通师傅看。

紧接着，陈华敏问短发男子道，你这里还有谁？短发男子道，都在这儿呢，没谁了。陈华敏吼道，那个号称武功高手的“巨人”在哪？短发男子向凳子上的小矮人望去，说道，是他。

陈华敏原以为这里的对手很强大，出乎意料的是“巨人”竟然是眼前不起眼的侏儒。原来微信号叫“巨人”的领头人，只是个蹲着走路的小矮人，人们背地里叫他“围子”。

陈华敏看到这个残疾人，关心地说道，干点儿啥不好，非要干伤天害理的勾当，就你这样想跑也跑不了。

“围子”无奈地说道，我啥也不会干，干这赚钱快些，不用体力，多好呀！

陈华敏看他不知悔改，就气不打一处来，教训道，站不起来是爹妈的错，可是用犯罪手段去诈骗钱，做精神上的矮子，就是你的错了。

“围子”仰着头说道，我到这儿赚钱，是没办法了，现在也无法回去，靠那点儿低保收入生活太清苦了，看到同乡搞网上销售发了财，我就来干了。

王艳红看他话多，就吆喝道，恬不知耻，还有脸说！

网通师傅插好网线喊道，网络调试完好，可以正常上网，我走了。王艳红心想是我们让你跑了一趟，怪对不住的，于是抱歉地说道，辛苦了师傅，请慢走。

陈华敏抓捕嫌疑人，清点违法物品。王艳红打开嫌疑人电脑微信记录，查看购买机器的情况。

陈华敏兴奋不已地说道，把记录都记下来，我想写总结报告。王艳红打印好记录，交给陈华敏说道，全国各地涉及五个省份，如果靠咱们的力量就太有限了，你看咋办？

陈华敏答道，全国警察是一家，向上级请求支援。陈华敏向张副局长打电话汇报道，广州的嫌疑人已经抓获，为了扩大战果，请求把涉及五个省份的下线人员抓捕归案。

张副局长担心地说道，你们手里的案件太多，如果再追查下去恐怕贪多嚼不烂。这样吧，我向上级汇报争取协助抓捕，就地办案，这样你们就可以解脱了。

陈华敏如释重负地说道，是！听您的安排！过了一会儿，张副局长打电话说道，华敏，你们把这些嫌疑人带回去处理，其他线索上级安排当地公安民警查处。我在伊洛市欢迎你们凯旋。

第十章　色诱

一

王三虎从监狱里出来，不思进取，整日做着一夜暴富的美梦。阎大鹏算计着王三虎出狱的日子，就暗地里派阎黑子、阎白蛋去追赌债。王三虎没有偿还能力，于是就打起骗人的主意。他骑着三轮车去外地进货，路过村庄，看到一个老太太在训斥一个黑不溜秋的青年男子。老太太埋怨道，你这个不争气的孩子，三十多了也不知道找个媳妇回来。

王三虎见状停下三轮车，佯装修理车轮，一会儿捣鼓这儿，一会儿捣鼓那儿，在那里翻来覆去地摆弄车子。又故意向老太太借打气筒，过了一会儿三轮车修好了，去向老太太还打气筒。他和老太太攀谈起来，问老太太家里几口人，老太太说，老伴儿死得早，只有我和儿子相依为命。如今儿子三十好几了，因为家里穷，到现在连对象也没有，说了好几门亲事，人家都嫌咱家里没钱，没有说成亲事。如今儿子还是光棍一条，你说急人不急人。

王三虎心里窃喜，何不借此诓老太太几个钱花？于是就说，我有个表妹 28 岁了，也是挑三拣四的，现在还没有找到婆家。如果不嫌弃，我给你们牵个线说和说和，兴许真能成呢！老太太喜出望外，叫来儿子感谢大哥的美意，挽留王三虎在家里吃饭。王三虎说啥也不肯留下，老太太无奈，只好相互留了手机号，王三虎扬长而去。

过了几天，老太太给王三虎打电话问道，给我儿子说亲的事咋样了？王三虎为难地说道，妹子愿意见面，不过还需要彩礼钱。老太太高兴地问，需要多少钱？

王三虎想着这家人穷，不能多要，免得把人家吓住了，就试探性地问道，三万元不算多吧？老太太听后高兴地笑了起来，本来就满脸皱纹显得苍老，此时脸上的皱纹层层叠叠的，看上去像麻袋布片，坑坑洼洼沟壑纵横，但她心里高兴，连声说道，不多不多！只要孩子们能说成，我把家底都拿出来也愿意。

双方在愉快的氛围中约定见面时间。过了半个月，王三虎带着表妹和舅舅如约而至，三人来到老太太家中。老太太见到表妹胖乎乎的身材，兴奋地请他们到附近小饭馆吃了顿饭。儿子看见如花似玉的姑娘，拉着人家软得像棉花似的小手，舍不得松开，那色眯眯的眼睛简直不听使唤，想立马钻进姑娘的心里去，恨不得马上就把她娶回家中。

王三虎见时机成熟，悄悄对老太太说，初次见面，不必拘礼。老太太看见姑娘来到家中，感觉过意不去，就塞给姑娘 200 元现金，表示男方对女方满意。第一次双方匆匆地见了面，就离开了。

过了一段时间，王三虎打电话说，舅妈也想见未来的女婿。老太太又热情地接待了他们，在饭店吃过饭，给了王三虎 500 元钱。王三虎不客气地接过钱装进兜里，笑道，舅妈和表妹都很满意，我会在他们面前多美言几句。

又过了一个多月，王三虎和表妹、舅妈都来了。王三虎觉得有机可乘，就说道，看！既然双方都同意，就把彩礼钱给了吧！我保证把你的事说成。老太太很感激地把王三虎叫到里屋，千叮咛万嘱咐地交代道，孩子！全靠你从中说和了。说着从怀里掏出三万元现金交给了王三虎。王三虎三人酒足饭饱，开着三轮车走了。这一走就杳无音讯，老太太无论怎么拨打王三虎的电话，都无法接通。再拨打表妹的电话，刚开始表妹还接听电话，双方聊上几句，后来表妹干脆电话也不接了，再打就停机了。老太太急得在门口直哭，说自己的儿媳妇丢了。

郝运来为了扶贫工作，东奔西跑。建文化广场还需要一些体育设施，他去找体彩相关部门协调些健身器材。路过这里看到老太太哭得伤心，出于职业敏感性，他上前问道，大娘！咋了？哭成这样。

老太太见有人问她，停住了哭声急忙说道，我儿媳妇丢了。郝运来笑道，咋回事？慢慢说，我来帮你找找。

老太太哭诉道，这三万元彩礼钱，是我和儿子省吃俭用才存下来的，那个姑娘找不到了，钱也没了，这可让我咋活呀？

郝运来拿出笔记本习惯性地记录了案发经过，气愤地说，大娘，虽然这件事不归我管，但是我是伊洛市的民警，我会尽力的。

王三虎轻易得到三万元钱，给了所谓的表妹 100 元劳务费，又给所谓的舅舅、舅妈每人 100 元，自己就跑了。心想反正他们是雇来的演员，查也查不到我的真实身份。

郝运来通过电话查询，找到了所谓的舅舅、舅妈和表妹，三人对骗人的事蒙在鼓里。

郝运来告诫道，你们明里不知道这是犯罪，但是事实上成了罪犯的帮凶。

舅舅诉说道，那个人说给姑娘找个好对象，结果到男方家一看，竟然是个连兔子都不拉屎的地方，男人黑得像个屎壳郎，人和家我都没相中，所以后来我就没再去过。

郝运来问道，那个介绍人叫啥名字？

舅舅很无辜地说道，我们根本都不认识那个人，我们在市场上找活儿干时，他请我们去干活儿，说去了可能相个好对象，还给 100 元的好处费。

郝运来对他们的话半信半疑，随即查询介绍人的电话号码，没有找到机主，是个网络虚拟号码。至此，该案件进入迷茫之中，只好从长计议。

二

林晓燕的弟弟林小弟在 M 国经商，他一直关注家乡的发展，在微信老乡群中认识了一个叫“陈婷婷”的网友。看到那娇媚的头像，林小弟眼前一亮，内心激起爱的浪花。小伙子长期在外经商，离婚不久精神空虚，他和陈婷婷在群里聊得异常开心，逐渐产生了爱慕之情。于是二人就加了微信私聊，林小弟孤独的心从此多了一份牵挂。

王三虎骗婚成功，从中尝到了甜头。但是，他没把骗来的钱还给阎大鹏，而是继续在阎大鹏开设的网络赌博平台博弈，想赢些钱回来，把欠的账全都还了。可是没想到又输了个精光，不但没偿还阎大鹏的欠款，反而又欠阎大鹏十几万元的高利贷。这下王三虎真的急了，心想，如果不及时还款，阎大鹏可不是省油的灯，这可咋办？

他在网上打游戏时，屏幕上突然弹出个窗口，有人在 QQ 群里叫卖微信号，声称微信群里不仅有几个男女好友，而且号主还是美女身份，正被几个人穷追不舍呢。

王三虎灵机一动，觉得这是个来钱的好机会，就和对方聊了起来。经过讨价还价，最后以 1000 元价格购买了陈婷婷的微信号。以陈婷婷为群主的微信群，里边有陈婷婷本人、赵恒等人的微信号，这是个刚刚成立不久的微信群。虽然群友不多，却经常争风吃醋，好友间彼此还不是很熟悉。

王三虎开始以陈婷婷的身份和赵恒聊天，利用曾经在 M 国留学的经历，把陈婷婷包装成在 M 国经商的华人，拥有一家经营化妆品的跨国公司。她为了追求事业耽误了爱情，28 岁了还没结婚，有这样优越条件的“白富美”，是男人们追求的理想目标，于是就出现开头的一幕。

微信群里的人戴着面具，各怀心事。赵恒因丧妻多年，又失去双亲，现孤身一人生活，31 岁了还没续娶。看到微信群里陈婷婷的照片，感觉年轻漂亮，而且学历又高，家庭富裕，是理想中的女神形象。赵恒想入非非，夜不能寐，非常想早点儿把陈婷婷弄到手。就经常给陈婷婷发信息，表达爱慕之情。陈婷婷故作矜持，老是吊着赵恒的胃口，时而亲热时而疏远。两人在微信里谈情说爱，大有相见恨晚的感觉，经常发一些男女亲热的照片，弄得赵恒心猿意马，荷尔蒙急剧升高。

赵恒不惜血本买来首饰讨好陈婷婷，陈婷婷谎称自己经常出差，不便接收快递，把表哥的微信推荐给赵恒，东西可以让表哥代收。为博得陈婷婷的芳心，赵恒给表哥寄出求爱的信物，陈婷婷接到首饰满心欢喜。

陈婷婷在微信中直夸表哥会办事，对赵恒的礼物非常满意，流露出爱慕之情，答应了赵恒的请求，在没见面的情况下，利用微信确立了恋爱关系。

王三虎看到赵恒被精心设计的“陈婷婷”勾去了魂魄，就发微信道，我们天各一方，怎么生活？我在这里也很孤单，要不你移民 M 国，跟我一起生活吧！赵恒信以为真地问道，移民咋办手续哩？需要多少钱？

陈婷婷道，这个事说复杂很难办，说简单也很好办，有钱就可以，大约需要 30 万元人民币就搞定了。

赵恒感到出国发展前景远大，但是出国费用太高。转念一想，她那么富裕，只要出了国和她结婚，她家的钱不就随便用了吗？赵恒决定现在开始弄钱，但把所有的钱汇集在一起，也不过五万元，他有点儿着急了。

那边，陈婷婷催他说，我妈催着我结婚呢，时常问我怎么还不找对象。如果你不能及时来 M 国，我妈就会在 M 国给我介绍对象，到那时可就后悔莫及了。

赵恒心急如焚地问道，我没有足够的出国费用咋办？陈婷婷回信道，你来 M 国和我生活，留着房子有何用？还不把房卖了换点儿钱花。钱要是弄不到手，咱们没法儿见面，就谈不上结婚了。

赵恒将信将疑，但为了和美女结婚，无奈之下只好把房子卖了。他拿着 30 万元房款喜上眉梢，却又犹豫不决。他担心钱汇出去了，自己不好掌控局面，万一出不去国，钱又没了，以后生活就没着落了。

赵恒给陈婷婷发信息道，亲爱的，30 万房款已到手，我准备给你汇过去，我担心中间出问题，该咋办？

他汇款时留了个心眼，想先给陈婷婷转 10 万元钱，探探路再说，就在微信上询问咋把钱给她。

王三虎从微信聊天中，深知赵恒已经到了热恋的程度，被美色迷住了心窍，于是很有把握地回信道，我们相处这么长时间了，相信我，就按原计划办事，不相信我，就此拉倒，分道扬镳。

赵恒犹豫了好大一会儿，没有回微信，寻思着不能让这笔钱打了水漂。王三虎等了一会儿不见回音，就又以陈婷婷的名义发出一张美女照片，打上文字，我在这儿等你来。

赵恒仔细端详性感美女，看到娇柔的眼神里透着摄魂的魅力，尖尖的下巴恰到好处，那白色连衣裙在胸前被撑得老高，像将要长出地面的竹笋，鼓鼓囊囊的，欲破土而出，蜂腰处被挖空露出纤细的腰肢，衬托着丰满的臀部，彰显底盘的厚实，曲线轮廓暴露着满目性感，赵恒想看又不敢多看，生怕被这妖精勾去了魂魄。

他哪里舍得到嘴的肥肉就此消失，虽然能看见微信照片摸不着真人，但隔着屏幕也感受到陈婷婷的芳心已被捕获。要不然她怎么会发送如此露骨的私密照片，在微信上经常诉说衷肠，屡次谈及自己的隐私。想到这儿急忙回信道，相信你，听你的安排。

这样的回信，正中王三虎下怀，便继续聊天。

陈婷婷回复微信道，我表哥在上海工作，把他电话号码给你，你们联系，把钱给他就可以了，表哥会给你办理出国手续。

赵恒按照陈婷婷的吩咐，和表哥联系约定时间地点，坐车去上海面见表哥。

王三虎怀揣两部手机，冒充陈婷婷和表哥，一部以陈婷婷身份联系赵恒和表哥，一部以表哥的身份联系赵恒和陈婷婷。

赵恒见了表哥，疑虑重重地问道，婷婷在哪儿？我想见她。

王三虎察言观色了一阵子，看了看赵恒的微信，确定是赵恒本人，这才说道，我是她表哥，她目前在国外做化妆品生意，国内的生意由我来代管，你们没法儿见面。

赵恒也是精明人，经历得多了，害怕被骗，没有吱声，想通过观察辨别真伪。

王三虎看着他疑惑的表情，打开聊天记录，说道，你看，这是婷婷发来的信息，让我好好招待你，并且要我把你的出国手续办理妥当。

赵恒看到表哥和陈婷婷的聊天记录，对婷婷表哥深信不疑。在上海机场，赵恒和表哥攀谈起来，表哥和赵恒说的话，与陈婷婷交代的相对照，没发现异常。赵恒就放下戒心说道，表哥，我把钱交给你了，就仰仗表哥尽快帮我办理出国手续。

表哥接过钱诚恳地说道，我会尽力的，要不然表妹该埋怨我了！不过，10万元钱还不够，需要30万元，并且要把户口本和身份证寄过来。

赵恒答应回去后，把剩下的事办好。为早日完成出国的心愿，他没心思在上海逗留游玩，就急匆匆地返回老家，把剩下的20万元转给表哥。

表哥收到钱和邮件，回信道，我会尽快帮你办理出国手续，请耐心等待。

时间过得飞快，赵恒在微信上经常联系表哥，追问护照办理情况。表哥推托道，现在出国审核比以前更严格了，正在办理中。

赵恒又向陈婷婷询问，陈婷婷关心地回复微信道，不是我埋怨表哥，他办事也太不靠谱了，这么长时间还没把护照办好，照这样下去，你何时能来M国团聚。

赵恒骑虎难下，无可奈何，只好耐心等待。一年过去了，王三虎在阎大鹏的赌博网站上博弈，把骗来的30万元全部输光了。他感到经济压力很大，近期受到经济下行的影响，他的啤酒商店销售额也在急剧下降，心里焦急万分。

他打开手机，看到赵恒又在催问出国护照办理情况，就心生一计，既然这小子对陈婷婷这么痴情，何不再骗他一次呢！

王三虎再次冒充陈婷婷给赵恒发微信道，你出国的保证金还差50万元，如果不想办法弄到钱，你无法移民到M国，明白吗？

赵恒生气地回信道，你这不是要憨子吗？说好30万元就可以办理出国手续，这是咋了？拖了一年也没办成，现在又从哪蹦出50万元保证金？

王三虎又冒充表哥给赵恒发微信道，这是政策，你不懂吗？年年有变化，你要想法儿呀！我还委屈呢！婷婷也在催我呢！

赵恒无奈地打起了退堂鼓，给表哥发微信道，我想通过赌博平台碰碰运气，没想到仅有的几万元也输干净了，现在我也没办法，能否把钱退回来，实在不行我就不去了。

表哥委屈道，泼出去的水，哪有收回去的道理。你和表妹沟通吧！我只是替她办点儿事，也没啥好处给我。

赵恒想了想，感觉表哥说的也有道理，就给陈婷婷发微信道，婷婷！我好想你，可是，出国手续一直没办下来，表哥说还需要 50 万元保证金，我已经无能为力了，你看咋办？

陈婷婷回信道，亲爱的，我日夜都在想你，可是我们隔着千山万水，有心相见也无可奈何呀！

赵恒的欲火再次被点燃，浑身都充满了美好的愿望，回信道，你要想个办法啊，我想见你急得要蹦起来了。

陈婷婷见赵恒铁了心要出国，认为到了瓜熟蒂落的时候，琢磨着他的心理状况，此时让他上刀山下火海，相信他也会为爱情付出一切，就回信道，我给你出个主意，你要听表哥的话，物色个人，那是个在 M 国经商的生意人，如果你愿意尽快和我一起生活的话，这个方案是可行的，既来钱快又安全。

赵恒问道，这……咋来钱？

陈婷婷暧昧地回信道，亲爱的！吻你！先绑架再让其家人出赎金，你敢吗？

赵恒惊讶地回信道，多危险呀！犯罪呀！如果被抓了，这辈子就见不到你了。

陈婷婷回信鼓劲道，咱家人说了，只要做得严丝合缝，哪有啥危险！

赵恒心想，自己曾经违法犯罪过，但那都是些要不了命的事情。如果去绑架人，可能会把自己百十斤的小命交待了，心里万分恐惧，于是回微信道，我还是有些怕，怕再也见不到你了。

陈婷婷回信息鼓励道，这样做，我们还有希望在一起生活，如果你没钱出国，我们就一点儿机会也没了。后面缀着三个抱抱的表情包。

赵恒心里凉了半截，看到抱抱的表情包，一种美好的感觉涌上心头，体内的荷尔蒙再次爆表，用语音温和地回复道，你既然喜欢我，就先垫些出国的钱，让我们生活在一起，我再慢慢地挣钱还给你。

陈婷婷依然用文字沟通，回微信道，我跟父母说说吧，看他们是啥看法。

过了一天，按捺不住急切心情的赵恒，发微信催问道，你父母回话了吗？

陈婷婷发了个哭脸表情，回道，我父母本来就不太愿意这门亲事，再加上男方向女方要钱办理出国手续，显然男方诚意不足，连出国的能耐也没有，还是算了吧！

赵恒看了冷冰冰的文字，心中熊熊燃烧的爱火顷刻被浇灭，觉得一点儿希望也没有了，沉思良久没有回信息。

陈婷婷等了好久没有收到回复，意识到语言过于冷酷，刺激了赵恒，为牢牢操控赵恒的思想，就急忙追问道，亲爱的，你不爱我了吗？不想和我一起生活吗？然后发了一张美人的侧面照片。

赵恒看到照片，爱慕之火被重新点燃，兴奋地失去了理智，回信道，行呀！只要能尽快飞到你身边，我做啥都愿意，我的宝贝！

陈婷婷欣慰地回信道，这就好，这个生意人非常有钱，把他绑了，弄个几百万没问题，不过事情弄成了，我得一半，剩下的你和表哥各一半，怎么样？

赵恒不高兴地问道，这样分钱有点儿不美吧？

陈婷婷解释道，咱俩分四分之三，我替你先保管着，将来不都是你的钱吗？

赵恒看到“咱俩”两个字，好像已经和陈婷婷成了夫妻，心里像吃了蜜一样甜美，回道，是的！表哥少得点儿也好。这么多钱，当然可以了，只要能和你结婚，哪怕跟你入了洞房就死，我都愿意。

陈婷婷的美女头像和甜言蜜语，深深刺激着赵恒的神经，让他神魂颠倒，迷失了人生的方向。为了尽快弄到钱，出国和陈婷婷结婚，赵恒不惜铤而走险。

王三虎冒充陈婷婷和赵恒聊天，看到赵恒的微信，觉得赵恒已被牢牢控制在手中，就以表哥身份和赵恒联系。他发微信道，你去办个微信号，我现在借用别人的微信号和你联系，免得不好辨认被人冒充。

赵恒觉得为了钱，这也算不了什么，就去外地用自己的身份证办理了电话卡，申请了新的微信号，把电话卡、微信号和密码寄给表哥。

表哥用赵恒注册的手机号、微信号和赵恒联系，转给赵恒准备资金，指挥赵恒准备物品。赵恒按照表哥的要求，购买了三轮自行车和电击枪，又购买了锅碗瓢盆、筷子、脸盆、被褥等生活用品。

表哥让他把黄河滩地废弃的养牛场租下来，在房内做个大铁笼子。赵恒满口答应，请人接通水电，量了量室内的尺寸，在院子里焊了个四方铁笼子，可是忽略了房门狭小的问题，笼子焊成了，却无论怎么变换角度也抬不进房内。

焊工好奇地问道，这么大的笼子干啥用呢？

赵恒不自然地笑了，答道，买了几条斗狗，圈养狗用的。

焊工建议道，如果放在屋子里，这笼子太大。在屋里充分利用墙壁，焊两面钢筋就行了，既省工省料又节省空间，多好呀！

赵恒联系表哥，说了焊工的意见，并说钱花完了。表哥回信道，省着点儿用钱。又给赵恒转了些费用，让他把笼子焊好，准备些吃的用的东西，别到时候把人饿死，那就全泡汤了。

赵恒接到表哥的指示，焊好铁笼子，到集市上购买了必要的食物，并向表哥汇报。表哥回信道，准备就绪等着接客吧！

王三虎操控赵恒的同时，还在购买的微信号群里进行筛选，发现在M国经商的林小弟单纯可爱，刚离婚不久，感情空虚，需要精神慰藉。王三虎知道男人这时候最需要感情来抚平心理创伤，就冒充陈婷婷和林小弟网恋，故技重施，使林小弟在感情上对陈婷婷产生了依恋。于是王三虎一边冒充陈婷婷表哥和赵恒策划实施绑架，一边以陈婷婷身份和林小弟网恋。

王三虎以陈婷婷身份和林小弟聊得热火朝天，顺着林小弟的思绪谈情说爱，让林小弟心花怒放。林小弟问道，婷婷，你对 M 国的经济环境怎么看?

陈婷婷回信道，商机无限，营商环境良好。

林小弟自信地回信道，我在这里开酒吧，生意挺好的，你在哪儿高就?

陈婷婷发微信道，希望你生意兴隆，满载而归。我搞房地产开发，弄了几个楼盘，就像捡钱一样。

林小弟回信道，那就好！还是回国发展更有前途，给你发个视频看看，让你欣赏一下我的高大形象。

王三虎看着林小弟给陈婷婷发来的视频，心想，这是抛砖引玉呀！如果我没领会他的意思，或许会引起他的怀疑。于是王三虎在网上搜索了一段美女视频，以陈婷婷的名义发给林小弟。

林小弟看了陈婷婷的视频，认为和照片上的形象差不多，感觉人长得非常漂亮，又有经济实力，婷婷和自己挺般配的，他也想成个家，就对陈婷婷越来越热乎了。

陈婷婷关心地问道，西餐吃得惯吗? 对游子来说，住在纽约唐人街更方便些，那里的美食让人想到家乡的味道。

林小弟高兴地回道，到了唐人街，听着家乡话，吃着家乡菜，更加想念祖国，想念你和亲人。

经常在网上交谈，林小弟感觉陈婷婷温柔可爱，留过学，长得也漂亮，家里又有钱，真是心中的“白富美”。比起原来的媳妇那真是天地之别，便下定决心多挣些钱，回国和陈婷婷见面。

陈婷婷回信说，我还不知道你对我是真心还是假意，现在这么多的负情汉子，说得那么好听，你怎么表明对我的爱呢?

林小弟满心喜欢地表白道，你喜欢的无人机、首饰都买了，我发图片过去，你看满意不? 见面时亲手给你戴上。

不一会儿，陈婷婷回信道，亲爱的，难得你的诚心诚意。如果身上穿的、手上戴的不是男朋友买的，就不用老把爱情挂在嘴上。不是虚情假意，又是什么呢？

林小弟看到这样温馨的问话，心像掉进蜜糖罐里似的，甜美至极。不过他只是从视频中看过陈婷婷，还没见过本人，也没听过陈婷婷的声音，心里还是放心不下，为了排除疑虑避免上当受骗，于是，就和陈婷婷发起语音聊天。然而陈婷婷不回复语音，用文字回道，正忙着呢，稍后回复。就这样搪塞敷衍过去。

林小弟穷追不舍，再次发起语音聊天。陈婷婷挂了语音电话，使林小弟忧虑难耐。

过了一会儿，陈婷婷发微信道，刚才信号不好，敬请原谅。但毕竟没满足林小弟的要求，为了让林小弟放下疑虑，王三虎也想了许多办法。

这天，王三虎和女友一起散步。听到林小弟发来的语音，王三虎对女友说，这是朋友发语音玩呢，你的普通话说得不赖，能帮个忙吧？

女友担心地说道，我们刚认识不久，怎能冒充别人呢！将来追究起来那可咋办？

王三虎大笑道，你看这微信上的图像就是个女人，和朋友闹着玩呢，你也当真！说着从口袋里掏出首饰盒打开，取出手镯戴在女友手腕上。

女友勉强地笑道，看在首饰的份儿上，就依你一回，谁让爱情把我头脑冲昏了呢？

王三虎拿出笔，把语音内容写在纸上，递给女友说道，你照着说就可以了。女友为了顾及王三虎的面子，没再推托，按照纸上内容冒充陈婷婷，回复语音道，伊洛市环境优美，有山有水，我在这里等你归来。

林小弟听了甜美的声音，欣喜若狂，就频繁发语音聊天，王三虎总是发文字回复。林小弟感到陈婷婷在回避语音聊天，就用语音电话打过去。王三虎害怕露馅，不敢接听，急忙挂断语音电话，思考怎么解决这样的问题。

恰逢上大学的妹妹休假在家，王三虎就请她吃饭，对妹妹说，有个人欠我很多钱，我想用装扮成女性的方法，把他调出来。如果能把钱要回来，再请你吃大餐。妹妹信以为真。

王三虎把对方可能问到的问题写在纸上，让妹妹熟记，一切准备妥当。王三虎主动打通林小弟的语音电话，林小弟接到语音电话，激动的声音都有些颤抖，温和地说道，好久没听到你的声音了。王妹妹操着标准的普通话说道，是的，这边信号不好，文字联系会稳定些，你等急了吧？

林小弟激动道，不急！好话不怕晚，你普通话讲得蛮好。王妹妹温柔地笑道，那是，我学过普通话，就是便于交流，这是必备的语言功底。

林小弟道，什么时候我们能见面呢？王妹妹回答不上来。王三虎赶紧挂断电话，又在纸上写道，我外婆快过生日了，你如果方便回国，我们就可以见面了。然后打通林小弟的语音电话，王妹妹道，这里的信号真的不敢让人恭维，又断线了。

王妹妹和林小弟交流得很自然。王三虎害怕时间长了会露馅，就让王妹妹草草地说了一会儿，急忙挂断电话，用文字回过去说，这里信号时好时坏，用文字聊天吧。还发过去拥抱的表情包。

林小弟听了陈婷婷甜美的声音，越发想见到陈婷婷，诉说衷肠。

王三虎又以陈婷婷表哥身份向赵恒询问情况，并来到黄河滩实地查看准备情况，看到养牛场的铁笼时，告诉赵恒在地面和墙上加固结实，才放心地用陈婷婷的微信联系林小弟。

陈婷婷道，重阳节快到了，这天是我外婆的生日，咱们当地有个习俗，除了长长久久的意思外，重阳节也是孝敬长辈的老人节。

林小弟道，择日不如撞日，正好我准备回家看望你们，重阳节那天乘飞机到达上海，再转机回伊洛市。

陈婷婷道，你把航班号和到达时间发给我，到时候我去接你。

林小弟准备返回伊洛市，陈婷婷承诺去接机。林小弟兴奋不已，去商场购买陈婷婷和外婆喜欢的东西，把无人机、金戒指、耳环、头饰等物品装进行囊，准备回国时，给陈婷婷大大的惊喜，让她不好推辞，顺便把这门亲事定下来。

王三虎这边也在紧锣密鼓地准备着，安排赵恒把必备的东西准备就绪，并租了辆宝马车前往机场迎接林小弟。

林小弟登机前接到微信视频，细白的美腿上裹着绷带，绷带和平角裤头的接壤处，露着嫩白的肌肤，性感得让人垂涎欲滴。林小弟心疼地问道，宝贝婷婷！这是怎么了？

陈婷婷回微信道，亲爱的林！我的腿不小心受伤了，不能亲自接你，让我表哥接你回来好吗？我在家等你。

林小弟道，照顾好自己，等我回来。

陈婷婷发了亲吻、拥抱的表情包。

林小弟带着美好的愿望，兴奋地乘飞机到了上海，再转机飞到了伊洛市机场。

晚上 9 点多钟，赵恒和司机等候在机场出口，不时地向人群张望，好像迎接凯旋的亲人。林小弟随着人群走了过来，看到赵恒举着迎接林小弟的牌子。

林小弟问赵恒道，你是婷婷的表哥？

赵恒微笑道，啊！我是婷婷表哥，你是林小弟吧！婷婷让我来接你。

林小弟关心地问道，婷婷怎么受伤了？

赵恒惋惜道，她腿被车撞伤了，不方便亲自来接你，专门让我和司机接你回家。林小弟跟着赵恒来到汽车前，扫了一眼车牌号，有些担心地核对了汽车信息，确认和陈婷婷发给他的是同一车牌号，就上了汽车。一路上两个男人各怀心思，没有太多交流。汽车行驶了一个多小时，到了黄河滩地。司机停下车说道，就到这儿吧。俩人下了车，司机开车走了。

此时，已经夜晚 11 点多了，黄河滩地道路坑洼不平，赵恒让林小弟走在前面，赵恒在林小弟身后拉着行李箱。林小弟看着道路两边漆黑的沼泽地，听着蛙声和虫鸣，越走越害怕。

林小弟怀疑地问道，通往别墅的路连个路灯也没有？地面坑洼不平，这么难走。

赵恒勉强挤出点儿笑容道，这是自己出资新修的路，还没完全修好。林小弟听了解释，紧张的心情有所缓解，陈婷婷“白富美”的形象在心中再次升起，急迫想见到陈婷婷的心情，使他忽略了眼前的危险。

他振作精神，笑道，还有多远？别墅在这样的荒郊野外就成“别野”了。他想用幽默的语言掩饰内心的恐惧。

赵恒笑道，如果别墅建在闹市区，就没这么清静了。林小弟道，是呀！我以前来过黄河滩，也看见过一些别墅。林小弟说着话停住了脚步，撒着尿问道，还有多远？

赵恒催促道，没多远了，快走吧！要不表妹就等急了。林小弟打开手机电筒照着路向前走。突然，前边岔道处有个穿反光背心的环卫工人，他推着三轮车进入主道，吃力地走了十几米停下来，叹气道，唉！车坏了，你们能不能帮忙推推车呀？

赵恒趁胳膊向前摆动的时候，避开林小弟视线，伸开手掌向后卷了一下，示意这就是我们绑架的目标，问道，这么晚了，你咋还没下班？

环卫工人会意地点了点头，哭丧着脸说道，真倒霉！拉个东西，车坏在半路上，修了这么长时间也没修好，只好推着走了。

赵恒对林小弟说道，我拉着行李箱不方便，你帮他推车吧！

林小弟上前推着三轮车的车厢，借着手电光看到车厢内有被子、脸盆等生活用品，觉得纳闷，又发现这两个人把自己夹在中间，前后地走着，感到有些不对劲。他看到两人阴森的眼神在不断地交流，使他感到后背凉飕飕的，这种令人窒息的杀意很快充斥了周围的环境，使他毛骨悚然，浑身起了鸡皮疙瘩，就连汗毛也不自觉地立了起来。

林小弟毕竟是见过大世面的人，警惕地停下来，两眼环视着周围的环境，说道，我不想推车了。环卫工人松开车把手，下意识地把手伸进背包里。林小弟看到环卫工人的异常举动，赶紧转身逃跑。赵恒上前挡住去路，伸手去抓林小弟，被林小弟一把推开，环卫工人掏出电击枪，对着林小弟开枪射击。

“啪”的一声枪响，蛙鸣虫叫戛然而止，林小弟听到背后急促的脚步声，感到背上麻嗖嗖的，不知被什么东西打了一下，幸好电击弹打在背包带子上。

林小弟加快脚步逃跑，俩人紧追不舍。林小弟跑着跑着，拐进了路边的芦苇丛中。

虽然赵恒两人对这里比较熟悉，但由于天黑，没有看见林小弟拐进小路，他俩顺大路追了过去。林小弟暂时脱离了他们的控制，不过，人生地不熟使他感觉非常害怕，只好硬着头皮继续摸黑向前走去。

突然，一阵扑棱棱的声音响起，吓得林小弟魂飞胆战。他停下脚步，听着鸟儿远去的鸣叫声，静静聆听四周的动静，确定没有异样的响声，才小心翼翼沿着小路向前瞎窜，慌乱中掉进水洼里，他奋力向岸边游去。

赵恒站在水边等他上岸呢！快到岸边时，林小弟已经精疲力竭，喊道，快救我！便又沉到水里。赵恒急忙跑过来救人，心想，如果他淹死了，我们就白忙活了，伸手拉住林小弟伸过来的手掌。

林小弟看到机会来了，猛然用力把赵恒拉下水来，赵恒猝不及防，“扑通”一声掉进水里，在水里扑腾着。

林小弟借力爬上岸，边跑边掏出手机，心里庆幸自己的手机具有防水功能，急忙拨打报警电话。此时，环卫工人赶过来挡住去路，喊道，站住，再跑就开枪了。

林小弟停下慌乱的脚步，把手机背在身后，转身向后跑去。王三虎见势不妙，开枪射击，只听“啪”的一声枪响，电击弹打在林小弟腿上，林小弟踉跄着跑了几步就倒在地上。此时，报警电话拨通了，手机被甩在一边，里边传来问话，您好！这里是伊洛市公安局报警台，请问您有什么需要帮助的吗？请讲话。

环卫工人冲过来捡起手机，稳定了一下情绪，温和地说道，不好意思，打错电话了。说着挂了电话。

环卫工人对浑身是水的赵恒说道，去把三轮车骑过来。说着话从背包里拿出绳子，把林小弟捆得结结实实。

当林小弟从噩梦中醒来时，发现自己坐在小屋的铁笼子里，手被反绑在椅子上，身体不能动弹。地下散乱的稻草上扔着没有打开的被褥，四周墙壁破烂不堪，墙角的蜘蛛正在网上绕着比它大了好几倍的苍蝇转圈，不断地吐丝缠绕猎物，享受胜利果实。屋里的空地上凌乱地堆积着生活用品，空气里散发着牛羊粪发酵的酸臭味道，窗外不时传来昆虫的鸣叫声。

赵恒打开笼子的铁门，正往他头上泼水。林小弟想骂赵恒，但是嘴里塞着毛巾，无法说话，只能发出“嗯嗯”的声音，扭动着身子，表示强烈的不满。

赵恒小声地恐吓说，我把毛巾拔出来，别想大声叫喊，这儿是荒郊野外，叫了也没人听见，反而还会挨打受气。

林小弟看到眼前的环境对自己非常不利，无可奈何，只好违心地点点头，默认被绑架的事实。

赵恒拔掉毛巾问道，有啥要说吗？林小弟道，我要见陈婷婷。赵恒道，小子！蛮痴情的哈！那个陈婷婷也被绑起来了，和你一样在受罪呢！哪来的别墅呀！你想在这别墅里住多长时间，就看你的表现了。

林小弟道，我一分钟也不想在这儿待着。赵恒道，那好办，拿500万元，就放你和陈婷婷回去，要不然的话，你就在这等死吧！林小弟害怕地说道，如果能让我见到陈婷婷，别伤害她，我现在就让公司给你们弄钱。

赵恒凶狠地说道，可以呀！你不要耍花招，明白自己现在的处境，找谁汇钱？林小弟看着手机说道，翻翻微信头像，找找公司财务员。赵恒翻弄着林小弟的手机问道，密码多少？

林小弟顺口说道，一到六。

赵恒麻利地输入密码，打开手机说道，你说，哪个图像是你的财务员。

林小弟带着哭腔说道，从上往下数第三个是财务员。赵恒用不可争辩的语气说道，你发语音要钱，明白吗？让他给这三个账户上转钱，这个红卡上转 250 万元，另外 250 万元平分到这两个账户里。你说这是货款，明白了吗？

林小弟看着写有账号的白纸，哭丧着脸配合地说道，500 万元不是小数目，一时半会儿也弄不来呀！公司也没那么多流动资金，能不能宽限几天，我好让他们准备资金。

赵恒蛮横地施加压力，说道，那我管不着，反正你和陈婷婷都在我们手上，自己看着办吧。王三虎在屋外喊道，别跟他啰嗦，不然的话我们先把陈婷婷弄死算了。赵恒急忙阻止道，表哥！先等等。那么好看的小妞弄死可惜了，让他弄钱去，弄不来钱了，再收拾他们也不迟。

林小弟担心陈婷婷受委屈，也担心自己的安全，就说，我尽力去弄钱。

三

郝运来心头悬着桩桩未了的案件，久而不决，使他昼夜难眠。他把老大娘提供的语音听了一遍又一遍，把这些语音制作成光盘，交给石望春和陈华敏，让他们在工作中留意，注意发现线索。他觉得这几起案件的作案手法似曾相识，和阎大鹏有着某种联系，因为每次阎大鹏失踪时，就会出现和他作案手法相似的案件。尽管案件的性质有所不同，但是嫌疑人作案义无反顾，好像有根无形的棒子在暗处指挥他们行动，最显著的特点就是来无影去无踪，好像跟公安机关捉迷藏似的。

陈华敏和王艳红对未破案件进行梳理归类，认真分析。王艳红把光盘接入系统，进行比对，发现有个报警电话的声音和光盘里可疑人员非常相似，就火速赶到市局指挥中心，调取声音资料。但是除了那段录音和电话号码外，仍然一无所获。

这就更增加了陈华敏和王艳红的好奇心，这报警人咋回事呢？难道是大半夜里拿警察开心？报警人报了警，又说打错了电话，后来手机关机，声音还有些慌张。经过分析认为，这个报警电话有问题，如果报警人不是醉鬼，可能又是一起恶性案件。

陈华敏有些着急，对这复杂的案情无计可施，再次向郝运来请教。

郝运来让他们围绕电话机主开始调查。陈华敏闻言调取了机主的详细信息，发现这是 M 国华人林小弟的电话号码。经过追踪，林小弟回国后，在孟县下了高速，不久手机信号就消失了。

陈华敏根据掌握的信息逐一排查，调取了机场的监控录像，发现有人去接机，林小弟上了豫 C 牌小轿车离开机场。这个重大发现，使案件有了明确的侦查方向。

陈华敏在电脑上输入轿车车牌号，查到了车主的联系电话。

陈华敏立即拨通车主电话，问司机道，前天你到机场接人了吗？司机答道，活儿太多了，让我想想。陈华敏提醒道，在黄河边下车的有没有？司机答道，想起来了，有，我从机场把客人拉到了黄河边，这趟活儿距离远，挣的钱也多，记得比较清楚。陈华敏追问道，能确定具体地点吗？司机答道，可以根据定位系统找到下车地点。

陈华敏问道，你认识租车人吗？还有啥补充的吗？司机道，我与乘客没有任何关系，不认识租车男子，我在路边等活儿时，那个人直接租了我的车，其他的就没补充的了。

陈华敏根据司机提供的线索，找到林小弟的下车地点，锁定了黄河滩可疑区域，组织民警开展搜查，寻找那个奇怪的报警人。

四

此时，林小弟公司财务人员凑好了钱款，把钱打在指定账户上。赵恒收到打款信息，问道，表哥！你看看到账了吗？王三虎在手机上查了银行账户，凶狠地说道，赵恒！钱已到账，现在已经三天了，抓紧把他处理掉，你就可以去国外和婷婷表妹团聚了。

赵恒心满意足地说道，我们弄点儿钱就行了，何必害人性命？王三虎恶狠狠地说，不灭他的口，他出去就会报警，早晚会要了咱的命，到那时，我们都得住监狱，这个道理你不明白吗？

赵恒听了也无可奈何，只好横下心来，叹气道，唉！我们也是刀尖舔血，无毒不丈夫，好吧！干掉他就地埋了，也不会有人知道。

王三虎走后，赵恒拿着铁锤走过来，准备打林小弟的头。林小弟见他凶巴巴的样子，害怕地问道，我已经把钱汇给你们了，为何不放我回去？

赵恒恬不知耻地说道，就是因为你给钱太利索了，说明你图谋不轨，想要花招报警。现在用钱安抚我们，等出去了再让警察来收拾我们，对吧？我才不那么傻呢！说着气势汹汹地举起铁锤。

林小弟面对挥来的铁锤惊恐不安，吓得尿湿了裤子。但在生命的危急关头，他想着连陈婷婷的面也没见着，就这样被坏人打死，太亏了，就急中生智，想出了救自己的办法。于是苦苦地央求道，我既然能给你们 500 万元，说明我有很多钱，你如果放我一马，我可以再给你打 200 万元，你看怎么样？

赵恒听了还能得到钱，两眼放光地看着林小弟，随即放下铁锤，心想大部分钱都让他们拿走了，何不自己再要点儿钱，出国了也能过上好生活？陈婷婷也太过分了，一个人拿走了一半钱，干活儿都向着表哥，啥活儿都让我干，真是拿我不当回事儿。他犹豫了片刻，不相信地问道，真的吗？就又陷入了沉思。

林小弟打断了赵恒的思绪，说道，这会有假吗？刚才那 500 万元转得多利索，你也看到了。把手机上妈妈的微信调出来，我相信我妈会给我打钱的，我妈最疼我了。

赵恒恶狠狠地说道，你敢忽悠人，我就弄死你！林小弟满脸堆笑地说，我的小命都在你手里，哪敢呢！我已想好向我妈要钱的话了，求你了，打开微信吧。

赵恒半信半疑地打开林小弟的微信，接通林小弟母亲的语音。林小弟调整了一下情绪，面带笑容地说，妈！我在国外又经营了一个大公司，暂时需要 200 万元周转资金，我一会儿给你发个账号，把钱打到这个账户上。

林小弟的母亲林大妈是个退休老太太，哪有那么多的钱给儿子，收到这样的语音，听到儿子的笑声里夹带着无奈，感到儿子出了啥问题，因为儿子明明知道自己没这能力，还向自己要钱。

林大妈心里疑问重重，把电话回过去，却无人接听，便想起民警的防诈骗宣传，以为儿子被传销公司控制了，就选择了报警。

民警听了林大妈的话，说道，这么大数额的诈骗，虽然未遂，但是其中必有问题。林大妈对民警说，这电话和微信号都是真实的，我听得出来语音全是我儿子的声音，但是他从来不向我要钱，今天这种情况，肯定是孩子遇到了难处。我打电话过去，那头儿无人接听，我觉得儿子可能误入传销公司，人遭到控制，要么就是出了其他问题。以前打电话，他都会很快接听，这次确实有点儿反常。

警情反映到郝运来那里，他权衡了总体情况，让王艳红排查近几天的警情信息。王艳红忙碌了一阵子，急忙向郝运来汇报道，电脑比对林小弟的电话号码和那个报警电话完全吻合。

郝运来分析道，林小弟有危险。就让林大妈给儿子回信息写道，不要急，我把咱家的钱转到一个账户上，然后再给你转钱。那边回了个笑脸。

郝运来带领石望春、陈华敏按照张副局长的统筹安排，把孟县黄河滩地作为重点，让司机带路，找到了那天客人下车的地点，开展地毯式排查。

郝运来看到小路上和水坑边杂乱的脚印，对脚印的形状大小和深浅及鞋底花纹综合判断，认为是三个男子留下的印痕，从印痕的分布和重叠程度判断，发生打斗的可能性极大。又在小路上发现了三轮车的胎痕，顺着三轮车碾压过的印迹向前搜索，逐步明确了侦查范围。这些实地勘查结果和王艳红提供的技术分析相互印证，增强了同志们破获案件的信心。

林小弟失踪的第四天上午，和煦的阳光照耀着大地，郝运来发现了那个废弃的养牛场，民警们悄悄地冲了进去。

此前，赵恒正在气急败坏地拿着铁锤，威胁林小弟道，这是最后的期限了，如果再过半个小时钱还没到账，我就一锤砸死你，你是 M 国籍，死在这里不会有人知道。

时间过得很快，半个小时马上到了，赵恒看着手机屏幕，仍然没有收款信息。他放下手机，操起铁锤向林小弟砸去。林小弟见求饶也没用，看到死亡的脚步向自己逼近，就惊恐地闭上眼睛，等待那重重的一击。

正在这危急时刻，房门突然被撞开，赵恒转身看到几个民警持枪冲了过来，并大声喊道，放下凶器！赵恒见事情败露，丧心病狂地抡起铁锤砸了下来，眼看铁锤就要落在林小弟的头上，只听“砰砰”两声枪响，赵恒右臂中弹，铁锤从空中滑落，砸在林小弟面前。林小弟以为自己要死了，听到枪响睁开了眼睛，被眼前的景象吓得目瞪口呆。

石望春转身一脚把赵恒踹倒在地，戴上手铐，从急救包里拿出纱布，给赵恒包扎伤口。陈华敏解开林小弟的绳子，民警开始勘查现场，制作现场勘验笔录，固定证据，将赵恒带回单位审问。

林大妈接到警方通知，带着林晓燕来到刑侦队。石望春望着朝思暮想的林晓燕，喜出望外地问道，晓燕！你咋来了？看我的吗？

林大妈看见警官亲热地拉着女儿的手，明白了俩人的关系，欢喜地说道，听晓燕说找了个民警对象，原来是你。说着话脸色沉了下来，说道，今天我们来看林小弟，他咋样了？

石望春面对未来的丈母娘，不敢怠慢，讨好地说道，大妈请坐！林小弟感冒了高烧不退，又受到惊吓精神状态不好，已把他送到医院了。你们不用担心，他没有生命危险。

林晓燕急得想哭，说道，小弟在哪个医院？我们想去看看他。

石望春说道，正好，我要去医院询问林小弟一些情况，咱们一起去看他吧！林晓燕和林大妈乘坐警车来到医院，林大妈看到病床上的儿子正在闭目养神，悬着的心总算着了地，叫了声，弟儿，你没事吧！快把妈吓死了。

林小弟在医院吃药打针，高烧很快退去，病情有所好转。他听到母亲的声音急忙睁开眼睛，看到亲人就在眼前，死而复生的感觉油然而生，眼泪不自觉地涌了出来，微带哭声地说道，妈！我没事儿，只是受了点儿皮肉伤。

林大妈忍不住对儿子的挂念，眼泪像断了线的珍珠滚落下来，急忙扑过去搂住儿子的肩头，心疼地说，没事儿就好。

林晓燕在一旁也没闲着，正在数落石望春，埋怨地说道，你们警察呀！怎么搞得治安，这么乱，我弟几年了才回一次家，还弄成这样子。石望春讨好地说，都是我的错，没有及时发现情况，关键是我俩也不认识，如果他回来时打个招呼，我们去接他，就不会节外生枝了。

林晓燕正要开口继续数落石望春，林小弟推开了妈妈，有气无力地问道，姐！陈婷婷咋样了？我想见她。

林晓燕看看石望春不知所以然，更不知咋回答。石望春安慰道，安心养病吧！说了你可别生气。林小弟担心地说道，难道她也受伤了？石望春难为情地说道，不是！其实……石望春欲言又止，又小声对林晓燕耳语了几句。

林小弟迫不及待地说，有啥赶快说，你想急死我呀！林晓燕拉住小弟的手说道，姐跟你说，石望春是警察，他们调查清楚了，根本就没陈婷婷这个人。

林小弟惊讶地张大了嘴巴，露出雪白的牙齿，“啊”了一声，惊得连下巴也差点儿掉了下来。他固执地说道，不可能，总不会是她被坏人害死了，你们不想让我担心，才故意撒谎骗我？

石望春见他深陷其中不能自拔，郑重其事地说道，你姐说的都是真的，是王三虎冒充陈婷婷和你谈恋爱，微信的内容全是假的。

林小弟好像明白了什么，喃喃自语地说，这怎么可能，这怎么可能……然后有点儿魔怔似的闭上眼睛，眼角的泪珠不停地滑落。他不甘心为自己爱上虚无的人伤神难过，就像从美梦中惊醒，突然真相大白，心里依然不能接受这样的事实。他多么想宁可没有这趟回国旅程，哪怕永远沉浸在微信的虚拟世界里，让虚幻的陈婷婷留在记忆里陪伴自己，也不想让这种真实打破虚拟的美好。如今爱情的幻想破灭了，这种抑郁的心情也不知道会持续到何年何月。

林晓燕满脸担忧地说，小弟这次肯定陷入失恋的痛苦之中了。石望春小心地说道，这种虚无的感情欺骗，比真正的失恋更难受。林晓燕莞尔一笑，夸奖道，小弟真是个好男人，不像某些人口是心非，说到做不到，净放空炮。

石望春明知林晓燕在讽笑自己，厚着脸皮同情地说道，没承想，你弟还是个情种，我要学习他情深似海的执着。林晓燕擦去林小弟脸上的泪珠，说道，我要是能遇到像我弟这样的痴情郎就好了，哪像你整日里就知道忙工作，早就把感情的事忘在脑后了。

石望春内疚地指着林小弟说，其实能把小弟解救回来，这就是对爱情最大的回报，你说是吗？林晓燕轻轻地亲了石望春一口，暧昧地说道，就算也有你的一份功劳吧！

五

王三虎拿到了钱，去找阎大鹏的马仔阎文华还钱，见到一群人在网上看赛马下赌注，一场下来，阎文华眉飞色舞地欢呼着，我赢了！我赢了！王三虎停下了脚步，告诫自己看看就走，赶紧把钱还了，以后和赌博决裂。

可是又一场下来，这阎文华真幸运，又押对了，赢钱的欢呼声敲打着王三虎的心，王三虎的思想开始复杂起来。

他想着把钱还完了，再试试运气，赌一把，又想沉迷于网络赌博。

他计划等着赵恒把林小弟处理干净，就安排赵恒出国，去见子虚乌有的陈婷婷，等赵恒到了 M 国，再把他干掉，这件事情就永远不会有人知道了。他事先已做了周密规划，不会留下任何把柄。就连和林小弟联系的电话、微信号、账户，都是赵恒用自己身份证办理的，他只是冒充陈婷婷表哥出现过几次，赵恒根本就不知道他的真实身份。那个如花似玉的陈婷婷，也不是真实存在的人物，这样滴水不漏的安排，一切都会在赵恒的死亡中消失。

郝运来和石望春看了赵恒的笔录，发现赵恒对陈婷婷和表哥的真实身份一无所知。

石望春想尽快破获此案，好在林晓燕面前挣回面子，然而赵恒除了承认自己的罪行外，关于对方的身份信息没提供任何有价值的线索。石望春急得直拍桌子，骂道，你他娘狗日的东西！净干些伤天害理的勾当，如果不是我们及时赶到，林小弟就没命了。

郝运来闻声走进房间，胸有成竹地说道，不用和他计较，我们有的是方法。艳红来了吗？连夜追踪环卫工人的踪迹，一定要把陈婷婷表哥找出来，把赵恒的所有信息查个遍，重点查找同伙的共有信息。

王艳红在电脑上查询着赵恒的手机号、银行卡、微信号，发现表哥使用的通信工具都是用赵恒身份证办理的。王艳红精神振奋，富有挑战性地说道，这个表哥真滑头，查到赵恒的上网信息、住宿信息、生活缴费信息，没有发现可疑目标。

郝运来沉稳地说，不急！精挖细抠见真章，微小之处破大案。王艳红听了更有底气，关联赵恒的各种信息。突然，王艳红在查询购票信息时，发现飞机票信息正常，然而，两条伊洛至郑州的火车票信息，引起了她的注意。虽然这条信息显示不在同一地点购票，但是两张火车票的起止地点、车次、时间相同，确认了赵恒的同行人员。王艳红认为这个表哥狡猾至极，有可能是表哥和赵恒同行去郑州的购票信息，就急忙打电话给石望春。

石望春获得新的情报信息，立即提审赵恒，问道，你两个月前去过郑州吗？赵恒答道，让我想想，沉静片刻说道，去过。石望春喜上眉梢，继续问道，咋去的？和谁去的？赵恒满脸诚恳相，说道，我和表哥坐火车去的。石望春强调道，就是那个扮演环卫工人的表哥吗？赵恒点着头说道，嗯！是他。

石望春如获至宝，开具调取证据通知书，叫上王艳红立即赶到火车站，调取购票信息。

调取结果显示购票人姓名：王三虎，身份证号……地址：伊洛市……

俩人回到单位进行查询，开展网上作战，把王三虎的手机号、银行卡号、开办的啤酒超市、户籍地址、暂住地址调查得一清二楚。

郝运来听了汇报，迅速行动，立即派出多组民警前往三个地方抓捕王三虎。中午时分，陈华敏带便衣民警赶到啤酒超市。经询问，啤酒超市服务员诉苦道，昨天才在微信上收到拖欠的三个月工资，已好久没见过王三虎了，也不知他躲债躲到哪去了。

陈华敏问道，他躲啥债？

服务员答道，赌债呗！好好的生意不做，唉！偏偏去赌博。

陈华敏进一步问道，你知道他欠了谁的赌债吗？

服务员向门外瞟了一眼，确定周围没有人，小声地说道，听来要账的人讲，是欠了阎大鹏的债，具体情况我就不知道了。

陈华敏又问道，你知道王三虎现在在啥地方吗？

服务员指了指商店的门锁，说道，我也在找他呢！这换锁的钱是我垫的，两个月了还没还给我，不知道他在哪儿。

陈华敏只好返回单位汇报情况，走进办公室看到常青云已先到了。常青云对郝运来说，王三虎的户籍地址房屋已经拆迁，现在是工地，正在建设楼房。这里的居民都领了安置过渡费用，也不知都住在哪儿了。

陈华敏听常青云汇报完情况，说道，郝队！石望春那边咋样了？有情况没有？

郝运来道，石望春刚打电话过来说，暂住地的情况有点儿复杂，正在追踪调查。

陈华敏高兴地说道，发现王三虎的踪迹了吗？

郝运来满怀希望地说道，看样子追踪有望了，咱们去支援石望春。

郝运来带着陈华敏、常青云一行人来到老城区，找到石望春，在王三虎的暂住地开展大面积排查。

经过一天一夜的排查，王三虎居住过的 12 个暂住地都查否了。石望春带着褒奖的口气称赞道，跟这样的对手玩才有劲。这个王三虎是属泥鳅的呀，滑得很。我们查了，他在一个地方居住从不超过三个月。陈华敏笑道，啤酒超市的法人也不是他本人，这害人精早有预谋，是在和警察捉迷藏。常青云深有体会地说道，这家伙真是个人才，抓住他，我要好好地问他，咋恁狡猾呀！具有这么强的反侦查能力。

郝运来听他们夸奖犯罪分子逃避手段高明，感到士气低沉，就鼓励道，今天就此结束，这些线索都查否了，大家没有功劳也有苦劳，最起码，我们过滤了这么多的线索，就不用担心错失了良机。

石望春心里有点儿不忿，遗憾地说道，让他再得意几天，今天先便宜了这小子。

郝运来没理睬石望春的不满，继续说，王艳红，下一步就看你的了，把王三虎注册的手机号码找出来，搁上追踪手段，看他往哪儿跑。

陈华敏俏皮地微笑道，下一步咋走？你安排，我们全力追踪，要不然有人又要受委屈了！说着故意装作小女人的样子，拳头轻轻打在石望春的胸前。石望春知道陈华敏言外之意，抓不住王三虎会被林晓燕瞧不起，顿时脸颊升起了红晕，一时间羞愧难当。

王艳红不时地敲击着键盘，查找王三虎的电话轨迹。过了一个多小时，王艳红惊喜地喊道，郝队！王三虎的电话上线了，显示地点在广州佛山地界，出省了！怎么办？

郝运来为之一振，哈哈大笑起来，说道，这么大的恶性案件，就是天涯海角也要把他追回来绳之以法，追究刑事责任。

石望春兴奋道，我自告奋勇参加抓捕小组。郝运来脸上洋溢着灿烂的笑容，说道，放心，这事少不了你这个意见布袋，这些年都习惯了，如果没有你在身边像苍蝇似的嗡嗡作响，我清静下来的时候，还觉得少了点儿啥。

石望春笑容突然凝固了，不满地说道，啥！郝队！敢情你把我比成苍蝇了，说成蜜蜂也好听些呀。

陈华敏笑得前仰后合，怪声怪气地说道，看看！又提意见了不是！苍蝇和蜜蜂都是昆虫，没多大区别。不就是说着玩的吗，何必较真？

王艳红打抱不平地说道，那会一样？区别大了，可别乱形容，小心石队哭鼻子。

陈华敏笑着明知故问道，能有啥区别？

王艳红知道陈华敏不怀好意，就趁机在石望春的伤口上撒盐似的说道，当然，蜜蜂采蜜与人分享甜蜜，苍蝇香臭不分讨人嫌。

石望春听了立马回击，顽皮地笑道，艳红！把华敏比成美丽的白骨精，你觉得咋样？

王艳红笑道，不咋样！起码，白骨精活着的时候还是美女呢！

陈华敏听着两人的对话，笑了半截的脸瞬间拉了下来，恼怒道，你个“叫春”的人！看你小子还敢大放厥词吗？说着挥拳打来。

石望春站在门口的台阶上，猝不及防，被陈华敏打了个趔趄，来了个应激反应，双手前后摆动着保持平衡，像个优美的舞者在摆弄风骚。尽管做了很大努力，还是没有稳住身体，从台阶上掉了下来，后退几步才站稳脚跟。大家看到石望春滑稽的动作，相视而笑。

郝运来决定率领民警核查王三虎的电话轨迹。在王艳红的指引下，他们驱车来到南海区狮山镇的小村庄，发现信号源中断，失去了追踪的目标。

第十一章　追击悍匪

一

王三虎得手后吸取了以前的教训，急忙找阎大鹏还钱，他又害怕因此引来警察的抓捕，于是就分批次在多个银行自助取款机上取出现金，再用他人的身份信息把现金存入多个银行，这样就阻断了民警追查这笔钱的线索。

王三虎为了安全起见，关掉手机，到二手市场购买手机和电话卡，用新的号码联系阎大鹏。

阎大鹏正在打坐念经，被裤兜里的手机振动打断了修行，他不慌不忙来到庙外接听电话。

王三虎得意地说，阎哥！我挣了一笔钱，想把欠的钱用手机转账给你，你把欠条给我，咱们两清。

阎大鹏表扬道，知道还钱，算你脑袋够用。但不能用手机转账，你把钱送给我表妹，她在广东这边。

王三虎担心道，路途这么远，带现金出了事儿算谁的？阎大鹏骂道，臭小子！白说你聪明了，又犯糊涂，到了佛山再取钱，路上不就安全了吗！王三虎道，还是阎哥想得带劲，我咋联系她呢？阎大鹏打开手机备忘录，说道，记个联系电话和地址。

王三虎记下表妹的信息，按照阎大鹏提供的地址来到广东佛山。先打电话联系表妹，约定见面时间和地点，找了多个银行取出现金，把现金藏在旅社房间里，然后去找阎大鹏的表妹。

王三虎左拐右转迷了方向，想找公厕解个手，转了两条街也没能如愿。实在憋不住了，就找了个楼角解开裤子准备撒尿。恰巧城管正在联合检查卫生，转过楼角，看到眼前的北方人对着墙角正在哈腰掏东西，慌忙走了过来，害怕他听不懂广东话，就用标准的普通话说道，干什么呢？不能随地大小便！

王三虎见到穿制服的人站在身后，吓了一哆嗦，顿时尿意尽失，强忍着把尿又憋了回去，听了问话有些紧张，但看到来人不是警察，才放下心来，故意用家乡话回道，不爪一爪。城管人员显然没听懂王三虎的回答，就说，请你讲普通话。王三虎放慢了语速，嬉皮笑脸地重复道，不——爪——一——爪。城管人员仍然没有听懂，无奈道，你个北方佬，小心罚款，走吧！王三虎化解了风险屁颠屁颠地走了。

阎大鹏的现任妻子夏美悦冒充阎大鹏表妹约见王三虎，两人在夏美悦租住的复式楼中见面。

王三虎进到房中，又探头看了看外面没人跟踪，才轻轻地关上门，埋怨道，咋约在这儿见面？人多眼杂。夏美悦伸手拉出桌子下边的凳子，示意王三虎坐下说话，得意地说道，这你就不懂了，万一出现意外，好有个退路。王三虎疑虑道，这么高的楼能退到哪儿去？夏美悦指着楼梯说道，可以上到七楼逃走。王三虎将信将疑地向上看了看，说，就信你一回。

夏美悦直奔主题地问道，我是阎大鹏的表妹，现金带来了吗？谈到给钱的事儿，王三虎疑虑重重地问，阎大鹏在哪儿？为啥躲着我？

夏美悦不耐烦地说，不要问他在哪儿了，把钱给我就行。说着话拨通阎大鹏的电话，打开免提让王三虎听着俩人的对话，以此证明自己的身份。

此时，阎大鹏就在对面楼上，用望远镜观察王三虎和夏美悦交钱的过程，警惕着周围的动静，害怕出现意外。突然两辆粤 E 牌照的小汽车停在楼下，下来几个人迅速向楼里走去。

阎大鹏仔细观察着，看到几个似曾相识的面孔，他努力地回想着，自言自语道，哦！想起来了，好多年前我见过他们，带头的人不是老银匠去世时破案的警察吗？难道是王三虎带警察来抓我？想到这，阎大鹏惊出了一身冷汗，庆幸自己留了一手。

阎大鹏转念一想，呵呵！我现在已经整过容了，我用夏美悦丈夫的身份信息，他们又咋能找到我呢？我既不是阎大鹏，也不是岳成群，我现在的真实身份连夏美悦也不知道。阎大鹏放下心来，既然这样，那么何必要仓皇逃走呢！

郝运来根据王三虎的电话记录，调取了广东佛山的电话号码，对这个电话号码分析研判，有条信息显示王三虎和广东联系人都换了新联系号码，并且和机主夏美悦联系密切。

郝运来请来当地民警配合，追踪着王三虎的行踪，到了小区里面却丢了目标，刚好看到城管人员站在楼洞口，就问道，师傅！看到一个穿灰色上衣的男子过去了没有？

城管人员道，是个北方口音的人吧，刚从这里过去，进到那个门洞了。

郝运来确定王三虎已经来了，就谢过城管人员，来到了夏美悦家门口。石望春敲着门喊道，警察统计人口，请开门！夏美悦赶紧让王三虎上楼躲藏，不紧不慢地打开门，看到来了这么多人，不高兴地问道，你们是干什么的？

郝运来拿出警官证，说道，我们是伊洛市人民警察，依法检查租赁房屋人员信息。王三虎听到他们的对话，慌忙从六楼跑到复式楼顶，翻墙向邻居家跑去。

郝运来听到楼上有人跑动，急忙往楼上追去。夏美悦挡住楼梯口，质问道，你们干吗呢？凭什么来我家撒野。

郝运来不由分说推开夏美悦冲上屋顶，向王三虎逃跑的方向追去。

此时，王三虎已越过一号楼和二号楼的间隙，跳到二号楼楼顶，再由二号楼跳到三号楼楼顶，没多大工夫就消失在楼群之中。

王三虎惊慌失措地逃出警方包围圈，急忙电话联系阎大鹏，告诉阎大鹏交钱的事儿被警察发现了，问咋办。阎大鹏责骂道，你个鳖孙，不会是以还钱的名义带警察来抓人的吧？要不你咋会跑这么远来还钱？

王三虎委屈地说道，阎哥咋会这样想？我还不是冲着阎哥威名来的吗？不还钱的话，兄弟们会放过我吗？

阎大鹏微怒道，龟孙子！这还像个人话，钱安全吗？王三虎道，我就没带钱。阎大鹏问道，去交钱，为啥不带钱呢？王三虎小心地回道，欠债还钱天经地义，我如果不想还钱，早就跑了，哪有追着还钱的好事？没带钱是为了安全。阎大鹏觉得这样的解释还能说得通，就说，你把钱交给马仔吧！我让他联系你，今天上午在公园见面。王三虎答应了阎大鹏的约定，强调道，记着带上欠条呀！

二

郝运来带领民警追踪王三虎，好不容易把王三虎围堵在夏美悦家中。真是百密一疏呀！楼下各个出口都有人把守，没想到楼间距那么大，嫌疑人竟然能够跳跃过去，像飞贼一样逃跑了。

郝运来恼怒地询问夏美悦道，谁来你家了？夏美悦闭口不谈王三虎的情况。郝运来既没抓到人，也没掌握夏美悦的违法证据，只好离开了夏美悦的家，让王艳红继续追踪王三虎的行踪。

王艳红在车上打开手提电脑，熟练地敲击着键盘，输入相关数据，王三虎的行动轨迹很快出现在电脑屏幕上。郝运来道，我们要学会在动态中追踪，运动中抓捕。

王艳红自信地说道，这技术手段够先进了！你看这图标移动的速度多么有规律，说明他还在街上走着呢！他的动向尽在掌控之中，王三虎已是囊中之物了。

郝运来兴奋地凑过来说道，这次看你往哪儿跑。边看王三虎轨迹变化，边调集人员抓捕。

他用微信群呼道，石望春和陈华敏各带一组民警堵住街道进出口，形成前后夹击之势，将王三虎所在的位置团团围住。郝运来这次多了个心眼，他拿出望远镜观察王三虎的行动，看到他肩挎沉沉的背包向前走着，看样子王三虎好像要送啥东西。

王三虎拨通阎大鹏电话，担心地说，这么多钱，如果给了马仔，你们不把欠条给我，咋证明我还钱了呢？我希望见到你，或者拿到那张欠条。

阎大鹏不以为然地说道，嘿！龟孙子也学精了，放心吧，该给你的东西少不了。

阎大鹏心里非常紧张，他现在对外既不叫阎大鹏，也不叫岳成群，可信赖的夏美悦也暴露在王三虎面前，并且警察也见过她，肯定被警察盯上了。该咋办呢？不能让夏美悦再抛头露面了，只有自己冒充马仔去见王三虎。

阎大鹏为了不暴露身份，决定自己以马仔身份和王三虎见面。他努力改变着自己的发音部位，试听了自己冒充马仔的声音，才满意地拨通了王三虎电话，说道，我让马仔去见你，不过见面地址换个地方，已经发到你的微信上了，时间推到下午3点。

王三虎极力要求道，一手交钱，一手交还欠条，我会按时见面，咱们谁也别放空炮。王三虎挂了电话，查看信息，感到时间紧迫，急忙改变方向去新的约定地点。

阎大鹏为了安全起见，可谓绞尽脑汁，挑选可进可退的高层楼顶交接现金。这栋楼是区域的标志性建筑。阎大鹏事先在上面准备了绳索，把汽车停在隐蔽角落里。他冒充马仔乘坐西单元电梯上到楼顶。

王三虎挎着沉甸甸的背包走进东单元，乘坐电梯上到楼顶，眼光在楼顶搜索了一圈，看到一男子已等在那儿。王三虎走上前去问道，你是阎哥派来的吗？阎大鹏夹着腔调说道，是的，你是王三虎吗？钱呢？

王三虎警惕地说道，这么多钱咋能随便给人，你还是拿出信物来，否则就别想把钱拿走。

其实，阎大鹏一眼就认出了王三虎，但他还是故意慢条斯理地说道，阎哥派我来收账，这是委托书，把钱带来了吗？

王三虎看了委托书问道，你把欠条带来了吗？我欠的 80 万元全部在包里。说着拍了拍背包。

阎大鹏奸笑道，顺便把你的欠条也拿来了，先让我看钱是否够了。王三虎信以为真，把背包转到胸前打开拉锁，拨开上边的卫生纸，露出成捆的百元大钞，说道，给，看看钱的真假和数量。

阎大鹏向前两步，弯腰低头翻看着现金，心里默默数着，共八摞，每摞十沓一万元的百元人民币。阎大鹏点完钱说道，嗯！这钱够了。说着夺过背包就要走人。

王三虎急忙拉住背包带，制止道，等一下！阎哥交代把欠条给我，否则的话，你不能离开。

阎大鹏回过头略带歉意地说道，来得匆忙，今天忘记拿欠条了，那咋办呢？

王三虎凶相毕露，恼怒道，你娘的，想要赖，以后还想再向我讨债！说着拔出麻醉枪，对着阎大鹏的后背急促地喊道，站住，把欠条留下，否则一分钱也别想拿走。

阎大鹏见情况危急，喊道，好小子，你敢拿枪对着我，不就是欠条吗？给你！

王三虎惊讶道，刚才你说忘带欠条了，咋给我呢？诓人呢！把钱放下，小心走火了崩死你。

阎大鹏见他恶狠狠的样子，急忙笑呵呵地回过身来，安慰道，兄弟！别急，别急，我给你拿欠条，跟你开玩笑呢。说着话左手从兜里拿出张纸来，在手上晃了晃，说道，看到了吗？这就是欠条，给你。说着把欠条展现在王三虎眼前，王三虎向前接纸条时，阎大鹏把纸条团起来扔在地上。

王三虎急忙上前弯腰去捡纸条，阎大鹏趁机从腰间拔出手枪，向前一步，对着王三虎的头恶狠狠地骂道，你姥姥个蛋，老子离家时压根就没带欠条，再说了谁会为了收这么点儿钱，天天把欠条带在身上。地上那张是个收条，明白吗？王三虎看见手枪有些害怕，愣在那儿不知所措。

王三虎缓和了语气说道，收条在哪呢？阎大鹏扭头示意道，眼瞎了，地上。王三虎趁机转身，用枪顶住阎大鹏的胸前，两人持枪对峙着。

王三虎有点儿心虚，心想，自己孤身来到此地，不知其背后还有多少人藏在暗处，对自己的安全构成极大威胁。他紧张得呼吸都急促起来，说道，你说话不算数，谁能相信你是阎哥派来的人呢？如果不把欠条给我，将来再朝我要钱咋办？

阎大鹏冷笑道，你把纸条捡起来，用你那狗眼仔细看看，这是一张收据，我明确告诉你，这张收条也能证明收了你的钱，阎哥不会再朝你要钱了。

阎大鹏要走，王三虎强行拦截。两人僵持不下时，郝运来带领民警已乘电梯向楼上进发。

王三虎小心地捡起纸条，看到是阎大鹏亲笔签名，于是就装进衣服口袋。正要说话，听到有人上楼的声音，阎大鹏迫不及待地说，此地不可久留。转身就走。

郝运来从中门洞上到楼顶，出了电梯，看到阎大鹏离去的背影，立刻喊道，站住。

阎大鹏如惊弓之鸟，但他有所防备，他来时就准备了两条逃跑路线，正常情况从电梯下楼，如果出现意外就走备用索道。见电梯口有人冲过来，就加快步子向楼的高处跑去。他跑到绳索前，拉了拉锁扣，检查绳索是否结实牢靠，打开腰上的扣环套在绳索上，利用两楼的落差顺绳索飞速而下，向西边滑去。

郝运来看到有人用绳索逃跑，迅速冲上台阶。他庆幸自己考虑周全，戴着训练手套，准备了降落装备。他熟练地卡上套环，双腿用力弹起，使整个身体悬在空中，飞速向对面滑去。

正在这时，阎大鹏已滑到对面楼顶，看到追兵飞速而下，急忙取下绳索的扣环，把绳索结扣打开，绳索失去了张力，在重力和拉力作用下向高楼甩了过去。

郝运来正在两栋楼中间滑翔，眼看就滑了过去，只见绳索突然断开，郝运来迅速向下荡去。他急忙双手抓紧绳索，两脚缠绕在绳索上，吊在空中的身体猛然向墙壁撞去。

郝运来感觉加速撞去的风声在耳边呼呼作响，便使出全身力气使身体的正面对着墙壁，准备迎接那重重的撞击。当身体快撞到墙壁时，他迅速伸开双腿，两脚蹬墙顺势蜷起双腿，以缓冲撞击墙壁的冲击力。他身体顺势向墙壁靠拢，双小臂几乎同时碰在墙壁上，加大撞击面积减少冲击力。身体在撞击力的作用下被反弹回空中，然后又摔回墙壁，力量减弱再弹回来。反复几次，郝运来终于稳稳地靠在墙上，凭借训练功底迅速索降。

郝运来感觉双臂双腿疼痛难忍，心都快要被震出来了，血液直往头上涌来，脑袋嗡嗡直响。但他强忍疼痛，双腿用力使身体腾空而起，双手下滑，双脚再次蹬壁，往返多次，漂亮的索降动作引来群众的围观和赞叹，他顺绳索滑到了地面。

李民强冲过来，急忙扶住差点儿摔倒的郝运来，几个民警搀扶着郝运来坐上汽车。李民强问道，郝队！伤着没？郝运来撸起袖子，不在乎地说道，皮肉伤不碍事，快去追嫌疑人，他顺绳索滑到西边的楼顶了，那儿有条通往中心大道的小路。当郝运来绕到那儿时，阎大鹏早就逃之夭夭了。

石望春随后从东门洞冲上顶楼，看到郝运来追赶向西逃跑的嫌疑人，另一个嫌疑人持手枪向东逃跑。石望春立马举枪瞄准王三虎，喊道，警察！放下武器，否则就开枪了。

王三虎佯装投降，趁石望春过来擒拿时，王三虎突然跳跃起来藏入墙角，举枪射击。石望春就地翻滚躲在墙后，喊道，我们是警察，放下武器，随即向天鸣枪示警。

王三虎慌乱中对石望春的方向连续射击，麻醉弹打在水泥地上又飞溅起来，落在石望春的脚边。石望春急忙向墙里挪了挪身子，用墙做掩体与王三虎对峙。

石望春见示警无效，举枪瞄准王三虎准备射击。突然王三虎跳起身来，向索道奔去，跑到跟前望着绳索无可奈何，他没准备逃走的工具，按着绳索仰天长叹，命该如此呀！王三虎心里非常紧张，感觉自己罪孽深重，抱着逃跑的幻想，持枪负隅顽抗。他看到冲上来的人去追赶马仔，又有人用枪指着自己，慌乱之中，又对准石望春追来的方向连开两枪。

石望春急忙躲藏在墙壁后面，举枪正要射击，看到陈华敏从西电梯间探出头来，为了战友的安全，急忙把伸进护圈里的食指蜷了回来。

只见陈华敏一个箭步冲到王三虎身后，用枪对着王三虎的头喊道，放下武器！利索地夺下王三虎的手枪。

王三虎急忙松开手枪抱头蹲在地上，石望春见状收起武器冲了过来，对准王三虎屁股就是一脚，把王三虎踢倒在地，随即给他戴上手铐，骂道，娘的，不是老子躲得快，现在就“稍息”了。

陈华敏拍了拍裤子上的灰尘，笑道，跟“死鱼”叫啥劲呢？石望春瞥了她一眼，不满意地说道，只许你倔，我今天也要尥蹶子。他简直就是个畜生，对我开了四枪。陈华敏扭过头去，观察着周围的动静，说道，不跟你计较，我啥也不想看到。

石望春骂道，对这个乌龟王八蛋决不能手软，你说呢？对他讲人权，他——他娘的是人吗？其实连畜生都不如。

陈华敏笑道，有点儿绅士风度好不好。说着收起枪上前拦阻。石望春更来劲了，骂道，王八蛋！够狠的了！不顾陈华敏的阻拦，提起王三虎的脖领就是两拳，继续骂道，刚才那一脚，是踢你不该对警察开枪。这两拳是替林小弟打的，你他娘的把林小弟害苦了。王三虎见挨打在所难免，就恶狠狠地说，你有本事开枪崩了我，倒痛快些。

石望春牙齿咬得咯嘣响，举拳要打，嘴里骂道，林小弟让你折磨得遍体鳞伤，更可恨的是他得了相思病，整日里嚷嚷着要见陈婷婷，你说该打不该打。

陈华敏本来想再劝解石望春，看到王三虎那副德行，就把话咽了回去，笑道，这下报仇了吧？我啥也没看见，因为这儿啥也没发生。

此时，冲上来的民警在拍照固定证据，把绳索拍照提取带回。

石望春、陈华敏带着王三虎下了高楼，开车奔赴当地派出所进行讯问。

郝运来追踪没有结果，王艳红闻讯驾车和郝运来会合，一起向前搜索。

郝运来沉稳地开着车，对坐在副驾驶位置上的王艳红说，艳红，查一查这个时间段在这个区域发出的所有信号，从中找出嫌疑人的电话号码。

王艳红凭感觉说道，这地方是繁华区，周围有十几栋高楼大厦，道路上还有许多来往的群众，发出的信号应该很多。

郝运来打着方向盘转过弯道，把汽车停在派出所门口的车位上，两人下了车来到办公室。他恳切地说道，不管多少，我们都要逐个过滤筛查，把嫌疑信号找出来，这样就可以确定嫌疑人的电话号码。

王艳红坐在办公桌前，打开手提电脑进行搜索，查询了数千个电话信号，筛选了数百个电话号码，在这个时间和区域内有130多个通话记录，有相当一部分是本地居民和商户的电话信息，有12条电话记录是异地电话。

郝运来看到电话筛选缩小了范围，兴奋地说道，再过滤再筛查，一定要找出可疑电话。

王艳红经过比对，找到了两条通话记录，这两个电话的位置最终会合在一起，经过时间、地点、电话联系记录的验证，这两个记录最有可能是嫌疑人的号码。

郝运来念了这个号码的后四位数字，3752。他凝重的脸上终于有了笑容，说道，筛选结果证明我们的判断是正确的，王三虎说没带手机是在撒谎，再去提审王三虎。问他把手机扔到哪儿了，电话号码是多少。

郝运来走进审讯室，打开手提电脑问道，王三虎！你咋这么多花花肠子呢？还老换电话。王三虎狡诈地笑了，说道，这有啥难啊！我经常看侦探小说和影视剧，好的坏的都学了点儿，没想到能用得上。我知道犯罪的事早晚会被发现，害怕被你们抓住，就要点儿小聪明。

王艳红看不惯他自我得意的样子，绷着脸讽刺道，别以为给你插根雉鸡翎，就认为自己是金凤凰了。

此刻，王三虎坐在审讯椅里，想着警察费尽周折才抓到自己，为自己那点儿小聪明自我陶醉。他得意的心像火山喷发的岩浆那样炙热奔放，当听到意味深长的讽刺后，就像从高空坠落的陨石似的，重重地摔在冰冷的海水里，真是冰火两重天，无趣地收了笑脸，晃动着手铐，不知说些啥好。

郝运来借势而为，自信地说道，需要我给你推演一遍吗？还是挑干货捞？王三虎心里一惊，说道，人都被你们抓了，还假惺惺地跟我商量，有啥你说。郝运来把电脑放在审讯椅上，说道，自己看，这个是你的电话号码，在这个时间，你和见面人的通话记录都有记载。说吧，手机在哪里？

王三虎苦涩地笑着说，我跑的时候，把新手机扔进电梯井里了。郝运来竖起了大拇指，肯定地表扬道，现在交代还不晚。就立即带着王三虎来到现场，在王三虎指认下，郝运来在电梯井里找到了摔坏的手机，提取了手机卡片，确定了逃跑嫌疑人的联系电话，阎大鹏马仔的行踪终于露出了马脚。

查询了这个电话号码，机主是夏美悦，她丈夫叫王鑫。经过照片比对，夫妻俩没有前科，也没发现不良嗜好。

但是，王鑫曾经出现在案发现场，有可能与阎大鹏有某种联系。

郝运来安排道，艳红，既然查清了他们两个没有前科，又没发现和阎大鹏的联系痕迹，我们在这里就失去了意义，只要继续监控他们的电话活动就可以了。

此时，阎大鹏像大地震来临前的鸟兽一样，坐卧不宁，预感到灾难即将降临在自己头上。他感到警察的追踪有可能与自己的手机有关，于是把电话卡扔掉，在手机里安上了新卡，并且关掉手机，把手机存放起来，准备等到关键时刻再拿出来使用。

郝运来考虑着机动队的全面工作，他不想把主要警力放在这件事上，万一没达到预期目的，浪费了大批警力，耽误其他案件的侦破，就可能遭到质疑。于是返回住处，召开紧急会议，汇总了抓捕行动的情况，根据案件进展程度，对工作重新部署，让石望春和陈华敏带人返回伊洛市，继续处理王三虎绑架案件，做好日常工作。

石望春不甘心地问道，放弃这里的线索吗？

郝运来形象地比喻道，这条线索就像曹操的口令一样。陈华敏抢过话题幽默地说道，乃是一块食之无味弃之可惜的鸡肋呀！

石望春故作腼腆的姿态，微笑道，左右为难，这次实在是没意见可提了。

郝运来向大家招了招手，示意靠近一些，说道，我有进退自如的好办法，我和民强、艳红留在佛山，继续追踪阎大鹏马仔下落，争取抓获马仔，破获多年的积案，其他人按原计划进行。

阎大鹏成功躲过警方的追踪，就与夏美悦商量，警察已经发现了我的行踪，虽然不知道我的真实身份，但我知道处境非常危险。我认为赶快离开这儿，躲避锋芒会更安全些。夏美悦也拿不定主意，阎大鹏就自作主张，到外面租房居住，隐蔽自己的行踪。

阎大鹏面对追踪，不敢回夏美悦的家里住宿，长时间躲在出租屋里，整天提心吊胆不敢抛头露面。正在决定去留的时候，另一部手机响了，阎文华央求道，哥！赶快回来吧！你不在家，群龙无首，手下人不听我指挥，各自为战。有些弟兄和姜家打起来了，现在姜家准备和我们争夺蔬菜批发市场，扬言要把我们杀个片甲不留。兄弟们也义愤填膺，都想大干一场，我不能替大哥做主，还是你亲自指挥吧！把蔬菜批发市场弄到手，那可是一块大肥肉呀！

阎大鹏经营的主要范围是赌场、放贷、收账、开矿等，至于抢占菜市场还是头一回。他想，经济利益实际上并不重要，但这次争夺的结果，会直接影响声誉，弄不好，就没法儿在这儿混下去了。

如果赢了，就会继续站稳脚跟。如果败了，那么将会一败涂地，打拼了这么多年抢占的地盘，就拱手让人了。以后再去讨债，就没那么大的说服力了。所以这次对决非常关键，兄弟们希望他能回来，带弟兄们背水一战，一定要打败姜家，重振威名。

阎大鹏问道，因为啥事发生冲突？阎文华说，城区新建的蔬菜批发市场，经济利益大，辐射范围广，我们想接管这里。不过姜家已插手管理经营多年，两家因争夺管理权没少打架，我们有几个弟兄受伤住院。希望你能回来，我已不能平息弟兄们的怒火，眼看两家的争斗一触即发。

阎大鹏听了心急如焚地说道，我正准备返回伊洛市。有警察在这儿追查案件，如果警察把精力放在佛山，那么我返回伊洛市，也许他们不会察觉我的存在。我还是回去为好。于是阎大鹏告别了夏美悦，返回了伊洛市。

阎文华的话触动了阎大鹏，他心想，警察即便知道自己的去处，如果离开佛山，那么他们也就失去了目标。民警追查的方向在佛山而不在伊洛市，所以杀个回马枪，也是隐蔽行踪的最佳方案。现在，尽管民警没查到自己的真实身份，但是这里已经不安全了，就下定决心返回伊洛市暂时避避风头。

三

郝运来留在佛山，继续追踪王鑫的下落，带着李民强和王艳红来到社区警务室，寻求社区民警的配合。社区民警打开电脑，从王鑫媳妇夏美悦入手，查到了他的暂住地址。

郝运来拿出夏美悦的材料，说，这个夏美悦是个重要线索。社区民警看了看材料内容，说道，正好我去这个地方统计实有人口，我们一起去找夏美悦吧！

郝运来高兴地合不拢嘴，三人上了社区民警的警车，来到目标小区。在当地民警的配合下，找到了夏美悦，再次对夏美悦进行询问，夏美悦拿出自己的身份证、户口本和结婚证。

郝运来看了看结婚证上的照片，感到王鑫的眼神似曾相识，激起了心中的痛感。但这双眼睛出现在陌生人的脸上，使其又放松了警惕，就问道，你丈夫的照片能让我看看吗？夏美悦道，当然可以啦！说着话拿出相册递给郝运来看。郝运来、王艳红打开相册，里面有夏美悦和王鑫的结婚照，也有王鑫的单人照，觉得此人相貌与阎大鹏、岳成群相差甚远。如果说王鑫是阎大鹏的马仔，为阎大鹏办事，这也有可能，但是现在他不在家，也没法儿进行精准比对。

郝运来问道，你丈夫干啥去了？为啥没在家？

夏美悦道，他出去办事，具体什么事也没说。

郝运来又问道，有具体的地址吗？啥时候回来？

夏美悦道，这就难说了，他一般出去也要十天半个月的，去哪儿也没说。

王艳红见她不肯说实话，气鼓鼓地说，那二般呢？

夏美悦皱起眉头道，时间长的也许一两个月才回来。

郝运来问不出需要的东西，也没有发现蛛丝马迹，就向警戒的李民强说道，我们走！

三人没找到有价值的线索，就返回了伊洛市。

郝运来无功而返，心中郁闷，刚刚停下车来，就看到单位门口人头攒动，叽叽喳喳的嚷嚷声此起彼伏，人们的情绪非常激动。

郝运来拎着行李走了过来，正想从侧面走进办公大楼。此时，有人认出了郝运来，喊道，那不是郝队长吗？郝队长！你可回来了。一群人围了过来，领头的大妈说，郝队长啊！感谢你呀！上次是你帮我找回了被盗的钱包。可是，今天呢！我们又来报案，不光是我家东西被盗，邻居家也失窃了，贼都是开锁进的屋。你可要给我们破案哪！把被盗的东西找回来，我们太需要这些东西啦。大爷说，不仅仅是财物的损失，更重要的是没有安全感，幸好家里没人，否则还会出人命呢！

郝运来笑着安慰道，大妈、大爷不要急，这是我们应该做的事，大家等着做个笔录，把被盗经过说清楚，便于破案使用。我一会儿安排民警到现场，对被盗的痕迹进行现场勘验，为破案提供有力的证据。

一群人见郝运来这么热情，就慢慢平静下来，坐在凳子上，静心等候民警的询问。

询问中，民警发现报警的总共有 11 家，他们都有一个共同特点，使用的都是开发商安装的同一种门锁，并且他们家的锁都完好无损，家里东西有翻动的痕迹，被盗的都是贵重物品。

经过民警现场勘查，发现作案手法基本相同，开锁技术熟练，锁眼处留下的印痕非常相似，经检验微分子成分，认定为同一种金属摩擦产生的粉末。在现场还找到了嫌疑人的两个痕迹，一个是门锁上比较粗糙的指纹，另一个是嫌疑人在大妈家厨房留下了足迹。从脚印的长宽尺寸、受压面积和步幅分析，嫌疑人应该是男性，身高在一米七左右，体态中等。

通过查看小区监控，没看到可疑人员进出。郝运来感觉很奇怪，既然有人进小区盗窃，为啥监控没拍摄到呢？就沿着线路逐个检查监控探头的使用情况，发现有几个探头偏离了监控区域，目前监控依然在看不到主要路口的位置上。

陈华敏道，碰到这么多家被盗的案件，还是很罕见的，破案遇到的困难也是空前的，建议把这个案件列为重点进行侦破。

郝运来召开会议集思广益，向大家征求意见，说道，谁有好的方法能找到犯罪嫌疑人，就把功劳记在他的头上，并且要书面向上级请功。

石望春道，我觉得还是要查监控，这里的监控看不到，不意味着别的监控也看不到，再狡猾的犯罪分子也有露出马脚的地方。

常青云道，我觉得啊，还是用王艳红的高科技作为突破口。

陈华敏道，从被盗物品着手，去二手市场找赃物，也是很有希望的。

王艳红道，我觉得技术侦查会发挥更大作用，让我试试看。

李民强经常不说话，今天却表现得非常积极，他说，从现场勘查来看，犯罪嫌疑人留下了很多痕迹，鉴定的 DNA 和有前科的人进行比对，我觉得这样的方法既简单又快捷。

会议结束，大家回到各自的岗位上忙碌着，为侦破案件东奔西走。

四

转眼间春节快到了，家家户户都在忙碌着准备年货，郝运来却在紧锣密鼓地侦查破案。宝荣公寓夜间发生了三起盗窃案件，因为筒子楼公寓没聘请物业，居民大多是菜市场的个体商户，经常早出晚归，也没成立业主委员会，安全防范就是聋子的耳朵——成了摆设。这个案件引起居民的恐慌，伊洛机动队又成了人们议论的焦点。

报案人惊讶道，郝队长！说起来奇怪，门锁完好无损，没有被撬的印迹，家里的东西却被盗了。

郝运来没有调查，也没法儿给群众合理的解释，问完情况就去案发现场查看监控，从众多的行人中锁定了穿防寒服的可疑男子，男子较大的衣服把上半身裹得严严实实，但是背后那条反光条在黑暗中非常显眼。

监控显示，可疑男子经常在小区里晃悠，连着四五天半夜进入公寓，隔一天就有两三家住户被盗，被盗物品价值比较大。

大年二十七晚上，报警人吃过饭出去遛狗，看见穿防寒服的男子在自家门口玩手机，也没在意。半个小时后回家时，用钥匙开门，却怎么也打不开，就使劲鼓捣门，正在鼓捣的时候，门突然从里边打开了。穿防寒服的男子冲了出来，报警人被这突如其来的变故吓了一跳。他回过神来急忙回屋检查，发现两条中华烟被盗走了。

郝运来紧急赶到案发现场调阅监控，发现监控摄像头也出现了偏移，监控探头照到了墙上。王艳红站在凳子上查看监控探头，在监控上提取了两枚指纹。通过视频和指纹比对，比中了前科累累的嫌疑人武海涛。

郝运来带人把截屏照片贴在小区里，让大家辨认。从那以后武海涛再也没出现过。郝运来连春节也没休息，就围着这个案件调查取证。有一天从姜八斤那里得到消息，武海涛吸毒，他的真实身份是焦作人，父母原来在伊洛地质二队上班。

郝运来火急火燎地找伊洛地质二队保卫科科长了解情况。保卫科科长道，他父母死得早，家里只有一个姐姐，他三岁就跟着他姐姐生活，姐姐也管不了他的野性子，他像野孩子一样无拘无束地长大了。他有盗窃前科，据说这孩子嘴硬得很，前科资料都是零口供，法院也是根据其他证据依法判决的。

武海涛知道自己暴露了，过年期间，住酒店也是打一枪换个地方。还带了个女孩儿入住宾馆，他先登记住宿，再让女孩儿悄悄来房间休息，这个女的没在吧台登记身份信息。王艳红通过网上查询，锁定了武海涛落脚在河科大宾馆三〇五房间。

郝运来得知消息，紧急赶往现场抓捕，向老板询问武海涛的情况，老板说，三〇五的男客人刚才出去了。

郝运来为了不打草惊蛇，就在三〇五对面开了个房间，大家进房间等武海涛回来。郝运来把猫眼取下来，石望春趴在门上观察对面的动静，等了半天，看见对面的门开了。石望春小声说道，武海涛进屋又把门关住了。

郝运来找来酒店老板，问道，想啥法儿敲开门？就说咱宾馆的人进去服务，你看咋样？老板害怕道，我在这里经营宾馆，你们办完事走了，他回来报复我怎么办？石望春蔑视地说道，看你那尿样，连门也不敢敲。你怕得罪他，就不怕得罪我们吗？你这样违规经营，小心罚你个倾家荡产。

老板惊了一身冷汗，没敢再接石望春的话。

石望春说着悄悄趴在门缝边，听到里边电视声音很大，回头对郝运来小声说道，把电闸关了咋样？

郝运来和老板听了，点了点头表示同意。老板心里有了畏惧感，为了弥补刚才的过失，就急忙讨好似的去关电闸。郝运来、石望春、王艳红等民警埋伏在门口，静静地听着屋里的动静。不到一袋烟的工夫，屋内的电视声音停了，接着脚步声由远而近来到门口，房门“吱呀”一声打开了。

男子探出头来不满地问，这酒店咋回事儿？电视还在，电却没了。看到走廊里这么多人，感觉不对劲，急忙关门，但为时已晚。

郝运来趁机推门而入，武海涛见势不妙退进屋里，与民警对抗，胳膊上露出强壮的肌肉，拎起菜刀使出浑身蛮劲向郝运来砍来。

郝运来拿出警棍把刀格挡到一边，俩人反复打斗了几个来回。武海涛挥舞菜刀迎面劈来，郝运来顺势向一旁闪开，武海涛收不住自己的动作，菜刀深深地砍在木桌上，他使劲拔刀没有拔出来。郝运来抓住机会侧起一脚，将其踹了个趔趄，一个空翻利索地落在武海涛的背上，重重地将他压在身下，反手抓住他的小臂，夺下菜刀，一群人冲了过来给其戴上手铐。

王艳红冲进里屋，看到一女子正在吸毒，立即扑上去将其抓获。石望春持枪警惕地环视室内，没有发现其他人员。他看到嫌疑人被控制，收起枪开始检查房间，发现桌上的两个吸毒瓶子还在冒烟。

郝运来对气喘吁吁的武海涛问道，知道为啥抓你吗？武海涛恼怒地说，我在这好端端地住着，你们凭啥闯进来抓人？你们算是干啥的？郝运来喘着粗气说道，哈！看到你，我们过于兴奋，竟然忘了告诉你，我们是警察。

你因涉嫌盗窃，被传唤了，明白吗？石望春拿出传唤证让武海涛看。武海涛扭动着身体，不服地威胁道，我是合法公民，什么也没干，小心我去告你们。武海涛说完就拿出宁死不屈的姿态，对抗民警的审问。接下来无论怎样变换审问招数，武海涛都不供述犯罪经过。

郝运来知道对非现行嫌疑人员审问时，嫌疑人往往抱着侥幸心理，与民警对抗，他们认为时过境迁，民警不一定掌握相关证据。他勘查完现场，带着武海涛来到监控室，回放被盗的监控录像，指着画面上的可疑人员问道，这是不是你？武海涛说，是我，怎么了？

石望春操着浓浓的河南话问，你半夜三更来这弄啥嘞？武海涛理直气壮地反问道，我去找人不行吗？石望春用极其标准的普通话问道，你拨弄监控探头的方向干什么？武海涛说，我看它快掉了，就往上弄了弄，防止掉下来。

郝运来听他狡辩得还有点儿技术含量，就幽默道，望春，听着没，他半夜三更学雷锋，看好他，别让他再去做好事，我去隔壁问问那个女的。石望春笑了笑说道，一会儿我们再碰头。

郝运来进到隔壁房间，问吸毒女道，你叫啥？吸毒女说，我叫张莹莹。郝运来说，咦，你不是明明的媳妇吗？张莹莹说，哥！你刚进来我就认出你了。

郝运来看了看“二进宫”的张莹莹，心想，以张莹莹为突破口，可能会容易些，于是就问，武海涛平时都干些啥事？张莹莹紧张地说道，我就是蹭点儿毒品吸，他平时早出晚归的，经常三更半夜才回来，还带回来些金银首饰，问他哪弄的，他也不说。看他恼怒的样子，我也没敢再多问。

郝运来从包里取出武海涛的手机和数据线，说道，艳红，把他的通话记录和联系人调出来。王艳红把手机连在电脑上，拉出通话单和联系人，标注黄金加工和收购黄金的联系电话。王艳红喊道，郝队！你看！果不出你所料，这小子把偷来的黄金饰品卖了，这些应该都是买主。

郝运来好像早就预料到了似的，说道，落实武海涛卖的啥东西，都卖给谁了，便于形成证据链。王艳红操作着电脑，把相关内容收集在文件夹里，打印成册交给郝运来。

郝运来按照材料索引，找来收购黄金的小贩，问道，武海涛什么时候来卖的黄金？小贩由于紧张身体哆嗦起来，颤悠着声音说道，一般是凌晨四五点。郝运来又问道，你从武海涛那儿收了些啥东西？

小贩胆怯地回忆道，有五条金项链、八个金戒指、两个金手镯。郝运来逐一询问黄金小贩，制作笔录，获取了确切的罪证。武海涛在大量证据面前，仍然不承认盗窃他人财物的行为。

这时，张莹莹嚷嚷着要见郝队长，拒不配合民警建立档案，死活不按手印。

郝运来闻声拿着采血棉球进来，说，莹莹！你只吸毒没有参加盗窃，别怕！采血针伤口很小，消消毒就会愈合，你要配合民警建完档案。

张莹莹含泪道，能不能别拘留？我家里还有上学的孩子呢。郝运来既同情又很绝情地说道，今天！你就是我亲妹子，也必须拘留，这是市局督办的案件，我也无能为力。张莹莹抽泣着问道，孩子咋办？郝运来经常办案，遇到过形形色色的人，知道该如何应对，就安慰道，我们都了解过了，你的孩子跟着姥姥生活，挺安全的，别再撒谎了。张莹莹见郝运来揭穿了老底，无趣地低下了头，这才无奈地配合建档。

鉴于武海涛不肯承认盗窃的犯罪事实，郝运来把他姐找来看监控，制作辨认笔录。为了防止护短，没有提及他盗窃的事儿。

郝运来让其姐反复观看监控录像，其姐也不知道郝运来的用意，但她凭直觉预感到弟弟可能出了啥事，要不然公安局不会找自己来辨认武海涛的影像。

姐姐对着监控录像看了几遍说道，这个人是我弟弟武海涛。郝运来为确认武海涛作案的事实，就说，你再看看监控上的人是谁。其姐指着画面上的人说，这确实是我弟武海涛。

郝运来再次提问道，图像不是很清晰，你咋能确定是你弟啊？其姐说，我父母去世得早，他是我带大的，我弟我还不认识吗？郝运来放心地说道，望春，制作辨认笔录，让其姐在笔录上签字按手印。其姐着急地问道，我弟到底咋了？石望春得意地说道，做完笔录详细给你说明白。

郝运来攻克难关，顺利拿下武海涛盗窃案。他调阅报案记录和武海涛的前科材料，通过比对有监控和指纹的案件，侦破了20多起盗窃案件。

从案件中发现他的同案犯，经讯问，同案犯供述，三年前别人说他叫吴涛，经常流窜作案，使用的假姓名，和现在的不一样，电脑信息上查不出来。为侦破这个案件，郝运来又跑到武汉市、伊洛市、三门峡市监狱，找到同案犯重新辨认，询问当时作案的吴涛是谁。同案犯看看照片，指着吴涛的照片道，这个吴涛就是现在的武海涛。

郝运来每次提审武海涛，就落实几起案件，他就更加害怕见到郝运来。随着提审次数的增多，武海涛几乎到了快要崩溃的地步，心想这不是要搜干刮净吗。他胆怯地求饶道，叔！你到底给我弄了几起案件，不承认也能关人吗？求你别往下查了。

郝运来一本正经地说道，法网恢恢疏而不漏，如果犯了罪，认为只要不承认就能逃避惩罚，那世界早就乱套了。

五

郝运来看到石望春他们押送武海涛，一种美好的感觉油然而生，沉浸在胜利的喜悦中，庆幸这个难缠的盗窃案有了结果，总算松了一口气。

傍晚时分，突然有人报案称，龙泰A区居民回家时，看到家门开着，门口站着一个陌生人。居民正在纳闷，男子看见有人过来，就慌里慌张往楼下跑，居民感觉不对劲，紧追到小区门口将其抓住，随后，楼上又跑来一个人，被群众抓住，请民警处置。

郝运来知道这个楼院是城中村安置小区，居民非常痛恨小偷，抓住嫌疑人就是一顿胖揍，去晚了容易节外生枝，急忙驾车和常青云前往现场。

经过落实嫌疑人身份，门口望风的人叫曹雪，入室盗窃的人叫潭宏。两人是溧阳人，但互相说不认识。

郝运来问潭宏道，你来这里干啥？潭宏说，我姑娘陷入传销窝点，让我来这儿救她。

郝运来又问曹雪道，你来这里干啥呢？曹雪回答道，我来见见女网友！郝运来笑道，这么巧，两个不认识的同乡，同时出现在同一个地方，这难道不奇怪吗？

郝运来见两人态度坚决，再问也没多大意义，就对被盗现场提取的脚印进行检验，经比对脚印是潭宏留下的。

王艳红在电脑上查询，发现两人从溧阳同行到伊洛市，共同作案的嫌疑更大了。

郝运来通过监控回放，才看清两人技术开锁的过程，一人望风一人盗窃。郝运来在潭宏身上搜到一张锡纸和一根金属针。郝运来问道，这是干啥用的？

潭宏不假思索地说道，针是剔牙用的，锡纸是拿着玩的。

郝运来觉得潭宏的回答蛮好玩的，拿警察问话当成小孩儿过家家，一丁点儿阶下囚的感觉也没有，就郑重其事地说道，你不说，我也能推断出来，你们趁天黑来到楼里，曹雪在门口望风，潭宏用锡纸和金属针插进门锁里，打开住户大门，进到屋里偷东西，没承想主人提前回家，把潭宏堵在屋里。曹雪见状转身逃跑，把主人引开，主人急忙下楼追赶，潭宏在住户家里听到动静，也趁机跑下楼去。

潭宏轻描淡写地看了郝运来一眼，不服地说道，你怎么知道我们偷了东西？

郝运来步步为营，出示了相关证据，以不容置疑的口吻说道，屋内的鞋印、锁上的指纹、外面的监控和目击群众都是证据。你也给我好好看看，这些证据处理你一点儿问题也没有。说着话摆弄着手中的材料。潭宏依然坚持自己的说法，我没有偷东西。

郝运来无奈又去讯问曹雪，曹雪更为狡猾，干脆东拉西扯不正面回答问题。郝运来为侦破案件忙得不亦乐乎，奔波在两个讯问室之间，无论怎么讯问，俩人死活不承认盗窃行为。郝运来急得一头疙瘩，就想办法调取他们的前科材料。结果吓了郝运来一跳，每个人都有30多起盗窃记录，在安徽、山东、江苏、北京等地用同样的方法入室盗窃。

卷宗显示：他们去北京作案，为了安全起见，晚上坐高铁到北京，得手后就及时返回溧阳，一年做了不少案件，很少被抓获。

郝运来为了证明他俩认识，把他们的手机拿到刑科所做数据分析，鉴定报告显示两人有通话记录。郝运来把他俩叫到同一个审讯室进行对质，问道，你俩互不认识，手机上的通话记录是怎么回事？俩人看着通话记录面面相觑，在铁证面前低头不语。

郝运来又通过湖南公安联系到潭宏的媳妇，打开手机视频告知道，潭宏因盗窃被刑拘了。潭宏媳妇接到这样的告知电话，已经习以为常，顺口问道，他跟曹雪一块儿是不是？郝运来没有直接回答，反问道，你认识曹雪？潭宏媳妇解释道，潭宏和曹雪舅家是一个村的，他俩经常一起外出，我怎么不认识呢！

郝运来通完话，再次审问曹雪，他打开录像播放着，问曹雪道，见了这些证据，难道还敢说你俩不认识吗？你没直接偷东西，也弄不到哪儿去。曹雪依然不语。

石望春观察着案件的进展，见曹雪装哑巴，就另开小径寻找破案的方法。他请来锁匠，让锁匠讲解金属钩针和锡纸的用途。锁匠肯定地说道，这就是技术开锁的工具，你们看这明晃晃的亮度，就知道这是在使用时无意间磨出来的光亮。石望春看着自信的锁匠，请教道，就凭这小东西就能把锁打开？怎么打开的？

锁匠轻松地说道，会者不难，难者不会，对他们来说开锁就是小儿科，就像钥匙开门一样简单有效。

郝运来拿起锁芯掂量着，担心地问道，这种锁很不安全，怎样才能防盗呢？锁匠答道，把门反锁上就弄不开了。

石望春对目前这种管理效果很不满意，建议道，开锁技术一定要严格管理，否则锁就失去了作用。锁匠反对道，听说宝荣系列盗窃案的坏蛋武海涛，身上搜出来的十几张身份证和卡片，都是捅门用的。这两个贼用锡纸和针开门，还真有点儿技术含量。关键是管好人，而不是开锁技术。

郝运来放下锁芯，说道，经查，武海涛和这俩家伙还是狱友呢！都是贼，但作案手法区别多大呀！

经讯问，在大量证据面前，俩人如实招供了犯罪经过。

石望春带着嫌疑人追回部分被盗物品，核对被盗物品和嫌疑人供述的不相符。在发还物品时，有些被盗物品没人认领，经核实，有两个受害人没来报案。

潭宏见纸里包不住火，就供述道，我在五楼东户盗窃了一把自制手枪，还有两个弹夹和 20 发子弹。

郝运来得知情况，感觉不妙，立即押着潭宏赶到出租房屋，将被盗枪支提取回来，并带潭宏指认现场，发现私藏枪支弹药的租赁户已人去楼空，便找社区民警对租赁户进行核查，核实租赁人员是姜猪娃。

郝运来急忙赶回市局，把涉枪信息向上级汇报。张副局长听了情况汇报，指示道，今天刚接到开展缉枪行动的红头文件，你那儿就发现了缉枪线索，那你就先行一步吧！尽快查实该案件，把持枪人真实身份搞清楚。说着话，张副局长递给郝运来一摞材料，说道，这是网上贩枪的记录，要追根溯源，把上线挖出来彻底打掉。郝运来领受任务，安排石望春带人追查姜猪娃的下落。

就在这时，陈华敏传来喜讯，审问张莹莹有重大突破，她提供了重要的贩毒线索。

六

三月，李金龙因贩毒刑满释放，郝运来以前抓吸毒时处理过他。张莹莹曾和他一起戒过毒，就和武海涛经常去他那里购买毒品。

陈华敏组织了十几个民警进行追捕，在六六六快捷酒店将其抓获，在他身上搜出了200多克海洛因，搜查他的汽车时，又发现200多个麻古毒品，在主驾驶座位下搜出一把六四式仿造手枪，子弹六发。她向郝运来汇报，研判涉枪案件。

郝运来认为，大贩毒分子才会有武器，就采取绕而不惊的策略，平心静气地和李金龙谈心，获取他在三门峡市的两个住所位置。

郝运来连夜赶到三门峡国际时代小区，对其住所进行搜查，查获疑似冰毒300多克，转轮猎枪1把，猎枪子弹22发，五四式手枪子弹45发，室内有加工毒品用的粉碎机、滤网和化工器具。

在住所控制了其爱人，在其爱人汽车后座里查获一袋白色化工原料，但其爱人对此一无所知。

经对李金龙讯问，李金龙说，白色东西是制毒原料，经过加工可制成K粉。郝运来称了称重量，足有125斤。

石望春拿着转轮猎枪送检时，刑科所同志认为这“枪”口径已超过20毫米，不属于枪的范畴，不能做枪支鉴定。

石望春为难地问道，那应该到哪儿做鉴定呢？刑科民警道，应该是炮，如果按照炮去鉴定，还真没地方可去。这种“枪”实际是东北生产的转轮榴弹炮，这“子弹”比重机枪子弹还要粗大。我们这儿做不了呀！

石望春一听鉴定做不了，就急了道，没有鉴定，拿啥处理嫌疑人？

刑科民警笑道，兄弟急啥呀？我向领导请示一下，看这种情况该怎么办。

石望春着急地说道，办案都是有时间限制的，搁谁头上谁难受。说着拨通郝运来电话汇报情况。

郝运来遇到这事也不是头一回了，说道，把这个难剃的头交给张副局长摆弄吧！然后通知石望春道，先把送检的东西放那儿，回来吧，过两天再去取结果。

石望春回到队里指着制毒工具说道，郝队，你看他的半成品已经开始加工了，托盘中有毒品残留的结晶体，制毒加上贩毒会要了他的命吗？

郝运来道，那就看调查结果了。

石望春问道，毒品纯度和刑期有关系吗？

郝运来道，与纯度关系不大，刑期与重量有关。纯度高的K粉毒品含量达到百分之六十以上，黄皮的毒品含量百分之一都不到，贩毒不会因为纯度大小改变刑期。

石望春拿着毒品闻了闻，说道，李金龙的毒品和伊洛市的毒品颜色不一样，纯度不高，结晶不充分，水分含量较大。正常毒品是透明的，他的毒品颜色有点儿发黄，这证明他在制毒工艺上还不是很成熟。

郝运来稳重地提醒道，需要毒品认定才能定罪，不要瞎猜想，吓着人家了。

郝运来心里装着李金龙案件的办理进度，说道，走！去继续审问李金龙。石望春跟着郝运来到讯问室，向看人的民警打了个招呼，俩人面对李金龙坐在审问桌前。郝运来通过和李金龙的较量，觉得他还算老实，能够如实供述犯罪经过，就直截了当地问道，你私藏的枪支是从哪儿弄来的？

李金龙痛快地回答道，都是从网上购买的零部件，自己再组装成枪。郝运来又问道，说得具体点儿，从哪个网站买的？李金龙反问道，我说了有啥好处？你们还不一样崩了我。

郝运来笑道，你的罪责轻微，不要挂在心上，只要有立功表现，我们会向上级反映，具体能从轻到啥程度，我说了不算，不过这也是你的一次机会。

李金龙听后，像抓住了救命稻草一样，苦笑道，既然是道必答题，那我就只好交代了。网上有个叫“金肖”的网友，专门向外界销售枪支弹药。如果愿意购买，通常“金肖”会索要电话号码，用虚拟的电话打过来，联系购买枪支的型号和子弹数量，商量好价格。他通过邮递渠道发送枪支零件，收到后按照说明书组装成枪支。我把子弹装上去试射了几发，觉得很满意，再与对方电话联系，发现电话不能接通，只能微信联系“金肖”。

郝运来问道，你是怎样和“金肖”联系上的？李金龙答道，我跟着岳成群的时候，他提供的微信号，让我帮他们购买枪支弹药。后来岳成群不知去向，我就自己购买了枪支弹药单干，赚钱养活自己吸毒，没干多久就被你们抓住，真是倒霉透顶了。

郝运来问道，你知道岳成群现在住啥地方吗？

李金龙说道，上次公安局围堵地洞时，我和他一起跑了出来，到现在也没见过他。后来联系云南那边的大哥，就被你们发现了，我觉得贩卖毒品数量大、涉及的钱多，为保险起见，就从网上购买了枪支弹药，防止黑吃黑，没有朋友帮忙，只好靠枪支壮壮胆。

郝运来回到办公室，对王艳红说道，毒品的来源已查清楚了，查查枪支吧！

王艳红坐在电脑前，敲击键盘，调出了贩枪微信群。郝运来发现微信名叫“诚信中国亿豪哥”发的信息，“一手货源”“万年人的百货”，并且有左轮猎枪和子弹。

郝运来查看着微信群的内容，回想起“曹潭盗窃案”，奇怪的是有两家被盗数额巨大，但没人来报警。郝运来心里产生了巨大的疑惑，让石望春总体负责侦破，并让王艳红继续追查未报警的原因。

郝运来召开案件侦破协调会，安排道，陈华敏抓紧时间立案侦查吸贩毒案件。并询问石望春调查案件的进展情况。石望春报告道，郝队，我通过实地调查，从注册信息中查到未报警人叫姜猪娃，和社区民警掌握的情况相吻合，关联信息中有他的现居住地址。

郝运来立即带人前往侦查，张网待捕。当姜猪娃开门回家时，被埋伏在楼洞里的郝运来和石望春抓获。石望春在姜家电脑中搜出买卖枪支的记录，查获左轮猎枪一支，子弹 185 发。

王艳红统计了销售数量，已卖出各类枪支 26 支，子弹 3000 余发，涉及多个省、市、自治区。

郝运来问道，姜猪娃！我记得你喜欢打猎，啥时候玩起了贩枪？姜猪娃道，本来想换支猎枪，看到卖枪利润空间大，赚钱容易，就动心了。

郝运来问道，这么多枪支咋运出去呢？姜猪娃道，我这只是中转站，靠物流发送货物。

郝运来追问道，物流寄递业管控得非常严格，凡是寄出的物品都要开箱验证，你咋能蒙混过关呢？姜猪娃道，整个枪支运送是不可能的，化整为零运送不易被发现，县城里寄东西不用登记真实姓名，都是以货运站老板身份发货的。

郝运来点着头，笑得有点儿勉强，说道，你们也太狡猾了吧！难道就没被发现过？姜猪娃叹气道，遇到严格检查时，就把零件夹在其他货物里，让公交车运到交货地点，通知接货人到公交站点接货，把公交车的车牌号和司机电话发给接货人就可以了。

郝运来接着问道，这些枪支都卖给谁了？

姜猪娃答道，我不能告诉你们，这是规矩。

王艳红提醒道，你不说，我们也知道，电脑上的记录清楚明了。枪支订货信息主要有两个人，还让我替你说完吗？

姜猪娃无奈地说道，反正没有好下场，我就告诉你们吧！姜家和阎家都在我这里订过枪，好像他们最近要打架。

郝运来道，就这么多吗？

姜猪娃道，我这里就这些，都被你们收走了，至于其他的我就不清楚了。

郝运来深感责任重大，急忙向张副局长汇报案情。张副局长听后，大为震惊地说道，这个案件涉及面广、危害大，已经严重影响社会安全稳定，伊洛机动队必须全力查处，坚决彻底铲除这个涉枪团伙。

张副局长逐级汇报到公安部，经查，这个团伙涉及全国 30 多个地区，他们是集制造、销售为一体的犯罪团伙。

郝运来顺藤摸瓜，发现网上显示的是虚拟身份，给案件侦破设置了一道人为的障碍。王艳红报告道，我在网上找到了发货人的 IP 地址。

郝运来道，落实 IP 地址的实际地址。王艳红递过一张标着 IP 地址和实际地址的图片，并在地图上标注了详细位置，开心地说道，这个工作已经提前完成了。郝运来审视着地图喜出望外。

抓捕这样危险的犯罪嫌疑人，郝运来为了安全起见，制订了详细计划。他带领十几个民警迅速出击，按地图找到了可疑住址。看到姜大从家里出来，郝运来把民警分成两拨。石望春带领五个民警留下来继续监视可疑房屋的动静。郝运来带领五个民警跟踪姜大，在姜大买菜回来的路上将其抓获。

经询问，出租屋里只有姜大一人，郝运来掌握了屋里的情况，带着姜大返回出租屋，收缴了他制作枪支和子弹的工具，并查缴六四式仿真手枪 5 支，左轮猎枪、手枪各 6 支，枪支配件 700 余件，子弹 80 多发，半成品子弹 10000 多发，火药若干。

石望春拍着防弹衣笑道，呵呵，准备得怪充分，但是没用上这些装备，没想到这个危险的犯罪分子轻易被我们抓获了。

王艳红夸赞道，这都是郝队考虑得周到。

郝运来道，艳红，可别这样说，这是大家的功劳。从姜大的交易上能否查到下线人员的名字、地址和联系方式？

王艳红疑惑地说道，我有点儿看不明白，上边交易好像不是枪支弹药。

郝运来笑道，我看看啥玩意儿，能难住你这高才生。王艳红指着屏幕问道，“兔子多少钱”，有没有“狗粮”，这不是正常的生意吗？乍看就是个宠物网店，和涉枪根本就不沾边，这里边肯定有蹊跷之处。郝运来笑了，贩枪可是重罪，科技这么发达，谁会傻到明目张胆地等着你去抓？

王艳红沉思片刻道，哈！我明白了！这是暗语！你看呀，明明“兔子”代表枪支，“狗粮”代表子弹，好狡猾的姜大。

郝运来表扬道，艳红高见，他们明知道这是违法犯罪的勾当，词语隐晦也是情理之中的事情。

王艳红也为自己能够解开暗语之谜感到意外，兴奋地请示道，郝队，下一步该怎么应对？郝运来答道，根据资料分析，安排陈华敏、石望春带队抓捕本地漏网之鱼。经过伊洛市民警的共同努力，外围人员已经基本抓捕到案，把涉及外省、市的下线人员线索上报，上级部门统一安排抓捕。

但是伊洛地区的重要嫌疑人岳成群仍然持枪在逃，不知去向。他所使用的左轮火枪，经弹道鉴定确认为同一人制造的枪支。

郝运来寝食难安。虽然通过掌握的查枪缉爆线索核查，已成绩喜人，可是岳成群或者说阎大鹏一日在逃，就恐怕再闹出恶性案件。他心事重重，努力寻找着嫌疑人的下落。

第十二章　技高一筹

一

随着城市的发展，伊洛市城区向南扩张了很大范围，把风景区也囊括其中，原来的村庄变成了社区，原来的农田变成了高楼大厦。生活配套设施也相应增加了许多，借着成熟集贸市场的声望，原来不起眼的蔬菜市场现在变成大型农贸市场。

姜公子通过与人合作的办法，取得了农贸市场的经营权。可是，有些人对姜公子不服气，为了树立威信，姜公子特意定了规矩，小商小贩进场经营，必须经他同意，没有他批准，有合法手续也难以立足。

起初，姜公子组织了管理人员，他把王德才、王河、王书贵和书磊爹，还有姜美丽和村里的人都召集起来，在这里既是管理者，也是经营者，占领好的摊位。对不听话的小商户拉拢收买，遇到无理取闹的村民非打即骂，想方设法把扩建的土地弄到手。农贸市场建成后，经营得井井有条。

经过两年多的时间，姜公子在这里取得了坚实的领导地位，他领导的这帮人没人敢惹，也没人敢问。他在这市场里，可以说是跺一脚地震天响的主儿。

就在姜公子得意的时候，他树立的地位受到了威胁。阎文华的马仔阎黑子从监狱里出来，看到农贸市场的巨大利益，也想在这里批发蔬菜。他就和阎文华商量，咋样才能从这里分杯羹，也给咱的公司弄点儿钱花。阎黑子想，先进入市场经营，再谋求扩大势力，于是就按规矩上报材料审批摊位。

阎黑子的审批表到了姜公子的办公桌上，姜公子看到阎家人想进场，坚决不予审批。阎黑子非常生气，就和阎文华商量道，我不只是想弄个摊位，而是琢磨着咋能取代姜公子。抢占整个农贸市场，就像抢占混凝土公司那样，把别人的摇钱树变成自己的聚宝盆。本来想先进场了解情况，再择机争夺农贸市场的管理权，这样就能向商户收取保护费了。

阎文华看阎黑子没成功，就耐不住性子了，直接纠集马仔冲进市场向商户收保护费。然而，在姜公子的势力范围内，岂能容下阎家胡作非为，姜公子带人把他们撵走。阎文华没收成保护费，反倒折了面子，恼羞成怒，再次纠集人员到市场闹事，与姜公子的人发生打斗，被姜公子带人打得头破血流，撵出了市场。

阎文华和马仔怒火中烧，想要报仇雪恨，把姜家人撵走，强行抢占农贸市场。

阎文华觉得自己的号召力不够强大，就请阎大鹏回来增强影响力。

阎大鹏回到伊洛市，在健身房面见阎文华，准备重操旧业。因害怕暴露真实身份，他不敢叫阎大鹏、岳成群和王鑫的名字，只好冒名表哥李军山重出江湖，想着这样更便于隐藏。

他听着阎文华介绍双方争斗的情况，嗤之以鼻地说道，嗨，就姜公子那几个㞞包蛋，敢跟我相对抗吗？他们以前都是手下败将，你还记得吗？那次要账，他听说是我阎大鹏来这儿要账，连正面交锋都不敢，就吓得屁滚尿流带着人滚蛋了，他可能是我们的对手吗？

阎文华担忧地分析道，这次不一样，一来，你回来了，不能公开你的名字，我们就失去了名气，兄弟们没有主心骨，斗志不足。二来，这个农贸市场有姜公子投资的股份，商户相当一部分是他的亲戚朋友，还有村里的人，他的根基相当深厚，如果想打败他，确实有一定难度。

阎大鹏边听边走到健身器材前，握着拉力器，来回地拉送着，额头已经微微地渗出了汗珠，他看着身后的马仔们，恶狠狠地鼓励道，我们能有今天的声望，靠的是啥？靠的是兄弟义气，靠的是勇猛凶狠。这个社会就是软的怕硬的，硬的怕横的，横的怕愣的，愣的怕不要命的。只要我们肯拿命一搏，一举就能把姜公子打得满地找牙跪地求饶。

阎文华听了阎大鹏的鼓动，信心倍增地说道，你既然回来了，就重振雄风再显神威吧！你出面，我们还有取胜的可能。

阎大鹏松开拉力器，忧虑道，我整过容，不能抛头露面，脸和原来区别太大了，我只能以李军山的身份参加。你还要撑起门面，我在后面给你出主意撑腰，能参加的兄弟多吗？

阎文华惭愧地说道，现在，我们的人减少了一半还多，你在的时候有很多人追随，你曾经三次离开伊洛市，原来跟随的人走的走，转行的转行，人越来越少了。

阎大鹏边听边快速地原地抬腿跑步热身，他向空旷的大厅里连续做了几个利落的空翻，然后又空翻了回来落在地上，站稳脚跟问道，现在还有多少人呢？阎文华看着阎大鹏的武术有了惊人的进步，心里踏实了许多，很佩服地答道，有几十人吧。阎黑子、阎白蛋和几个马仔是我们的骨干力量，不过还有许多人处在走留的边缘，有可能来，也可能不来。

阎大鹏来到器材旁边，把杠铃调到最大重量，蹲下来用力猛然向上抬举，慢慢直起身来吃力地举了两下，又把杠铃放在卡槽里，向后摆着臂膀，使胸前的肌肉鼓得老高。身边的马仔急忙递过毛巾，阎大鹏接过毛巾擦着脸上的汗珠，说道，骨干力量就不用说了，咱对他们几个不薄。主要是争取边缘的人，发奖金鼓劲也好，要挟利诱也罢，不管想啥法子，让他们来就行。甚至欠赌债的人都可以来，只要来了可免除利息，欠债少的可免除赌债，这样就会壮大力量，从人数上占绝对优势，取胜概率就相对较高。

不到半个月时间，阎文华纠集了50多人，准备与姜公子比个高低上下。

二

姜八斤和程丹的关系较好，程丹曾经受过阎大鹏的气，挨过阎文华的打。他整日里是憋气窝火，心里记着仇恨，一直没找到报仇的机会，也不愿参加阎文华和姜家的争斗。

但是，阎文华说，你如果参加的话，可免除赌债和利息。如果不参加，不仅收回赌债和利息，还要天天找事儿，让你无法在这儿活下去。

程丹听到这话害怕极了，面对没证据又没损害的精神折磨，没法儿报警。心想，即便是报警了，也难以取证，干脆就跟着阎文华再冒一次险吧。

程丹想，不去会带来麻烦，何必吃眼前亏呢？但是，也不能再傻乎乎地连累家人，让经济受到更大的损失。于是，他想了个折中的办法，既保全自己，又不吃眼前亏。他拨通了姜八斤的电话，约姜八斤到河边见面。

俩人如约而至，姜八斤问程丹道，商量啥事这么神秘？程丹把阎文华想抢夺农贸市场的经过说了一遍。姜八斤大为吃惊地说，阎文华竟敢如此大胆违反法律，我知道啦。

姜八斤离开程丹，就急忙把即将发生的大案悄悄告诉了郝运来、石望春、陈华敏，他觉得只有告诉了三位警察才放心。

姜八斤想，这只是一个信息，也未必能发生。于是他就提醒姜公子道，防范阎家搞突然袭击，阎文华近期要寻衅闹事，想抢夺农贸市场，做好准备以防万一。

姜公子问道，这个消息可靠吗？如果可靠，我们报告警察咋样？

姜八斤道，这个消息应该是可靠的，但也未必是真的，我们宁可信其有，不可信其无。做好准备就是了，在我们的地盘上，即便他们来了，也占不到啥便宜。我觉得没有事实根据的信息，你就先不要报告了，我理解你的处境，信息核实了再报警。

阎大鹏一边组织人员，一边让阎黑子到市场里摸清情况。阎黑子看到姜公子有所准备，回来向阎大鹏报告。

阎大鹏觉得对方有了准备，继续挑衅会吃亏，这叫杀敌一千自损八百，亏本的买卖咱不干。阎大鹏心生一计，擒贼先擒王，让阎黑子跟踪姜公子。

阎黑子对阎大鹏言听计从，他跟踪姜公子到家门口，看到姜公子回家，又提着个包匆匆地外出了。他急忙给阎大鹏打电话，阎大鹏得知消息，带着阎文华和十几个马仔守候在姜公子家门口，耐心等待姜公子回来，寻找时机除掉姜公子。

第二天晚上，姜公子和姜大牙晃晃悠悠地走上楼来。姜公子说，老弟辛苦啦，回去吧。说着话掏出钥匙正要开门。阎文华带着几个人冲将过来，把姜公子打倒在地。姜大牙见势不妙，回转身来救姜公子，一拳把阎文华打倒在地。

阎家人多势众，把姜大牙打到一边，姜公子和姜大牙拼命反抗。十几个人难以制伏两个被激怒的男子，阎黑子举起砍刀向姜大牙砍去。这时，姜公子急忙冲过来，将阎黑子踹了个趔趄。阎白蛋冲过来参加激烈的打斗，也没有制伏姜公子。此时，阎大鹏看到姜家人少，却很勇猛，尽管阎家人多，一时半会儿也难分胜负。为尽快解决姜公子，免得时间长了被人发现，就举枪向姜公子射击，姜大牙见状上前去推姜公子，姜公子被推倒在地，子弹击中了姜大牙的胸膛。

姜大牙应声倒地血流不止，捂着汩汩流血的胸口，呻吟着扭曲着身体。马仔们听到枪声，见有人受伤，也都慌了神，害怕事情败露承担责任，跟着阎大鹏迅速撤离。

姜公子捂着肩膀的伤口，赶紧拨打急救电话。当救护车来到现场时，姜大牙已因失血过多，心脏停止了跳动，医生宣布其死亡。

伊洛机动队接群众报警，郝运来、石望春等人赶到现场进行勘查，并到医院病房询问姜公子。

郝运来看着躺在病床上养伤的姜公子，放下手中的水果袋子，问道，姜大牙的伤是咋回事儿？姜公子害怕姜家受到牵连，就隐瞒了事实，说，打架受伤了，没其他的原因。

郝运来想着现场痕迹杂乱无章，有十多个人的脚印、手印，除了死人外，还有几个人的血迹，充分说明不是简单的打架斗殴，而是一场涉及人员众多、背景复杂的案件。

郝运来很想感化姜公子，用这种方法来化解可能发生的危机。他顺手从袋子里掰掉一根香蕉，把皮从顶端剥开，露出新鲜的果肉递过去，关心地说道，吃个香蕉补补维生素C，便于伤口愈合。

姜公子接过香蕉，感激道，谢谢你们来看我。

郝运来笑道，不打不成交，你先疗伤，考虑明白了，把实际情况向公安机关说清楚。我们作为警察，这人命关天的大事，要向姜大牙家人说明死因，还要追究犯罪分子的刑事责任，才能显示法律的公正公平。

姜公子吃了口香蕉，说道，让我想想吧。

郝运来此行没达到目的，立即返回单位，对案件进行了分析。他认为，这么多人殴打两个人，受害人身上有刀伤和枪伤，说明是有组织、有预谋的暗杀行为。为啥要暗杀？作案的动机是啥？他结合姜八斤提供的信息，认为作案是为了利益。

同时，张副局长也得到姜阎两家的信息，迅速组织人员追查和管控。

由于姜大牙的死亡，张副局长抽调精干力量增援伊洛机动队，申所长主动申请追查阎黑子的下落。

申所长全天候在阎黑子住处附近蹲守，发现阎黑子从外面回来，申所长和民警冲出来抓捕。阎黑子发现民警过来，赶忙向小树林逃跑。

申所长由于劳累过度体力不支，在与阎黑子搏斗中倒下了，阎黑子趁机逃跑了。申所长被紧急送往医院救治。

郝运来和同志们到医院看望申所长，见他昏迷不醒，诸多的工作又接踵而来，放下慰问品伤心地说道，没能和申所长说上几句话，感到非常遗憾。顺手在公文包里拿出纸笔写了封信：

申所长！安好！

我知道你有一颗红彤彤的心，每时每刻都在闪闪发光，然而失去了健康，即便那颗心红得似火，也无处安放。漂浮的心便会永远失去发光的机会，好兄弟呀！保重身体吧！那是唯一能寄托灵魂的地方，于国于家于公于私，都离不开健康的体魄，请珍重。

兄弟们祝你早日康复！

郝运来书于伊洛
己亥年中秋

郝运来收起笔，把信装进信封递给旁边申所长的女儿，心情凝重地说道，麻烦你了孩子，等你爹醒了，把这封信交给他，以表兄弟之情。

女儿满眼的泪珠在眼眶里打转，接过信封说道，谢谢叔叔，我一定转交给我爹。我爹清醒时告诉我娘把一幅画送给你，稍等一下，我给我娘打个电话，看她把画放在哪儿了。不一会儿申妻提着盒饭进到病房，双方寒暄了几句，她从行李包中取出一幅画卷，慢慢打开展现在郝运来面前，说道，郝队长，这是我那口子过年时给你画的，这幅画平时藏得很严实，谁也不让看，说是给你留的纪念。

郝运来把画平放在桌子上，画面立刻映入眼帘：滔滔黄河激流中，一叶轻舟在奋力地向前滑动，舟上之人只是一个戴着大檐帽的背影，汗水和河水打湿了他的衣衫，他正在挥动臂膀划动双桨，追赶前方的小船。

画的左上方用流畅的行书写着：

> 我把生命当作舟，风雨汹涌搏激流。我把人生化作水，感恩遇见的真诚。今日作画赠挚友，留作人间兄弟情。
>
> 赠好友运来，就此作别来生再见！
>
> 申于己亥年春节

郝运来看后，压抑已久的悲伤再也无法隐藏，突然哇哇大哭起来。泪水滚落在画面上，渗入画中，渗入澎湃的黄河水中，顺河东流。

他情不自禁地哭泣道，兄弟！你想一走了之。你想过吗？你死得起吗？上有90岁老母等你孝敬，家中妻子盼你回家，上学的孩子靠你抚养，还有领导的重托、群众的期望。你竟然忍心躺在这儿……

郝运来说罢，无奈地举起拳头，重重地捶在桌子上，慢慢卷起那幅耗费了申所长一辈子心血的水墨画，擦了擦眼泪，沉重地对申妻说，嫂子！保重！我们还有事情急需办理。改日再来看望申所长。说着走出病房。

郝运来从悲伤中缓过来的时候，想起张副局长让他扶贫的另一个目的，就是从侧面了解姜家的情况，掌握姜家的犯罪事实，从而打掉这个犯罪团伙。

姜家犯罪团伙的根基在农贸市场，郝运来通过几年的调查了解，基本上掌握了姜家集团的人员架构情况。

郝运来在集体办公室，对姜阎两家的案件进行研判。他结合现场情况综合分析道，姜阎两家因经营权两次发生打斗，阎家都没有取胜，士气低落。阎家可能会铤而走险，来个斩首行动。看样子是冲着姜公子而来，不是姜大牙这个无名小卒，也可能是阴差阳错，让姜大牙当了替死鬼。

石望春坐在办公桌前，翻看着手中的材料，说道，我们在侦破这起案件时，决不能掉以轻心，要观察姜阎两家下一步行动，否则呀，将会发生更大的刑事案件。

陈华敏笑道，嗯，姜阎两家可以说是作恶多端，群众反映强烈，特别是阎家在组织赌博、吸毒、贩毒、网络购枪等方面，欺压百姓、强拿硬要引起了群众的强烈反感。

石望春合上厚厚的材料，说道，姜家相比阎家来讲就是小巫见大巫了，但是姜家欺压百姓、抢占市场的手段也是极其恶劣的，姜公子把不听指挥的人统统撵出市场，这个民愤也挺大。

姜八斤打电话向郝运来提供情况，郝运来急忙走出会场，听取姜八斤的信息。

姜八斤说，双方相约明天下午两点，在即将拆迁的都市村庄广场，用组织人员火拼胜负来决定农贸市场的管理权和黑老大地位。

我了解姜家的情况，因为姜大牙的死亡，人们都气愤得不得了，已准备了砍刀、枪支要和阎家拼命。

郝运来回到集体办公室，向大家通报了信息内容。石望春说道，不过，经过公安机关的查枪缉爆行动，他们手中的枪支弹药已基本被收缴完毕，各地公安正在追缴漏网之鱼，谅他们也弄不出多大动静来。

姜八斤意识到了问题的严重性，专门赶过来面见郝运来，说道，阎家那边程丹向我反映，阎文华组织了二三十人的骨干成员，他们有猎枪、仿造手枪，还有砍刀等凶器，如果发生火拼，有可能会造成很多人伤亡，所以还请公安机关高度重视。

郝运来问道，明白！我们会采取有效行动，不过，他们的家人就不管了吗？任其往死胡同里钻吗？

姜八斤答道，姜阎两家准备火拼，阎富有已经病死了，阎家无人管教阎文华。姜家老爷子明知道斗不过阎家，知道火拼的严重后果，就劝姜公子走法律渠道解决问题。姜公子恨不得杀了阎文华，哪能听得进去，发誓与阎家决一雌雄，保住来之不易的农贸市场。

郝运来怀疑地说道，姜家两次受到阎家攻击，造成多人受伤一人死亡的后果，吃了这么大的亏也不主动报警？

姜八斤解释道，扩大农贸市场征收用地时，有些村民对征地赔偿款不满。姜公子对村民软硬兼施，对那些刺头进行殴打，甚至怂恿手下寻衅滋事，把一名村民打成重伤，手下好几个兄弟被公安机关追逃，因此，姜公子也不敢抛头露面，主动去报警，害怕牵扯到自己引火烧身。

三

大家在操场上训练得热火朝天，队列训练、实弹射击、体能比赛终于结束了。开始自由活动，机动队的人趁训练间隙聚拢在一起，讨论案件侦破问题。石望春把狙击步枪拆开，擦拭干净，又熟练地组装在一起，拉了一下枪栓，空枪上膛击发，验枪完毕把枪斜挎在胸前，说道，我认为趁他们没组织起来时，分头抓捕各个击破，这样虽然警力分散，但能防患于未然。

陈华敏香汗淋漓地对着沙袋打了几拳，又猛踹几脚，看着来回晃悠的沙袋，满意地笑着去掉拳击手套，走过来建议道，郝队，这个都市村庄最适合抓捕，群众已搬迁，尽情展示我们的训练成果，不用担心伤及无辜。我认为他们对峙的时候，正是抓捕的最佳时机，双方会把最大的力量组织起来，正好将其一举抓捕归案。省得我们浪费汽油，满世界地去抓人。

郝运来耐心地听陈华敏说完，双手托着腮帮子坐在凳子上，思索了片刻说道，我觉得陈华敏的建议比较妥当，当犯罪分子集中在一起的时候，我们就像把一张大网撒向鱼群，便于抓捕，只要撒网选择的时机和地点得当，收获将是满舱的鱼儿。我们向张副局长汇报，请求支援，派特警将村庄团团围住，这样就可以将他们一网打尽。

常青云提着无人机和操纵器围拢过来，遗憾地说道，我心里有个疙瘩始终没解开，几年前那次抓捕行动中，我们的无人机被撞落，这是极大的耻辱，弄得我在同行面前抬不起头来。咱们局购买的新型无人机，除了具备摄像录音功能外，也可抓捕小型无人机，还有投放催泪弹制伏歹徒的功能。

我通过几年的学习训练，初步掌握了无人机空中格斗的技能，我想这次要大显身手，一雪前耻。

郝运来点点头笑道，呵！我正要给你拨任务呢！你来得正是时候！这一次，对方的无人机肯定亮相。据可靠消息，那架无人机会升空与你格斗，并且还有更多、更先进的无人机参战，难以判断是否同一个人操作。你要有所准备，要有必胜的信心和把握，也可以请同行来帮忙，以防突发情况，提高胜算。

常青云扯了扯赵利民的衣服，赵利民会意地向前半步，俩人站成一排立正敬礼，同时表决心地说道，好的，就看我和队友的行动吧！大家看他俩郑重其事的样子都笑了。

俩人见状，就大大方方地坐了下来，把无人机和操纵器放在桌子上。常青云说道，在无人机方面，我的操作技术有了突飞猛进的飞跃。不光如此，这几年呢，我研究拐弯的枪也有所进展。

这个枪啊，我也制造出来了，不过也不能称之为枪，充其量是个枪架子而已。

石望春提醒道，嘿，小子，制造枪支是违法犯罪啊！你经过审批了吗？就敢擅自行动！

陈华敏帮腔道，这个我知道，这是经过领导允许的试验，他做的不是枪，而是枪架子。

赵利民提起皮箱放在桌子上，常青云打开皮箱盖子，拿出枪架向大家展示道，这个枪架子能够并排安装两支手枪，并且有望远、侧望、潜望、下望的功能。这枪架灵活应用起来，不仅扩大了观察和射击范围，可以减少伤亡，而且还有传输现场景象的功能，便于领导通过屏幕及时指挥抓捕行动。

郝运来拿起枪架在桌子角上比画着瞄准，说道，祝贺你青云，在这方面有所突破，这是科技的进步，对这次行动会有很大的用处。

你向大家介绍枪架的用途和操作规范，把枪架作为试验品拿到实践中检验。我们不发射实弹，可以发射催泪弹等非杀伤性弹丸，以证实这个枪架的优越性。

常青云把枪架全部打开，向四周展示着，介绍道，大家看到的这个枪架分为四个部分：第一部分是枪架的主体部分，由两个平行的小枪架组成；第二部分是旋转枪架；第三部分是瞄准系统；第四部分是发射装置和枪支。

第一部分枪架向前，相当于手枪平常射击的那一部分，不过它是通过望远镜进行瞄准射击，精确度有所提高，在人的正常视力范围内发现目标，均可以射击。

第二部分的枪架是可以伸缩和转动的，这部分枪架看上去和第一部分枪架是平行并列的状态，在实际操作中扳动按钮可以推向前边，可左右上下旋转。在枪的旁边有观察镜，这个观察镜是通过摄像头来观察的，可以通过观察镜巡视目标范围内的突发情况，根据情况判断是否射击。

第三部分就是瞄准系统。瞄准系统分为两个方面，一方面是向前瞄准的瞄准镜，这个瞄准镜可扩大观察范围，延长观察距离，增强观察精度。另一方面是拐弯的观察系统，它可左右上下观察，利用拐弯的摄像装备，通过障碍物观察前方。用左手操作它的观察方向更方便，通过望远镜进行观察可使身体避免直接暴露在危险之中，减少伤亡。

第四部分是发射装置和枪支。发射装置是设在枪架上的两个扳机，第一扳机控制向前射击的枪支。第二扳机控制其他方向射击的枪支。射手可根据情况，控制需要的扳机进行射击。

枪支分两个部分，向前射击可以是威力巨大的枪支，因为它的后坐力是由我们的肩膀和手臂支撑。其他方向射击产生巨大的后坐力，我们不能直接承受，只有通过手臂承受这样的后坐力。因此这个枪支的射击距离较小，为了防止后坐力产生的危害，这个拐弯的枪架，还存在一定的缺陷需要克服。

要想改变这种缺陷，就要改变拐弯那支枪的用途，缩短有效射击距离，减少它的后坐力，这样才能发挥它的作用。

再者，目前研究的观察镜，没有达到预想的目的，还需要进一步改进。

郝运来看着眼前敢于创新的小伙子，心里十分喜欢，于是就支持道，既然研究出来了，我们就拿到实战中检验它的性能，把拐弯的枪改成麻醉枪，用非杀伤性武器来制止违法犯罪，这样会更有把握。

常青云，这个任务就交给你了，你既要操作无人机，还要对拐弯的枪支进行试验。你的任务非常重，你要把握好，完成这项光荣而艰巨的任务。

常青云胸有成竹地笑着说，请郝队放心，我请了经侦的无人机高手赵利民来增援，坚决完成任务。

训练完毕，郝运来为便于合理布置警力，带着民警查看地形。他们来到姜阎两家约架的都市村庄。由于这里房屋即将拆除，村民们和租房户早已搬迁安置，水、电、煤气已经停止供应。原来生机勃勃的街道，昼夜热闹非凡，即使在夜里商户的叫卖声、人们的嘈杂声、汽车的马达声也不绝于耳。自从拆迁以来，人去楼空，昔日的繁华慢慢变成了落寞。现在别提漆黑的夜晚无人走动，就连白天也静得出奇，偶尔走过几个收废品的生意人，干些零星的拆卸活儿，弄出叮当的声响，给沉寂的村庄增添了点儿人气。那些高楼门窗已被拆除，满目疮痍，像大白鲨的血盆大口，想吞掉所有经过这里的人。

时间过得飞快，转眼到了双方约架的时间。

石望春负责收集阎家的情况，带着刘倩楠和常青云观察阎家的举动，在阎家通往都市村庄的路上布置了三道岗哨。

刘倩楠打来电话通报道，阎家人乘坐两辆小车和一辆金杯汽车，已经向这里出发。刘倩楠把车牌号发到微信群中，希望沿途密切观察。

常青云严阵以待，过了一会儿，发现可疑车辆向这里移动。他向上面汇报，随即发动车辆和刘倩楠尾随而来，按计划各就各位。

石望春向郝运来报告，阎家人员已进入可疑区域。此时，陈华敏电台报告姜家进入可疑区域，请领导指示。郝运来命令道，各就各位，随时准备出击。

此时，张副局长调集特警队员和增援民警，已占领有利地形，埋伏在群楼之中，悄悄将这里围住。姜阎两家参与械斗的人员向中心区域前进，张副局长站在高楼的窗户边，拿起胸前的望远镜，向远处望去，看到阎家人清一色光头，三五成群地排着纵队，气势汹汹地疾步前行，看起来队伍头小肚子大尾巴尖，如同水蝌在地面上游动。他又掉过头来观察姜家进村的方向，看到姜家人从小路进村，队伍拉得很长，像一条细细的长蛇在爬行。心想，蝌蛇之战在所难免，不过他们已经进入警方的包围圈，再也无法挣脱鹰雕的利爪。

正在这时，一架黑色无人机腾空而起，在都市村庄上空来回盘旋，观察着每个角落的人员动向。

姜公子这边也有备而来，因为他们吃过亏，这次准备比较充分，他们的灰色无人机也腾空而起，与黑色无人机在空中盘旋。

两架无人机在空中追逐格斗，来回盘旋上下翻飞，酷似两个争夺配偶的公蜻蜓，使出浑身解数压制对方，以赢得制空权，掌握地面情况。地面的人恐慌不安，都在观察着空中格斗的结果。

阎大鹏见一时半会儿不能取胜，就操作黑色无人机向姜家无人机冲来。两架无人机在空中相撞，机翼都受到了损伤，从空中跌落下去。

姜公子笑道，都说阎家的无人机有多么先进，操作多么灵活，技能多么高超，也不过如此罢了，双方坠落，我们打了个平手。

阎大鹏看到双方无人机坠地，兴奋地说道，敢跟老子斗还嫩了点儿，老子还有备用机呢，起飞。说着话操作第二架无人机腾空而起，观察着村庄的角角落落。

阎大鹏的无人机在空中盘旋了两圈，他看到阎家和姜家的人已进入都市村庄广场，手持砍刀和棍棒，双方激烈地对骂着，看样子有一触即发的架势。

姜公子怒不可遏地说道，姓阎的！欺人太甚了，这个市场本来就是我们投资经营的，你们来横插一杠，想分一杯羹，我们坚决不答应。

阎文华也不示弱道，这个市场也不姓姜，谁来经营都中，你们垄断市场收保护费，不让我们在这里经营，哪有这个道理？

姜公子喝问道，姜大牙被你们打死了，这个账怎么算？

阎大鹏在屏幕里看得真真切切，观察周围高楼大厦和人员变化。他没发现突发情况，估摸着，阎家从人数和武器上都占了上风。他想阎家要打败姜家，必须做到进攻要猛，打领头人要准，出手要狠，撤退要快。

阎大鹏正想着，一架红色无人机从高空俯冲下来，追着阎大鹏的无人机就是一顿猛扑。阎大鹏看到红色无人机挑衅自己，觉得它的体形与自己的无人机相比，小得不能再小了，阎大鹏随即掉转无人机转守为攻，追赶红色无人机。

操作手常青云看到黑色无人机追过来，明知不是对手，急忙操纵红色无人机向回撤退，眼看红色无人机要被追上，有被撞落的危险。

常青云笑了，把操作杆扳到最大功率，喊道，快撤退，撤退，再撤退。赵利民警示道，只能败不能胜，把它引过来。

阎大鹏看到对方节节败退，高兴地猛追猛打，继续追踪红色无人机，眼看就要追上红色无人机了。正在得意之时，高空中突然俯冲下来一架蓝灰色大型无人机，悬停在黑色无人机上空，不紧不慢地同步飞行着，阎大鹏见状想操作无人机逃跑，但为时已晚。赵利民操作蓝灰色无人机向黑色无人机喷射一个白色弹丸，弹丸在空中炸开，形成一张圆形的天网，撒落在黑色无人机上。黑色无人机四个螺旋桨缠在网中停止了旋转，大型无人机拖着黑色无人机迅速升空而去。

阎大鹏惊得下巴差点儿掉在地上，自言自语道，啊，还有捕获无人机的无人机，真是没想到姜公子更胜一筹。原先佯装败退的红色无人机再次盘旋在空中，阎大鹏仔细观察发现，这架无人机和前些年击落的无人机是同一型号，方才想起螳螂捕蝉黄雀在后的故事，意识到这是警方的无人机，顿时慌了神，暗自叫苦道，警方来得这么快。

此时，地面上人员话不投机动起手来，双方已经混战在一起，棍棒砍刀乱打一气，冲在前边的人被打得头破血流。双方都怕闹出人命，更怕伤了自己人，拿枪的人东指西瞄，拿不定主意，不敢随意开枪。

地面上的人打得正欢，叫骂声、喊杀声混杂一片。高空的小型无人机在空中盘旋，突然向地面大声喊话，放下武器，停止争斗，我们是伊洛市人民警察，我们是伊洛市人民警察。混乱的人们像没听到似的继续殴斗。

无人机加大了音量压制嘈杂的声音，不停地喊道，放下武器，停止争斗，否则就要开枪射击啦，开枪射击啦……

姜阎两家互不相让，双方人员混战在一起，激烈的场面像拍电影似的惊险刺激。姜家人看见光头就打，阎家见了有头发的人就砍。姜老二是个秃头，年纪轻轻头发就脱落得没剩多少，他平日戴着顶假发臭显摆。今天他勇猛地冲在前边，把光头仔们打得乱窜。没想到阎家人多势众，冲过来五六个人围住他猛打猛踹。姜老二难敌四手，胸前挨了一脚摔倒在地，假发也被扯了下来，露出光亮的头皮。众马仔冲上前去想要报仇雪恨，看到躺在地上的姜老二，脑袋刮得比自己还光亮。一个马仔喊道，我靠！自己人，别打了。几乎绝望的姜老二听了，差点儿笑出声来，心里感叹道，原来有时候缺点也能成优点呀！他护着胸口的手赶紧伸开，喊道，我是阎家的人。说着话，趁机爬起来准备离开，几个马仔迟疑起来，不知怎么办才好。

现场的人们只顾对付眼前的对手，把注意力全部放在地面上了，没人理会天空中无人机发出的警告。

四

阎大鹏为了彻底打败姜公子，确立自己在伊洛市的黑老大地位，派阎黑子带领十几个马仔从后方包围姜公子，无意间撞见正在拍照的林小弟和林老爹。马仔道，黑子哥，你看，那边有两个人朝我们过来了。

阎黑子看到林小弟和林老爹从背后向这里走来，还不时地东一下西一下地拍照，不免让人多想。阎黑子有些紧张地说道，难道说姜公子还留有后手，专门留两个人断后，防止突袭不成？

他们回转头来，悄悄地将林小弟和林老爹围了起来，阎黑子问道，你俩是干啥的？是姜家的人吗？

林小弟无缘无故地被人围住，心里觉得别扭，就理直气壮地反问道，我们在这儿拍照碍你啥事？不中吗？阎黑子不高兴地骂道，在这儿拍啥鸟照片？赶快滚蛋！没看到这儿要打架了吗？

林小弟本来因陈婷婷的事受到了刺激，处于抑郁状态，好不容易被林老爹劝出来拍照散心，此时显然被恶语激怒了，指着阎黑子回击道，你！也太狂妄了吧！

阎黑子怒气冲冲地重复道，你们不知道这儿要打架吗？小心把你们弄死喽。弟兄们，上，把他俩先抓起来再说，他们可能是姜家的探子，在这儿观察情况呢！

马仔们涌上来把俩人捆了起来，阎黑子让俩马仔将其带进民房看管，其他人继续向广场跑去。

石望春在制高点负责观察，看到马仔将林老爹和林小弟带进了民房内。

石望春左右为难，急得像猴子一样坐卧不宁。他想去救林小弟和林老爹，可转念一想，离开岗位会给整个行动带来不便。但不去解救林小弟和林老爹，他们就可能会有生命危险。

石望春在电台里喊道，郝队，郝队，有情况向你汇报，我发现阎家控制了两名人质，怎么办？

郝运来回道，等待时机，等待时机。

石望春补充道，被劫持的人是林小弟和林老爹，我想去救他们。

石望春还没等郝运来回复，便告诉民警守住观察窗口，自己冲了下去。常青云把无人机操作器交给赵利民，交代道，辛苦你了。便与李民强紧随石望春冲了出去。

正在这时，电台里喊道，抓捕行动开始。所有民警向都市村庄冲了过去。

石望春急忙下楼向前冲去，快到民房跟前，他想进到房间里。突然，李民强和常青云赶了过来，常青云小声说道，慢着！

小心有凶器，防止这些穷凶极恶的家伙袭击我们。

常青云拿出拐弯的枪，向前推出左边枪架，把枪口搬到左边，悄悄地来到门前，把枪紧紧地贴在墙上，让拐弯九十度的枪口对准屋里。通过观察镜巡视屋里情况，他清清楚楚看到两个马仔的站立位置，马仔们正看管着林老爹和林小弟。

常青云瞄准近的马仔扣动了扳机，只听“嗖”的一声，麻醉弹怒吼着冲出弹膛，向着马仔的方向飞奔而去，击中了马仔的腮帮子，马仔应声倒下。

远处马仔见状东张西望地查看情况，看是从哪儿发出的子弹。正在这时，常青云又一发麻醉弹击中了马仔，使马仔无力地躺在了地上。

三个人冲了进去，将林老爹和林小弟身上的绳子解开，把两个马仔捆在暖气管道上。

林小弟骂道，好你们个不讲理的东西！石队，听说前面有人要打架，快去吧！这里交给我们看管。

石望春告诉林小弟道，你还要照顾好老人呀！然后带领两人继续向前冲去。快到广场时，看到广场上已经打起来了，姜公子的人挥着砍刀、棍棒拼命追打着阎大鹏的人。阎文华、阎白蛋冲在前边挥刀弄棒和姜公子打在一起。看似阎家人多，但是，姜家为了保住自己的饭碗，参与人员都非常勇猛。

阎黑子带领马仔冲了过来，在姜家背后开始痛下黑手，连续打倒了三四个人。姜家背后遭到偷袭，攻势锐减，不得不分出人手回头对付后边的阎黑子。

前边的阎文华看到阎黑子到来，大喊道，他们被包围了，往死里打。

眼看姜家的人被打伤一大片，姜公子感到大势已去，自知实力悬殊，但仍然追着阎白蛋猛打。

正在这时，石望春三人冲了过来，大声喊道，警察，警察来啦！不要打啦！

一群人正打得热闹，没人注意到石望春的喊话。此时，天上的无人机也在喊话，放下武器，停止争斗，我们是伊洛市人民警察……

地面上没因飞机喊话和石望春制止而停止殴斗。呐喊声、刀棍的碰撞声越来越强，愤怒的持枪人开始瞄准射击，不时地响起枪支的“砰砰”声，每时每刻都有人受伤倒地。就在此时，郝运来果断命令无人机发射催泪弹，两颗催泪弹从天而降落在人群中，烟雾四处弥漫开来，在场的人们被辣得直流眼泪，大家捂住眼睛蹲在地上，失去了原有的凶狠。

四周的警察向这里包围过来，一些马仔放下武器束手就擒。

阎文华、阎黑子、阎白蛋、姜公子、王河、姜老二等人打得正欢，突然受到催泪弹的刺激，他们蹲在地上揉了揉眼睛，清醒了一会儿，就继续挣扎着追打对方。民警赶到跟前制止争斗，他们拒捕并与警察边打边逃跑，民警们紧追不舍。

阎文华揉了揉眼睛，举枪向石望春射击。石望春急忙躲闪，他庆幸自己早有准备，在听到无人机警告时，就戴上了护目镜，因此，石望春没受到催泪弹的影响。他向逃跑的阎文华开枪还击，由于阎文华在村庄里东拐西躲，子弹没有击中目标，阎文华害怕地藏进了小楼里。

常青云急忙冲过来，把拐弯的枪对准楼里进行搜索，在瞄准镜里清晰地看到阎文华的藏身之地，稳稳地扣动了扳机，一颗麻醉弹击中了阎文华的臂膀，阎文华手枪掉在了地上，人也瘫软地靠在了墙上。李民强、石望春冲过去，给其戴上手铐，把阎文华押解到广场上，让民警看守，他们又去追击王河。

常青云发现王河跑到居民楼上，在楼里边与民警对打。正好王河整个背部暴露在常青云的枪口之下，常青云毫不犹豫地扣动扳机，一颗麻醉弹击中王河的背部，王河应声瘫软在地上，被民警擒获。

阎白蛋和姜公子打斗的时候，看到无人机已经被撞落地，第二架无人机也被抓捕，地面又有警察追击过来，他才明白了这几天程丹经常和姜八斤见面的原因，猜想，八成是程丹泄露了机密。阎白蛋看到程丹龟缩在楼洞的墙角处，冲过去对程丹后背就是一刀，见程丹痛苦地呻吟着倒地流血不止，骂道，叫你娘的不安好心，吃里爬外，以后要多说阎家的好话。程丹忍痛说道，你砍我一刀，还让我笑着包扎伤口，歌颂你伟大的一刀。阎白蛋上前踢了程丹一脚，骂道，找死！说着又举起刀。程丹咬着牙说道，可惜你举起的不是治病的手术刀，而是刽子手为个人私利的屠刀。

在这关键时刻，郝运来从阎家后边冲过来，看到马仔纷纷被擒，但仍然有人抡刀乱砍。郝运来冲过去将阎白蛋抓获，命令民警把现场的人统统控制起来。

姜老二见势不妙，停止了打斗，向村子里面逃跑，以躲避警察的追击。刚跑了一条街道，被陈华敏撞了个正着，姜老二明知警察人多，自己不是对手，就拔出手枪向陈华敏射击。

陈华敏道，艳红留下吸引他的注意力，我带两名特警队员绕到楼后，从窗户进去抓捕姜老二。

陈华敏和特警队员从窗户翻进楼里，姜老二正在隔着空屋子和王艳红讲条件，陈华敏猛扑过去将姜老二按倒在地，戴上手铐。

姜公子向后撤退时，看到有人在给他们拍照片，走近一看原来是个白发老人，就冲过去夺了相机，威胁道，别叫唤，跟我们走。王书贵和书磊爹急忙跟过来，押着林老爹向前走，碰到前边民警搜查，就慌忙拐进楼里躲藏。

石望春看见同志们已控制了中心现场，担心林老爹和林小弟的安全，就带着民警按原路返回，刚转过弯就看到林老爹被姜家的人押着，急忙冲过来解救，但人已拐进了居民楼里。

石望春心里非常着急，但是想起了常青云的提醒，说道，青云，通知无人机发射催泪弹，快把坐标告诉赵利民。常青云打开手机把位置发过去，此时，赵利民正操纵无人机在空中巡逻，他接到信息，立即指令无人机迅速飞了过来。常青云用手机向赵利民通报道，嫌疑人所在的位置，位于中心路和南北路交叉口东南角，第二户居民楼三楼靠东第二个窗口，为减少伤亡，请求发射催泪弹支援。并发来现场照片。

赵利民掌握了发射坐标和相关信息，回道，明白！立即执行。便操纵无人机飞到目标窗口向里探望。从屏幕上观察屋内嫌疑人和人质的情况，发现人质脖子上架着砍刀，随时都有生命危险，他果断地向屋内发射了一颗催泪弹。随着爆炸气体在室内弥漫开来，刺眼的气体让嫌疑人睁不开眼睛，民警趁机冲了进去，将姜公子、王书贵、书磊爹抓获归案。

石望春顺利地抓获了嫌疑人，成功救下林老爹，可他没有沾沾自喜，问道，大叔！你咋到这儿来了呢？大叔擦着眼泪道，我看到这么多人打架，觉得好奇就出来拍照，没承想走了几条街，被这几个坏蛋看见了，就把我抓到这儿了。

石望春关心地问道，小弟咋样了？林老爹道，他自己在那儿看管坏人呢！

石望春冲民警喊道，不好了，快去看看！此时，郝运来打来电话说道，望春，林小弟被劫持了。石望春听后脑子轰地一下，好像乱了阵脚似的拔出手枪，慌乱地问道，在哪儿？郝运来答道，在他看人的地方，你知道吧？我把地址发微信给你。

石望春看了微信上的地址，火急火燎地带着特警队员赶到现场。阎黑子站在居民楼的窗户前，左胳膊搂着林小弟的脖子，右手用枪指着林小弟的头，凶狠地骂道，娘的，竟敢把老子的人捆起来！外面的警察听着，给我们准备一辆警车，让几个兄弟离开这儿，不然的话，我就打死他。旁边的马仔怒气冲天，抓起林小弟的手臂，用刀在手背上轻轻地拉了一下，顿时鲜血淋漓，血滴在地上的垃圾里，疼得林小弟直喊叫，我的妈呀！疼死我了！马仔见他痛苦的样子，狰狞地笑着骂道，日你娘的，别喊疼。然后又对着外边狠狠地大声喊道，这就是捆我的下场，赶快把车开过来！说着又举起刀准备再拉一下。

郝运来赶了过来，看到如此丧心病狂的歹徒，命令道，青云，用无人机发射催泪弹制伏他们，保证人质的安全。

常青云在电台里焦急地喊道，赵利民无人机催泪弹，我已经把位置发给你了。

赵利民在电台里喊道，没有催泪弹了，正在送往这儿的路上。

阎黑子凶狠的行为和要求，没有立马得到警察的回应，感觉利用人质跑出去的可能性极小，但他还在做最后的挣扎，就嚣张地说道，我数到十，如果还没警车开过来，就打死他。说着改变了控制的姿势，手拉着林小弟的衣领，枪顶着林小弟的头，嘴里恶狠狠地喊着一、二……

石望春急眼了，对民警喊道，闪开。急忙趴在窗口上，把手枪对准阎黑子准备射击。郝运来在阎黑子的正面，站了起来喊道，我已联系了警车，一会儿就把车交给你。阎黑子听见郝运来喊话，掉转枪口指向郝运来。石望春抓住时机开枪射击，阎黑子应声倒在地上。马仔见状举刀向林小弟脖子砍去，石望春正要射击，郝运来抬枪将马仔击毙。民警趁机冲了上去，擒拿嫌疑人，救助伤员。

郝运来带人到了广场，清点抓获的嫌疑人数时，看到了受伤的姜公子。但仍然没抓到阎大鹏或者说岳成群，只抓到了阎家领头人阎文华。

他拨通了姜八斤的电话，姜八斤道，程丹也在其中，他可能会知道阎大鹏的情况。

郝运来找到已包扎了伤口的程丹，询问阎大鹏的情况。程丹趴在床上说，阎大鹏没有回来，但是有个叫李军山的人，和阎大鹏生活习惯非常相像，我觉得他就是阎大鹏。

石望春在一旁疑惑道，这世上呀，有很多的巧合，有的声音像，有的神态像，有的体形像，还有的生活习惯像。这么多年了，我发现好多像阎大鹏的人，都查否了，终究不是我想要的人。

程丹勾起头，想翻身坐起来，郝运来急忙把他扶坐在床上。程丹强调说，这个人不一般，阎文华听他指挥，可能就是阎大鹏。

此时，常青云打电话汇报道，王艳红检测到了无人机发射的频率，确定了操控人的位置，我用无人机在可疑地域搜索，从屏幕里看到前方高层楼顶有人顺绳索向下滑去。并发来了确切位置。

郝运来和石望春按照线索追查，急忙向绳索滑去的方向冲去。

常青云用无人机进行跟踪，及时通报情况。郝运来也联系市局指挥中心进行监控查找，张副局长指挥多警种围追堵截。经过几个小时的奋战，嫌疑人在十字路口被民警截获。

阎大鹏自信地拿出李军山的身份证，民警查看了身份证，对着本人进行比对，相片和本人有所区别。经网上查询，李军山的照片和阎大鹏的照片相似度达到百分之九十八。民警问道，这是你的身份证吗？阎大鹏看到事情败露，就说，拿错了身份证，这是我表哥的身份证，我的身份证忘带了。

民警道，这也好办，照相比对。民警掏出手机对着阎大鹏照了张照片，在手机上比对，和岳成群照片相似度较高。民警看到两次比对都和逃犯有关，就更加严格地盘查起来。

民警觉得尽管李军山没前科，也是符合这次盘查年龄段的人员，在公安机关的追捕范围，说明眼前的人非常可疑。这时，郝运来及时赶到卡口，控制了自称李军山的人。此时的李军山看着郝运来，依然淡定地向民警说，为什么要抓我？

郝运来怀疑地问道，你认识岳成群和阎大鹏吗？李军山夹着腔调说，我不认识他们。郝运来情急之下，抓住李军山的头发，将其伪装在脑后的小辫拽掉，又扯掉下巴上的山羊胡，说道，嘿，好像又变了个人似的，好你个狡猾的灰皮老鼠。又回头对民警说，如果这样辨认，难以发现他的真实身份，要仔细对其进行搜身。郝运来让其脱掉外罩进行检查，头发、耳朵、鼻子、嘴巴、脖子、腋窝、腰部、裤裆都查看了一遍，也没发现更多的可疑物品。

李军山不满地说道，我是合法公民，你们当众搜身，这是侮辱我的人格，小心我以后找你们算账。

郝运来也恼了，心想，干脆一不做二不休，抽不干湖水就不知隐藏了多少鱼虾，于是就直接命令道，少废话，把鞋和袜子脱掉。李军山见没人吃他这一套，知道拗不过警察的执着，就乖乖地脱掉鞋和袜子。一股臭脚丫子的味道扑面而来，郝运来皱了皱鼻子，提起袜子看了看又扔在地上。再取出鞋垫扔在一边，把鞋跟朝下在地上搕了搕，见没有查出啥东西就扔到一边。

郝运来有些泄气，想就此罢手。可又转念一想，这小子看上去像个属王八的主儿，是个死犟死犟的货色，不能白受了他熏死人的臭气，就拿起另一只鞋用力猛搕了两下，看着空空的鞋底叹气道，怪干净的呀！

李军山脸上挂着得意的笑容，说道，看看啥也没有吧！白让我费了半天的时间。说着话弯腰穿着袜子，由于他单脚着地，身子没有站稳，趔趄着差点儿摔倒。他不满地说道，也该你们忙活了吧，帮我把鞋穿上。

石望春早就看不惯李军山的言行，听了他的过分要求，气得怒目圆睁，也正想压压他的嚣张气焰，就借机一脚踢过去，把地上的鞋子踢出去老远撞在墙上。李军山显然被激怒了，大声喊道，这就是警察的作为吗？也太不像话了，把鞋给我捡回来。

郝运来长长地吸了一口气，说道，望春，不可造次。说着向鞋的方向望去，无意间看到从鞋里滑落出来的一张身份证。

郝运来见状笑了，急忙走过去，捡起身份证查看信息，对照着眼前的李军山，说道，岳成群的身份证怎么会在你的鞋子里？

你又做何解释?

李军山心里咯噔一下，后悔刚才不该激怒石望春，暴露了岳成群的身份证。他忐忑不安地说道，我也不知道这是咋回事。

郝运来望着眼前熟悉的身影，说道，这回看阎大鹏这个王八蛋往哪跑。石望春看到李军山嘴角抽动了几下，说道，想说啥也没用了。

郝运来命令道，把他带回公安机关继续审问，进行指纹、血液和瞳孔比对。经过瞳孔比对，发现该人的瞳孔与阎大鹏的瞳孔一致，对血液 DNA 的检测，认定该人就是在逃 13 年之久的阎大鹏。郝运来心里的巨石终于落地了，开始安排人员对阎大鹏和涉案人员进行讯问。

郝运来问道，阎大鹏！你真中，这么多年躲哪了?藏得这么严实，死不露面。

阎大鹏早就算到会有这么一天，但没想到会来得这么快，见大势已去，觉得再也隐瞒不下去了，开始交代十多年来东藏西躲的经过。

阎大鹏为难地说，我违法的事多了，从哪说起呀?原来害怕被抓住，现在真被抓了，反倒不害怕了。

郝运来开心地笑道，你想到哪就说到哪！找你的时候，急得满头疙瘩，现在找到你了，也不觉得你有多神秘，我也不急了，有时间陪你在这儿磨牙。

阎大鹏交代道，我有这么几件事，矿洞杀人、开设赌场、寻衅滋事、绑架致人死亡都是我指使的。我还组织人员制毒贩毒，强夺硬要别人的企业和市场。

这些事都与我有关，你们一直在追查案件，我非常害怕。居士说，佛心仁厚，容纳戴罪之人，只要忏悔可重新做人，于是我就逃出伊洛市，先跑到一个寺庙，想在那儿出家当和尚，躲避公安机关的追捕。在寺庙待了一段时间，寺庙的僧人发现我和马仔们联系，知道我有劣迹，就容不下我了，把我赶了出来。

我就到附近小寺庙里，在那儿待了一年多，我感到风头过去了，又回到伊洛市重操旧业。

我重整旗鼓，把公司人员找回来，该加薪的加薪。笼络出狱人员，吸收他们参加要债公司，给他们发工资，这样我再一次成立讨债公司，专门讨一些死账坏账。很快取得了经济效益，特别是签订了一个大额的讨债协议，没费力气就取得了成功，提取200多万元好处费，为壮大公司提供经济支撑。

我轻而易举得到了暴利，对弟兄们论功行赏，提高有功人员地位，发放奖金。至此，公司发展到了鼎盛时期，那个欠赌债的人摔死的事儿，虽说没牵连到我，但那是我安排马仔顶罪的结果。我心里还是没底，害怕公安机关进一步追查，就离开了伊洛市，逃到了山西，在那儿待了一段时间。

后来，由于制毒贩毒被发现，攒了多年的积蓄耗费一空，我又离开伊洛市到外边躲避风头。

再后来，我又回到伊洛市，继续组织追债，还巧立名目把几个公司占为己有。

由于毒品的来源被掐断，不能满足吸毒人的需要，我就指使马仔购买半成品进行加工。贩毒时又被你们发现，我又逃到广东佛山。阎文华在伊洛掌管公司业务，经营不善收入较少，不能维持弟兄们的开支。为增加收入和姜公子发生冲突，要我回来收拾姜家，就被你们抓住了。

郝运来问道，阎大鹏！你隐藏了这么多年，难道公安机关就没发现你吗？

阎大鹏答道，第一次逃跑时，用表哥李军山的身份信息和我的照片办理了身份证，别人都叫我的法号，因此没人知道我的真实姓名，我认为那段时间是隐身的，感到非常安全。

第二次入佛门，我化名为岳成群，回到地方，我没敢用李军山的名字，我就用岳成群的新名字和身份信息，领着阎文华和马仔想法儿弄钱。

第三次逃离伊洛市到了广东佛山，岳成群的名字也被公安机关通缉，我也不敢用岳成群的名字了，对外叫王鑫。后来由于王三虎去还钱，又被你们追踪，我再次返回伊洛市，就被你们抓住了。

郝运来用满口的家乡话笑道，咦！弄类不赖，你一个人冒用了几个人的身份，我起头在追踪阎大鹏，后来又发现了岳成群，再后来又发现了王鑫，我们一直在追踪，不过，你用李军山的名字，还是隐藏得比较深哪。

阎大鹏良心发现地说道，我想万一表哥回来了，把表哥也搞臭了，对不起姨娘和表嫂。

郝运来指责道，你拉倒吧！表嫂都让你给睡了，还能对得起谁？你是咋取得别人的信任呢？阎大鹏想，事到如今，保留任何情节也没有啥用处了，就说道，取得信任也需要功夫。第一次，李军山是我表哥，我用的是亲情。第二次，有一个女人跳河被我救了，用的是爱情。第三次，用的是友情，其实人和人之间都是用情谊连接起来的。

郝运来竖起大拇指向下指了指，说道，你骗人的方法也不是很高明呀！说来也奇怪，他们竟然相信了你。阎大鹏自信地说道，因人而异各取所需，我缺身份隐藏，她们缺感情慰藉。

郝运来问道，用情换取身份，获得信任帮你逃亡，隐藏真实身份避免抓捕，这么多年就没人怀疑你的身份吗？

阎大鹏得意地笑了，我每次改变身份都有人帮我。

石望春耐不住性子插进话来，问道，阎大鹏！好你个小子，竟敢开枪打死医生，你还敢盗走命案卷宗！你和马仔真是胆大包天哪！害得郝队长三起两落。

郝运来很镇定地说道，是时候了，今天也该说道说道那些堵心的事了。

阎大鹏横下一条心来，说道，事已至此，我犯的这些罪呀，也知道都是死罪，你问我啥事，我都跟你说实话。这些都是我做的，医生是我开枪打死的，目的就是让你离开警队，放下对我的追查，我果然达到了目的。

至于那个卷宗，也是我派人拿走的，也是为了让你停止追查。公安局对你的错误采取了措施，也使我有了喘息的机会。

郝运来问道，好你个阎大鹏，把卷宗弄哪了？

阎大鹏得意地笑着说道，我把卷宗藏在李军山家里了，在表嫂那儿放着呢。

郝运来和石望春、李民强带着阎大鹏到了李军山家里，提取被盗的命案卷宗。

阎大鹏像回自己家中一样，径直来到里屋打开柜子，把卷宗拿出来递给郝运来。郝运来如获至宝地接过来捧在手里，看到失而复得的卷宗感慨万分，说道，带来荣誉的是你，毁了我前程的也是你呀！说着话押着阎大鹏走出里屋，来到院中。

此时，李军山不知从哪儿冒了出来，看到阎大鹏就像见到仇人一样怒目圆睁，气得想要杀了阎大鹏。

李军山骂道，大鹏！你趁我不在家，竟敢冒充我和你表嫂生活了这么多年，你的良心都让狗吃了吗？

阎大鹏自知理亏，也知道李军山脾气不好，自己戴着手铐害怕被打，急忙向郝运来身后躲去。

李军山看到阎大鹏装熊的样子，愤怒的火焰越烧越旺，不顾一切地向阎大鹏冲了过来。石望春急忙上前制止道，李军山，你想干啥？他是犯罪嫌疑人，请不要靠近。

李军山怒不可遏，猛然间从怀里掏出一颗自制炸弹，拉着导火索向阎大鹏冲过来。

郝运来为了保护阎大鹏的安全，急忙迎上来制止，抢过李军山手中的炸弹，向院外扔去。

炸弹刚出手不久就在空中爆炸了，郝运来、石望春、李军山、阎大鹏在爆炸声中纷纷倒下。

李民强在门外警戒，闻声冲进院里，看到爆炸后的惨状，急忙呼叫增援，拨打救助电话。过了段时间救护车赶到，将伤员拉到医院救治。陈华敏带人赶到现场，派民警看护嫌疑人。

幸好，这个自制炸弹的威力并不大，但是在空中爆炸，产生的冲击波和炸弹碎片，使郝运来、石望春、李军山、阎大鹏不同程度地受伤。郝运来被弹片击中了头部，受伤严重，昏迷不醒。

五

陈华敏来到医院向李军山问道，李军山！你为什么用炸弹袭击警察？

李军山恼怒道，我不是袭击警察，我太恨阎大鹏了，这小子竟敢霸占我媳妇，这咋叫我容得了他呢？我恨不得把他杀了，才能报夺妻之仇，解我心头之恨。

陈华敏又到阎大鹏房间问道，这到底是咋回事？把我也弄糊涂了。

阎大鹏解释道，我和表嫂在一起时，表哥已离家好几年了，活不见人死不见尸。表嫂已向法院申请李军山失踪，姨娘和表嫂都认为他已不在人世了，所以我和表嫂才在一起生活。没想到表哥又回到家乡，让表嫂好尴尬，表哥恨我是正常的。

陈华敏又道，这个问题先放下，我问你，银匠当时有没有保存那笔金银财宝？你知道财宝的下落吗？

阎大鹏哈哈大笑道，那只是一个故事而已，那些金银财宝确实存在过，但银匠叔只看到金银财宝多次易手，最后到河边，准备渡河时，因部队争夺财宝发生了枪战。银匠叔为保命游过了河，当枪战结束回来时，那些士兵和金银财宝都不见了，他也不知道金银财宝的下落。他在战场的附近打捞，也没打捞到多少财宝。

他只是在岸边捡了几个金元宝，保存了下来。后来我做生意亏了本，银匠叔把财宝给我做本钱，我把财宝卖成钱投资生意了，至于阎文修、王书磊他们是否拿到更多的财宝，我就不清楚了。

陈华敏大声喝问道，你把金银财宝藏起来了，对吗？

阎大鹏委屈地否认道，绝对没有，你们也知道，人之将死其言也善的道理，我已到了该死的时候，藏财宝有啥用呢？

陈华敏冷冷地说道，敢说假话，让你再死一百回。回头对外边喊道，把彩虹带进来。李民强和王艳红押着彩虹走进病房，阎大鹏见状神态自若的脸瞬间惊悚不已，有点儿结巴地问，你个臭娘儿们！都说了？彩虹无奈地回道，我不想死，这是立功表现。可是咱们埋在我家的财宝不见了，如果你能说出来，兴许我们还能保住命。

阎大鹏思考良久，说道，我是没有享受的机会了，只求你能如愿以偿，每年的祭日来看看我。彩虹泪眼蒙眬地说，鹏哥，我会的。

阎大鹏对陈华敏说，本来我想让银匠叔的财宝和攒下来的金银玉石永远消失，如果你能保证彩虹不死，我豁出命来为彩虹赎罪。

陈华敏脑子里激烈地旋转着，心想，不管能否保住彩虹的性命，也要答应他的请求，把财宝挖出来再说。想到这就说，我尽最大努力保证彩虹从轻处理。

阎大鹏说，我的伤不算啥！现在就可以领你们去藏宝的地方。

陈华敏一行人在阎大鹏的指引下来到七眼洞，雇人清理洞内炸塌的泥土，来到石屋。阎大鹏转动藏在石头下的开关，石墙边出现一个洞口。大家穿过地洞，来到透着微光的石墙前，阎大鹏把手伸进石缝中，用力拉着铁环，随着响声石墙根处地洞门打开了。通过地洞来到面积不大的石屋，看到阳光从缝隙中倾泻而下，屋内物品尽收眼底。

阎大鹏哭丧着脸说道，陈队长，都在这儿了，这边是银匠叔留下的财宝，那边是我多年来攒下的家底。唉！有命挣没命花呀！说着沮丧地抱头蹲在地上。

陈华敏激动地打开箱子，金银首饰、玉石雕刻琳琅满目。她兴奋不已，向外观看地形，发现这个石屋处在深沟南面的悬崖中间，如果不是阎大鹏领路，怎么也找不到这个地方。她急忙固定证据，安排运输。

此时，常青云赶来支援，说道，陈队，我们在清理王书磊遗物时发现了他的遗书。说着递过来一封信。陈华敏打开信纸，上面歪歪扭扭地写着："爹娘！如果我死了，肯定是阎大鹏使坏了，因为我磕伤的那天晚上，看到阎大鹏偷偷摸摸去银匠铺子，可能是搬金贵的东西。他们以为我知道了秘密，老缠着我不放，设法害我。"下面署名：不争气的孩子王书磊。

陈华敏看完遗书恍然大悟地说道，这就不难解释了，阎大鹏这狗东西为啥要追杀王书磊。看起来不单单是因为矿洞杀人案写了几个字那么简单。常青云说道，这些人身上还有很多秘密需要我们去揭开。

尾　声

一

陈华敏满载而归，看到蔡闯正在给阎文华做讯问记录，问道，你也来增援了？蔡闯笑道，这不，他们还涉及经侦上的案件，你这比较着急，先问吧！

陈华敏问阎文华道，你是要债公司的经理，带着马仔违法犯罪，你难推其责呀！

阎文华辩解道，此言差矣，说白了，我充其量是个傀儡，马仔不听我的指挥不说，阎大鹏在身后指手画脚，让我干啥就干啥。我既不能决定公司的事情，也不能直接指挥马仔。因此，阎大鹏才是我们的老大，我只是个马仔而已，顶多在别人眼里看着风光，实际上就是个傀儡。

陈华敏审问道，你主导的犯罪有几起？阎文华答道，只有偷牛的事是我带人干的，其他的都是跟着阎大鹏干的。

陈华敏又问道，这些年来，你都参加了哪些犯罪活动？

阎文华把阎大鹏幕后操纵的事都说了出来，在银匠叔葬礼资金困难时，阎大鹏给予了我极大的帮助，我感激不尽，就加入了阎大鹏的要债公司。后来阎大鹏出事逃跑，公司无人撑起门面，他就让我代管，明面上是我在管理，其实还是阎大鹏在遥控指挥公司运营。

隔壁房间，常青云和刘倩楠在审问阎白蛋。常青云问道，阎白蛋！你为啥要参加黑社会性质组织呢？他们给你啥好处了？你都干了些啥？

阎白蛋笑道，我从小家里穷学习差，也没啥生活技能，只能靠种地活着，想发家致富咋办呢？看到跟着大鹏哥的人都发财了，把人弄死了也没啥事，我就加入了他们的公司。

陈华敏问完阎文华，就和赵利民一起提审姜公子。陈华敏道，姜公子！你是都市村庄的女婿，经济条件挺好的，为啥还要铤而走险呢？

姜公子答道，我本来是搞蔬菜批发生意的，生活很平静。可是，阎家的地痞无赖老欺负人，我也是被逼无奈，才组织商户与阎家对抗，只有抱团取暖才能活下去。

陈华敏问道，呵！你说的这些也不是违法犯罪呀，农贸市场是咋回事？

姜公子道，我刚弄菜市场时，是按规矩办事的，但是随着客源的增多，需要扩大菜市场的面积，征用周边的空地。有些村民使绊子，我用拉拢的方法也不好使，干脆就恐吓、殴打他们，才把事情压了下去。

赵利民问道，你何必购买枪支凶器死拼硬打呢？

姜公子哭笑不得地说道，为了生存，我在农贸市场投了这么多钱，用了这么多人，费了这么大劲，才有了目前的规模和利润，怎能让阎家抢走我奋斗多年的成果呢？我要誓死保卫。

陈华敏问道，难道只有硬拼才能保卫吗？你为啥不报警呢？

姜公子无奈地说道，我征用地时与一些刺头儿结了怨，在村民手里有把柄，我担心因这事受牵连，不值得。所以，我就只能靠自己摆平了。说着，姜公子把这一次和以前的犯罪经过讲述了一遍。

旁边的小屋里，李民强和王艳红正在对王书贵进行讯问。王艳红问道，王书贵！你曾经杀过人，还不吸取教训，为啥参加械斗？

王书贵冷冰冰地说，为了报仇，因为我曾犯过杀人罪，年龄小没死成，但你们不知道我遭了多少罪呀！我也想改好，可是阎大鹏多次想弄死我，跟我过不去。这一次，姜公子和阎家争地盘，我哪能放过报复阎大鹏的机会。

陈华敏和刘倩楠来到书磊爹的讯问室，陈华敏问道，好你个不知趣的老东西，你儿子做尽了坏事，你把自己也弄成了犯罪分子，真是“人才”啊！

书磊爹低下头，过了一会儿，喃喃地说，我是为儿子报仇，也是为了市场里的摊位，如果失去了摊位，我就失去了经济来源。再说了，不为儿子报仇，我心里永远都过不了这个坎。

刘倩楠小声道，嘿！就你这样，能有啥好下场？儿子没了，你也没了，你们王家也就断子绝孙了。这就是报应，懂吗？人要与人为善才能善始善终。

陈华敏和刘倩楠把此案所有材料收集起来，放在桌子上，堆积起的几大摞材料纸，像人为垒砌的纸墙，遮挡着平视的目光。俩人望着杂乱无章的材料有些犯难。陈华敏嘟囔道，这么多的材料怎么报卷处理？

刘倩楠笑着说道，陈队，你可不能抢了石队的名号，提意见的事就交给他吧！你只管倔到底就行了。

陈华敏微笑着怒骂道，你个孬蛋货！也提提意见，替我想个法儿呗！

刘倩楠听她的糙话里含着几分谦虚，就毫不客气地建议说，我认为根据情况先做案卷目录，分门别类装订成卷，也就是姜阎两家一派一档，一人一卷。必要时，对涉案较多的重要人物，可以一人多卷，一案一卷或一案多卷，但切不可一卷多案，避免审查时不好辨认。重叠的材料可以用复印件随卷装订，这样看上去材料增多了，实际上减少了上级部门阅卷的工作量，再送往检察院呈请批捕，然后由检察院报到法院进行审判。这样案件来龙去脉清楚明了，何难之有呀！只是费点儿工夫罢了。

陈华敏听着刘倩楠的说教，点着头笑道，不愧是科班出身，这个不叫意见，纯粹是大案见多了，经验之谈呀！那我们就动手吧！

二

由于李军山报复阎大鹏引爆了炸弹，造成郝运来和石望春严重受伤。当时石望春冲过来想救郝运来，弹片炸伤了石望春脸部、胸部、胳膊，虽然弹片已取了出来，但是头脸被纱布包裹着，在医院里不能自己吃饭。

林晓燕到医院看望躺在病床上的石望春，拉着他的手难过地说，望春，我再也不让你走了，你每次执行危险任务，我都好担心呀！害怕再也见不到你了。

看着石望春满脸的绷带，没有回音，林晓燕心中突然涌起一种莫名的伤感，慢慢转过身去，捂着脸沉默不语。林小弟觉得姐好奇怪，问道，姐！你咋了？哪儿不舒服？林晓燕满含眼泪心疼地说道，我突然觉得好想哭。说着，林晓燕趴在石望春身上“呜呜”地哭了起来。

石望春轻轻地笑出了声道，哎！总不能因为这次受伤，就放弃我最挚爱的警察事业吧！如果没有我们去救助有危险的人，或许会有更多的人受伤死亡。

林老爹帮腔道，望春是个好孩子，如果没有他及时相救，也许我和小弟就会死在歹徒手里，你再也没有老爹和小弟了。

林晓燕擦着眼泪道，我要老爹和小弟，也要望春。望春呀！以后，你是有家的人啦，要小心行事啊！

此时的韩慧妹还蒙在鼓里，不知道郝运来受伤的事儿。她这些天来总想干呕，以为自己吃坏了肚子，就去医院开点儿药吃。医生对她进行检查后说，恭喜啊，你怀孕了。

韩慧妹听了检查结果，心里咯噔一下，好像倒了五味瓶似的，不知是什么味道。她既欢喜又担忧。欢喜的是在避孕情况下还能怀孕，这是个惊喜，说明身体没问题。担忧的是自己正处在干事业的年龄，好不容易拼搏到总经理的位置，年薪过百万，如果因生孩子而丢掉了事业，不仅收入没了，地位也没了，那将是多么可怕的事情。

韩慧妹思来想去，久久不能入睡，想把这个意外的喜讯告诉郝运来，又不知道怎么说才好。

正在犹豫不决的时候，陈华敏打电话告诉韩慧妹道，嫂子！你去趟医院吧，郝队长受伤了！

韩慧妹急忙驾车赶到医院，看到郝运来躺在病床上昏迷不醒，心里难受极了，无论怎么喊叫，郝运来都没反应。医生说道，他是爆炸造成头部受伤引起的昏迷，需要休息，请不要再打扰他了。

韩慧妹无奈，只好走出病房，刚好看到公婆来看郝运来，韩慧妹含泪向公婆说着郝运来的伤情，忍不住干呕起来。婆婆道，慧妹！你不会是有喜了吧？

韩慧妹哭笑不得地说，已在医院做了检查，确认我怀孕一个多月了，原本不想要这个孩子。真的，生孩子需要时间，也许会因此丢了总经理的位置，这对我的事业打击太大了，我正左右为难呢。

婆婆听了慧妹的想法，心急如焚地说道，孩子呀！我可就运来这么一个儿子，你一定要给郝家生个大胖小子呀！要不然，你们老了谁来伺候呀！

韩慧妹哭了，道，娘！我奋斗了这么多年，好不容易当了总经理，年薪过百万，舍不得呀！

婆婆有点儿急眼了，含泪说道，百万千万也没宝贝孙子重要呀！我求你了，把孩子生下来吧！运来啥时候能醒过来，医生也说不准呢！

韩慧妹趴在婆婆肩头哭泣着说，娘！我明白了，事业可以重来，可是孩子……我也舍不得呀！运来现在这样子，万一他醒不过来，那可该如何是好啊？我听你的，宁可不要工作，也要把孩子生下来，给咱家留个根呀！

婆婆安慰道，慧妹！咱不哭，这样对孩子不好。

公公打断了娘儿俩的哭泣，耐人寻味地说道，人生最伟大的事情莫过于给人以生命；医生最伟大的事情莫过于给人以健康；警察最伟大的事情莫过于给人以平安；众生最伟大的事情莫过于给万物以平衡。

韩慧妹道，爹！我知道了。

公公继续说，其实好多人不知道为啥要活在这个世界上。你们说说人为啥要活着？

婆婆抢先说道，我觉得，人活着就是为了活着而活着。韩慧妹待公婆说完话，低声说道，我算想明白了，女人嘛，活着就是为了延续香火。

公公说，有的为个人家族而活着，有的为国家民族而活着，有的甚至为了全人类的幸福生活而活着，众说纷纭。我认为，大家说的无非不外乎生存和生育，围绕着“两生”而活着。其实“两生”归根结底是为了基因的传承，人永远也无法摆脱动物的属性。活着的目的就是让自己的基因更加强大，与自然同在，永生不灭，这才是人活着的真正意义。

韩慧妹说道，放心吧！爹娘。我以前的想法让你们见笑了，如今运来还在昏迷中，我舍了性命也要把他的孩子生下来。

随着时间的流逝，韩慧妹的肚子明显地鼓了起来，原来想方设法避孕，现在却极力想保住这个孩子。她不顾领导和同事的挽留，在单位交接了工作，来到医院进行围保检查。

医生发现孩子发育不良，韩慧妹极力维护孩子的正常生长，自己也因病住进了医院。

时间过得飞快，韩慧妹临产检查，发现胎儿过大且位置不正，需要剖腹产。由于韩慧妹血压不稳定，手术风险很高，医生拿着责任书问道，如果手术出现问题，是保大人还是保孩子？

韩慧妹担心地问道，我公公婆婆咋说的？医生道，他们要求既保大人也保孩子。韩慧妹眼睛模糊了，泪水汇集得越来越多，占满了眼眶，心想，这不等于没说吗？鼻子一酸，泪水禁不住从眼眶里流了出来。在选择生死的关键时刻，她放弃自己生存的机会，果断签下了保孩子协议书。她想，宁可自己丢了性命，也要让运来的种子留下来，传承他的基因。

紧张的手术结束了，母子平安，韩慧妹产下一个男婴。刚离开手术室，她就不顾自己的安危，问道，运来好些了吗？

公婆欣喜之余，安慰道，运来现在有所好转，但还没完全醒过来。你身体太虚弱了，安心调养，等身体复原了，你可以去病房看看他。

一星期后，韩慧妹哭闹着要去看郝运来。医生怎么劝解也没改变她的初衷，即便搬出医院的规章制度来压韩慧妹，还是无济于事，她仍然情绪激动，坚持要见郝运来。医生无奈，只好让她坐在轮椅上，由公公推着去见郝运来，婆婆抱着婴儿一起到郝运来病床前。

韩慧妹看着昏迷中的郝运来，雨泣云愁地哭着说，运来啊，你醒醒吧！我和儿子来看你了，你睁开眼看看吧！

在医生的精心护理下，郝运来有了很大好转，他的眉头微微动了动。韩慧妹看到了变化，急忙把正在喝奶的婴儿抱过来，举在郝运来的眼前说，运来，你睁开眼睛看看吧！这孩子多像你啊！

正在喝奶的孩子突然被妈妈强行抱开，便哇哇大哭起来，哭声响彻整个病房，传进了郝运来的耳朵里，使他感到一股暖流冲进耳鼓，刺激着沉睡已久的大脑。他慢慢睁开了眼睛，看着妻子、婴儿和父母，郝运来眼角涌出了两行热泪，顺着脸颊流了下来。

韩慧妹缓慢地起身，抓住病床的护栏用力一拉，使轮椅向床边挪近了一些，伸手抚摩着郝运来的额头，惨白的脸上泪痕累累，说道，运来呀！你可是当爹的人了，以后弄啥事都得想想妻儿老小，绝对不可莽撞。

郝运来侧着脑袋，有气无力地看着大家，泪珠从眼角溢出，顺着脸颊流下来，滚落在枕头上，一会儿工夫，泪痕浸湿的地方就扩大到像娃娃手掌般大小，点缀在枕头上，也刻印在亲人的心头。他微弱地说道，如果没有你和爹娘，我受伤了，心就没了归属。但是如果没了这份职业，我的人生就失去了激情，生活也就没了意义。

韩慧妹心疼地说道，干这份工作有啥好的，值得你抛下我们，用命来换吗？说着把脸贴在郝运来的脸上，任凭泪水喷涌而出。

郝运来喃喃地说道，组织也对得起咱了，我一个农村孩子干到现在，工资、位置、荣誉和咱的付出也相当，我知足了。

韩慧妹哽咽地反驳道，如果你没了，我要这些有啥用？我不想看到你为了工作这么拼命，宁可折断自己生命的长度，也要堆积人生的高度。我只想让你好好地活着！你知道吗？说着韩慧妹一手抱着孩子，一手搂着郝运来抽泣起来，泪水流进郝运来的嘴里，咸咸的，也是甜甜的、香香的，这是一种心酸的泪，也是一种幸福的泪，在郝运来的心田里来回地流淌。

郝运来醒来的消息传遍了伊洛市。石望春身体复原出院了，就和林晓燕拿着结婚请帖来了，陈华敏、常青云、李民强、赵利民和战友们前来看望。曾经被机动队救助过的群众也来了，他们送来的鲜花、水果摆满了病房，祝福郝运来早日康复。

混凝土公司的经理和会计来了，网吧的老板和员工来了，村里的群众来了。他们在病房外边议论着，郝运来真是个英雄，带领机动队除暴安良，把姜阎两个黑社会团伙一举打掉，功不可没。

病房里，大妈拉着郝运来的手夸道，我们这儿流传着一段佳话，阎家咸姜家辣，百姓都害怕！自从有了郝运来，阎家不咸了，姜家也不辣了，生活的好运来了。

郝运来微笑道，大妈过奖了，把“郝运来”改成“机动队”听起来会更美些。大家都笑了起来。

初春三月，正是公安机关最忙碌的时候，也是郝运来出院的日子。张副局长和上级领导到医院看望，郝运来见到这么多领导，心里有些紧张，就小心地问道，张局！这次我可没犯错呀！张副局长笑道，还记着那些不愉快的事呢？今天我来给你洗清冤屈，还宣布你和同志们的最新任命，双喜临门呢！

张副局长接着说道，我也要到邻市任公安局局长了，这是告别前最后一次向同志们宣读命令。由于机动队的优异成绩，郝运来晋升为伊洛市刑侦支队副支队长，石望春为机动队队长，陈华敏为指导员，常青云和王艳红为副队长。

民警和家属欢呼了起来，郝运来坐在床边穿好鞋子，下了病床，伸伸胳膊弹弹腿，笑着说，我的伤基本恢复了，我的冤屈也终于洗清了。有情人终成眷属，石望春和林晓燕也该结婚啦！我的宝贝儿子也降生了，把以前欠缺的觉也补回来了。真没想到，我住院这么长时间，这世界发生了这么大的变化。

郝运来回到队里，机动队队员仍然在忙碌着。姜八斤身着警服抱了一大团玫瑰花，来到陈华敏办公室单膝跪地，真诚地说，华敏！我爱你！我等了这么多年，不敢跟你表白，就是觉得我配不上你，今天给我个答复吧！陈华敏放下接警电话，取笑道，穿的谁的警服？还挺合适呢。仔细看看蛮英俊的嘛！

姜八斤拿出警官证笑道，我本来就不丑，以前是为了工作，才邋里邋遢没个正形，别以为配不上你，这才是我的真实身份。

陈华敏端详着警官证，如梦初醒地说道，好小子，竟然骗了我这么多年，原来你的警衔比我还高。姜八斤笑道，不是故意瞒你，工作需要保密，请理解。现在任务完成了，才敢向你求婚。陈华敏妩媚地笑道，我才不原谅你这个骗子呢！

姜八斤笑了，大着胆子，不顾陈华敏的回话，激动得简直有点儿结巴，抢先说道，趁你如——如花似玉就——就嫁给我吧！这是幸——幸福！待到风——风烛残年再——再婚，那就是累——累赘。

别看陈华敏平时沉稳老练，嘴尖口滑，此时，她面如桃花含羞不语，被这突如其来的求爱弄羞了，腼腆地站在那儿无言以对。

石望春见状，觉得经常受陈华敏的挑逗，今天报复的机会来了，就嬉皮笑脸地说道，她那五大三粗的倔驴脾气，你敢要吗？弄恼了，一天揍你三回。

李民强不满地攻击道，又提意见了，华敏又不是嫁给你，真是饱汉子不知饿汉子饥。

姜八斤来回地踱着方步，摇头晃脑地笑着，为了克服紧张，就吟唱道，敢问月老谁当时，何等残年相思苦。赖肚蛤蟆变金娃，双警人家妙生花。

陈华敏听得心花怒放，回眸一笑媚态生，生生地把姜八斤求爱的眼神钉在那儿，往日果敢刚强的陈队长形象不见了，顷刻间变成了地道的中原美女，温柔地说道，唱着说更有诗意，你看！我哪能顾得上你呀！佛头和玉佛的事有眉目了。等我把姜松海这几个漏网之鱼抓回来再说！说着话，便走出办公室，开着警车冲进车水马龙之中。姜八斤紧随其后，急忙发动汽车追随而去。

郝运来、石望春和同志们望着繁华的都市，身处井然有序的环境中，情不自禁地哼起《机动队之歌》：

神秘机动队从容走过，灵活机动神出鬼没，不辞辛苦根植伊洛，跟踪追击把要案侦破。

左肩挑起小家生活，在柴米油盐中奔波，把真情和爱恋洒向每个角落。右肩担起人民重托，崎岖路上从容不迫，用辛勤汗水浇灌幸福花朵。

倔强的性格健康的体魄，不畏艰险甘愿赴汤蹈火。宁肯把艰辛藏在心窝，也要追求喜悦的收获，顺境逆流锐意追捉，再狡猾的狐狸也无处逃脱。

后 记

洛阳是我的故乡，我对那儿的一草一木都有着深厚的感情。那儿的山，那儿的水，那儿的庄稼，那儿的父老乡亲和我的父母兄弟姐妹，那儿亲切浓重的豫西乡音，还有我儿时美好的记忆，伴随我走南闯北。

伊河、洛河是黄河的支流，哺育着两岸人民，有时也会泛滥成灾，冲毁村庄和田地。不过，龙门石窟脚下的两眼自然温泉，无论河水怎么泛滥，都无法淹没那热气腾腾的泉水。它和龙门石窟遥相呼应，象征着百折不回的正义精神，几百年来汹涌澎湃，奔腾而出，永不停息。

温泉也是附近百姓洗澡的地方，后来被商家利用，把热水提灌到龙门山上，这个免费的天然浴池才宣告结束。这儿有我童年的幸福，有我成长的经历，把这些熟悉的环境和民警破案故事写下来，让读者了解洛阳的风土人情，也是很有意思很有意义的。

《刑侦机动队》中的警察故事，是洛阳公安英雄形象的展现。能够完美收官，首先要感谢河南省公安文联张立波和王峥两位领导，积极协调洛阳市公安局，安排采访工作。其次要感谢洛阳公安民警的大力配合，使我领略到优秀民警的英雄事迹，掌握典型案例，学习精湛的破案技巧，受益匪浅。

采访中，我得到洛阳市公安局的大力支持，宣传处领导席林燕南、刘宏国高度重视，推荐了近年来为平安建设作出突出贡献的先进集体和个人，安排宣传民警姜淑英同志陪同采访。先后采访了范会生、易红峡、付学义、刘俊伟、韩世民、李献伟、王广森、潘丹勇、姬少辉、李会卿、李灿帅、孔寅啸、杨爱坡、谢文灵、韩晓斌、郭伟峰、张晋锋、张金刚、王建伟、王国栋、李伟、陈喜民、周建行、范长喜、胡晓，还有河南警察学院学生杨旭凡，伊川县原监狱长张少乾，洛阳市公安局驻村第一书记戴军和后坪村支部书记申更娃，洛阳市扶贫工作人员等。

在此，感谢他们提供的经典案例和破案技巧，感谢他们对采访工作的支持，感谢他们和广大民警为洛阳人民幸福平安作出的巨大贡献。借此机会，向为人民利益不辞辛苦甘愿流血牺牲的烈士和家属致以崇高的敬礼。

洛阳市公安局是英雄辈出的先进集体，近些年来，涌现出了许多英雄模范。比如，木植街派出所王斌所长，常年带病坚持工作，呕心沥血牺牲在工作岗位上；古城派出所杨智军加班加点办理案件，因公牺牲；王百瑞、潘丹勇等同志被公安部评为优秀民警等。广大民警在服务群众和侦查破案中取得了非凡成绩。特别是刑警同志时常面对穷凶极恶的犯罪分子，与他们斗智斗勇侦破大案，除暴安良，捉拿潜逃十多年的嫌犯归案，维护了法律的公平正义。

在创作中，我深深领会了刑侦民警的聪明才智，他们披星戴月连续作战，明知危险也要冲锋向前，为社会安宁置生死于度外，不顾个人安危，敢于同犯罪分子殊死搏斗。有的受伤住院，有的终身残疾，还有的积劳成疾牺牲在工作岗位上，正是广大民警的无私奉献，才换取了洛阳人民的幸福平安，这种难能可贵的精神就是人民公安的警魂。有人说，以前是案多人少工作忙，现在是打防结合，形成了大好的治安局面，这是民警用鲜血和汗水换来的成果。我们享受平安的同时，不要忘了默默守候的人民警察。

故事里的情节来自生活，我把这些活生生的案例归纳分类，再用主线贯穿故事，进一步描写刻画，塑造典型人物郝运来的英雄形象。故事人物加以了修饰，经过艺术加工虚构衔接而成，请勿对号入座。这些过往，展现了洛阳民警英勇无畏的职业使命感，彰显了敢拼硬打智慧破案的英雄气概，重现了对党忠诚、服务人民的工作热情。

我也看了许多文学作品，比如李佩甫的《河洛图》、阿瑟·柯南·道尔的《福尔摩斯探案集》、四大名著等，有很多文学经典，就像把整块大玉石雕刻成佛像那样，用大事件贯穿整个文学作品，穿插小事件的描写。

那些惊心动魄的场面产生强大的吸引力，震撼着读者的心灵，使读者流连忘返。而我的作品，是众多民警先进事迹的缩影，看起来杂乱无章，做起来有些难度，但我却乐此不疲！他们的英雄事迹有的耳熟能详，有的从无耳闻。有机会用小说形式重现英雄场面，把众多民警感人事迹描写成文，这是我的最大荣幸。若能把这些故事保存下来流传后世，是我的最大愿望。

拐弯枪的应用是我在实战中的体会，无人机大战加入了我的看法和想象，意在希望相关部门鼓励警务装备改革，加大科技创新力度。或许小小的发明创造，会减少流血牺牲，提高警务效能。

张建芳

2022 年 10 月 26 日于郑州